BASTEI LÜBBE

D. B. Blettenberg

# BLAUER RUM

BASTEI LÜBBE

BASTEI-LÜBBE-TASCHENBUCH
Band 12444


Lizenzausgabe: Gustav Lübbe Verlag GmbH,
Bergisch Gladbach
Printed in Germany Januar 1996
Einbandgestaltung: Dieter Ziegeufeuter
Titelfoto: Jochen Spleit, Dortmund
Satz: hanseatenSatz-bremen, Bremen
Druck und Bindung: Elsnerdruck, Berlin
ISBN 3-404-12444-8

Der Preis dieses Bandes versteht sich einschließlich
der gesetzlichen Mehrwertsteuer.

*Für Huda*

Nichts ist von Dauer in den Tropen.
Liebespartner kommen und gehen.
Ideale blähen sich auf und platzen,
erbarmungsloseVergänglichkeit.
Nichts währt hier für immer, nicht einmal
die ewige Liebe.

*Thomas Sanchez,* Key West – Meile Null

# I

# RUMBA

# 1

Da war wieder dieses Beben der Erde.

Er spürte das Grollen eher durch die Fußsohlen, als daß er es hören konnte. Er sah nach rechts, über die Ebene zum Mombacho. Das Land war von einem müden Grün, teilweise braun, gezeichnet von der Trockenzeit. Am Fuß des Berges leuchtete der weiße Fleck der Kaffee-Finca. Eintausenddreihundert Meter höher glänzte blaugrün der dicht bewachsene Gipfel. Ein Tropenwald am Himmel. Feuchtes Moos, Lianen und Orchideen auf einem Vulkan. Aber es war nicht der Berg, der das Land erschütterte. Es waren die Massenabwürfe der Bomber. Die Front verlief in Höhe von Chinandega und Estelí. Honduras, El Salvador und Guatemala waren das Schlachtfeld.

Die Sonne stand im Zenit. Sein Blick wanderte hinüber nach Granada. Die Konturen der Stadt flimmerten über der schmalen Landbrücke zwischen der Laguna de Apoyo und dem Nicaragua-See. Sein Exil war ein Land aus Wasser und Vulkanen. Festlandsreste gruppierten sich trotzig um Gewässer. Unzählige Lagunen. Der Managua-See. Der Nicaragua-See. Der Rio San Júan im Süden, zur Grenze nach Costa Rica hin. Der Rio Coco im Norden, an der Grenze zu Honduras. Im Osten der Atlantische Ozean und im Westen der Pazifik.

Die alte Stadt ruhte, in Sandfarben getaucht, unter einem Himmel aus blauem Stahl. Hartgebacken in der trockenen Hitze. Vom Wind durchfegt. Es waren zwei alte und traditionsreiche Städte, die den ewigen Zwist im Lande symbolisierten: León, weiter im Norden, Hochburg der Liberalen, und da unten Granada, Festung der Konservativen. In León hatte der Dichter Rigoberto López Pérez an einem Septembertag Mitte der fünfziger Jahre das in Granada Undenkbare vollbracht. Er hatte den Diktator Anastasio Somoza erschossen. Öffentlich und aus nächster Nähe. Poesie und Politik. Kunst und Gewalt.

In diesen Breiten herrschten Diktatoren mit dem gelassenen Habitus von Philosophen – Willkür und Terror als humanistische Bildungsveranstaltung für die Oligarchie. Und die Dichter kämpften wie Guerilleros. Poeten der Gerechtigkeit. Die Wahrheit in ihrer ganzen Bitterkeit mußte so oft vergebens gesagt werden, daß nur die Kugel sie ins Ziel bringen konnte. Das meistgespielte Bühnenstück Lateinamerikas. Oft abgesetzt und immer für eine Wiederaufführung gut. Es gab viel Wasser in diesem Land. Aber es gab auch viele Raubfische. Im Nicaragua-See schwammen Süßwasserhaie, die einst aus dem Karibischen Meer über den Rio San Juan in den Binnensee gelangt waren. Die Killer aus dem Atlantik hatten sich angepaßt.

Schulz war ein Söldner. Seine Fähigkeit, an eine Sache zu glauben, war begrenzt. Er hatte es oft versucht, aber nur mit mäßigem Erfolg. Manchmal gab Geld den Ausschlag für sein Engagement. Nicht, daß er es ausschließlich wegen der Bezahlung getan hätte. Er war nur bedingt käuflich. Ein wenig Überzeugung, gemischt mit materiellem Anreiz, das war die Droge, auf die er ansprach. Und manchmal tat er es aus persönlicher Verpflichtung. Vielleicht auch aus Freundschaft. Es kam selten vor, aber auszuschließen war es nicht ganz.

Vor acht Jahren hatte er sich zurückgezogen. Doch die Drahtzieher finden immer ihre Marionetten. Wären es die Dealer in Sachen Glaube und Geld gewesen, er wäre standhaft geblieben. Er hatte die Entziehungskur hinter sich. Die Ideologien waren abgefeiert, und sein Leben war angenehm. Nicht luxuriös – angenehm. Er war clean.

Zumindest bildete er sich das ein. Außerdem ging es um einen Freundschaftsdienst. Eine persönliche Verpflichtung und Langeweile, das waren die Beweggründe, die Kurt Schulz wieder ins Geschäft brachten.

Er hatte keine Lust, mit dem zweiten Drink bis Sonnenuntergang zu warten. Der Rum war seine Geliebte. *Flor de Caña*. Die Zuckerrohrblume. Sie streichelte seine Leber. Sinnlicher Saft, der Ruhe brachte. Auf seinen Rum könnte er sich verlassen bis zum Umfallen.

Auf dem Weg über die Veranda ins kühle Wohnzimmer hörte er, wie die Türglocke anschlug. Der Rottweiler hob seinen kantigen Schädel von den rotbraunen Fußbodenkacheln, knurrte, strampelte mit den Vorderbeinen und wollte sich aufrichten.

»Platz«, sagte Schulz leise, und der Hund sank unverzüglich, fast mit einer gewissen Erleichterung, wieder in seine Lieblingsposition. Wie ein waidwundes Wildschwein. Fünfundvierzig pechschwarze Kilogramm mit hellbrauner Zeichnung. Die beiden Vorderbeine weit von sich gestreckt, den Unterkiefer aufgelegt, die großen kreisrunden Augen schräg nach oben gerichtet. Ein warmer Blick aus dunklen Pupillen. Er gab sich wie ein Teddybär. Dabei konnte er scharf wie ein Puma sein. Eine Kreuzung aus römischem Kampfwolf und Schweizer Sennhund. Meist war er lethargisch und friedlich. Aber wenn er sich aufregte, dann richtig. Wie ein Geschoß warf er den Gegner um, bevor er ihm an die Kehle ging.

Während Schulz sich an der Hausbar einen frischen Drink machte, hörte er, wie Carmen den Besucher einließ. Der Stimme nach mußte es Bluefields sein. Er goß einen dreistöckigen Rum auf vier Eiswürfel, drückte eine halbe Limone darüber aus und löschte die Ladung mit einem Schuß Coca-Cola ab, gerade so viel, daß der Rum von Hellgelb auf Hellbraun umschlug.

»Der wievielte?«

Ohne zu antworten, drehte er sich um.

Bluefields trug eine frisch gebügelte Uniform. Keine Kopfbedeckung, aber blankgeputzte Stiefel. Er war einsfünfundsiebzig groß und sehr schlank. Haare, Augen, Lächeln und ein sauber ausrasierter Oberlippenbart, wie beim jungen Clark Gable. Eduardo Profumo Bluefields. Nicht wenige nannten ihn »El Oloroso«. Angeblich wegen des Familiennamens seines Vaters. Andere führten es auf seinen hohen Verbrauch von Paco-Rabanne-Aftershave zurück. Für Schulz hieß er Bluefields. Wer immer die Mutter gewesen sein mochte.

»Auch einen?« fragte der Hausherr.

»Ja. *Einen*«, sagte Bluefields.

»Das sind ja harte Vorsätze heute.« Schulz grinste.

»Wenn ich mich recht entsinne, bin ich beim letzten Mal erst nachmittags um sechs wieder aufgewacht. Ich lag auf der Veranda und kam erst zu mir, als Castro mich küßte.« Bluefields sah dem Rottweiler in die Augen.

»Du hast auf dem Boden gelegen und geschnarcht. Und das nach sechs Doppelten.« Schulz mischte seinem Gast etwas Dunkelbraunes mit viel Limonade zusammen.

»Es waren Dreifache.«

»Nach sechsen von der Sorte bin ich um Punkt drei wieder auf den Beinen. Länger dauert eine ordentliche Siesta nicht.« Der Deutsche reichte dem Nica das Glas.

»Ist das nicht etwas übertrieben?« Bluefields ging hinaus auf die Veranda.

»Vielleicht.« Schulz folgte ihm. Erst jetzt merkte er, daß sein Besucher einen dünnen Aktenordner unter den linken Oberarm geklemmt hatte.

Bluefields nahm einen Schluck und schaute hinüber nach Granada. In der hellen Mittagssonne sah sein Gesicht fahl aus. »Weißt du, daß die Haie im Nicaragua-See aussterben?«

»Gibt halt kaum noch Viecher von der zähen Sorte.« Schulz blickte über die Lagune. »Bist du gekommen, um mich über bedrohte Tierarten aufzuklären?«

»Waren sowieso nicht viele«, fuhr Bluefields unbeirrt fort. »Und dann haben sie diesem zugewanderten Chinesen noch die Lizenz für Haifischflossensuppe erteilt.«

»Ich nehme an, er hieß Deng Xiaoping.«

Bluefields schwieg.

»Was hast du da?« Schulz nickte zu der Akte.

»Unser Dossier über dich.«

»Ach?«

»Etwa vierzig Seiten. Spannend.«

»Und wieso jetzt mein Lebenslauf?«

»Arbeit, Schulz.« Bluefields rang sich ein schmales Lächeln ab. »Arbeit.«

»Und damit kommst du zur Siesta angerückt? Das kann doch nicht dein Ernst sein.«

»Wie fit bist du?«

»Ich bin ganz froh, daß mein Rottweiler nicht säuft und sich um die körperliche Arbeit und die Sicherheit kümmert.«

»Du bist nicht in Form.« Bluefields klang wie ein besorgter Ringarzt. Er musterte das Glas seines Gastgebers.

»Solange ihr mir das Eis für meinen Flor de Caña garantiert, bin ich euer Mann.«

Der Nica setzte sich in einen verwitterten Korbsessel und blätterte in der Akte. »Kurt Schulz, alias Richard Braunschweig, alias Wolf Straßner.«

»Kannst du's kurz machen?« Müde kniff Schulz die Augen zusammen.

»Du bist jetzt fünfundvierzig Jahre alt.« Es klang wie ein Todesurteil.

»Tja.« Schulz blinzelte und gönnte sich einen Schluck Rum.

»Warum hast du eigentlich deinen Job als Ausbilder für Kommandounternehmen schon nach zwei Jahren aufgegeben?«

»Ich hatte es satt, Übungshandgranaten abzuziehen. Außerdem habt ihr damals nichts dagegen gehabt, daß ich in Rente gehe.«

»Die Aufenthaltserlaubnis war dir immer sicher. Wir haben nicht vergessen, daß du für uns schon an der Südfront gekämpft hast, als noch keiner absehen konnte, daß wir Somoza packen würden. Du warst ein richtiger Star, mein Lieber. Ein Kriegsheld.«

»Wollt ihr mir etwa mit Verspätung noch einen Orden verleihen?« Schulz setzte sich auf einen Sessel neben Bluefields. Das Korbgeflecht quietschte, als er die Beine übereinanderschlug.

»Mich interessiert nur, warum ein Mann der Tat so früh in Pension geht. Es leuchtet mir nicht ein.«

»Ich bin nicht zum Kämpfer geboren«, sagte Schulz. »Es hat sich nur immer ergeben, daß ich ins Schußfeld geriet und mich wehren mußte.«

Bluefields schwieg.

»Und eure feindlichen Brüder habt ihr ja auch ohne mich erledigt.«

»Die Brüder ja . . .«, murmelte Bluefields nachdenklich.

Schulz spürte wieder ein leichtes Beben unter den Fußsohlen. Diesmal konnte man es sogar hören. In den letzten sechs Monaten hatten die Yankees etwa zweihundertfünfzigtausend Tonnen abgeworfen. Er stand auf, ging ins Wohnzimmer und machte sich den dritten Drink. Castro stöhnte, ohne seine Position zu verändern, und warf ihm einen treuherzigen Blick zu.

Bluefields kam ebenfalls in den kühlen Raum und hielt Schulz sein leeres Glas hin. »Ich möchte dir nicht die Siesta verderben«, sagte er.

»Nett von dir.« Schulz mixte seinem Gast einen frischen Drink und reichte ihm das Glas.

Bluefields trank nur einen Schluck, dann stellte er das Glas hart auf die Hausbar. »Komm morgen im Büro vorbei, dann reden wir in Ruhe.«

»Wann?«

»Zehn Uhr vormittags.«

»Warum?«

»Es geht um Navarro.«

»Comandante Arango?« fragte Schulz.

»Dein ehemaliger Chef an der Südfront. Norberto

Navarro Nevada. Held der Revolution und Verräter an derselben.«

»Interessiert mich nicht mehr.«

»Aber Santander interessiert sich für ihn.«

Schulz verschluckte sich nicht gerade am Rum, aber er war ziemlich verblüfft.

»Santander?«

»Genau der.«

»Mein Gott, das ist ewig her.«

»Genau vierzehn Jahre.«

»Wo ist er? Montevideo? Buenos Aires?«

»Morgen«, sagte Bluefields und ging.

Schulz hörte, wie Carmen den Besucher hinausbegleitete, und bemerkte, daß der Hund besorgt zu ihm aufsah. Die mittägliche Ruhe war dahin, sein ganzes Dasein als Frühpensionär erschüttert. Trotzdem hielt er sich eisern an seine Routine. Langsam trank er den Rum aus, ging noch einmal auf die Veranda, musterte die Landschaft und stieg dann gemächlich die Treppe hoch ins Schlafzimmer. Während er sich auszog und auf das kühle Bett legte, hörte er, wie Carmen die Gläser wegräumte. Seit drei Jahren kümmerte sie sich um seinen Haushalt. Sie kamen gut miteinander aus. Castro, Carmen und Schulz teilten sich die Einsamkeit. Es war ein angenehmes Arrangement. Keiner nörgelte am Rum-Konsum des Hausherrn herum. Alle hatten genug Platz und wenig Arbeit.

Zehn Minuten später kam Carmen ins Zimmer. Sie zog sich aus und legte sich zu ihm. Er nahm sie in den Arm, suchte Trost und Zerstreuung. Mit der freien Hand streichelte er ihre Brüste. Die Warzen wurden hart, sein Schwanz drückte gegen ihren Oberschenkel. Sie kehrte ihm den Rücken zu und zog ein Knie an. Er kämmte ihr Schamhaar mit Zeige- und Mittelfinger, rieb und drückte sanft, bis sie feucht wurde und beide Finger hineinpaßten. Sie stöhnte leise. Er drehte sie vorsichtig auf den Bauch, kniete sich zwischen ihre Beine und zog sie leicht an sich. Sie saugte ihn auf. Vorsichtig und sehr langsam stieß er zu, umfaßte dabei ihre Taille. Geschmeidig hob sich Carmens dunkle Samthaut vom weißen Laken ab. Jeder Stoß brachte ihn näher zu ihr.

Es waren diese Momente, in denen Schulz genau wußte, wozu er auf der Welt war, wo der Sinn lag, was ihn in Schwung hielt. Diese Minuten waren es, die ihn den Suff, den verlorenen Glauben und die Leere vergessen ließen. Sie japste, und er stieß härter zu. Sie wurde laut. Kurz bevor er kam, zog er sich fast völlig zurück, knetete ihre Brüste und wartete, bis sie sich wieder an ihn drängte, ihr Gesicht im Kissen vergrub und die Finger ins Bettlaken krallte. Dann stützte er sich mit den Händen auf ihrem Hintern ab und pumpte alles, was er aus seinem Körper herausholen konnte, alle Gefühle, jede Geilheit und Härte, in sie hinein. Der Alkohol in seinem Schädel verdunstete. Er keuchte. Sie schrie, und er blieb schweißüberströmt auf ihr liegen.

Später, im Halbschlaf, hörte Schulz, wie Carmen den Raum verließ. Irgendwann schlug der Rottweiler an. Bilder von Norberto Navarro gingen Schulz durch den Kopf. Eine altvertraute Szene. Der sogenannte »Lagerfeuerbericht« über die Erlebnisse in Europa, mit dem der Chef seine Truppe in Kampfpausen bis zum Überdruß erfreut hatte. Er wußte nicht mehr, wie viele Jahre das alles zurücklag. Und er war sich nicht sicher, ob er sich an den Comandante erinnert hatte oder ob er ihm im Traum begegnet war.

## 2

Norberto Navarro Nevada war Angehöriger einer Minderheit. Es gibt nicht viele Nicaraguaner, die keine Gedichte schreiben.

Er hatte es ernsthaft versucht. Schon in der Primarschule. Aber was der Mehrzahl seiner Landsleute angeboren zu sein schien, war ihm nicht vergönnt. Seine Gedichte waren schlecht und hatten ihm das Herz der kleinen Madonna mit den dunkelbraunen Knopfaugen, die er im Alter von sieben Jahren unter allen weiblichen Wesen von Managua als die Seine auserkoren hatte, nicht geöffnet. Er war kein Poet.

Navarros Blick wanderte über den Rasen des Golfplatzes, dann über die flache Sanddüne bis hinaus auf das Meer. Es war das erste Mal seit zwei Wochen, daß er den dunkelgrauen Zweireiher nicht trug, der ihm mittlerweile – zusammen mit den dunklen Krawatten – wie eine Paradeuniform vorkam, in der er seine Mission absolvierte. Heute trug er Jeans, ein dunkelblaues Polohemd und weiße Segeltuchschuhe. Vor knapp zwei Wochen hatte er sich von seinem Vollbart getrennt. Die glattrasierte Haut zwischen Adamsapfel und oberer Wangenpartie war mittlerweile etwas gebräunt, hob sich aber immer noch deutlich von dem ansonsten ledrig dunklen Gesicht ab.

Immerhin sah er jetzt etwas jünger aus. Mit dem Bart waren auch die grauen Haare verschwunden. Navarro war vierzig Jahre alt. Durch den kurzen Haarschnitt und das unverbrauchte Stück Gesichtshaut wirkte er wie Mitte Dreißig. Die letzten vier Jahre hatte er, mit kurzen Unterbrechungen, in der Wildnis verbracht. Er war Guerillero. Er hatte es nicht mit der Lyrik, aber er konnte mit allem umgehen, von

Schnellfeuergewehren über Granat- und Raketenwerfer bis zu Sprengladungen, worauf es im bewaffneten Widerstand ankam. Und er war der geborene Führer. Deshalb war er jetzt hier, in diesem Golfhotel in der Nähe von Valencia, direkt am Mittelmeer. Seine Widerstandsbewegung gegen die sandinistische Regierung hatte sich an der Grenze zwischen Nicaragua und Costa Rica festgekämpft.

Mit eintausendfünfhundert Mann kontrollierte Navarro ebenso viele Quadratkilometer im südöstlichen Nicaragua und überwachte fast die gesamte Länge des Rio San Juan. Trotzdem drohte der Traum von einer Exilregierung in San Juan del Sur zu platzen. Nichts tat sich. Munition, Waffen und Ausrüstung reichten nicht aus, Verstärkung mußte her. Ein Pakt mit der CIA kam nicht in Frage. Die Zusammenarbeit mit der Contra war nicht akzeptabel. Kein Handel mit den Schlächtern der ehemaligen Nationalgarde! Aus diesem Grund hatte Norberto Navarro Nevada, den nicht nur Kampfgefährten und Gegner, sondern die ganze Welt als »Comandante Arango« kannte, das Oliv des Kampfanzugs gegen einen dezenten grauen Zweireiher und die Schnürstiefel gegen ein Paar italienische Slipper eingetauscht und sich von San José aus nach Europa begeben. Eine größere Kollekte für die gute Sache war der einzige Ausweg aus dem Dilemma.

Navarro drehte sich um und ging über den Kiesweg zum Hintereingang des Hotels zurück. An einem kleinen Tisch in der Bar saß sein Verhandlungspartner. Er hatte ihn einige Minuten allein gelassen, um frische Luft zu schnappen. Der Mann sah von seinen Unterlagen auf und lächelte freundlich. Dem feisten Gesicht nach zu urteilen, aß und trank er gern. Sein schütteres Blondhaar war mit Spray festgepappt. Die Ärmel seines weißen Hemdes hatte er bis zu den Ellenbogen hochgekrempelt. Der Kragenknopf über dem heruntergezogenen Krawattenknoten war geöffnet. Die billigen holländischen Zigarren, die der Mann rauchte, beleidigten Navarros Nase. Das Kraut konnte nicht annähernd mit einer anständigen Joya de Nicaragua oder einer Rosalones mithalten.

Der Nicaraguaner setzte sich wieder an den Tisch. Der Barkeeper brachte eine frische Runde Kaffee und Brandy. Der Europäer, mit dem Navarro verhandelte, sprach fließend Spanisch. Trotzdem hatte Navarro Mühe, ihn zu verstehen. Wenn es um Geld ging, hatte die Sozialistische Internationale einen ausgeprägten deutschen Akzent.

Der Rest der Delegation befand sich draußen auf dem Golfplatz. Nach zwei Tagen intensiver Gespräche war man sich einig. Jetzt ging es nur noch darum, wie das Finanzielle abgewickelt wurde. Der Mann mit den billigen Zigarren war der Buchhalter und Kassenwart. Er hatte sein Handwerk bei der gutbetuchten Sozialdemokratischen Partei Deutschlands gelernt. Die Portugiesen und Spanier hatten sich mehr an den verbalen Kraftakten beteiligt. Der Schwede war ein neurotischer Golfspieler und hatte Schwierigkeiten, sich auf die politische Lage in Mittelamerika zu konzentrieren. Es wurde ein iberoamerikanischer Alleingang in Sachen Solidarität, und die Deutschen mußten wie immer zahlen.

Der Parador Nacional »Luis Vives« in El Saler war für die Zeit der Verhandlungen von Sicherheitskräften abgeschirmt. In der Hotelhalle und auf dem Gelände patrouillierten Polizisten in Zivil. Trotzdem detonierte, exakt vier Minuten nachdem Navarro sich wieder an den Tisch gesetzt hatte, eine Bombe, deren Druckwelle den Nica gegen den Deutschen schleuderte und beide Männer zu Boden warf. Ein Regen aus zersplittertem Holz, Mauerwerk und Putz ging nieder. Der Knall der Explosion hallte nach. Dann Stille, und danach die hysterischen Geräusche, wie sie ein überforderter Sicherheitsapparat produziert. Sirenen, das Poltern von Stiefeln, gebrüllte Befehle.

Navarro spürte zunächst nur das Fleisch des Deutschen unter sich. Wenige Sekunden später war auch das Gefühl für den eigenen Körper wieder da. Vorsichtig erhob er sich und wartete auf den Schmerz, der auf eine Verletzung folgen würde. Nichts. Er war unversehrt. Er atmete durch und half dem Sozialdemokraten auf die Beine.

Sicherheitskräfte stürmten in die verwüstete Bar. Arrogant grinste Navarro ihnen entgegen und winkte lässig ab. Kein Grund zur Panik. Durch ein Loch in der Außenwand konnte Navarro sehen, wie der Schwede, Golfschläger in der rechten Hand, auf das Hotel zutrabte, gefolgt von den anderen Mitgliedern der Delegation.

»Wir werden uns wohl einen anderen Ort suchen müssen, um das Geschäft zu Ende zu bringen«, sagte der Nica trocken.

»Unglaublich«, murmelte der Deutsche verstört und betastete vorsichtig sein Gesicht.

»Dilettantisch«, versetzte Navarro.

»Wir sind doch hier nicht in Mittelamerika«, maulte der Sozialdemokrat.

Navarro lachte kurz und hart. »Ihr könnt nicht alles mit Geld auf Abstand halten. Auch in Europa holt euch ab und zu die Wirklichkeit ein.« Ernst sah er den

Buchhalter der Solidarität an, dann klopfte er sich unwirsch etwas Putz von der Schulter.

## 3

Schulz stand an der Steinbrüstung der Veranda und starrte in die Tiefe. Der Morgen war kühl und klar. Das Wasser sah aus wie blaues Eis. Mirador de Catarina hieß der Fleck, auf dem er sich niedergelassen hatte.

Er ging aus dem Haus, holte den Jeep aus der Garage und fuhr durch das Dorf zur Landstraße. Nachdem er rechts abgebogen war, steuerte er den Wagen nach Masaya und dann in Richtung Managua.

Zehn Minuten später bog er abermals nach rechts von der Landstraße ab und nahm die Auffahrt zur Festung Coyotepe. Das Fort lag auf einem Hügel in der Ebene. Eine Trutzburg der spanischen Eroberer, von den Somozas zu einem gefürchteten Gefängnis für politische Gefangene umfunktioniert. Tief im Hügel unter dem Gemäuer mit den kantigen Zinnen lagen die Zellen und Folterkammern, in denen die Diktatoren ihre Gegner gequält hatten. Nach ihrem Sieg hatten die Sandinistas die Verliese gelüftet, bis der Gestank von Exkrementen, Blut und Fäulnis nachließ. Ganz würde er nie verfliegen. Lange hatte das Fort leer gestanden. Eine Wallfahrtsstätte für Polittouristen. Dann machten es die neuen Herrscher zum Hauptquartier ihres Staatssicherheitsdienstes. Das Innenministerium brachte die Büros für Aufklärung und Abwehr in den ehemaligen Zellen unter. Nach wie vor war die Festung der Prüfstand für politische Überzeugungen.

Etwa fünfhundert Meter voraus kroch Bluefields'

blauer Lada die Steigung hinauf. Als Schulz den Jeep wenige Minuten später an der Mauer neben dem Haupttor parkte, stieg Bluefields gerade aus, schlug die Tür zu und wartete. Schulz ging zu ihm.

»Buenos dias«, sagte der Nica, ohne dem Deutschen die Hand zu geben. Statt dessen verlor sich sein Blick über der Ebene, die unter einem blauen Himmel mit weißen Wolken ausdörrte.

»Buen dia«, erwiderte Schulz.

»Die Schrottkisten machen auch nicht mehr als zwei Jahre.« Bluefields sah drei Belarus-Traktoren auf den Feldern zu.

»So schlecht sind sie nun auch nicht. Wenn eure Leute sorgfältiger mit dem Gerät umgingen, würde es auch länger halten.«

Bluefields schwieg. Er hielt nicht viel von Kritik. Erst recht nicht, wenn sie von Ausländern kam.

Schulz sah sich die Rauchfahne des Santiago an. Sie stieg senkrecht in den Himmel. Über dem Krater hatte Somoza seine Feinde aus dem Hubschrauber werfen lassen. Die Lava hatte den Rest erledigt. Aber Vulkane brechen immer wieder aus. Man kann sie nicht einfach vor dem nächsten Beben zubetonieren. Die Hoffnung des Somoza-Clans, seine Feinde für immer vernichten zu können, hatte etwas Naives. Wenn der Druck zu groß wird, bebt die Erde.

»Gehn wir rein.« Bluefields drehte sich um und ging auf das Tor zu.

Mit seinem Begleiter kam Schulz problemlos an den Wachen vorbei in den Innenhof. Unmittelbar rechts hinter dem Eingang führte eine Treppe hinunter ins erste Kellergeschoß. Die Zellen waren ringförmig und auf mehreren untereinanderliegenden Ebenen in den Hügel gebaut. Die beiden Männer liefen durch den

Rundgang. An der Außenseite lagen lange und sehr schmale Sammelzellen, auf der Innenseite die engen Einzelzellen. Die meisten Räume waren nur notdürftig mit Holzplatten und Glasscheiben zu Büros umgebaut worden. Monoton hallte das Klappern einer Schreibmaschine durch die Gruft. Irgendwo klingelte ein Telefon. In regelmäßigen Abständen stachen Lichtbahnen durch die Schießscharten in der Außenmauer in diese Neonwelt.

Bluefields' Büro lag auf der Innenseite. Der Raum war unter diesen Umständen fast luxuriös ausgebaut und eingerichtet. Auf dem abgewetzten braunen Kunststoffboden lagen drei Kokosmatten. Eine unter dem Schreibtisch, eine unter dem niedrigen Rauchtisch und den beiden Besuchersesseln, während die dritte einsam auf den drei bis vier Quadratmetern freiem Raum lag, was dem Büro offenbar den Eindruck von Weitläufigkeit verleihen sollte. Schreibtisch, Stuhl, Sessel, Rauchtisch und Aktenschränke waren eine verwegene Komposition aus Metall und Holz und hatten bereits jahrzehntelange Dienste in anderen Amtsstuben auf dem Buckel. An der Wand hinter dem Schreibtisch hing eine Landkarte von Nicaragua. Kein natürliches Licht. Nur zwei Neonleuchten und eine Schreibtischlampe.

»Setz dich.« Bluefields deutete auf die Sessel, blieb aber hinter dem Schreibtisch stehen.

Schulz nahm Platz und sah zu, wie der Nica flüchtig die Post und den Inhalt zweier Umlaufmappen inspizierte. Bluefields' Büro war die Zelle, in der die Somozisten seinen jetzigen Chef, den Innenminister, in Einzelhaft gehalten hatten. Das Gemäuer der Festung hatte so viel Elend, Schmerz und Angst aufgesogen, daß immer noch etwas davon auf die Menschen abstrahlte, die hier arbeiteten – wie auch auf die Besucher. Für einen Moment hatte Schulz den Geruch von Urin und Blut in der Nase.

»Okay«, sagte Bluefields, kam hinter seinem Schreibtisch hervor und setzte sich auf den freien Sessel neben Schulz.

»Ich frage mich immer wieder, warum ihr gerade hier eingezogen seid.« Schulz besah sich die Neonleuchten.

»Der Chef wollte es so.«

»Ein Bunker . . .«

»Wir sind im Krieg. Warum also nicht hier?« Bluefields zuckte mit den Schultern.

»Pervers. Viele von euch haben hier jahrelang gesessen, sind gefoltert und gequält worden. Ich kann mir nicht vorstellen, daß die Erinnerung daran das Arbeitsklima fördert.«

»Vielleicht motiviert uns das.« Bluefields klang sarkastisch.

»Also, worum geht es?« fragte Schulz.

»Navarro macht Ärger.«

»Ich denke, der angelt Haifische.«

Schulz hatte mit einer gewissen Bewunderung registriert, daß sich Comandante Arango nach verschiedenen Phasen des Widerstandes gegen die Sandinistas an ein beschauliches Küstenfleckchen in Costa Rica zurückgezogen hatte, um dort den Ruhestand zu genießen. Die internationale Presse berichtete regelmäßig über seine »Fischereikooperative«. In Wirklichkeit ging es um Hochseeangeln und finanzkräftige Touristen. Damit verglichen, kam Schulz sein selbstgewähltes Exil an der Lagune unter dem Vulkan regelrecht bieder vor. Norberto Navarro gab fleißig Interviews, drohte von Zeit zu Zeit, die korrupten heimischen Machthaber aus ihren Limousinen und Eigenheimen zu bomben, und nützte jede Gelegenheit, vor der Kamera staatsmännische Gesten einzuüben. Sein einziges und unbestreitbares Lebensziel war es, Präsident von Nicaragua zu werden. Seine Palette der Selbstdarstellungen reichte vom »alten Mann und das Meer« bis zu einer Art Juan Domingo Perón für Anspruchslose. Das Hemingway-Image pflegte er mit seinem Fischkutter. Und es war nicht auszuschließen, daß er eines Tages in einem weiteren revolutionären Kapitel seiner selbstinszenierten Biographie mit dem Boot vor der Küste Nicaraguas auftauchte, um eine Landungsaktion vom Typ »Granma« durchzuziehen.

Navarro war unbestreitbar ein Original und ein Experte, wenn es um Kommandoaktionen ging. Mit dem argentinischen Populisten hatte er weniger gemeinsam als mit dem nordamerikanischen Schriftsteller. Den langen Weg zur Macht ohne öffentliche Aufmerksamkeit durchzustehen, das war nicht die Stärke von Norberto Navarro Nevada. Im Unterschied zu Perón, der, im spanischen Exil von einem Reporter um eine Erklärung für seine nach wie vor ungeheure Popularität in Argentinien gebeten, geantwortet hatte: »Der liebe Gott ist so populär, weil er sich so rar macht.« Damit hatte Navarro als Caudillo im Wartestand seine Schwierigkeiten.

»Marlin und Schwertfisch«, korrigierte Bluefields.

»Was?« Schulz zog die Augenbrauen hoch.

»Keine Haie.«

»Als Köder nimmt man Makrelen oder Bonitos.«

»Ich kenne mich nur mit Thunfisch aus der Dose aus«, versetzte Bluefields. »Und was Navarro angeht, der ist immer für eine Idiotie gut. Diesmal treibt er's zu weit.«

»Was ist los?«

»Du kennst doch die alte Idee der Yankees, das Gleichgewicht in Mittelamerika durch einen Anschlag auf die US-Botschaft in San José zu erschüttern, den man dann uns in die Schuhe schieben kann. Sie haben lange mit dem Gedanken gespielt, um einen Vorwand für eine militärische Intervention zu konstruieren.«

»Das war vor dem Krieg.«

»Richtig. Man sollte meinen, daß sich die Idee seit Ausbruch der Kampfhandlungen erledigt hat. Aber wie wir aus gutinformierten Quellen hören, geistert sie nach wie vor in einigen Köpfen herum. Und unser Amigo Norberto hat was damit zu tun.« Das *Amigo* spie Bluefields förmlich aus.

»Welche Quellen?«

»Santander.«

»Ich habe mir angewöhnt, Santander ernst zu nehmen«, sagte Schulz nachdenklich, obwohl ihm das Szenario etwas unwirklich vorkam.

»Es gibt eine zweite Geschichte, die mit Norberto in Zusammenhang gebracht wird.« Bluefields stand auf, ging wieder hinter den Schreibtisch und ordnete gedankenverloren seine Akten.

»Und die wäre?«

»Ein Anschlag auf den Nobelpreisträger.«

Irgendwo draußen auf den Gängen hustete sich jemand die Lunge aus dem Leib. Schulz musterte eine der drei Kokosmatten auf dem Fußboden. »Ich verstehe immer noch nicht, was das mit mir zu tun hat.«

»Santander ist der Ansicht, daß es dich betrifft«, antwortete Bluefields leichthin.

»Wo ist er?«

Bluefields grinste.

»Ich würde ihn gern sehen. Nach all den Jahren. Aber ich bin sicher, daß er mich nicht wieder in Dinge verwickelt, die für mich Geschichte sind. Ich bin nicht mehr motivierbar«, sagte Schulz.

Bluefields grinste immer noch.

»Scheiß auf die Ideale«, schob Schulz nach.

»Brich dir keinen ab. Es geht nicht um Politik. Nicht für dich.« Bluefields zog die Schreibtischschublade auf, nahm eine Packung Zigaretten und eine Schachtel Streichhölzer heraus. Er pulte eine *Mapleton* heraus, steckte sie zwischen die Lippen und zündete sie an.

»Dann bin ich mal gespannt, was ich damit zu tun habe.« Schulz schnüffelte. Der Tabakduft kam nicht gegen den Eigengeruch des Gemäuers an.

Bluefields griff erneut in die Schublade und brachte eine Fotografie ans Neonlicht. »Die Dame hier ist dein Grund.« Er hielt dem Deutschen das Foto hin.

Schulz kam aus dem Sessel hoch und griff nach der Fotografie. Bevor er einen Blick darauf warf, setzte er sich wieder. Es war gut so.

»Erkennst du sie?« fragte Bluefields.

»Ja . . .«

»Na, immerhin.«

»Wenn ich mich recht erinnere, hat sie mir vor etwa vierzehn Jahren eins über den Schädel gezogen. Ich weiß bis heute nicht, ob es eine Flasche oder ein Revolvergriff war. Jedenfalls hat sie mich ausgeknockt . . .«

». . . und auf ein Boot vor der ecuadorianischen Küste in Sicherheit gebracht.« Bluefields grinste genüßlich.

Schulz sah sich das Foto genauer an. Sie mußte jetzt Ende Vierzig sein, vielleicht schon fünfzig. »Sie hatten Haifischgebisse im Treppenhaus . . .«, sagte er leise.

»Wo?«

»In dieser Pension in Playas ... Hostería Delfín ... Schwertfische ... ein einziges Fischmuseum ... Bilder von Sportanglern ... ein stabiles Holzhaus.«

Bluefields schwieg.

Die dunkelblonde Mähne war einer strengen Pagenfrisur gewichen. Um den Mund hatten sich scharfe Falten eingegraben. Trotzdem hatte Schulz die Frau sofort erkannt.

»Ihr Gesicht war im Profil besonders schön. Sie hatte die feuchten Haare hinter die Ohren geschoben. Es gab ihr etwas Strenges. Sie trug ein Badetuch über den Schultern. Wie eine Stola. Es war kühl auf der Terrasse, angenehm kühl ...« Er hörte die Blätter der Kokospalme leise in der Brise rascheln.

»Muß eine schöne Geschichte gewesen sein, da unten in Ecuador.«

»Der Delphin ...« Schulz starrte auf das Foto.

»Haie, Schwertfische, Bonitos, Makrelen. Ich dachte, wir haben alles durch.« Bluefields atmete laut durch die Nase ein.

»Da lag ein toter Delphin am Strand. Genau an der Stelle, an der ich sie getroffen habe. Sein Körper war aufgequollen. Die halbe Schwanzflosse hat gefehlt. Das Maul stand leicht offen, wie eine Art dämliches Grinsen. Der Wind kam vom Meer. Aber man hat nichts gerochen. Die Brise hat die Fliegen abgehalten.«

»Sie hat dich gerettet«, stellte Bluefields fest.

»Richtig.«

»Jetzt braucht sie deine Hilfe, sagt Santander.«

Schulz reagierte nicht.

»Fahren wir los. Es wird nicht lange dauern.«

»In Ordnung.«

Schulz hielt sich an der Fotografie fest. Aber es half nicht gegen die bleierne Schwere, die ihn in den Sessel drückte.

## 4

Es ging nach Süden.

Kurz nachdem sie Managua hinter sich gelassen hatten, kletterte der Lada bis auf tausend Meter Höhe. Die Temperatur fiel um sechs bis acht Grad. Von links, aus Osten, wehte ein steter Wind, der den Schwefelgeruch des Santiago herantrug. Beiderseits der Straßen standen verlassene Wohnhäuser in der verkrüppelten Vegetation. Nur die Agaven trotzten der chemischen Kriegsführung der Natur. Rechts lag der Pazifik. Eigentlich herrschte hier oben ein angenehmes Klima, aber in der Schneise, durch die der Vulkan seine Abgase blies, konnte kein Mensch leben. Das verlassene Haus, das Bluefields ansteuerte, lag nur wenige hundert Meter von der Landstraße entfernt. Fünf weitere Häuser standen in der näheren Umgebung. Wie Wracks auf einer Sandbank.

Während Bluefields und Schulz aus dem Wagen stiegen, wurde die Haustür geöffnet.

Santander hatte sich kaum verändert. Immer noch der Zwillingsbruder von Charles Bronson. Nur die Haare und der Schnauzbart waren schneeweiß. Er mußte jetzt Ende Fünfzig sein. Er trug einen grauen Anzug über einem dunkelblauen Hemd, das am Hals offenstand. Eleganter Zweireiher und teure italienische Slipper, wie damals am Rio de la Plata, dachte Schulz.

*»¡Hombre!«* Santander kam auf den Deutschen zu und umarmte ihn, dann hielt er ihn an den Schultern

fest und schob ihn auf Armeslänge von sich, um ihn eingehender zu betrachten. Für eine Sekunde legte sich ein Schatten auf Santanders Gesicht.

Schulz wußte, was der Argentinier sah. Alkohol hinterließ Spuren. Und Gabriel Santander García war ein scharfer Beobachter. Egal, was er mit mir vorhat, dachte Schulz, die Zeichen in meinem Gesicht sind ihm nicht entgangen.

»Früher haben wir uns immer im Kaffeehaus getroffen.« Schulz musterte die verwitterte Hausfront.

»Eine richtige Schwefelküche hier oben«, sagte Santander. »Aber meine Freunde meinen, es ist vernünftiger, sich in Managua nicht sehen zu lassen.«

»Es muß ja nicht gerade in der Lobby des Interconti sein.«

»Komm, gehn wir rein«, forderte Santander sie auf.

In der Diele lungerten zwei Uniformierte mit Schnellfeuergewehren herum. Als sie Bluefields sahen, machten sie Anstalten, Haltung anzunehmen, aber El Oloroso winkte ab.

In einem großen Raum, der vermutlich früher als Wohnzimmer gedient hatte, standen ein Tisch und sechs einfache Stühle aus Holz. Die Dielen knarrten. Die Tapete hatte Flecken. Die Scheiben der beiden Fenster zur Straße hin waren mit einem trüben Schmutzfilm überzogen.

Zwischen den Fenstern hing ein altes Boxplakat an der Wand. Es zeigte Cesar Fuentes und einen Mexikaner. Damals hatte der Nicaraguaner noch im Weltergewicht Furore gemacht. Heute war er Weltmeister im Mittelgewicht. Sechs Jahre nach der Machtergreifung der Sandinistas hatte er sich in die Vereinigten Staaten abgesetzt, um Profi zu werden. Cesar Fuentes hatte noch immer Anhänger in der Heimat.

An der gegenüberliegenden Wand hing einsam eine Muttergottes aus rosa Plastik über einem handgeschmiedeten Kerzenhalter, dessen Metalldorn ungenutzt in die Luft ragte. In den sicheren Häusern der Geheimpolizei brannten keine Kerzen für die Unbefleckte Empfängnis.

»Lange halten sich eure Gäste hier anscheinend nicht auf«, sagte Schulz zu Bluefields. »In Buenos Aires sind Santander und ich im Imperial verkehrt. Bester Kaffee und Bandoneonmusik.« Er grinste Santander an. Dann wandte er sich Bluefields zu. »Aus der Musikbox, zugegeben, aber sie hatten dort einen netten Papagei. Ausgestopft. Er hat in einem Katzenkorb gehaust, den sie ihm als Käfig verpaßt hatten. Das Maskottchen des Wirtes.«

»Sehr surrealistisch«, knurrte El Oloroso.

»Eure Jungfrau da an der Wand könnte auch von Dalí sein.«

»Der Schlafraum ist ganz ordentlich«, räumte Santander ein. »Gutes Bett. Harte Matratze. Helle Leselampe. Den Kühlschrank mit Getränken und Eiswürfeln haben sie sinnvollerweise zum Nachttisch gemacht.«

»Vielleicht sollten wir erst mal einen trinken«, sagte Schulz und sah erst Santander und dann Bluefields an. Ihre Mienen zeigten ihm, daß sie wenig davon hielten. Er setzte sich mit ihnen an den Tisch.

»Wir brauchen dich.« Santander ließ das eine Weile im Raum stehen, während er den Deutschen ruhig anschaute.

Schulz versuchte es mit einem Lachen. Es mißlang. »Ich bin häuslich geworden, Gabriel . . .«, sagte er. »Ich habe sogar einen Hund.«

Der Argentinier schwieg.

Aber so schnell gab Schulz nicht auf. Er sah Santander fest in die Augen, konzentrierte sich und sagte: »Ich habe nie ein Lebewesen an mich gebunden, solange ich nicht die Verantwortung dafür tragen konnte und Zeit hatte, mich ihm zu widmen.«

Bluefields hüstelte.

Ruhig musterte Santander den Deutschen. So, als seien dessen Worte pures Valium. »Meinst du das ernst?« fragte er. »Ein Hund?«

Schulz zuckte mit den Schultern.

Bluefields hüstelte wieder.

Schulz entschloß sich zum Frontalangriff. »Comandante Arango soll also Gabo umlegen?«

Santander zog die Augenbrauen zusammen.

»Bluefields hat geheimnisvolle Andeutungen über einen Anschlag auf den Nobelpreisträger gemacht.«

Santander lachte laut, hustete und schüttelte den Kopf. »Wie lange bist du jetzt in Lateinamerika?«

»Rund achtzehn Jahre.«

»Dann solltest du wissen, daß man in diesen Breiten nicht ungestraft einen Schriftsteller umbringt. Schriftsteller sind Heilige in einer Region mit so vielen Analphabeten. Ein Attentat auf Gabriel García Márquez?« Der Argentinier mußte erneut lachen, verschluckte sich und hustete. »Ein Anschlag auf den Literatur-Nobelpreisträger? Mein Gott . . . nein.«

»Was dann?«

»Wenn schon, dann den Mann mit dem Friedensnobelpreis. Der Frieden steht nicht so hoch im Kurs wie die Literatur, Amigo.«

# 5

Omar Torrijos bewachte die Eingangshalle des Flughafens von Panama City. Die Büste des Generals stand hoch über der breiten Treppe, die zu den Warteräumen und den Restaurants im oberen Stockwerk führte.

Chaco Sombra Bucaram stieg langsam die Stufen hinauf und musterte die starren Züge des Populisten. Vielleicht, dachte er, wäre hier alles anders geworden, wenn dieser begnadete Jongleur zwischen den Ideologien überlebt hätte. Statt dessen war wieder einmal ein Hoffnungsträger Lateinamerikas mit dem Flugzeug abgestürzt. Der General in Panama, Präsident Roldos in Ecuador. Bomben oder Radar-Störgeräte, egal, was den Tod letztendlich gebracht hatte. Träume von Unabhängigkeit und Gerechtigkeit waren gefährlich in diesen Breiten. Entweder sie verflogen schnell wie ein tropisches Fieber, oder sie brachten den Tod.

Sombra passierte die Büste, wandte sich nach rechts und ging zum Flughafenrestaurant. Ein schlanker, zerbrechlich wirkender Mann von Ende Zwanzig. Geboren in Rivas, im Süden Nicaraguas. Nach dem Sieg der Sandinistas war er mit seinem Vater, einem Händler für alles, und seiner Mutter, einer Tochter aus reichem libanesischem Elternhaus im kolumbianischen Barranquilla, nach Miami emigriert. Er hatte eine Schwester in Carácas, zwei Brüder in New York. Chaco Sombra hatte sich für die heimliche Hauptstadt Lateinamerikas entschieden: Miami war der Dreh- und Angelpunkt für alle Entwicklung in der Region. Miami, das war La Habana vor Castro. Südflorida war der heißeste Platz in Nordamerika, klimatisch wie politisch. Schwüler Zauber, moderner Glanz und die unerschütterliche Hoffnung auf die Wiederbelebung der alten Zeiten im südlichen Amerika, Wiederauferstehung jener Werte, die existiert hatten, bevor die Kommunisten den Arbeitern auf den Zuckerrohrfeldern und Bananenplantagen eingeredet hatten, wie die zukünftige Welt auszusehen hätte.

Sombra junior hielt es da wie Sombra senior: Geld und Politik. Deshalb Miami. Dagegen war Panama ein Drecksloch. Das einzige, was in dieser Poststation, in der halb Mittel- und Südamerika die Pferde wechselte, sauber wurde, war das Geld aus dem Rauschgifthandel. Panama war eine einzige große Waschmaschine für Banknoten aus schmutzigen Geschäften. Und jetzt war es auch noch das Kommando- und Erholungszentrum für die US-Truppen, elektronische Schaltstelle und Bordell im Krieg gegen das nördliche Zentralamerika.

Sombra packte den Griff seines Diplomatenköfferchens fester, rückte den Knoten der senfgelben Seidenkrawatte zurecht und zupfte eine Fussel vom Revers seines beigen Zweireihers. Er hatte eine Verabredung mit einer Dame. Den Fotos nach zu urteilen, war sie eine Schönheit. Prüfend strich er sich mit den Fingern der rechten Hand über den Schnurrbart und dann über die gewellten Haare. Zielsicher nahm er Kurs auf die Cafeteria.

Anita Shapiro war nicht zu übersehen. Eine große Mulattin in einem eleganten Kostüm, dessen Olivton ideal zur Region paßte. Nur der modische Schnitt erinnerte an friedlichere Orte, an Paris etwa oder Rom. Die hochhackigen Sandalen aus schwarzem Leder ließen die Beine sehr lang wirken. Auf dem wilden Afro thronte ein Turban aus weißem Tuch. Die junge Frau – sie war dreiundzwanzig Jahre alt, wie Sombra wußte – stand vor dem Selbstbedienungsbuffet und nahm sich eine Tasse Kaffee. Sombras Blicke folgten ihr bis zur Kasse. Als sie den Tisch ansteuerte, an dem sie ihre Reisetasche zurückgelassen hatte, ging Sombra auf sie zu.

»Miss Shapiro?« fragte er in seinem besten US-Amerikanisch. Immerhin war die Dame aus Jamaika. Und dort sprachen sie so etwas wie Englisch, wenn er richtig informiert war.

Anita Shapiro sah freundlich auf den etwa drei Zentimeter kleineren Latino herab. Sie lächelte, stellte das Tablett mit der Kaffeetasse auf den Tisch und reichte Sombra eine schlanke Hand mit langen Fingern. Am Gelenk hingen vier Elfenbeinringe.

*»Buenos días, Señor Sombra. Mucho gusto.«* Ihr Castellano klang perfekt. Mit einer Handbewegung forderte sie Sombra auf, Platz zu nehmen, und setzte sich.

*»Mucho gusto«*, antwortete Sombra in seiner Muttersprache, stellte sein Köfferchen ab und setzte sich ihr gegenüber.

»Ich bin in Eile, meine Maschine nach Kingston geht in fünfzig Minuten. Soll sie jedenfalls. Auf diesem Rummelplatz weiß man ja nie, ob man pünktlich wegkommt. In Zeiten wie diesen muß man rechtzeitig in den Startblöcken sein, wenn man überhaupt eine Chance haben will.« Sie lächelte wieder. »Es sei denn, man hat einen Kampfanzug an, ein Gewehr im Arm und soll dringend die Front verstärken.« Damit spielte sie auf eine Gruppe nordamerikanischer GIs im hinteren Teil der Cafeteria an. »Ich dachte immer, daß die von ihren Militärflughäfen aus starten.«

»Im Krieg ist jeder zivile Airport ein Militärstützpunkt.« Sombra war von ihrem Lächeln fasziniert. Die vollen Lippen gaben eine Reihe großer und sehr weißer Zähne frei, und die kleine Nase zog neben dem schmalen Rücken Fältchen. Selbst die großen Augen unter den langen Wimpern lächelten mit. Das Grünbraun der Iris war eine perfekte Mischung aus der Farbe ihres Kostüms und ihrer Haut. »Ich komme erst in drei Stunden weiter. Wenn sie nicht auch diese Maschine streichen. Der Flug aus Medellín ist ausnahmsweise mal pünktlich angekommen. Dafür fiel die Anschlußmaschine nach Miami aus.«

»Was machen Sie in Kolumbien?« Sie nahm einen Schluck Kaffee.

»Ich bin auf der Suche nach Finanzierung.« Sombra grinste. »Irgendwo muß das Geld für unsere Vorhaben ja herkommen. Sie kennen das sicher. Bei Ihnen auf der Insel ist es wohl mehr Marihuana, soweit ich gehört habe.«

Anita Shapiro verzichtete auf ihr Lächeln. »Mittlerweile dreht sich auch bei uns alles um Kokain.«

»Ohne den Stoff ist in der Gegend hier keine politische Idee finanzierbar«, stellte Sombra fest. »Bitter genug, daß man mit diesen Gorillas und Analphabeten Geschäfte machen muß. Aber unumgänglich. Machen wir uns nichts vor.«

»Ich mache mir nichts vor.« Da war wieder das Lächeln. Diesmal mit einem Hauch von Kälte, leicht wie frisch gefallener Schnee.

Chaco Sombra schwieg und betrachtete fasziniert ihre Zähne.

»Und wie lebt es sich in der kubanischen Diaspora?« fragte Anita Shapiro sarkastisch.

»Miami ist die wichtigste Stadt im ganzen Spiel.«

Sombra blieb ungerührt. »Sie kennen doch den alten Spruch über die wahre Größe Kubas?«

Anita Shapiro schüttelte den Kopf.

»Die Insel liegt in der Karibik, die Regierung ist in Moskau, die Armee in Afrika, und das Volk lebt in Miami.« Sombra gestattete sich ein überlegenes Grinsen. »Ist heutzutage ein bißchen überholt, ich weiß.«

»Allerdings.« In ihrem Tonfall lag jetzt eine Schärfe, die eine Grenze zwischen Jamaika und den spanischsprachigen Regionen zog, eine sehr selbstbewußte Schärfe, die ihrem Castellano einen anderen Rhythmus gab, eher Reggae als Rumba.

»Eine Tasse Kaffee?« fragte sie in britisch eingefärbtem Englisch.

»Danke, später, ich habe ja noch genug Zeit«, antwortete Sombra in seinem breitesten US-Slang. »Kommen wir zur Sache. Was kann ich dem Boß berichten? Wird unser Mann kommen?«

»Er wird kommen. Er hat fest für die Tagung in Kingston zugesagt.«

»Dann war Ihre Mission in San José also erfolgreich. Gratuliere.« Sombra nickte zufrieden.

»Die Partei meines Vaters hat immer noch einen guten Ruf«, erklärte sie stolz.

»Ich hatte Sorgen, daß unsere Friedenstaube Costa Rica während des Krieges nicht verlassen würde. Wie lange dauert die Konferenz?«

»Eine Woche. Er wird aber nur die ersten drei Tage anwesend sein. Das muß reichen. Wir sollten froh sein, daß er überhaupt kommt.«

# 6

Schulz hatte Carmen versprochen, mit ihr ins Kino zu gehen. Auch Santanders Auftritt in der Schwefelschneise konnte ihn nicht davon abbringen. Vielleicht brauchte er auch nur etwas Abwechslung. Sein geruhsamer Alltag war in den letzten sechsunddreißig Stunden erheblich in Unordnung geraten.

Carmen trug einen verwaschenen Jeans-Anzug, ein rotes T-Shirt und Cowboystiefel. Ihre blauschwarze Mähne hatte sie mit einem dunkelblauen Seidenschal zu einem Pferdeschwanz gebunden. Sie sah großartig aus. Selbst das Porträt von Marilyn Monroe im Foyer des Kinos ließ Schulz völlig kalt.

Der Zuschauerraum war brechend voll. Die Hälfte der Besucher trug Kampfanzüge. Männer wie Frauen. Auch hier hatte der Krieg seinen Fuß in der Tür. Der Streifen *Mujeres de la frontera* war inzwischen zu einem Kultfilm geworden. Damals hatten die Frauen an der Front noch gegen die Contra gekämpft. Heute standen sie dem eigentlichen Feind gegenüber. Diesmal wurde ihnen mehr als Guerillataktik abgefordert. Die aktuelle Auseinandersetzung war mit einem lumpigen AK-47 nicht zu bewältigen. Es regnete Tonnenlasten aus hochfliegenden Bombern. Der Feind setzte Raketen und Napalm ein. Computer führten die Regie.

Schulz hatte Carmen am späten Nachmittag über seine bevorstehende Abreise informiert. Übermorgen sollte es soweit sein. Sie hatte es ruhig und gelassen hingenommen, als wüßte sie, daß er wiederkommen wurde. Er hatte ihr nicht gesagt, daß es sich um einen Freundschaftsdienst für eine andere Frau handelte. Carmen hatte seine Narben gezählt. Sie hatte Erfahrungen mit solchen Dingen. Der Gedanke, daß er eines Tages wieder in den Krieg ziehen würde, war ihr vertraut. Wichtig war nur die Hoffnung auf die Heimkehr.

Sie hielt seine Hand. Die Frauen im Film waren alle sehr entschlossen. Die Hauptdarstellerin, Feliciana del Carmen Rivera Jiménez, hatte kleinere Brüste als die Monroe. Bei der Szene, in der sie nackt zu sehen war, ging es um Masturbation und Einsamkeit. Schulz hatte den Film schon dutzendmal gesehen. Immer mit Carmen zusammen. Er fühlte sich jedesmal schuldig und beschissen. Wenige Minuten nach der Sexszene trat für einen sehr kurzen Augenblick ein Nebendarsteller auf. Ein Laie, in voller Kampfmontur und mit einem Schnellfeuergewehr. Er spielte das, was er war, einen Soldaten an der Front. Er lachte freundlich.

Carmen bekam jedesmal feuchte Hände und drückte sich eng an Schulz. Jedesmal weinte sie. Der Mann da oben auf der Leinwand war ihr Bruder bei seinem letzten Auftritt. Zwei Monate später hatte ihn ein Contra-Kämpfer mit einem Granatwerfer in Fetzen geschossen.

## 7

Das Flughafengebäude lag wie ausgestorben in der Morgendämmerung, und auf dem Flugfeld war es angenehm kühl, als die beiden Männer auf die zweimotorige Maschine zugingen. Die Triebwerke liefen noch nicht. Der Pilot und ein Mann vom Bodenpersonal hatten mit den Startvorbereitungen gewartet, bis der Dienstwagen neben dem Gebäude aufgetaucht war.

»Ich finde das Ganze nicht fair«, brummte Bluefields. »Wenn er in guter Form wäre, okay. Wenn es um eine edle politische Angelegenheit ginge, auch okay. Aber diese Mischung aus ideologischer Sciencefiction und organisiertem Verbrechen geht mir gegen den Strich. Und dann schieben wir auch noch diese Frau vor. Das Ganze stinkt.«

»Ohne die Frau hätten wir ihn nicht bekommen«, antwortete Santander. »Außerdem ist der Aufhänger eine ganz ehrliche Bitte um Hilfe. Sie braucht ihn wirklich. Und wir brauchen ihn auch. Keiner kennt Norberto Navarro besser als er. Er wird schon sehen, was es mit der Angelegenheit sonst noch auf sich hat. Er kann Schritt für Schritt entscheiden, ob er weitermachen will oder nicht. Und wie ich ihn kenne, bleibt er dran. Er ist ein Bluthund.« Stolz klang bei den letzten beiden Sätzen durch.

»Er ist Navarro nicht mehr gewachsen.«

»Das sehe ich anders. Ich gebe zu, daß auch ich meine Bedenken hatte. Aber wir haben keine andere Wahl. Die Sache hat zu viele persönliche Gesichtspunkte. Nur jemand, der die Beteiligten kennt, sie einschätzen kann und den richtigen Instinkt entwickelt, hat eine Chance. Ich kann keinen Unbeteiligten darauf ansetzen.«

»Es ist nicht fair.« Bluefields schüttelte den Kopf.

Santander lächelte den Nica an. »Was hätte er wohl getan, wenn wir ihn in die ganze Geschichte eingeweiht hätten?«

»Er hätte sich einen dreifachen *Flor de Caña* eingegossen, von seiner Veranda aus auf den Vulkan geschaut und seinen Arsch keinen Meter von der Lagune wegbewegt.«

»Eben.«

## 8

Das Zentrum von Managua erinnerte Schulz immer wieder an die Fotos vom Tiergartenareal im zerbombten Berlin nach dem Zweiten Weltkrieg. Ein Tohuwabohu aus verlassenen Grundstücken, Trümmern und Schutt. Nur daß die mittelamerikanische Version durch die Wellblechhütten und die blühenden Bougainvilleen tropischer wirkte, wilder.

Am 23. Dezember 1972, kurz nach Mitternacht, hatte ein Erdbeben Häuser zerstört. Die Katastrophe hatte die sozialen Konflikte über die Schmerzgrenze hinausgetrieben und den Klassenkampf geschürt. Deutlich wie nie zuvor war die Korruption in all ihren Spielarten sichtbar geworden. Das Baugewerbe, in der Hand Somozas, florierte und warf gigantische Gewinne ab. Die Spekulation erlebte Blütezeiten. Die Nationalgarde, die aufgrund blutiger Folter den Ruf einer Elitetruppe der inneren Sicherheit genoß, degenerierte zu einer Horde von Bazargaunern und Schwarzmarkthyänen. Während die Garde, bar jeder Disziplin, aus dem Ruder lief, übernahmen US-Einheiten das Kommando. Die Yankees scheuchten die überlebende Bevölkerung mit englischen Sprachbrokken herum und säuberten Straßen und Ruinen mit Flammenwerfern von den Leichen. Internationale Hilfsgelder verschwanden in dunklen Kanälen und trugen lediglich zur Erweiterung des Angebotes auf dem Schwarzmarkt bei. Der Diktator nannte dies »eine Revolution der Möglichkeiten«.

Über dieses Trümmerfeld zog zu allem Überfluß im Oktober 1988 der Hurrikan Joan. Elf Stunden lang. Mit zweihundertsechzig Kilometern pro Stunde raste er über die Karibikküste. Er knallte wie eine Atombombe auf die Blechhütten und machte alles dem Erdboden gleich. Über Managua entwickelte der Sturm immerhin noch eine Geschwindigkeit von sechzig Kilometern pro Stunde. Für ein Chaos reichte das noch.

Managuas Orientierungspunkte waren ausradiert. Sie existierten nur mehr in den Köpfen der Einheimischen weiter. Auf die Frage nach dem Weg erhielten Ortsunkundige so präzise Antworten wie: »Dort, wo die Pepsi-Fabrik war« oder »Dahinten, wo der kleine Baum gestanden hat.«

Wenn es etwas gab, das Schulz nach all den Jahren noch beeindruckte, dann waren es die Wärme und Aufgeschlossenheit, mit der die Nicas in Armut, Not und Chaos Stil bewahrten. Ihr guter Wille war verschleißfest. Spontane Akte der Großzügigkeit waren auch unter größtem Druck an der Tagesordnung. Flexibilität und Erfindungsreichtum hatten Hochkonjunktur. Kein einziger Soldat, ob weiblich oder männlich, trug eine komplette, einheitliche Uniform. Phantasie bei klarer Kontur, das war Marke Nica. Porsche-Sonnenbrille und AK-47, Designer-Jeans aus Miami zu kubanischer Kampfjacke. Und bei diplomatischen Empfängen baten die Compañeras in Oliv allenfalls darum, das Gespräch auf die Veranda zu verlegen, damit sie mit den Hochhackigen nicht im Rasen versanken. Nur Gringas trugen flache Schuhe.

Schulz war auf dem Weg zum Mirador Tiscapa. Er überholte einen Armeekonvoi und fädelte sich hinter einem verkrüppelten Lastkraftwagen wieder ein. Als Frontscheibe hatte man dem LKW eine dreiteilige Duschkabinenwand angeschweißt. Auf dem Dach des Führerhauses thronte als Tankersatz ein Ölfaß – Benzinpumpen waren rar. Der Krieg im Norden sorgte dafür, daß die Nicas beim Improvisieren nicht aus der Übung kamen. Schulz konnte sich nicht mehr erinnern, wann die Regierung die neuesten Banknoten eingeführt hatte, geschweige denn, wann die Scheine zum letzten Mal mit neuen Nennwerten überdruckt worden waren. Bei einem Schwarzmarktkurs von einer Million Cordobas pro Dollar hatte er es aufgegeben, sich für Wirtschaftsstatistik zu interessieren.

Er parkte den Jeep auf dem asphaltierten Platz auf der anderen Straßenseite. Das Restaurant lag hoch über einer kleinen Lagune. Blickte man über das Wasser, so sah man das hellgrün gestrichene Militärhospital und das ehemalige Hauptquartier Somozas: El Bunker. Hier hatte sich der Diktator verschanzt, bevor er mit den Särgen seines Vaters und seines älteren Bruders nach Miami geflohen war und den Sandinistas die Macht überlassen hatte. Später, im Exil in Paraguay, hatte ihn ein argentinisches Kommando erwischt. Am Vormittag des 17. September 1980 liquidierten Kämpfer des Revolutionären Volksheeres, des militärischen Arms der Revolutionären Arbeiterpartei, »Tachito« in Asunción auf dem Rücksitz seines weißen Mercedes mit Garben aus einem M-16-Schnellfeuergewehr, bevor sie Fahrzeug und Leiche mit einer Bazooka in die Luft jagten.

Elba saß bereits an einem Tisch, nahe der Brüstung. Schulz beugte sich zu ihr hinunter und küßte sie auf die Wange.

»Du kannst Carmen sagen, daß der Mann, der das Bier organisieren wollte, einberufen worden ist«, sagte sie zur Begrüßung.

»Bei der Versorgungslage sollte man nur Rum trinken.« Er setzte sich.

»Sie haben Probleme mit den Kronkorken. Seife ist auch knapp.«

»Ich wäre schon froh, wenn sie die Wasserversorgung in den Griff bekämen. Ich habe heute morgen wieder eingeseift unter der Dusche gestanden, als es anfing zu tröpfeln.«

»Du mußt doch langsam wissen, wann es kein Wasser gibt. Sind schließlich nur zwei Tage in der Woche«, erwiderte Elba.

»Immerhin nur zwei. Ich habe erwartet, daß sie mit Beginn des Krieges drei Tage durchsetzen.«

»Wir müssen für unsere Überzeugungen einen hohen Preis zahlen. Und rationiertes Wasser ist nun wirklich eins der kleineren Übel.«

So war sie. Schulz kannte Elba Riofrio de Savinelli sehr gut. Zwei Jahre lang hatte er mit ihr zusammengelebt. Sie hatte ihn damals schwer beeindruckt. Groß, schlank und gut proportioniert. Kurze schwarze Haare, schon damals mit grauen Strähnen, die echt waren. Grüne Katzenaugen. Volle Lippen und kleine scharfe Raubtierzähne. Die Zähne hätten Schulz warnen müssen. Aber er kam von der Südfront. Er hatte gewonnen, er war ausgehungert. Eine Weile war es herrlich. Dann wurde es Elba zu langweilig, mit einem vernarbten Frontschwein ins Bett zu gehen. Sie entdeckte diesen Verleger und erinnerte sich daran, daß sie zwar Revolutionärin und Sozialistin war, aber eben doch aus vornehmer Familie in Granada stammte. Sie trennte sich von Schulz. Elba überließ ihm das Haus mit Blick auf ihre Geburtsstadt. Vielleicht, um ihn mit der Tradition zu konfrontieren. Sie gab ihm auch Geld, wenn er welches brauchte. Sie war nach wie vor eine ausgesprochen attraktive Frau und manchmal eine gute Freundin.

Sie bestellten die üblichen großen Stücke Fleisch, dazu Salat. Es gab sogar Bier.

»Weißt du noch . . . im Restaurante Terraza?« fragte Elba.

»Ja. Das Essen war gut«, gab Schulz zu, obwohl er dort meistens so betrunken gewesen war, daß man ihm auch Klapperschlangen-Curry hätte servieren können, ohne daß er es bemerkt hätte. Das Restaurant gehörte einer Kellnerkooperative. Die Jungs waren harte Trinker.

Bevor Schulz Elba über seine anstehende Reise unterrichten konnte, hielt sie ihm den unvermeidlichen Vortrag über die Lage an der Front. Das war sie sich schuldig. Schließlich gehörte sie zu den innersten Kreisen von Managua. Sie klammerte sich an ihren Salonmarxismus wie die Gattin eines texanischen Erdölmillionärs an ihre monatliche Privatmodeschau. Schulz hörte ihr geduldig zu. Das Volk blutete, und Elba blutete mit. Noch war keiner besiegt. Noch war alles machbar. Die USA hatten sich durch Wahlen eine Zeitlang eine Wunschregierung gekauft, bis sie im Koalitionsstreit untergegangen war. Die Sandinistas waren auch während ihres Intermezzos in der Opposition eine Macht gewesen, die sich auf rund vierzig Prozent der Bevölkerung stützen konnte und vor allem die Streitkräfte, die Geheimpolizei und die Arbeiter- und Bauernorganisationen beherrschte. Mochten die Yankees noch so viele Bomben auf Honduras, El Salvador und Guatemala abladen, Nicaragua, Mexiko und die freie Karibik würden zäh weiterkämpfen. Costa Rica war wie immer der berechenbare Nachbar. Und Panama würde durch interne revolutionäre Erschütterungen als Stützpunkt für die Nordamerikaner ohnehin bald problematisch werden.

Schulz sparte es sich, erneut darauf hinzuweisen, daß es mit der Kampfmoral Mexikos offenbar nicht weit her war, daß Costa Rica nach wie vor eine Trumpfkarte im ganzen Spiel sein könnte und es in Panama schon so lange brodelte, daß es keineswegs zum Überkochen kommen mußte.

Zwischendurch ging er pinkeln. Auf der Toilette begegnete er Pablo. Er und Schulz trafen sich am Pißbecken, im Interconti, im Antojitos, hier. Egal, wo der Deutsche saß und trank, immer tauchte Pablo auf, grinste durch seinen schwarzen Vollbart, öffnete den Reißverschluß seiner dreckigen braunen Hose, hievte seinen Bauch über das Becken und massierte seinen Schwanz, während er Wasser ließ. Und immer hatte Pablo eine unbedeutende Information für Schulz.

»Höre, du wirst wieder aktiv, Amigo«, grunzte der Kubaner.

»Ach ja?« Schulz ließ sich auf das eingespielte Ritual ein.

»Nur soviel, Amigo . . .«, sagte Pablo. Sorgfältig schüttelte er die letzten Tropfen ab, bevor er sein Gerät wieder in der Hose verstaute und sehr leise und vertraulich *»¡La Purísima!«* sagte.

Schulz nickte. Was immer das auch bedeuten mochte. Bislang war noch keine von Pablos Mitteilungen wichtig gewesen.

Elba und Schulz aßen, dann tranken sie noch ein Bier, und bevor die Mittagshitze Schulz dahinraffen konnte, lud Elba ihn zum Kaffee in den Verlag ein.

# 9

Elba residierte im Verlag.

Mit Vorliebe wickelte sie auch den Großteil ihres Privatlebens dort ab. Zu diesem Zweck hatte sie auch eine Wohnung im Hinterhaus. Die physische Nähe zur literarischen Produktionsstätte unterstrich Elbas großen Hang zu Kultur. Sie schmückte sich mit dem Verlag wie mit einer sehr teuren Perlenkette. Die Druckerei war außerhalb von Managua, in Masaya, und so liefen ihr nur durchgeistigte und ästhetisch erträgliche Zeitgenossen über den Weg.

Schulz besah sich zum wiederholten Male die Sammlung gerahmter Berühmtheiten an der Wand. Pablo Neruda, Ernesto Cardenal, Tomás Borge, die Ortega-Brüder, Sergio Ramírez, Fidel Castro, Karl Marx, Lenin, Gorbatschow und erstaunlicherweise Carlos Santana.

»Hat Santana ein Buch geschrieben?« rief er in die Küche.

Elba antwortete nicht.

»Roberto ist auf einer Messe in Madrid«, sagte sie laut, während sie Kaffee machte.

Schulz wußte, daß es keine Aufforderung war. Roberto Savinelli war ein treuer Ehemann. Und seit Elba zweimal Mutter geworden war, spielte sie die vollbeschäftigte Gattin.

»Ich wollte mit dir reden, weil ich eine Weile auf Reisen gehe.«

»Ich weiß. Eduardo hat es angedeutet.« Sie kam mit einem Tablett aus der Küche und stellte Tassen, Zukker und Kaffeekanne auf einen niedrigen Rauchtisch, auf dem je ein Exemplar der *Barricada* und des *Nuevo*

*Diario* lagen. Auch eine Kiste Rosalones stand auf dem Tisch.

Schulz ignorierte die Propaganda und nahm sich eine Zigarre. »Bluefields ist ein Waschweib.«

»Du solltest Eduardo nicht immer Bluefields nennen. Wenn du ihn schon unbedingt beim Nachnamen nennen mußt, dann sag Profumo.« Sie schenkte Kaffee ein.

»*El Oloroso.*« Schulz ließ es auf der Zunge zergehen.

»Eduardo ist sehr verschwiegen.« Elba setzte sich aufs Sofa. Mit ihren Worten unterstrich sie die Zugehörigkeit zum inneren Zirkel. In Wirklichkeit hatte sich an den Familienclans und ihrer Macht nichts geändert. Nicaragua war eine einzige große Hacienda. Es ging um die Rivalität wohlhabender Gruppen und nicht um den Schlagabtausch zwischen Kapital und Marx.

»Es wird Zeit, daß Navarro ein Ende bereitet wird«, sagte sie.

»Bluefields muß wirklich sehr verschwiegen sein, wenn er sich bei dir sogar über Comandante Arango ausweint.« Schulz nahm die Tasse vom Tisch, blieb aber stehen.

»Comandante Arango«, spuckte Elba aus. »Er hat kein Recht auf diesen Titel.«

»Immerhin ist er der einzige aus der Kerntruppe, der Sandino ernsthaft nacheifert. Absoluter Nationalist. Pur. Gegen jede Abhängigkeit vom Ausland. Vielleicht ein bißchen verrückt. Ein Hauch Don Quijote. Es gab Zeiten, da nannten wir ihn sogar *El Unico*«, sagte Schulz.

Sie ignorierte seine Ketzerei. »Ich finde es gut, daß du wieder aktiv an unserem Kampf teilnimmst«, lenkte sie ein.

Seit sie Mutter geworden ist, hat sie was penetrant Großzügiges an sich, dachte Schulz. »Es hat nichts mit Norberto Navarro zu tun, und auch nicht mit eurem Kampf.«

»Erzähl mir nichts, Kurt.« Sie lächelte überlegen.

»Es geht um eine Frau.«

»Eine Frau?« Ihr Sarkasmus war unüberhörbar. »Wie denn das? Ich denke, du vögelst mit deinem Dienstmädchen. Wenn du dich nicht gerade vollaufen läßt oder deinen Hund streichelst.«

»Laß Carmen da raus«, sagte Schulz scharf.

»Warum?« Ihre bösartige Ader kam durch. Madonna auf dem Kreuzzug. »Findest du das gut? Unzucht mit Abhängigen?«

»Sie ist nicht abhängig von mir.«

»Ach, wirklich?«

Da war die alte Häme. Die Bitterkeit. Er rechnete jeden Moment damit, daß sie ihm wieder das Studium weiblicher Lyrik ans Herz legen würde. Gedichte von Frauen halfen angeblich gegen den Machismo. Seit Daniel Ortega in einem Interview mit dem *Playboy* diese These vertreten und als Knackpunkt des Verhältnisses zu seiner Ehefrau ausgegeben hatte, war Elba besessen von dieser Idee. Schulz hatte nichts gegen Poesie. Er war nur vorsichtig. Poesie war Macht in diesem Land.

»Du wirst es nie kapieren«, sagte er.

»Was? Wie es ist, benutzt zu werden? Vor einem Typ wie dir auf den Knien herumzurutschen und seinen Schwanz zu küssen?«

»Lutschen«, sagte er kalt. »Und meistens war es deine Idee, nicht meine.«

Die Kaffeetasse flog zwei Millimeter an seinem rechten Ohr vorbei und krachte gegen das gerahmte

Porträt von Ernesto Cardenal. Die Glassplitter spritzten bis auf den Tisch, und die Zigarrenasche fiel zu Boden.

»Du hast den Kulturpapst von der Wand gebombt«, sagte Schulz. »Das ist nicht fair. Er hat keinen Kinnriemen an seiner Baskenmütze.«

»Was bist du doch für ein chauvinistisches Arschloch.« Elba stand auf, ging erregt ein paar Schritte im Zimmer auf und ab und setzte sich wieder.

»Mag sein, aber es fällt mir nach wie vor schwer, mir von einer Frau wie dir Feminismus erklären zu lassen.«

In ihrer aktiven Zeit hatte sie, im frischgebügelten Kampfanzug und mit dezentem Goldschmuck behängt, das Vorzimmer von Tomás Borge betreut. Heutzutage ließ sie sich als Comandante Clara, Kämpferin der ersten Stunde, beweihräuchern. Eine Tochter aus gutem Hause, getrieben aus Trotz gegen ihre Erziehung. Später hatte sie in einem Akt genialer Notwehr Savinelli geheiratet. Jetzt stellte sie Schulz das Dach über dem Kopf und gab ihm unregelmäßig Taschengeld. Manchmal mehr, manchmal weniger – je nach Laune. Gelegentlich mußte er auch als Maskottchen auf einer ihrer Cocktailpartys auftreten.

»Du verwechselst dich immer noch mit Nora Astorga«, stellte Schulz fest. »Bloß daß du keinen General der Nationalgarde angemacht und in deinem Schlafzimmer hast liquidieren lassen. Ich schließe nicht aus, daß du es mal zu einem Minister- oder Botschafterposten bringen wirst. Aber du warst und bist keine sozialistische Mata Hari.«

»Laß Nora aus dem Spiel. Sie ist tot. Du bist geschmacklos.«

»Ich habe selber zu viele Leute umgebracht, um eine höfliche Frohnatur zu sein. Immer für die gute

Sache. Das liegt mir auf der Seele.« Schulz setzte sich und legte die Zigarre auf seine Untertasse.

Sie strich den Rock über den Oberschenkeln glatt, atmete tief durch und sagte dann mit sanfter Stimme: »Was ist das für eine Frau, die einen wie dich aus dem Selbstmitleid befreit?«

Er schwieg eine Weile, bevor er antwortete. »Sie hat mir das Leben gerettet. Damals, in Ecuador. Ich hatte mich in Playas an der Pazifikküste festgefahren, saß wie eine Ratte in der Enge. Es war nur eine Frage der Zeit, bis die Militärs mich gefunden hätten. Es war kurz nach einer Schießerei in Cuenca . . .«

»Eins deiner Kommandos für Santander?«

Er nickte. »Sie hat mir in seinem Auftrag eines über den Schädel gezogen, mich auf einen Fischkutter bringen lassen und nach Panama befördert. Dort habe ich Norberto und seine Leute kennengelernt und bin später mit ihnen an der Südfront gelandet.«

»Du hast natürlich etwas mit ihr gehabt.«

»Ja«, sagte Schulz, und einen Augenblick lang hörte er wieder das Rascheln der Kokospalmen in der Pazifikbrise. Der Ventilator über dem Bett leistete Schwerstarbeit. Der Geruch, die Feuchtigkeit, die Temperatur, die Geräusche. Alles war wieder da.

Elba schwieg.

»Wirst du für Carmen sorgen?« fragte Schulz unvermittelt.

»Natürlich«, antwortete Elba.

## 10

Wie arbeitet es sich in meiner Zelle?« fragte der Innenminister.

Bluefields produzierte ein müdes Grinsen und

schenkte sich eine Antwort. Er verfolgte das Baseballspiel unter der Ehrentribüne im Sandino-Stadion. Die *Dantos* spielten gegen *El Bóer*. Die Sonne brannte auf Spielfeld und Ränge. Trotz der sengenden Hitze herrschte ausgelassene Heiterkeit unter den Zuschauern. Das Spiel der Erzrivalen zog die Massen an, es setzte Emotionen frei und ließ den Krieg eine Zeitlang in Vergessenheit geraten.

Auf der Ehrentribüne turnten mehrere Kinder zwischen Regierungsmitgliedern, Leibwächtern und einer Gruppe Kriegsversehrter herum. Die Soldaten waren spezielle Gäste des Innenministeriums. Die Verstümmelungen konnten sie nicht daran hindern, dem Wettkampf mit fanatischer Anteilnahme zu folgen. »David gegen Goliath«, hatte der Minister in einer kleinen Ansprache vor dem Spiel in Erinnerung gebracht. Der Vergleich bezog sich nicht auf die Paarung auf dem Spielfeld, dazu waren beide Teams zu ausgeglichen in ihren Möglichkeiten. David, das waren die Nicas. Und das einzige akzeptable Erbe, das Goliath und seine Marineinfanteristen nach drei Interventionen im Lande zurückgelassen hatten, war Baseball.

Bluefields warf einen Blick auf die Anzeigentafel, aber das Resultat wurde im selben Moment durch einen erfolgreichen Home-run der Dantos über den Haufen geworfen. Auch der Innenminister sprang von dem Sitz auf und applaudierte. Dabei trat er aus Versehen auf den Lauf des AK-47, das vor seinen Füßen lag.

Bluefields warf einen gequälten Blick auf drei Kriegsopfer, die ebenfalls spontan hatten aufspringen wollen, dann aber resigniert auf ihren Sitzen verharrten, weil die verstümmelten Glieder ihnen das Maß der Begeisterung diktierten.

Später, in einer ruhigen Phase des Spiels, fragte der Minister: »Wann fliegt er?«

»Morgen«, gab Bluefields zurück.

»Ich weiß nicht, was für einen Narren Santander an ihm gefressen hat. Jedenfalls ist es gut, daß er das Land verläßt.«

»Er hat einiges für uns getan. Ich gönne ihm sein Rentnerleben an der Lagune. Was macht er schon kaputt? Er ist kein Problem. Wir saufen alle. Sollen wir ihn dafür bestrafen? Wir lieben die Frauen. Sollen wir ihm das zum Vorwurf machen?«

Der Innenminister lachte trocken. »Er weiß zuviel, und er hat nicht mehr sehr viel für unsere Politik übrig. Wenn er in der Öffentlichkeit trinkt, wird es oft schon ärgerlich. Vor zwei Monaten hat er mich auf diesem Verlagsempfang vor einem europäischen Diplomaten wegen unserer verworrenen Ideologie stark angegriffen. Er nannte es eine verwässerte Melange aus Marx, Bolívar, Che und Sandino. Sehr poetisch, immerhin. Er sagte: Dieser romantische Marxismus ist aus der Mode. Eure Mittelklassenideologien sind keine relevante Antwort mehr auf die kulturellen und wirtschaftlichen Probleme Lateinamerikas.« Der Innenminister schüttelte den Kopf. »Trotz seines Alkoholkonsums klang er sehr nüchtern.«

»Willst du ihn tatsächlich nicht mehr ins Land lassen, wenn er zurückkommt?«

»Ich glaube, dieses Problem wird sich nicht stellen. Entweder kommt er bei seinem Auftrag um, oder er bleibt da hängen, wo er die Sache zu Ende bringt. Das war doch bislang immer so. Bogotá, Montevideo, Playas, Panama und dann die Südfront. So, wie ich es sehe, wird diese Mission – auch wenn er sie überlebt –

nicht in Nicaragua enden. Du solltest dich also gebührend von ihm verabschieden.«

## 11

Am späten Nachmittag saß Schulz erneut in der Festung. Bluefields war noch in Managua, hatte ihm aber die Papiere bereitlegen lassen. Er saß an Bluefields' Schreibtisch. Wie immer war ihm nicht wohl in diesem Gemäuer. Er wußte zuviel über die Vorgeschichte von Coyotepe. Es war fast unmöglich, sich auf den Alltag einzustellen. Aus allen Ritzen und Fugen, mit jedem Geruch, jedem Geräusch holte ihn die Vergangenheit ein.

Bluefields hatte ihm in all den Jahren viel erzählt. Wahrscheinlich zuviel. Auch Norberto Navarro hatte seine Erfahrungen mit Somozas Sicherheitskräften. Die Bindungen innerhalb der Sandinistischen Front waren nur über die Gefängnisaufenthalte zu verstehen. Alle Sandinistas hatten irgendwann kürzer oder länger eingesessen. Alle waren sie leichter oder schwerer gefoltert worden. Alle hatten sie einen oder mehrere Todfeinde in der Nationalgarde. Es war wichtig, wer mit wem wo eingekerkert und mißhandelt worden war. Oft war es einfacher, an eine wichtige Person heranzukommen, wenn man sich zunächst der Sympathie eines ehemaligen Zellengenossen versicherte. Eine Weiterempfehlung auf dieser Ebene war Gold wert.

Das Klappern der Schreibmaschinen und das Klingeln der Telefone vermochten Schulz nur teilweise im Jetzt und Heute zu halten. Unkonzentriert blickte er auf die Dokumente auf der Tischplatte. Er sah Bluefields. Auf Knien, barfuß, die Hände hinter dem Rükken zusammengebunden, die Fußgelenke gefesselt, die Hose ohne Gürtel, den Reißverschluß geöffnet. Gonzalo Lacayo, ein berüchtigter Leutnant und Folterknecht, kümmerte sich mit seinen Handlangern um ihn. Sie zwangen Bluefields, Schmutz und Abfall zu essen, Hühnermist, Zigarettenkippen. Er weigerte sich. Sie prügelten ihn mit Schlagstöcken, hämmerten sein Gesicht gegen das Gestein. Um seine Zähne zu retten, fraß er den Dreck. Auch Navarro war in den Händen dieses Monsters gewesen.

Bevor Gonzalo Lacayo zu Somozas Sicherheitskräften gestoßen war, hatte er als Metzger gearbeitet. Handwerklich hatte er sich nicht besonders verändern müssen. Später, in einer Augustnacht im Jahr 1967, stellte ihn ein Sandinistakommando unter einer Straßenlaterne in seinem Wohnviertel. Vier Männer, unter ihnen Daniel Ortega, der spätere Staatspräsident; drei mit Maschinenpistolen, einer mit einer Automatik. Bevor Lacayo die Waffe ziehen konnte, lag er auf dem Asphalt. Einer der Männer sprang aus dem Wagen und gab ihm den Fangschuß.

Schulz sah Bluefields in einer Sammelzelle mit Schwerkriminellen. Mehr als hundert Mann in einem winzigen Raum, in der Mitte der Zelle eine einzige Kloschüssel. Immer standen bis zu fünfzig Mann an, um ihr Geschäft zu verrichten. Bluefields hatte seitdem ein anderes Verhältnis zu seinem Körper. Wer einmal unter Applaus und Zeitdruck gepinkelt und geschissen hat, gewöhnt sich jede Empfindlichkeit ab. Die Somozisten hatten ihre politischen Gefangenen absichtlich zu den normalen Verbrechern gesperrt. Sie ergötzten sich an der Gruppendynamik, die dadurch ausgelöst wurde. Es gab keine wirkungsvollere Methode, einem Menschen die Würde zu nehmen.

Navarro hatte noch Jahre später unter Klaustrophobie gelitten. Jedes Auto, jedes Zimmer war eine Zelle.

Schulz blätterte in den Dokumenten und zwang sich zur Rückkehr in die Wirklichkeit. Da war ein Tikket für ihn. Über Panama City nach Kingston. Ein weiteres offenes Ticket zur Verrechnung lag bei. Eine American-Express-Karte in Gold garantierte ihm Kredit und Zugriff auf Bargeld. Dazu ein Merkzettel mit einem Zahlencode und einer Liste mit Standorten von Automaten, aus denen man Traveller-Schecks ziehen konnte. Außerdem ein nagelneuer Reisepaß der Europäischen Gemeinschaft in Weinrot, mit einem B-1-Visum für die Vereinigten Staaten; alles auf den Namen Kurt Schulz ausgestellt. Zusammen mit seinem argentinischen Paß auf den Namen Wolf Straßner und seinem Nica-Paß auf den Namen Richard Braunschweig garantierten ihm diese Hilfsmittel genug Möglichkeiten bei der Einreise ohne Visum oder bei der Beschaffung von Visa. Dazu sechstausend US-Dollar in bar, kleine wie große Scheine. Geizig war Santander noch nie gewesen.

Von dem Foto abgesehen, gab es keine Informationen über die Frau, die in Ecuador den Schutzengel für ihn gespielt hatte. Er wußte nur, daß sie Jill Sterling hieß. Ein Zimmer im Pegasushotel in Kingston war für ihn reserviert. Sie würde sich dort mit ihm treffen. Alle weiteren Informationen sollte sie ihm mündlich geben.

Sein Blick fiel auf den Reißwolf neben dem Schreibtisch. Es war ein Intimus 007-S der deutschen Firma Schleicher & Co, einem der marktführenden Unternehmen auf der Welt bei der mechanischen Vernichtung geheimer Unterlagen. Bluefields liebte den Schredder ganz besonders. Nicht, weil er ihn oft benutzen mußte, sondern weil es exakt das gleiche Modell war, das Oliver North und seine Sekretärin Fawn Hall bei den Aufräumarbeiten in der Iran-Contra-Affäre benutzt hatten.

Schulz besah sich erneut das Foto von Jill, als Bluefields das Büro betrat.

»*El Bóer* hat gewonnen.« Es klang mißmutig.

»Dann ist dein Chef doch zufrieden.« Schulz packte die Dokumente zusammen und wollte den Schreibtisch räumen.

Bluefields winkte ab und setzte sich in einen der Sessel. »Irgendwas, das ich noch für dich tun kann?«

»Ich glaube nicht. Carmen kümmert sich um das Haus und den Hund. Außerdem hat Elba versprochen, bei Bedarf einzuspringen – und zu ihr hältst du ja engen Kontakt.«

Bluefields lächelte.

»Dann werd ich mal ...« Schulz steckte die Dokumente ein.

Bluefields zauberte ein Paket mit fünfundzwanzig in einen Bogen Zellophan gewickelten Rosalones vom Typ *Churchill natural* und ein Buch aus der Schreibtischschublade. »Hier«, sagte er. »Was zu rauchen und Reiselektüre.« Verlegen verzog er das Gesicht. »Die Zigarren im Ausland sind schlecht«, fügte er hinzu.

»Danke.« Schulz war gerührt.

Der Nicaraguaner drückte dem Deutschen das Buch und die Zigarren in die Hände. Vom Buchumschlag leuchtete Schulz ein weißbärtiges Gesicht entgegen. *Hemingway en Cuba* von Norberto Fuentes, mit einem Vorwort von Gabriel García Márquez.

»Zeitloses Thema«, sagte Schulz.

»Dachte, das ist was für dich ...«

»Wegen der Angelei?«

»Wegen der großen Fische, die er gefangen hat . . .« Bluefields schwieg einen Moment. »Und weil er einer von denen war, die ohne Ideologie auskamen.«

Schulz nickte.

»Ich muß noch einige Akten durcharbeiten, bevor ich hier raus kann.« Bluefields gähnte. »Ekelhafte Sache. Rauschgifthandel. Dafür sollten normale Polizisten zuständig sein. Wird immer schlimmer mit dieser perversen Mischung aus Politik und Geld. Macht kostet was. Mit ideologischen Verrechnungsschecks ist da nicht mehr viel zu holen.«

»Nimm's leicht.« Schulz stand auf. »Die meisten Sachen fangen mit großem politischem Pomp an und enden in kleinen, dreckigen Geschäften und Gewalt.«

# II

# REGGAE

# 12

Das Wohnzimmer der Villa war eiskalt. So, wie der General es liebte, wenn er seinem Hang zum Okkultismus frönte. Der Ruß der Kerzen störte ihn nicht, Hauptsache, es stank nicht nach Menschen. Hitze und Schweiß, das war etwas für Cholos, für arme Schlucker, für die räudigen Existenzen in den Slums, die er lange hinter sich gelassen hatte. Es war nicht gesund, den General daran zu erinnern, daß er selbst ein Mischling aus ärmsten Verhältnissen war. Schon gar nicht hier, im Exil auf dieser Affeninsel, wie der Ex-Diktator Jamaika zu nennen pflegte.

Er war nicht zimperlich mit harten Urteilen über seine Gastgeber. Er hatte sich diese Zwischenstation nicht ausgesucht. Zugegeben, der Aufenthalt hier war angenehmer als die letzten Tage, die er in seinem Bunker auf der Insel Flamenco im Pazifik vor Panama City verbracht hatte, einer Anlage, die durch einen künstlichen Damm mit dem militärischen Sperrgebiet von Fort Amador verbunden war. Von dort aus hatte er sein Volk als Geisel gehalten. Hier, auf Jamaika, kam er sich vor wie Ferdinand Marcos auf Hawaii: Man duldete ihn. Er hatte nicht vor, auf der Karibikinsel zu bleiben, wo nicht einmal seine Muttersprache gesprochen wurde. Das einzige, was ihn faszinierte, war die Tatsache, daß es auch auf Jamaika eine Gesellschaft gab, die sich mit Gewalt und Drogen auskannte.

Daß zwei US-Bundesgerichte vor Jahren Anklage wegen Drogenhandels und Verletzung der Menschenrechte gegen ihn erhoben hatten, hatten sich seine Freunde unter den Gringopolitikern selbst zuzuschreiben. Es komplizierte die Übersiedlung nach Florida. Die Herrschaften nannten das »Einhalten einer Schamfrist«. Heuchler! In besseren Tagen hatte er mit dreihunderttausend Dollar pro Jahr auf der Gehaltsliste der CIA gestanden und direkten Zugang zum Chef der Company gehabt. Gott sei Dank hatte er seine fünfhundert Millionen Dollar im Ausland gut angelegt. Geld war Macht. Sollten sie doch den verdammten Kanal behalten und ihren idiotischen Krieg führen, eine Metzelei, die nur das Geschäft behinderte. Diese egomanischen Spätrömer in Washington hatten kein Gespür für feine Methoden, wenn es um Geld und das Zeigen von Stärke ging. Dezente Gewalt, kleine Drohungen, dosierte Quälereien, liebenswürdige Einschüchterungen und Ermahnungen; ab und zu ein Kopfschuß, ein gebrochener Knochen, ein unschöner chirurgischer Eingriff an hübschen Gesichtern. Aber doch keine Ballerei mit Bomben, Napalm und Raketen. Kinderkram, dummes, kleinkariertes Pubertätsgebaren. Kriegsspiele à la Hollywood. Dieser senile Trottel im Weißen Haus hatte das alles eingebrockt, und sein Nachfolger löffelte die Suppe fleißig aus und verbrannte sich ständig die Zunge. Das waren die Staatsmänner, wie sie Demokratien hervorbrachten. Mittelmäßige Buchhaltertypen, lahme Versager.

Der General grunzte abfällig, klatschte mit flacher Hand auf seinen muskulösen Bauch unter dem grellgelben Batikhemd und winkte Hector herbei. Hector Ramiro Macias war einer der »Dobermänner«. Der

General hatte zwanzig Angehörige seiner berüchtigten Spezialeinheit mit ins Exil genommen.

Hector Ramiro glitt an die Seite seines Herrn. Haar wie feuchte Kohle, geschmeidige Muskeln, drahtig, mittelgroß. Ramiro war ein Federmesser aus Fleisch und Blut. Eine gefährliche Waffe, leise, scharf und tödlich.

»Was gibt es, Don Eros?«

Seit sie im Exil waren, zog der General zivile Umgangsformen vor. Die traditionelle Oligarchenanrede machte sich unter Zivilisten besser als *mi general* oder *jefe*.

»Haben wir heute wieder diese fette Negerin als Medium?« fragte Chamorro.

»Nein, wir haben den schwarzen Tänzer engagiert.«

»Sehr gut«, sagte der General aufgekratzt. Der Tänzer war ihm in einem Nachtlokal in Kingston aufgefallen. »Ich möchte heute die violetten Kerzen sehen.«

*»¡A la orden!«* antwortete der Dobermann und rückte mit der Rechten das Schulterhalfter mit dem Revolver unter der linken Achsel zurecht.

»Und statt Mentholpuder nehmen wir diesmal Mehl«, ordnete der General an.

»Mehl ist nicht so leicht zu bekommen«, gab Hector Ramiro zu bedenken.

»Mit anderen Worten: Ihr habt wieder den Arsch nicht hochgekriegt.«

Hector zog es vor zu schweigen.

»Das ist heute das letzte Mal mit diesem verdammten Mentholpuder. Ist das klar?« Der General hatte kleine Schweißperlen auf der Stirn.

»Natürlich.« Hector Ramiro duckte sich unterwürfig.

»Und«, fuhr der General verträumt fort, »irgendwann, an irgendeinem gottverfluchten Abend machen wir das alles ohne Puder und Mehl.« Wie verzaubert lauschte er seinen Worten nach, dann sah er Hector sanft an. »Wenn dieser schwarze Tänzer gut ist, laden wir beim nächsten Mal ein paar von den einflußreicheren *cabrones* ein und zeigen ihnen, wie es bei uns war, in *Panamá!* Wir nehmen die schwarzen Kerzen und dazu reines Kokain. Nur zum Markieren. Die *cabrones* können ja ihr Scheiß-Ganja rauchen.«

Hector Ramiro nickte zustimmend.

»Wer ist heute dabei?« fragte der General.

»Zwei alte Ladys vom Erziehungsministerium. Ein Staatssekretär aus dem Landwirtschaftsministerium. Zwei Plattenproduzenten. Ein Hotelmanager aus Montego Bay. Ein kanadischer Entwicklungshilfeexperte. Zwei von der Polizei und einer vom Militär. Und vier *muchachas*. Eine davon war vor vier Jahren Miss Jamaika.«

»Dann fangen wir an.« Der General wischte mit einer Hand über sein pralles Gesicht und stutzte. »Und wo ist dieser koreanische Neger von der Moon-Sekte?«

Ramiro sah dem General unschuldig in die Augen.

»Na dieser Mulatte mit den Schlitzaugen.«

»Der hat leider abgesagt«, sagte der Dobermann vorsichtig.

*»¡Mierda!«*

Die Zeremonie begann auf der Veranda, direkt neben dem Pool. Hector Ramiro begrüßte die Gäste. Der General stand, wie immer, im Wohnzimmer hinter der großen Glasschiebetür und nickte dem einen oder anderen Gast knapp zu. Er besah sich das Ritual stets aus kühler Distanz. Erst wenn den Geistern und Göttern Genüge getan war, begrüßte der Gastgeber die Geladenen und betrank sich mit denjenigen, die eine entsprechende körperliche Verfassung mitbrachten.

Alle Teilnehmer an der Zeremonie tranken Rum. Alle rauchten Zigarren. Frauen wie Männer. Auf einem runden Tisch mit Marmorplatte stand ein Sortiment Flaschen mit weißem sowie hell- und dunkelbraunem Rum, dazu fünf goldgerahmte Heiligenbilder, drei Konservendosen mit Thunfisch, vier offene Kisten mit Zigarren in verschiedenen Größen, ein Blumengesteck und eine Silberschale mit weißen Blüten. Daneben lagen ein Haufen Münzen und ein Bündel Dollarnoten. Auf zwei niedrigen Steinplatten hatte man zerstückelte Wassermelonen und Papayafrüchte aufgehäuft. Den Verandaboden zierten Sterne und Dreiecke aus Mentholpuder.

Die Priesterin war eine Matrone aus Venezuela. Einer der Dobermänner assistierte ihr, drei weitere schlugen die Trommeln. Der schwarze Tänzer wurde von der Priesterin entkleidet und zum Pool geführt. Während er über die Chromleiter ins Wasser stieg, um ein Reinigungsbad zu nehmen, streute die Latina kleingeschnittene Melonenwürfel ins Wasser. Dann goß sie den Inhalt von zehn Milchtüten, die der Assistent nach und nach öffnete und ihr reichte, über Kopf und Oberkörper des Tänzers. Schließlich ließ sie den Inhalt einer großen Flasche Parfum folgen. Zwischendurch zog sie immer wieder hektisch an ihrer Zigarre und stieß blaugrauen Rauch aus.

Auch Hector Ramiro rauchte zum Zwecke der Reinigung Tabak. Er stand, seinen Boß im Rücken, vor der Glasschiebetür und überwachte die Vorgänge auf der Veranda. Er war beunruhigt, daß seine Zigarre nicht gleichmäßig herunterbrannte. Nach den Regeln bedeutete das Ärger, und zwar durch einen der Anwesenden. Er war gewarnt. Zu allem Überfluß fiel der ehemaligen Miss Jamaika der Glimmstengel zu Boden. Sie hatte sich am Rauch verschluckt und hustete. All das hieß, daß die Geister mit irgend etwas nicht einverstanden waren.

Der Tänzer stieg aus dem Pool und wurde vom Assistenten abfrottiert. Dann legte er sich mit ausgebreiteten Armen auf den Kachelfußboden der Veranda. Violette Kerzen wurden um seinen Körper gestellt, und der Umriß wurde mit Mentholpuder markiert. Außerdem streute der Assistent vier Kreuze aus Schießpulver auf den Boden, zwei in Kopfhöhe, zwei neben den Füßen. Die Gäste verfolgten das Geschehen mit Spannung. Die Priesterin forderte die Gemeinde der Gläubigen oder noch zu Bekehrenden auf, mehr Rum zu trinken und kräftig zu rauchen. Sorgfältig zündete sie die Kerzen an. Die Dobermänner trommelten monoton, und die Fächerblätter der Palmen raschelten in der lauen Meeresbrise. Der Alkohol trieb Frauen und Männern den Schweiß auf die Haut. Der Assistent entzündete die Schießpulverkreuze in schneller Folge. Das Prasseln wurde von einem Trommelwirbel untermalt. Die Priesterin goß eine Flasche Rum über den Tänzer, bestreute ihn mit weißen Blüten und fiel dann in einen langen Gebetsmonolog. Wenige Minuten später versank der Tänzer in Trance.

Aufmerksam verfolgte der General die Zeremonie, nur durch die Glasscheibe von dem Schauspiel getrennt. Er verspürte ein starkes Verlangen nach Alkohol, unterdrückte jedoch die Gier und starrte statt dessen auf die üppigen Brüste der ehemaligen Miss Jamaika, die durch den dünnen Stoff des Kleides schimmerten. Der Blick des Generals wanderte vom weichen Körper der Frau zum steifen Schwanz des Tänzers. Er war sich sicher, daß er das Medium begehrte und nicht die Schönheitskönigin.

Die Teilnehmer der Messe sprachen dem Rum zu, rauchten sich am Tabak schwindlig und lauschten dem Gemurmel der venezolanischen Matrone. Als die Kerzen heruntergebrannt waren, begann der Tänzer sich zu regen. Leichte Wellenbewegungen liefen über seine Bauchdecke, der Unterkörper zuckte rhythmisch, die Beine zitterten. Mit lautem Keuchen atmete er ein und aus. Die Priesterin brach ihr Gebet ab, kniete sich neben den Kopf des Mediums und stach ihm drei Stecknadeln durch das rechte Ohrläppchen. Eine weitere Nadel steckte sie in den linken Nasenflügel.

Der Assistent half dem Tänzer auf die Beine und führte ihn vor die Glastür. Während die Priesterin mit einem Bastbesen die Körperkonturen verwischte, damit niemand Unreines die Position einnehmen konnte, schob Hector Ramiro die Tür zum Wohnzimmer auf und postierte sich hinter seinem Chef.

Der General verharrte in steinerner Ruhe mitten im Wohnzimmer und sah auf das Medium herab, das über die Aluminiumschwelle auf den Teppichboden kroch.

Zum ersten Mal war es dem Kartell gelungen, einen seiner Männer einzuschleusen. Kein Besucher hatte die Chance, eine Waffe an den Dobermännern vorbeizuschmuggeln. Ein Anschlag auf den General konnte nur in Handarbeit erledigt werden. Ein Kamikazejob für einen Körpertechniker. Fingerknöchel, Handkanten oder einen Fußstoß, lautlos, schnell und auf eine lebenswichtige Stelle gezielt. Ein Job für einen Tänzer.

Hector Ramiro ließ das auf den Knien herumrutschende und wirres Zeug brabbelnde Medium nicht aus den Augen. Der General starrte mit unverhohlener Faszination auf den Ebenholzkörper. Krampfhaft zuckten Sehnen und Muskeln unter der nackten Haut. Als der Tänzer bäuchlings auf den General zurobbte, widmete der Dobermann ihm besondere Aufmerksamkeit. Ramiros Augen zogen sich zu schmalen Schlitzen zusammen, und als der Tänzer sich mit Armen und Beinen leicht vom Boden abstützte, die Augen auf den General gerichtet, wußte Hector Ramiro, was ihm bevorstand. Der Blick des Tänzers war nicht mehr von Trance getrübt, die Pupillen waren klar und scharf aufs Ziel fixiert.

*»Stop it!«* brüllte Ramiro, glitt wie eine Katze vor den General, schirmte ihn mit dem Körper ab und zog den Revolver.

Aber der Tänzer war schon unterwegs. Er hatte sich nach vorne katapultiert. Gellend übertönte der Angriffsschrei Ramiros Kommando und vermischte sich mit dem Kreischen der Gäste.

Der Leibwächter schoß dem Angreifer zweimal in die Brust. Die Detonationen brachten die Scheiben zum Klirren.

Der Tänzer bewegte sich weiter vorwärts, wie ein Huhn mit abgehacktem Kopf, dessen Körper nur mehr von Reflexen getrieben wird. Das dritte Projektil erwischte ihn mitten im Gesicht. Er brach zusammen, schlug hart auf dem Boden auf, kroch aber, die Finger in den Teppich gekrallt, Zentimeter um Zentimeter auf Ramiro und den General zu. Durch die Blutblasen auf seinen Lippen flüsterte er heiser: *»La Purísima.«*

Der Tänzer krümmte sich, wollte schneller kriechen, doch seine Kraft schwand. Finger und Arme erschlafften. Er kam kaum mehr voran.

Gebannt und völlig reglos starrte der General auf das Schauspiel. Schweißflecken durchnäßten sein Hemd unter den Achseln, auf der Brust und am Rükken. Jedes Geräusch, jede noch so schwache Bewegung erzeugte Schwingungen, die mit ungeheurer Intensität auf ihn eindrangen. Er hörte, wie dem Tänzer ein Fingernagel abbrach, wie die Sandkörner darunter an den Teppichfasern haften blieben. Nur schemenhaft nahm er wahr, wie Ramiro sich breitbeinig über den Schwarzen stellte, ihm die Mündung der Waffe an den Hinterkopf setzte und ein letztes Mal abdrückte.

## 13

*Panameño . . . tu sabes lo que te gusta!*

Auch in Panama stand Rum hoch im Kurs. Die Reklametafel für die nationale Marke *Seco Herrerano,* mit der nicht nur die Einheimischen auf den Geschmack gebracht werden sollten, gehörte zum alltäglichen Konsumterror auf dem Flughafen Omar Torrijos.

Schulz ging durch den langen Gang zur Paßkontrolle. Nach einem kurzen Zwischenstopp in San José war die Maschine der Copa pünktlich in Panama City gelandet. Er war Durchreisender, wie die meisten Passagiere, die hier ausstiegen. Problemlos brachte er die Einreiseformalitäten hinter sich.

Nach all den Jahren in Nicaragua empfand er das Konsumangebot als regelrecht schmerzhaft. Aus allen Ecken flimmerte ihm Käufliches entgegen. Er kam sich vor wie ein Bauer aus dem bolivianischen Altoplano, der sich in eine Show aus Las Vegas verirrt hat.

Auch sein Weiterflug nach Kingston war mit der panamaischen Linie gebucht. Am frühen Abend sollte die Maschine starten. Er holte seinen Koffer vom Zoll und begab sich sicherheitshalber gleich zum Schalter in der Abflughalle. Kaum dort angelangt, fühlte er sich wie nach Jamaika versetzt. Hunderte von Menschen belagerten den Schalter, umgeben von Unmengen von Koffern, Kisten und Kartons in allen Formen und Größen. Es sah aus wie in einer Karawanserei. Fünfzig Meter vom Counter entfernt drängte er sich ans Ende einer Schlange, einer von sechsen, soweit er erkennen konnte. Ein dichter Singsang aus Patois drang auf ihn ein, überlagert von einem schrillen Solo, als unmittelbar vor dem Schalter ein Streit ausbrach. Im Hintergrund ein konstantes Zischen und Rascheln von abgerissenem Plastikband, mit dem Gepäck- und Frachtstücke verklebt wurden.

Die Frauen waren eindeutig in der Überzahl. Schulz befand sich inmitten eines Meeres aus Lockenwicklern, Dreadlocks, üppigen Hintern und wogenden Brüsten, dazwischen tückische Klippen aus Pappkartons voller Unterhaltungselektronik. Zentimeterweise wurde er von der Menschenmenge auf den Schalter zugeschubst und -geschoben. Mit dem linken Knie stützte er einen roten Kunstlederkoffer, den ihm eine schwarze Schönheit mit überdimensionalen Ohrringen aus Kokosschalen wie selbstverständlich anvertraut hatte. Sie feilte sich unterdessen die Fingernägel und gewährte ihm ab und zu einen Blick auf eine ihrer Brustwarzen unter dem weitmaschigen Netzhemd.

Sein Schweiß vermischte sich mit dem Duft der Leiber. Schimmernde weiße Zähne, wohin er sah, volle Lippen, Phantasiefiguren, Haarnetze und Lokkenwickler in Leuchtfarben – kanariengelb, giftgrün, bonbonrosa. Schulz schob kräftig mit. Sein rechter Fuß war unter einem Karton mit der Aufschrift SONY-TV eingeklemmt. Eine Mammi rammte ihm den Hintern in den Rücken und wollte dann über Koffer und Fernseher hinweg nach vorne durchbrechen, ohne sich vom empörten Aufschrei aus Dutzenden von Kehlen aufhalten zu lassen. Zehn Meter vor dem Schalter kam ihr Vorstoß zwischen einem Kühlschrank und vier schlecht gestapelten Koffern zum Erliegen. Einer der Koffer flog ihr ins Kreuz, worauf sie zwischen Plastiktüten und Beinen zu Boden ging. Als sie wieder aufstehen wollte, wurde sie sofort von einer jungen Schwarzen attackiert, die ihr wütend eine Tragetasche auf den Kopf hieb. Augenblicklich kam es zum Handgemenge, und das Menschenknäuel zerfiel in mehrere Lager, die einander mit Kratzen, Beißen und Haareausraufen traktierten. Klagegeschrei und allgemeine Massenhysterie folgten. Schulz gewann durch das Scharmützel einige kostbare Meter, ohne jedoch der animalischen Ausstrahlung seiner Nachbarin entrinnen zu können.

Lässig auf die Ellbogen gestützt, lagerten einige ältere Frauen in offenen Kartons am Rande des Kampfgeschehens und warteten ruhig, bis sie an der Reihe waren. Rund um das Chaos schufteten, von weiblichen Kommandos dirigiert und zu körperlicher Höchstleistung angetrieben, drei oder vier Männer, schoben Kisten hierhin und Kartons dorthin. Allmählich dämmerte Schulz, warum Peter Toshs Song

»Mama Africa« eine von Jamaikas heimlichen Nationalhymnen war.

Schulz gab sich keinerlei Hoffnung hin, daß dieses Getümmel in den zwei Stunden bis zum Abflug eingecheckt und abgefertigt werden könnte. Doch nach etwa einer Stunde allgemeinen Drückens und Rangelns um jeden Meter Boden winkte ihm ein Angestellter vom Schalter der Copa aus zu. Ein junger Mulatte, sah aus wie Cassius Clay. Er dirigierte ihn zwanzig Meter weiter, an einen anderen Schalter. Manchen Situationen sind Weiße halt nicht gewachsen, schien sein Grinsen zu besagen. Schulz hievte seinen Koffer auf die Waage und schob sein Ticket über den Schalter. Der Junge kontrollierte alles und gab ihm die Bordkarte.

»Und das hier?« Schulz hielt einen hellgelben Coupon hoch.

»Für das Abendessen, Señor.«

»Welches Abendessen?« Schulz sah auf seine Armbanduhr.

»Auf Kosten der Gesellschaft«, erklärte der Mulatte. »Mit dem Start um sieben Uhr wird's wohl nichts. Denke, daß es Mitternacht wird, Señor. Sie sehen ja . . .« Er warf einen müden Blick über das jamaikanische Heerlager. *»Tenemos problemas.«*

Das verstand Schulz. Er nahm es gelassen, bedankte sich und ging zur Paßkontrolle. Über der Treppe thronte die Büste von Omar Torrijos. Seltsam, ihn ausgerechnet auf einem Flughafen mit Pfadfinderblick ins Unendliche starren zu sehen, dachte Schulz. Ein Flugzeug hatte der Kultfigur Torrijos den Tod gebracht. Gegenüber guten Freunden hatte der General nie ein Hehl aus seiner Flugangst gemacht. Dennoch hatte er immer wieder die Herausforderung angenommen und sich selbst bei schlechtestem Wetter durch die Luft schaukeln lassen. Die *Prawda* hatte seinerzeit behauptet, die CIA habe den Absturz auf dem Gewissen, aber Schulz glaubte es nicht. Wahrscheinlich war der General im Juli 1981 wieder einmal direkt in einen Sturm hineingeflogen. Eine Version, die wohl auch John Wayne geteilt hätte, den der General als Freund bezeichnete, hätte er es noch erlebt. Wenn damals jemand Torrijos' Tod gewünscht hatte, dann waren es die Sandinistas, denn Torrijos war drauf und dran, Norberto Navarro Nevada bei der Gründung einer neuen Widerstandsbewegung gegen Managua zu unterstützen. Ein seltsamer Mann, der General. Er hatte Jimmy Carter vertraut und Wert auf Graham Greenes Urteil gelegt.

Die Beamten waren freundlich, blätterten den Paß durch und drückten einen Stempel auf eine freie Seite. Im Transitsektor erwarteten Schulz Einarmige Banditen und die zollfreie Welt der Fototechnik und Elektronikindustrie, des Juwelierhandwerks und der Duftwasserbranche. Die Halle war eine Eisbox. Im nachhinein kam ihm der Mangel an Klimaanlagen in Managua wie eine Gnade vor. Er brauchte einen Rum und steuerte die nächste Bar an.

Hinter dem Tresen arbeitete eine Latina. Sie war um die Vierzig und trug eine weinrote Weste. Der Drink des Hauses hieß Golden Cadillac. Schulz nahm einen doppelten Seco Herrerano. *Lo que toma Panamá*. Dazu zündete er sich eine Rosalones an. Über der Bar hing ein Fernseher. Bilder vom Kriegsgeschehen nördlich von Nicaragua. Es war das erste Mal, daß Schulz nordamerikanische Ansichten von jenem Beben sah, das den heimatlichen Boden erschütterte. Er löste seinen

Coupon für ein dünnes Steak mit Kartoffelchips und Zwiebelringen ein, das ihm die Barfrau im Restaurant nebenan organisierte. Dazu empfahl sie ihm *Cerveza Panama, Lager Alemana.*

Schulz kippte das Bier in ein Glas und drückte gerade ein paar Dellen in die rot-grün-weiße Büchse, als ihn ein Schlag auf die linke Schulter traf.

*»¡Hola viejo!«*

Der Gringoakzent war Schulz vertraut. Er drehte sich um und blickte in das aufgedunsene Gesicht von Big Tuna.

Der Amerikaner hatte seine Kampfmontur an. Verwaschener, aber scharf gebügelter Drillichanzug im senffarbenen Safarilook. Dazu in langen Jahren eingelatschte Texasstiefel, schwarzes Leder mit silbernen Beschlägen. Am linken Handgelenk eine Taucheruhr mit bruchsicherem Glas. Die Nase war mit roten Äderchen übersät. Die blaßblauen Augen strahlten munter und gesund. Mittlerweile hatte Tuna eine Vollglatze.

»Jeff!« rief Schulz.

»Wolf-Baby! Von welcher Front kommst du?« Der Amerikaner schlug nochmals zu und ließ sein Aluköfferchen auf den Fußboden knallen.

Schulz verschüttete Bier. »Managua«, antwortete er.

»Immer im Auge des Hurrikans.« Big Tuna stemmte sich neben Schulz auf einen Hocker, sah die Latina hinter dem Tresen scharf an und orderte einen doppelten Old Overholt auf Eis.

Es ist weit gekommen mit Panama, wenn sie schon Rye-Whiskey in der Flughafenbar führen, dachte Schulz. Er hatte einiges verpaßt in seinem Exil unter dem Vulkan.

»Wann haben wir uns das letzte Mal gesehen?« fragte Big Tuna und wechselte dabei in seine Muttersprache. »Cuzco? Die Mission gegen diese Terrorfreaks vom Sendero Luminoso?«

Schulz schüttelte den Kopf und trank einen Schluck Bier. »Medellín, Kolumbien.«

»Yeah, richtig.« Big Tuna schüttelte den Kopf. »Das Land ist aus dem Ruder gelaufen. Da würden wir heute keinen Stich mehr machen, Amigo. Zehn Minuten nach der Landung wären wir tot. Die Jungs vom neuen Kartell sind gnadenlos konsequent.« Eine Spur Hochachtung schwang mit. Jeff Hardman hatte großen Respekt vor Gegnern, die ihm überlegen waren. Bislang hatte es ihm das Leben gerettet. »Wohin geht es?« fragte er.

»Kingston.«

»Immer hart an der Action, was?« Hardman grinste. »Der gute alte Wolf. Hab nichts anderes von dir erwartet, Baby. Sei vorsichtig. Die Rasta-Freaks schießen aus der Hüfte. Die fackeln nicht lange.« Er hatte seinen Whiskey vernichtet und bestellte nach.

»Und du?« Schulz stocherte in seinem Essen herum.

»Auf dem Weg nach Florida. Zurück ins Hauptquartier. Hab in Guayaquil ein paar Leute angeheuert. Da unten funktioniert die Demokratie noch. Alles Operette. Also gibt's immer 'n paar Profis, die sich langweilen und die's zu neuen Taten zieht.«

»Wohin?«

»Ich vermittle an mehrere Abnehmer. Die Bibelsprüche sind mir egal. Alles Geschwätz. Bei militärischen und paramilitärischen Operationen halt ich's wie mit den Politikern: Nicht das Gewäsch zählt, sondern der Charakter«, versetzte Hardman ungerührt.

»Da bewegst du dich auf dünnem Eis.«

»Wieso?«

»Wie willst du denn den Charakter beurteilen?«

»Nach rein professionellen Kriterien. Ich bin doch nicht blöd. Wenn mir ein paar Freaks erklären, daß sie mit zweieinhalb Granatwerfern und zehn Mann eine Regierung stürzen wollen, dann gibt's halt niemanden zum Vermitteln.«

Schulz grinste.

»Wenn ich aber sehe«, fuhr Big Tuna fort, »daß die Unternehmung durchdacht ist, daß Substanz vorhanden ist, dann kümmere ich mich gern um die nötige Manpower.«

»Und wenn *ich* heute einen Job suchen würde, was hättest du im Angebot?«

Big Tuna machte eine Kopfbewegung in Richtung Mattscheibe. Auf dem Bildschirm war ein Kampfeinsatz mit Hubschrauber zu sehen. »Eine der fünf Widerstandsbewegungen in dem Schlamassel, der sich mal Honduras, Guatemala und El Salvador genannt hat. Verschiedene Sponsoren, aber alle aus dem Sozilager. Ich betone das bloß, damit du weißt, mit welchem Waffenmaterial und mit welcher Ausrüstung du zu rechnen hast.«

Schulz nickte ohne Begeisterung.

»Dann eine nette Privatarmee in Venezuela, die für die Durchsetzung einer demokratischen Gruppierung bereitsteht. Alles Dollarfinanzierung. Mehr oder minder sauber durch den Kongreß gekämpft.« Ein bitteres Lächeln spielte um Hardmans Mundwinkel.

»Ich kann dich aber auch an eine neue Privattruppe vermitteln, die grade in Miami zusammengestellt wird. Dahin bin ich derzeit unterwegs. Stramm rechte Kubaner, pensionierte US-Militärs, Ex-CIA-Agenten. Nennt sich Operation Walker. Bezeichnen sich jetzt schon als die ›Unsterblichen‹. Hat irgendwas mit dem Chaos hier in der Gegend zu tun. Frag mich nicht, was. Alles noch streng geheim. Hervorragende Bezahlung, erstklassiges Material.« Hardman legte eine Pause ein und trank einen Schluck Whiskey. »Yeah . . . das könnte dich interessieren.«

»Wieso?«

»Wenn die Aktion jemals aus den Startlöchern kommt, wird sie von deinem ehemaligen Boß kommandiert, Comandante Arango.«

»Ich denke, der ist in Costa Rica und angelt.«

»Das denken viele. Ist aber nicht so. Läuft sich derzeit in Florida warm.«

»Norberto Navarro in den Vereinigten Staaten? Wer hat dem denn eine Einreisegenehmigung erteilt?« Schulz lachte trocken.

*»Anything goes.«* Big Tuna sah Schulz mitleidig an. »Das solltest du doch wissen.«

Eine Gruppe US-Soldaten in Kampfanzügen fiel in das Restaurant neben der Bar ein und verlangte lautstark Bier und Hamburger.

»Was reden wir überhaupt drüber?« Big Tuna zog ein Stück Fallschirmseide aus der rechten Hosentasche und putzte sich umständlich die Nase. »Scheiß-Aircondition.« Er steckte das Taschentuch weg. »Du bist doch an was dran. Richtig? In Kingston?«

»Ein Freundschaftsdienst«, erwiderte Schulz knapp. »Hat nichts mit Politik zu tun.«

»Ich hoffe, er wird anständig bezahlt«, sagte Hardman.

Schulz ließ es auf sich beruhen, legte das Besteck zwischen ein paar übriggebliebene Kartoffelchips und schob den Teller weg.

»Noch ein Bier?« fragte die Barfrau.

Schulz nickte.

»Jamaika ist einer der letzten sicheren Flugzeugträger in der Region«, brummte Hardman. »Panama ist auch nicht sehr lange sicher. Aber die Boys hier tun so, als wär nichts. Bin grade über eine Gruppe Stierkämpfer aus Spanien gestolpert, die sie eingeflogen haben. Feiern ihre *Fiesta Taurina,* als ob alles in bester Ordnung wäre. Richtige Stiere und echte andalusische Pferde. *The Show must go on.*« Er warf einen Blick auf seine Armbanduhr. »Ich muß los.«

Eine Lautsprecherdurchsage rief American Airlines nach Miami auf. Der Gringo rutschte vom Hokker, zahlte und schlug Schulz zum Abschied auf die Schulter.

»Hat mich gefreut, Wolf-Baby. Hat mich echt gefreut. Paß auf dich auf.« Er packte seinen verbeulten Handkoffer.

»War schön, dich zu sehen.« Schulz prostete dem Amerikaner mit dem halbleeren Bierglas zu.

»Yeah. Und falls du mal einen Job brauchst . . .« Big Tuna fummelte mit der rechten Pranke in der linken Brusttasche seiner Safarijacke herum, brachte eine olivgrüne Visitenkarte zum Vorschein und gab sie ihm. »Über diese Adresse kannst du mich jederzeit erreichen.«

»Danke.« Schulz nahm die Karte, ohne einen Blick darauf zu werfen, und steckte sie ein.

Eine todsichere Branche, dachte er. Die Mittelamerikaner hatten seit jeher mit Vorliebe Fremde zur Lösung der Konflikte in ihren Ländern geholt. William Walker war nur einer von vielen gewesen. Wenn die Vereinigten Staaten etwas in der Region unternahmen, was den Einheimischen nicht gefiel, dann nannten die Latinos es »Intervention«. Taten die

Gringos etwas, das auf Zustimmung stieß, dann handelte es sich um »interamerikanische Zusammenarbeit«. Lateinamerika schrie immer laut: *»Yankee go home!«* und flüsterte im gleichen Atemzug: »Aber nimm mich mit.«

Big Tuna war schon einige Schritte weg, als er sich noch einmal umdrehte, breit grinste und sagte: »Und paß auf, daß du nicht mit der Melone kollidierst.«

Es dauerte drei Sekunden, bis der Groschen fiel. »Chamorro? Ich denke, der ist im Exil in Carácas«, sagte Schulz.

Hardman kam wieder einen Schritt näher. »Wolf?« Der Amerikaner wirkte jetzt besorgt. »Was hast du in den letzten Monaten getrieben?«

»Ich war im Ruhestand, an einer wunderbar gelegenen Lagune bei Granada. Mit Blick auf einen toten Vulkan.«

»In Mittelamerika gibt's keine toten Vulkane. Ist bloß eine Frage der Zeit, bis sie wieder ausbrechen«, versetzte Hardman. »Nachdem Don Eros hier das Handtuch geworfen hat, haben die ihn in Jamaika geparkt. Die Buschtrommel sagt, daß irgendwo im Sonnenscheinstaat Florida schon ein größeres Anwesen hergerichtet wird, auf dem er zu residieren gedenkt. Du hättest außer *El Nuevo Diario* und der *Barricada* noch was anderes lesen sollen, damit du auf dem laufenden bleibst. Die Sandinistas haben diesen Drecksack bis zum bitteren Ende mit Waffen unterstützt. AK-47, leichte Artillerie, Granatwerfer und Munition. Glatte Fehlinvestition.«

»Schon gut«, sagte Schulz. »Vielleicht haben sie ja drüber berichtet, und ich hab nicht richtig hingeschaut. Vielleicht stand's zwischen den Zeilen.« Geringschätzig verzog er den Mund.

»Paß auf dich auf«, sagte Big Tuna noch einmal. Er wandte dem Deutschen den Rücken zu und verschwand in der Menge.

Schulz goß sich Bier nach, dann geriet er ins Grübeln. Kaum hatte er wieder Zugang zur internationalen Informationsbörse, da mußte er bereits seinen Wissensstand korrigieren. Norberto Navarro Nevada in Miami und General Eros Chamorro Pinto auf Jamaika. Sein Gefühl sagte ihm, daß Santander gute Gründe haben mußte, wenn er die Aufenthalte der beiden verschwieg. Und Bluefields hatte ungerührt über Haifischangeln vor der Küste von Costa Rica geplaudert. Kein Wort von den Fischgründen vor Florida. Es stank, gewaltig sogar. Aber vielleicht wartete Jill mit ein paar guten Erklärungen.

Schulz hatte seine Siesta jedenfalls schon ruhiger verbracht. *Bueno,* das hier war eine Poststation namens Omar Torrijos und kein Alterssitz über der Laguna de Apoyo. Trotzdem war er fest entschlossen, wenigstens einen Teil seiner Gewohnheiten beizubehalten. Er schob das Bier weg und bestellte einen doppelten Rum. Bis zum Weiterflug dauerte es noch eine Weile.

Die GIs grölten, und Schulz dachte darüber nach, wie es die Vereinigten Staaten geschafft hatten, auf einem so kleinen Stück Erde in ein so großes Schlamassel zu geraten.

Auf dem Bildschirm über der Bar explodierte ein Kampfflugzeug in der Luft. Trümmer fielen aus einem orangeroten Feuerball zur Erde.

*Somewhere over Honduras* besagte die eingeblendete Bildunterschrift.

# 14

Diese Stadt ist wie ein Haifisch«, sagte Fake Reynaldo. »Du mußt ihr Chili in die Kiemen streuen, damit sie sich anständig benimmt.«

Er steuerte seinen Porsche 911 über die Collins Avenue nach South Miami Beach. Die Sonne war gerade untergegangen, und im Zwielicht des frühen Abends war die Stadt eine Orgie in Rosa. Das Purpurrot des Porsche mischte sich mit dem Orange der Heckleuchten eines BMW-Kabrioletts. Ab und zu bohrten sich Bremslichter feuerrot in die pastellfarbene Umgebung. Selbst die Scheinwerfer des Porsche wirkten dezent honiggelb. Dies war eine Designer-Metropole, ganz in Limonengrün, Schneeweiß, Flamingorosa, Atlantikblau. Selbst die Natur hielt sich daran.

»Mord ist nur ein Zeitproblem«, sagte Fake Reynaldo. »Wenn du nicht von einer Kugel weggeblasen wirst, erwischt dich bestimmt der nächste Hurrikan.«

Fake Reynaldo kannte sich aus. In Florida kam man ebensoleicht an eine Waffe wie zu einem Milchshake. Für Geld und gegen Vorlage eines gültigen Führerscheins erhielt man in jedem Supermarkt ein Ruger Mini-14, ein AR-15 oder eine Uzi samt passender Munition. Und wenn man den Wetterfritzen glaubte, stand einem ständig ein mittelschwerer Wirbelsturm bevor.

Ruhig floß der Verkehr von Ampel zu Ampel. Das Januarwetter war trocken und warm, und eine milde Brise wehte. Die Moskitos hielten sich zurück. Stattdessen wimmelte es von Touristen. Miami Beach feierte das Art-déco-Weekend. Wegen der Polizeiabsperrungen mußte Fake Reynaldo fast die ganze Collins

Avenue nach Süden fahren, bevor er eine Seitenstraße nach links zum Ocean Drive nehmen konnte.

Der BMW rollte über eine Kreuzung, bevor die Ampel auf Rot umsprang. Fake Reynaldo hatte es nicht eilig. Nur kleine Fische schwammen hastig im Golfstrom. Die großen glitten gelassen durch ihr Element, ließen sich treiben, verharrten, hatten Zeit und ein gutes Auge. Sollten sich die Piranhas, Schnapper und Stichlinge doch austoben. Die richtig großen Raubfische hatten Stil. Und Fake Reynaldo hatte eine Menge Stil. Da war er sich absolut sicher.

»Wir machen eine ganz neue Politik«, sagte Fake Reynaldo. »Wir sägen den Jungs im Laufen die Beine ab und bieten sie ihnen später wieder als Ersatzteile an.« Er sah zu, wie die Ampel grün wurde, während er dem Quäken im Telefonhörer lauschte. »In Ordnung«, sagte er, steuerte den Porsche auf die Kreuzung und dann nach links in eine Seitenstraße. »Eine Stunde vor Mitternacht in der Lobby-Bar.« Er legte auf.

Nach etwa fünfhundert Metern bog er erneut nach links in den Ocean Drive ab. Reynaldo sah, daß es mit der freien Fahrt am Beach entlang nicht weit her war. Überall Absperrungen, Zelte und Buden, und alles nur wegen ein paar geretteten Häusern.

1979 hatten die Art déco-Freaks eine Quadratmeile im südlichen Miami Beach mit etwa hundert Gebäuden vor den Bulldozern bewahrt und die Regierung dazu gebracht, die Gegend zum historischen Distrikt zu erklären. Tropical Deco war die perfekte Äußerlichkeit, typisch Miami. Anleger und Baulöwen, die auf den Grundstücken moderne Wolkenkratzer errichten wollten, hatten der Ansammlung alter Hotels, Kinos und Apartmenthäuser jeglichen historischen

Wert abgesprochen. Immerhin war die ganze Chose erst Anfang der dreißiger Jahre hochgezogen worden, als Menschen aus den Gettos von Odessa, Minsk und Lodz für Miami die gleichen Massenunterkünfte entwarfen, die sie in New York oder Chicago gerade hinter sich gelassen hatten: winzige Fenster, schmale Flure, niedrige Decken. Eine Gefängnisbauweise, die nur dazu gedacht schien, den nahen Ozean zu verleugnen. Die Schönheit lag in den Details. Ornamente, stilisierte Palmen und Blütenkelche, Briefkästen in Form von Flamingos, von Seepferdchen umrankte Türklingeln, in Pastellfarben zementierte Sonnenuntergänge. Und bei Nacht erstrahlte das Neonlicht aus den Städten des Nordens am subtropischen Meer. Eine gleißende Billigmode aus Plastik, Aluminium und Glasbausteinen, mit Wasserfarben und kalter Elektrik verziert.

Fake Reynaldo machte sich nicht viel aus Art déco. Aber er mochte die Farben, in denen die Hotels und Restaurants gestrichen waren. Helles und dunkles Violett, Gelb, Blaßblau, Zimtrot, allerlei Grüntöne, Eierschalenweiß, Cappuccinobeige. Oder ganz einfach Schwarz und Weiß.

Er steuerte den Porsche an den Straßenrand. Um die Parkuhr kümmerte er sich nicht. Er befand sich in Höhe von The Stones. Der Musikclub, der einst Ron Wood gehört hatte, war noch geschlossen. Vor zehn Uhr lohnte es sich nicht, dort etwas trinken zu gehen. Punkt zehn hatte Fake Reynaldo im Stones eine Verabredung. Den anschließenden Termin um elf im Fontainebleau Hilton sollte er problemlos einhalten können, obwohl er einige Kilometer nach Norden fahren mußte.

Fake Reynaldo war so echt wie Miami.

Kein Mensch hätte ein sicheres Urteil über seine ethnische Herkunft abgeben können. War er ein Schwarzer aus Mississippi, oder kam er aus Haiti oder der Dominikanischen Republik? War er ein Mulatte aus Brasilien? Hatte er einen weißen Vater und eine schwarze Mutter? Oder war der Vater ein Inder aus Trinidad oder Puerto Rico und die Mutter eine Tamilin?

Fake Reynaldo *war* Miami. Unklar war lediglich, ob er eine perfekte Fälschung des Originals oder das Original war. Die meisten Menschen hätten ihn zwischen zwanzig und fünfundvierzig eingeschätzt. Er war zeitlos schlank und von mittlerer Größe. Die Krause in seinem dünnen Haar konnte echt sein oder das Werk eines sehr teuren Coiffeurs. Dazu trug er hellblaue Krokolederschuhe, eine schwarze Nappalederhose, ein weit aufgeknöpftes türkises Seidenhemd und ein Goldamulett auf der behaarten Brust. Die optimale Tarnung für einen Spaziergang entlang dem Ocean Drive.

Reynaldo kam an der schmalen Veranda eines Artdéco-Hotels vorbei. Die Rentner saßen auf plastikbespannten Alustühlen wie Zugvögel auf einer Hochspannungsleitung. Sie beherrschten den Boulevard, den Strand und das Meer. Das Leben auf dem Ocean Drive war ihr Kino. Ein Lebensabend in Frangipanipink. Hier hockten zwanzig Prozent der Einwohner von Großmiami auf dem Abstellgleis. Eine Meile der Möglichkeiten pulsierte an ihnen vorüber, aber für Pensionäre war kein Stich mehr zu machen. Sie ergaben sich in ihr Schicksal und sahen zu, wie die Jugend ihre Energien austobte. Der dunkelhäutige junge Mann, der da vorbeizog, entlockte ihnen nicht einmal ein Augenzucken.

Er war ein Bürger der Vereinigten Staaten. Für Fake Reynaldo begann die Existenz erst mit seiner Einbürgerung. Daß er in Kolumbien geboren war, spielte keine Rolle. Südamerika war ein Kontinent, auf dem ein Mann seinen Schatten verlieren konnte. Sein Vater hatte sich als Kokabauer am Osthang der Kordilleren ins Grab geschuftet. Fernando Ochoa, wie Fake Reynaldo hieß, als er noch einen Schatten hatte, folgte der Spur der Droge nach Bogotá. Als er dort erfuhr, daß oben im Norden Milliarden von Dollar pro Jahr für den weißen Tod ausgegeben wurden, daß es eine halbe Million Abhängige gab, etwa fünf Millionen regelmäßige Verbraucher und daß rund zwanzig Millionen Menschen Kokain schon einmal probiert hatten, also potentielle Kunden waren, wußte er, daß er im Welthandel tätig werden wollte. Angesichts der langen Lehre, die er zu absolvieren gedachte, war ihm von Anfang an klar gewesen, daß nur eine Ware in Frage kam, die jeder haben wollte und bei der die Gewinnspanne so hoch wie möglich war. Der Tod war ihm vertraut, wie jedem, der mit Blick auf das Amazonasbecken in den Anden aufwuchs. Der Tod war kein Hindernis. Man mußte ihn zum Partner gewinnen. Das war alles.

Reynaldo hatte als Maultier angefangen. Als Drogenkurier konnte er erfolgreich und ungefährdet arbeiten, bis Kolumbien seinen Ruhm als *das* Drogenland erwarb. Er nutzte die Wege nach Norden und setzte sich rechtzeitig aus seiner Heimat ab. Er hielt eine Weile Distanz zum Geschäft, um dann auf der sichereren Seite wieder behutsam Tritt zu fassen. Mochten sich seine kolumbianischen Landsleute zu Hause gegenseitig abschlachten, Fake Reynaldo war als mittlerer Unternehmer in Florida glücklich.

Widerwillig drängte er sich durch den Rummel vor den Verkaufsständen mit Art-déco-Klimbim und Fressalien. Eine dralle Amerikanerin versuchte ihm eine Flasche mexikanisches Simpático-Bier anzudrehen. Erleichtert schob er sich wenig später an die Bar des Calderazzo-Hotels und orderte den ersten Drink. Um nicht ganz mit Mexiko zu brechen, bestellte er eine Margarita. Das Calderazzo war der Tempel der Art-déco-Bewegung. Die Rattanmöbel waren aus Plastik, und Restaurant und Bar trugen schwer an der Farbkomposition aus Weinrot, Violett, Olivgrün und Schwarz.

Während Fake Reynaldo den ersten Schluck nahm, betrat eine alte Frau das Restaurant. Sie hatte dieselben schneeweißen Haare und das verwitterte Gesicht wie Willie Nelson. Um ihren Schildkrötenhals hingen sechs Goldketten mit Buddha-Amuletten und drei silberne mit zwei Kreuzen und einer Muttergottes. Ihre Haare wurden von einem Stirnband aus Schlangenleder zusammengehalten. Auf dem schwarzen T-Shirt über den vertrockneten Brüsten war ein weißer Hai zu sehen. Sie stützte sich auf einen Spazierstock mit Alligatorknauf.

Fake Reynaldo war sofort klar, daß dies ein schlechtes Omen war. Er zahlte und verließ fluchtartig das Hotel. Es war nicht das erste Mal, daß ihm die Alte begegnete. Sie gehörte zum Inventar des Art-déco-Distrikts. Für Fake Reynaldo war sie eine unliebsame Erinnerung an Voodoo-Magie und Santería-Rituale. Religiöses Erbe, das er mit seinem Schatten in einem anderen Land zurückgelassen hatte.

Nur wenige hundert Meter weiter tauchte er in den New Wave Rhythm & Blues im New Tropic ein. Er verzichtete auf einen weiteren Drink an der Bar und ließ sich lieber einen Tisch am Fenster geben. Einzelne Scheiben waren geöffnet, und der Wind vom Meer wehte herein. Hier war man im direkten Kontakt zur Natur. Man saß in kaltgrünem und rosa Neon, umgeben von schwarz gekleideten Bedienungen. Schwarze Kerzen, schwarze Tischdecken, giftgrüne Säulen mit Maya-Ornamenten in Rot und Gelb. Strenge Palmwedel. Während der Kellner ihm die Karte reichte, musterte Fake eine weibliche Bedienung in schwarzem Babydoll und enger schwarzer Strumpfhose. Zwei glatte Exilkubaner in Maßanzügen kamen ins Restaurant. Reynaldo ignorierte sie, während er eine Flasche französischen Chardonnay zu achtzehn Dollar die Flasche und eine Phantasiepasta mit Makrele wählte. Der Kellner, ein Zwillingsbruder von Bela Lugosi, quittierte die Bestellung mit einem wilden Blick, drückte das Kreuz durch und griff sichernd an seinen Pferdeschwanz, bevor er davonrauschte.

Es wurde der entspannte, nette Abend, den Reynaldo sich erhofft hatte. Die späten Nachmittagsstunden und der frühe Abend gehörten zum Leben. Mit der Nacht kam die Arbeit. Und mit der Arbeit kam der Tod.

Als der Kolumbianer gegen zehn Uhr im Stones auftauchte, zahlte er seine zehn Dollar Eintritt. Es war nicht viel los. Die Bühne war leer. Auf der Leinwand lief ein Schwarzweißfilm mit Charlie Chaplin. Einsam ragte das Mischpult in der Mitte des Raums auf.

Fake Reynaldo ging zum Tresen aus Glasbausteinen, der von innen giftgrün beleuchtet war. Im ersten Stock über der Bar konnte man den Diskjockey unter einer Glühbirne hantieren sehen. Er hatte Musik von den Rolling Stones aufgelegt. Im ganzen Bunker war kein einziger Jamaikaner zu sehen. Das beunruhigte Reynaldo. Er ging durch die Verbindungstür auf die Veranda. An der Freiluftbar standen zwei Männer. Einer trug Rasta-Locken.

Fake Reynaldo grinste, bestellte sich ein Cuba libre und sah über den Swimmingpool zum Beach. Der Wind bewegte die Palmen und strich über den Tresen. Im Freien lief als Kontrastprogramm Musik von den Beatles.

Der Kolumbianer trank in Ruhe und musterte den Mann aus der Karibik. Reynaldo hatte nichts gegen Jamaikaner. Problematisch war nur, daß die Männer von der Insel sich nach und nach ins Geschäft gedrängt hatten und Marktanteile besetzten. Es gab keine Ecke in den USA, an der Crack verkauft wurde und wo die Abnehmer nicht im Reggae-Rhythmus tanzten. Von Seattle bis zur Bronx, von Ohio bis Florida. Und es gab nur eine Sprache, die diese Brüder beeindrucken konnte: Gewalt. Der Mann mit den Dread-Locks und dem eleganten Zweireiher war nicht der Kern des Problems. Aber er kam von der Insel. Das machte ihn zum Feind. Und heute abend würde es ihn zum Opfer machen. Fake Reynaldo hatte vor, einen Werbespot mit ihm zu produzieren, der eine einzige Message hatte: Verpißt euch aus meinem Vorgarten.

Es dauerte nur eine halbe Stunde, bis das Lokal sich füllte. Unter dem Publikum tummelten sich Filmstars, bekannte Persönlichkeiten aus dem Musikgeschäft und der Kommunalpolitik. Und Journalisten. Journalisten waren wichtig. Der Jamaikaner behauptete seinen Platz an der Bar und trank seinen Rum. Reynaldo zahlte und beugte sich kurz nach unten, um das Nappaleder an der linken Wade geradezuziehen.

Dann stieß er sich vom Tresen ab, ging zu dem Mann von der Insel und rempelte ihn an.

*»Cool, Mann!«* Der Jamaikaner blieb gelassen.

»Halt's Maul«, sagte Fake Reynaldo so laut, daß es möglichst viele Gäste hören konnten. »Oder ich mach einen Schlüsselanhänger aus deinem Kopf.«

Ohne die Antwort abzuwarten, stieß Fake Reynaldo seinem Opfer das Messer bis zum Heft in den Bauch und zog die Klinge nach oben.

Der Jamaikaner brach zusammen.

Die ersten Gäste kreischten auf, während der Kolumbianer sich mit schnellen Schritten entfernte.

Reynaldo grinste.

*»Cambio de aceite«*, murmelte er leise.

Ölwechsel. So nannte man das in Bogotá.

## 15

Beim Zahlen wurden die Machtverhältnisse klar. Die Nationalwährung war der Dollar. Balboa-Scheine gab es nicht. Schulz bezahlte mit US-Noten und bekam ein paar Balboa-Münzen als Wechselgeld zurück. Es ging auf zweiundzwanzig Uhr zu. Er schlenderte zum Flugsteig.

Und schon war er wieder in Jamaika. Seine schwarzen Freundinnen hatten sich frisch eingekleidet. Hochhackige Schuhe und elegante Kleider zu dezentem Make-up. Die mit den Nippeln unter dem Netzhemd trug jetzt etwas in Rosa, mit einem langen Schlitz am Bein. Sie stand wieder neben ihm. Kein Koffer auf seinem Fuß, keine Nagelfeile in ihren Händen. Er war sich nicht sicher, ob ihn der Rum oder die Frau in Trance versetzte.

Dann ging alles sehr schnell. Lautsprecherattacke.

Einsteigen. Schulz hatte einen Mittelplatz im vorderen Kabinenteil. Links am Fenster die Frau in Rosa, rechts von ihm ein drahtiger Schwarzer. Nach all den Jahren in Nicaragua hatte er sich auf ein paar gepflegte Jetsetter-Drinks gefreut. Langsam, der Reihe nach und auf Eis. Er erinnerte sich dunkel an das entsprechende Ritual auf Langstreckenflügen nach Europa. Aber das hier war Jamaika. Eine einzige große Party. Rumflaschen wanderten von Sitzreihe zu Sitzreihe. Pappbecher wurden gefüllt und geleert. Die Flugbegleiterinnen aus Panama resignierten bereits kurz nach dem Start.

Die Frau in Rosa hieß Epiphany. Ihr Parfum roch klebrig und süß. Schulz hatte Visionen von ihren Nippeln. Der Flug entwickelte sich wie ein langer, regnerischer Tropennachmittag. Immer noch Siesta. Träg und lasziv wurden die Stunden zur Ewigkeit. Er spürte ihren Schenkel und war dem Elfenbeinlächeln ausgeliefert. Irgendwann legte sie ihre Hand auf seinen Oberschenkel. Er nahm es hin wie eine Ladung natürlicher Medikamente, die ihm der Medizinmann verschrieben hatte.

Etwa auf halber Strecke richtete der Nachbar zur Rechten das Wort an Schulz. Der Mann war aus Britisch-Guyana und sechsundsiebzig Kilo schwer. Er hatte vor, seine Schwester in Kingston zu besuchen. Die alte karibische Großfamilie, diese strapazierfeste Idee von Belize bis zu den Guyanas. Zwischendurch ein paar Jahre in London. Einen Bruder oder eine Schwester in Kanada . . . .

»Siehst du diese Knöchel?« fragte der Schwarze und hielt Schulz seinen dicken Finger unter die Nase. »Ich hab immer gedacht, die Kraft macht es. Hab jahrelang Ziegelsteine kleingeprügelt. Bis ich erkannt hab, daß ein Killer sanft und entspannt sein muß.« Er holte zwei Fotografien aus der Jackentasche. Eine Totale aus seiner Kampfsportschule in Georgetown, das andere Foto zeigte ihn im Sprung. Er landete gerade einen Treffer. Sehr hoch über dem Kopf seines Gegners.

Schulz nickte anerkennend.

»Weißt du, was mich so hoch bringt?« fragte der Mann aus Guyana und trommelte ein paar kurze Haken gegen sein hochgeklapptes Eßtischchen.

»Nein«, antwortete Schulz.

»Pure Konzentration, Mann. Nicht die Kraft. Das Hirn, Mann.«

Eine Stunde nach Mitternacht landete die Maschine auf dem Norman Manley Airport.

Epiphany hatte die Führung durch das Chaos beim Zoll übernommen. Schulz bekam eine faire Behandlung. Auf seiner Brust sammelte sich Schweiß, der ihm über den Bauch floß und im Hosenbund versikkerte. Ladungen importierter Güter aus Panama passierten zäh die Kontrolle. Epiphany übergab das Geschäft an fünf ihrer »Brüder«, wie sie ihm versicherte.

Wenig später saß er in einem ausgeleierten Ford Mustang. Es ging vom Flughafen über die Halbinsel von Port Royal hinein nach Kingston. Die Nacht bot eine Andeutung von Kühle. Der Himmel war dunkelviolett. Epiphany saß schwitzend und fast nackt neben ihm auf dem Rücksitz. Am Steuer hockte ein dünner Mann mit Rasta-Locken. Aus dem Autoradio dröhnte Reggae.

*Turn your lights down low.*

Soweit Schulz sehen konnte, war alles dunkel.

# 16

Das Fontainebleau hatte den Charme eines Supermarkts.

Norberto Navarro Nevada saß an der kreisrunden Bar unter der Glaskuppel in der Lobby und musterte zum wiederholten Male seine Umgebung. Die Bastbespannung auf den Sitzflächen der Barhocker war das einzige natürliche Material im Umkreis von mehreren Meilen. Überall knallten Farben und Muster aufeinander. Grüne Palmwedel auf dem schwarzen Teppichboden, rosa Blüten auf den anthrazitfarbenen Sesselpolstern, rosa Tischdecken, orange und weinrote Blüten auf den runden Säulen, die die Decke mit der Glaskuppel trugen. In der vorderen Lobby hingen drei riesige Lüster, die wie entfesselt glitzerten. In der Ecke zu den Dining Galleries explodierte eine dunkelgrüne Orgie aus Gußeisen mit violetten Weintrauben. Die ganze Innenarchitektur war grell und schreiend. Nur durch die Fensterfront zum Garten konnte man in der Nacht natürliches Grün von Gras, Palmen und Bananenstauden und einen Schimmer von hellblauem Wasser erahnen. Das Hotel war ein Flugzeugträger, vollgepackt mit dem Kitsch der fünfziger Jahre.

»Wie kann man so ein vulgäres Monstrum ernst nehmen?« fragte Navarro.

»Es ist nur aus der Mode.« Chaco Sombra Bucaram lächelte. »Ist jetzt ein Tummelplatz für den Massentourismus und ein großes karibisches Konferenzzentrum. Verlang nicht soviel von der alten Lady.« Er lachte kurz auf. »Die Zeiten, als Liberace hier zur Eröffnung Piano spielte, sind vorbei.« Voller Mitleid musterte er den Klavierspieler, der sich in immer neuen Kopien bekannter Stars verwirklichte.

»Hotels wie Festungen. Ganz Miami Beach ist mit diesen Ungetümen zugebaut.« Navarro schüttelte den Kopf.

»Ganz Florida ist ein Schlachtfeld, Norberto. Du mußt dir nur die Namen der wichtigsten Stützpunkte auf der Zunge zergehen lassen. *Fort* Lauderdale, *Fort* Myers, *Fort* Pierce.«

Das erinnerte Navarro an den Grund seines Hierseins. Die Vorbereitung einer neuen Schlacht, die Finanzierung und Ausrüstung eines neuen Kommandounternehmens. So gesehen, war er im Fontainebleau goldrichtig. Er residierte in einem Denkmal für Materialschlachten. Zweihundertfünfzig Kilometer Elektroleitungen waren beim Bau dieser Festung verlegt worden, zweieinhalb Millionen Arbeitsstunden in die Konstruktion geflossen. Hundertsiebzig Kilometer Rohre und hunderttausend Quadratmeter Teppichboden hatte man verlegt. Dreißigtausend Quadratmeter Glas, zweitausend Spiegel, eintausendvierhundert Angestellte, die jedes Jahr eineinhalb Millionen Eier zum Frühstück servierten. Fast zwei Millionen verbrauchte Servietten pro Jahr. Die sechshunderttausend Tischdecken nicht zu vergessen und die fünfhunderttausend Stück Seife, die rund eine Million Bettlaken und die drei Millionen Handtücher. Dreieinhalb Millionen Telefonanrufe pro Jahr. Es war Gigantomanie. Kapitalismus in Reinkultur, Produktion und Ekstase.

Verglichen damit war die logistische Herausforderung, der sich Norberto Navarro Nevada stellen mußte, ein Sandkastenspiel. Auch bei diesem Vorhaben würde er sich nicht von der Klotzerei der Nordamerikaner anstecken lassen. So ungehemmt, wie sie ihre Hamburger in sich reinfraßen, so zügellos, wie sie ihre

Milchshakes schlürften, so unkontrolliert und erfolglos warfen sie ihre tonnenschweren Bombenlasten ab, mit denen sie Kriege in den Tropen gewinnen wollten. Wahrscheinlich würden sie eines Tages Cali, Medellín und Bogotá bombardieren, um die Kokainkartelle endgültig zu besiegen. Diese Konsumenten lernten nichts dazu. Fertigstellen und verbrauchen, in anderen Kategorien konnten sie nicht denken.

Er würde wieder auf das Kleinteilige setzen. Nicht, daß er die Entwicklung in der Waffentechnologie ignorierte, aber eine kleine Auswahl der richtigen Geräte und Instrumente, gepaart mit einer handverlesenen und gut vorbereiteten Truppe, war nach seiner Erfahrung der Schlüssel für eine erfolgreiche Operation. Bevor sein großer Einsatz kam, mußte noch diese Einzelaktion in Jamaika durchgeführt werden. Es paßte ihm nicht. Was seine Partner da vorhatten, war Terrorismus. Aber er hatte in all den Jahren zu viele mögliche Koalitionen abgelehnt. Nun hatte er endlich Partner und ein Ziel, das ihn zumindest teilweise in seiner politischen Vorstellung mit ihnen verband. Man konnte es sich nicht immer aussuchen. Das hatte er mühsam und auf die harte Tour gelernt.

»Als Richard Nixon achtundsechzig als Präsidentschaftskandidat der Republikaner nominiert wurde, haben sie hier einen rosa angemalten Elefanten rumlaufen lassen«, sagte Sombra.

»Ach?« Angeekelt verzog Navarro den Mund.

»Jerry Lewis, Rocky Marciano, Eisenhower, Joan Crawford, Frank Sinatra und Ed Sullivan. Die haben sich alle hier getummelt.«

»Laß uns noch einen auf die gute Nachricht trinken«, schlug Navarro vor. »Immerhin geht es jetzt los.

Wenn unser Friedensnobelpreisträger wirklich nach Kingston kommt, fällt auch bald der Startschuß für uns.« Er gab Luis, dem Barkeeper aus Costa Rica, ein Handzeichen.

»Ich werde den Mann aus León aktivieren. Jetzt wird's ernst.« Sombra gähnte.

»Ich möchte, daß du ihn allein einweist. Ich will nicht, daß er mich sieht. Nicaragua ist ein kleines Land. Möglicherweise hat er damals, bei den Siegesfeiern, in Managua neben mir gestanden und mitgejubelt.«

Luis brachte zwei Bier.

Einige Hocker weiter brachen zwei neureiche Damen auf. Ihre Frisuren schimmerten in bläulichen Tönen. Die Brillanten an ihren Schmetterlingsbrillen sprühten Blitze. Hochrote Wangenknochen und verschmierte Lippen, breites und lautes Amerikanisch. Alligatordialekt. Betrunken schwankten sie davon.

»Er lebt in Little Havana. Ich treffe mich übermorgen mit ihm.«

»Will er das Material selbst nach Kingston bringen?«

»Nein. Das wird ein Maultier erledigen. Eine sehr erfolgreiche Dame, die als Kurier nie Probleme hatte. Der Mann aus León fliegt mit einer anderen Maschine und montiert dann alles vor Ort.«

Beide Männer schwiegen einige Minuten.

»Warst du nicht mit Reynaldo verabredet?« fragte Navarro.

»Ich muß die Finanzen mit ihm besprechen. Er nimmt das sehr genau. Seit er sich im Geschäft etabliert hat, leistet er sich diese politischen Überzeugungen wie ein Hobby. Es ist ekelhaft, daß wir auf Leute wie ihn als Sponsoren angewiesen sind. Aber was will man machen! Wenn die großen Spenden aus Cali, Bogotá oder Medellín nicht fließen, muß man sich mit den hiesigen Kleinunternehmen abgeben. Edle Ideen wollen finanziert sein.« Er lachte bitter.

»Dieser Clown geht mir auf die Nerven«, brummte Navarro.

»Wir sind auf das Kokaingeld angewiesen.«

»Der Mann ist ein Krimineller.«

»Er ist *unser* Krimineller.«

»Jedenfalls ist er kein geistiges Schwergewicht.«

»Unterschätz ihn nicht.«

Navarro schwieg verstimmt und trank einen Schluck Bier.

»Da kommt er.« Sombra sah auf die Armbanduhr. »Wie immer zu spät.«

Mit einem glatten Lächeln steuerte Fake Reynaldo die Bar an.

Navarro musterte Reynaldos Aufmachung. Die Krokolederschuhe, die Nappahose und das Seidenhemd waren eine Fortsetzung der Inneneinrichtung des Fontainebleau mit anderen Mitteln. Immer wenn Norberto Navarro einen wie Fake Reynaldo sah, wußte er, daß eine Revolution nötig war. Eine Revolution und eine anschließende gründliche Säuberungsaktion.

»Wie geht's uns?« sagte Reynaldo zur Begrüßung und schwang sich auf den Hocker neben Chaco Sombra. »Wie war es in Kolumbien?«

»Alles bestens«, sagte Sombra. »Auch ein Bier?«

»Für mich einen doppelten Rum auf Eis mit Limone«, sagte Fake Reynaldo zu Luis. »Aber Jamaikarum.«

»Myers's?«

»Okay.«

»Wir haben gerade über die Aktion in Kingston gesprochen«, sagte Sombra.

»Über Politik zu reden ist immer gut, Amigos.« Fake Reynaldo seufzte. »Das Geschäft hab ich für heute nacht hinter mir. Habe die diplomatischen Beziehungen zu Jamaika abgebrochen und den Handelskrieg erklärt.« Er grinste glücklich. »Aber«, fuhr er mit einer großzügigen Armbewegung fort, »Geschäft ist Geschäft, und Politik ist Politik.«

Norberto Navarro Nevada schwieg und gewann bei erneutem Betrachten den Eindruck, daß die rosa Tischdecken eine überaus beruhigende Wirkung hatten.

## 17

Der Ventilator drehte sich. Ruhig, wie die Schraube eines Öltankers. Sie haßte Klimaanlagen.

Sie stand vom Bett auf und ging durch die offene Tür auf die Terrasse. Ein Tropenregen hatte einen Schleier über die Bucht geworfen. Das Meer lag wie Blei in der Morgendämmerung. Der Sand glänzte feucht. Sie starrte auf den Strand, der dreißig Meter tiefer wie eine frisch betonierte Landebahn in den auslaufenden Wellen lag. Schnatternd tobte das Dutzend Papageien, das sie ausgesetzt hatte, durch die Palmen.

Ruffus stand in seinen curryfarbenen Shorts bis zu den Knien im Wasser und streute Magnolienblüten in die See. Er konnte sie unmöglich gehört haben, trotzdem blickte er mit einem strahlenden Lächeln kurz zu ihr auf. Ruffus opferte den Haien. Das Ritual wiederholte sich. Immer bei Tagesanbruch.

Jill Shapiro lächelte. Wenn sie Santander noch

trauen konnte, dann war heute der Tag, an dem sie den Deutschen wiedersehen würde.

## 18

Schulz wachte auf und sah auf die schwarzen Hügel Afrikas. Epiphany atmete ruhig. Der Gummi, den sie Schulz übergezogen hatte, lag auf dem Fußboden vor der Matratze, neben seiner Armbanduhr. Acht Uhr morgens. Im Nebenzimmer schnarchte der Zwei-Meter-Rasta, der ihnen Stunden zuvor die Tür geöffnet hatte. Immer noch hing der Geruch nach Ganja im Haus. Das blaßgelbe Tageslicht versickerte im Raum.

An den dunklen Wänden konnte Schulz vage einige Poster erkennen. Das Papier war verzogen und gewellt. Eine Sammlung welker Blätter. Eine riesige Raubkatze sprang ihn an. PANTHER CONDOMS ARE THE BEST! Daneben salutierte Haile Selassie von einem Konzertplakat. ONE LOVE stand über dem Haupt des Kaisers. APR. 22ND, NATIONAL STADIUM, SAT. 5 P.M. konnte Schulz im Liegen gerade noch entziffern. Er stand auf und studierte das Plakat aus der Nähe. BOB MARLEY & THE WAILERS, THE INNER CIRCLE, PETER TOSH. Die Eintrittspreise waren ein politisches Programm. Die billigsten Karten für die »Togetherness Section«. Im Mittelfeld für drei Jamaikadollar die »Love Section«. Die teuersten Plätze in der »Peace Section«. Frieden war kaum bezahlbar.

Schulz ging ins Badezimmer. Die weißen Kacheln brachten ihn wieder in die Wirklichkeit zurück. Träge kam das salzig schmeckende Wasser aus der Dusche. Er frottierte sich ab, musterte die drei Zahnputzbecher und griff sich eine der Bürsten. Während er sich die Zähne schrubbte, traf ihn eine Salve Reggae aus dem Zimmer des Rasta-Riesen.

*How long shall they kill our prophets, while we stand aside und look?* fragte Bob Marley.

Manche Propheten sterben einen gewaltsamen Tod, dachte Schulz. Omar Torrijos fiel ihm ein, Marley selbst. Bomben oder Metastasen. Einige Killer hatte es erwischt. Wie die Somozas. Andere liefen noch frei herum. Dazu fiel Schulz Eros Chamorro Pinto ein.

Später zog er sich an, warf einen Blick auf Epiphany und schlich aus dem Zimmer.

In der Diele begegnete er dem Rasta.

*»Whey yuh gwine?«* brummte der Riese. Wohin des Wegs?

Gute Frage, dachte Schulz.

»Taxi«, antwortete der Deutsche in seinem besten Oxford-Englisch.

*»No problem.«* Der Jamaikaner grinste und deutete durch die Haustür ins Jenseits.

»Pegasus Hotel.« Schulz sah zögernd zur Zimmertür zurück, hinter der Epiphany schlief.

»Kein Problem, Mann. Die Insel is klein. Du gehst nicht verloren.«

Schulz griff nach dem Koffer, zog die Tür auf und inhalierte eine Portion feuchtheiße Luft.

*»Cool runnings«,* hörte er hinter sich, als er ins Freie trat.

## 19

Ruffus Miller trottete zum Haupthaus und absolvierte dabei seine Morgengymnastik.

Das Gekreische der Papageien ging ihm auf die

Nerven, wie immer. Wußte der Teufel, was die Vögel in den Palmen hielt! Nach allem, was Ruffus Miller über die Gesetze der freien Wildbahn wußte, hätten die Viecher längst kreuz und quer über die Insel verstreut sein müssen. Es paßte ihm nicht, daß außer ihm noch andere Lebewesen an der Lady hingen.

Die Lady hatte einen wichtigen Tag vor sich. Dieser Deutsche. Ruffus sah zu dem weißen Fleck hinüber, der durch die Mangroven am Hang auf der anderen Seite der Bucht schimmerte. Ob sie die Schüsse gehört hatte? Dieses Pack aus Panama. Es war schwierig genug, das Anwesen gegen die normalen Kriminellen zu verteidigen. Nun kamen auch noch diese Indianer aus Mittelamerika mit ihrem Drecksgeld und veranstalteten schwarze Messen. In seiner aktiven Zeit hatte er gern gegen diese Zwerge aus Mexiko, Panama und Kolumbien geboxt. Obwohl sie im Mittelgewicht nicht viel auf die Beine brachten. Zäh waren sie, das mußte er zugeben. Er war immer auf einen schnellen K.-o.-Sieg aus gewesen, meist mit Erfolg. Sollte ihm einer dieser Hilfssheriffs des Generals in die Quere kommen, würde sich zeigen, wer den kürzeren zog. Aber mit diesen Cowboys mußte man es wahrscheinlich ausschießen.

Jill Shapiro stand lächelnd neben dem alten Jaguar.

»Übertreib es nicht, Ruffus.« Anerkennend musterte sie den durchtrainierten Körper ihres Majordomus. Sie wußte, daß er empfänglich für Komplimente war. Sie spornten ihn an. Fünfundvierzig Jahre und kein Gramm Fett zuviel. Ein Meter achtzig, kahlrasierter Schädel, freundliches Jungengesicht, eine sonore Baßstimme und fast zierliche Hände. Leibwache, Butler, Automechaniker, Freizeitgärtner, Bootsmann,

Zeremonienmeister und Chef des Personals. Nur die Papageien haßte er wie die Pest, war aber zu höflich, um auch nur ein Wort darüber zu verlieren. Daß sie den Wagen selbst steuerte, paßte ihm auch nicht. Er war ein guter Chauffeur, aber Jill Shapiro hatte klare Vorstellungen davon, was sie ohne Hilfe erledigen wollte und konnte.

Ruffus blieb neben dem Jaguar stehen und legte eine Hand auf den Kotflügel. Der Lack war bronzebraun, wie seine schweißnasse Haut. Er bemühte sich, flach zu atmen. Die Lady sollte nicht auf falsche Gedanken kommen. Die jungen Arbeitslosen standen überall Schlange, und er kam allmählich in ein Alter, in dem man die Konkurrenz im Auge behalten mußte. »Sie fahren nach Kingston?« fragte er höflich, obwohl er ihre Pläne genau kannte.

»Ja«, antwortete Jill Shapiro freundlich. »Laß bitte den Gästebungalow herrichten.«

»Ist schon veranlaßt.« Er hielt ihr die Tür auf der Fahrerseite auf.

Sie stieg ein. Bevor sie den Motor anließ, warf sie Ruffus einen besorgten Blick zu. »Was war das für ein Schuß heute nacht?«

»Es waren drei. Bei den Nachbarn aus Panama.« Er machte eine Kopfbewegung in Richtung Villa.

»Diese Männer sind mir unheimlich«, sagte sie leise.

»Kein Grund zur Beunruhigung.« Er drückte die Wagentür sanft ins Schloß.

Sie drehte den Zündschlüssel um, und der Motor antwortete mit einem tiefen Grollen.

# 20

Wir hatten Sie schon für heute nacht auf der Liste«, stellte die junge Frau an der Rezeption fest und sah Schulz strafend an. »Wir befürchteten schon, daß Sie Probleme haben könnten. Der Weg vom Flughafen in die Stadt ist nicht ungefährlich.«

»Keine Probleme«, sagte er, nannte aber keine Gründe für sein verspätetes Eintreffen.

»Zimmer drei-acht-eins.«

»Wo kann ich was frühstücken?«

»In der Country-Kitchen, unserem Coffee-Shop, eine Treppe tiefer, direkt neben dem Pool.«

Schulz musterte die Hotellobby. Weiß und Beige waren die dominierenden Farben. Dazu ein Hauch Urwald in Form gepflegter Topfpflanzen an strategisch wichtigen Stellen zwischen den Polstermöbeln. Hinter den Schaufenstern der Boutiquen konnte er wertvolle Waren erahnen. Sein Blick blieb einen Moment lang am dunkel polierten Holz und den Chromstangen des Treppengeländers hängen. Noble Innenarchitektur, wohin er auch sah. Seit Jahren hatte er nichts vergleichbar Elegantes gesehen. Eine luxuriöse Bleibe, die Jill ihm da ausgesucht hatte. Dagegen war das Interconti in Managua eine angegammelte Jugendherberge.

Es wurde Zeit, daß er unter die Dusche kam und etwas Unzerknittertes ohne Schweißflecken anzog. Schon der Taxifahrer hatte ihn zweifelnd gemustert, als er aus der Seitenstraße aufgetaucht war. Den verbeulten Alukoffer mit den abgewetzten Aufklebern aus Ecuador, Peru, Argentinien, Uruguay und Kolumbien hatte der Fahrer wie Kriegsgerät im Kofferraum verstaut. Und als der Deutsche ihm das Jamaica Pegasus Hotel als Ziel nannte, war ein ungläubiges *No Problem* über die Lippen des Jamaikaners gekommen. Nur die druckfrischen Grünen aus den U. S. of A. hatten den Mann versöhnt.

»Sir?«

Schulz schaute der afrochinesischen Schönheit hinter dem Empfangstisch ins Gesicht.

»Die Dame erwartet Sie nachher zum Mittagessen in unserem Restaurant Le Pavillon.« Sie zeigte ihm die Richtung mit dem weißen Briefumschlag an, bevor sie ihn aushändigte.

Er nahm das Kuvert, öffnete es und fand eine Visitenkarte. Eierschalenfarben. Auf einer Seite stand in klaren Lettern JILL SHAPIRO, auf der anderen in blauer Tinte *Willkommen auf Jamaika.* In Deutsch. Sie hatte sich zweifellos Mühe gegeben. Jetzt kannte er auch ihren neuen Nachnamen.

»Sir?«

Schulz sah sich um. Ein Boy wartete mit dem Koffer. Er folgte ihm zum Aufzug.

Schulz fror. Er schaltete die Klimaanlage niedriger, ging zum Fenster und warf einen Blick auf Kingston. Viele flache Bauten in grünbrauner Vegetation.

Er hatte geduscht und den spärlichen Inhalt seines Koffers im Schrank verteilt. Als er den Fernseher einschaltete, geriet er in die Nachrichten. Frei Haus aus den USA. Kriegsberichterstattung auf CNN. Guatemala, Honduras, El Salvador. Napalm, Artillerie, Kampfhubschrauber. Es kam ihm unwirklich vor. Er schaltete weiter. Kriegsgetümmel. Dann Profiboxen.

Schulz sah den Schwergewichtlern in Las Vegas eine Weile zu. Wenn schon Krieg, dann lieber zwei schweißverschmierte Gestalten im Kampf Mann gegen Mann als das organisierte Gemetzel in Olivgrün.

## 21

»Nein«, sagte der Älteste der Koptischen Kirche zu dem Reporter aus Los Angeles, »man kann Ganja nicht ausrotten. Man kann die Schöpfung nicht vernichten. Um Ganja auszumerzen, müssen Sie die Bevölkerung liquidieren. Ganja ist der Samen des Lebens.«

## 22

Den beigen Boss-Zweireiher hatte Schulz vor zwei Jahren dem Vertreter der Friedrich-Ebert-Stiftung in Managua abgekauft.

Der Anzug saß wie maßgeschneidert. Er war ein bißchen zerdrückt vom Transport im Alukoffer, verlieh Schulz aber trotzdem eine Spur jener Eleganz, die man in Nobelhotels braucht, um sich gleichwertig zu fühlen. Dazu ein dunkelblaues Hemd, Knopf am Kragen offen. Zu einer Krawatte hatte er sich nicht durchringen können.

Der Oberkellner im Pavillon behandelte den Deutschen mit erlesener Höflichkeit. Uniform war Uniform. Der Jamaikaner trug eine schwarze Hose mit flammend roten Seitenstreifen, so rot wie die kurze, eng an der Taille anliegende Jacke. Weißes Hemd, schwarze Fliege. Das alles, gepaart mit seinem Strahlelächeln, ließ ihn aussehen wie einen Rum Punch mit Bougainvilleablüten.

Fehlt nur noch, daß sie ihm eine halbe Ananasscheibe aufs Ohr stecken, dachte Schulz.

Sie saß an einem Ecktisch. Direkt über ihrem Kopf spendete eine blaßgelbe Glühbirne hinter zwei gekreuzten Bastfächern ein mildes Licht, das ihrem Gesicht guttat. Sie trug ein lindgrünes Kostüm und eine kaffeebraune Seidenbluse. Als sie aufstand, um ihn zu begrüßen, bemerkte er die hochhackigen Goldsandalen. Der strenge Pagenkopf war einer kurzen Männerfrisur mit hellgebleichten Stachelbündeln gewichen. Auf dem Foto hatte sie eher wie fünfzig ausgesehen, leibhaftig wirkte sie zehn Jahre jünger. Selbst die Falten um die hellen Augen verliehen ihrem Gesicht etwas Sportliches. Sonnengebräunte Haut, ein Hauch Lippenstift und ein leichtes Parfum, das Schulz in die Nase stieg, als er sie auf die Wange küßte.

»Willkommen auf Jamaika«, sagte Jill Shapiro und setzte sich wieder. Mit einer Handbewegung bot sie Schulz den Stuhl ihr gegenüber an. Er nahm Platz und sah sie schweigend an.

Der Kellner kam wegen des Aperitifs.

»Immer noch Rum?« fragte sie mit einem Lächeln.

Schulz nickte.

»Zwei Appleton Gold auf Eis.«

Der Kellner grinste breit und verschwand.

»Der Rum hier ist gut. Großes Angebot. Von Weiß bis Dunkelbraun.«

»Gefährlich.«

»Du siehst müde aus.«

Schulz fühlte sich mürbe und ausgebrannt. Die Ringe unter seinen Augen mußten bis auf die Mundwinkel hängen. »Ich bin jetzt Mitte Vierzig«, stellte er fest.

Es sollte eine Erklärung werden, vielleicht auch eine Warnung, klang aber nur weinerlich. Eine Portion Selbstmitleid, peinlich. Propaganda für einen Sozialfall. Epiphany hatte ihm den Saft aus den Knochen gesogen, und jetzt präsentierte er einer Altersgenossin seine leere Hülle.

»Da sollt ihr Männer doch angeblich im besten Alter sein«, meinte Jill. »Was soll ich denn da sagen?«

»Du siehst gut aus.« Es kam viel zu spät, aber es war die Wahrheit.

»Danke.« Sie lächelte wieder.

Der Rum kam. Sie tranken schweigend, ließen die Eiswürfel in den Gläsern klirren. Im Hintergrund summten die Gespräche der anderen Gäste. Ab und zu ein Klappern von Geschirr und das dezente Scheppern des schweren Bestecks. Der Kellner brachte die Speisekarten, und sie flüchteten sich für einige Minuten in die Auswahl der Gerichte.

»Gut, daß du da bist«, stellte sie fest. »Wie ist es dir in all den Jahren ergangen?«

»Manchmal denke ich, daß ich mich nie mehr ganz von dem Schlag auf den Hinterkopf erholt habe, den du mir damals in Ecuador verpaßt hast.« Schulz legte die Karte zur Seite und hielt ihrem Blick stand.

»Es war zu deinem Besten.«

»Ich weiß«, sagte er. »Warum bist du in Panama so plötzlich verschwunden?« Es klang ein bißchen bitter.

»Mein Auftrag war beendet, und Santander hatte neue Arbeit für mich. So bin ich damals hier gelandet . . .«, sie schwieg nachdenklich, » . . . und hängengeblieben.«

Schulz vermißte in ihrem Tonfall eine Spur Trauer über das Ende der erotischen Geschichte zwischen Playas und Panama City. Vermutlich war das zuviel verlangt unter Söldnern, egal, ob weiblich oder männlich, aktiv oder im Ruhestand. Gewisse Sachen mußte man verdrängen, wenn man funktionieren und überleben wollte. »Blödsinn«, sagte er leise.

Sie sah ihn fragend an.

»Ach nichts. Hab nur nachgedacht«, fügte er hinzu.

Der Kellner kam. Jill Shapiro wählte Hummer, und Schulz leistete sich etwas Französisches mit Lammedaillons, um nach den Jahren in Nicaragua wieder Anschluß an die feine Lebensart zu finden. Sie wollte lediglich Wasser zum Essen, er nahm auf ihre Empfehlung hin ein Red Stripe.

»Ich habe heute nachmittag und am Abend in Kingston zu tun. Werde im Haus von Freunden in Beverly Hills übernachten. Morgen früh hol ich dich hier ab. Wir fahren nach Port Antonio, auf der anderen Seite der Insel. Dort wohne ich. Ich habe den Gästebungalow für dich herrichten lassen. Du mußt dich erst mal akklimatisieren. Ich habe dir einiges zu erzählen . . .«

»Vielleicht fängst du schon mal mit dem ersten Kapitel an.« Schulz trank den letzten Schluck Rum und wartete auf sein Bier.

Sie hatte damals diesen Politiker geheiratet. Don Shapiro. Stellvertretender Vorsitzender der People's National Party. Ein mächtiger Mann mit vielen Freunden und ebenso vielen Feinden. Jill Shapiro, geborene Sterling, hatte zwei Jahre lang ein enges Verhältnis mit dem schwarzen Führer der sozialistisch orientierten Nationalen Volkspartei, dann heirateten sie. Shapiro war auf dem besten Wege, den kränkelnden Parteivorsitzenden zu beerben und die PNP in einen aussichtsreichen Wahlkampf zu führen, als es ihn erwischte. Ein Autounfall in Kanada. Er hatte mit Exiljamaikanern gefeiert und war mit einem angetrunkenen Parteikollegen in einen Lincoln gestiegen. Die Limousine durchbrach wenig später die Leitplanken eines Highway und stürzte in eine Schlucht, die so tief war, daß beide Männer getötet wurden. Kein Attentat, ein ganz normaler Unfall.

Jill Shapiro hatte sich aus dem Glamour von Kingston nach Port Antonio zurückgezogen. Hier besaß ihr Mann ein großes Anwesen. Die Region war sein Wahlkreis gewesen. Das Ganze war vier Jahre her. Trotz harter Wahlkämpfe hatte die PNP der zweiten großen Partei, der konservativen Jamaica Labour Party, die Macht nicht entreißen können. Ronald Sears, der Vorsitzende der JLP und jetzige Premierminister, hätte keine Chance gegen Don Shapiros Charisma gehabt, aber nach dessen Tod war der hellhäutige Chef der Arbeiterpartei, in dessen Adern syrisches Blut floß, zum unangefochtenen Regierungschef geworden.

Nach dem Tod ihres Mannes hatte Jill Shapiro mit dem Gedanken gespielt, in die Vereinigten Staaten zurückzukehren. Sie war in New York, genauer in Manhattan, groß geworden. Manchmal vermißte sie den kosmopolitischen Glanz der Metropole, aber regelmäßige Reisen sorgten für Abhilfe. Und Jamaika war ihr so ans Herz gewachsen, daß sie es zu ihrer Heimat erkoren hatte. Ihr Mann war hier begraben, und sein politisches Vermächtnis lebte auf der Insel weiter. Das Nebeneinander vieler Rassen, die Mischung zahlloser Hautfarben zu immer neuen Schattierungen, der Stolz der Jamaikaner auf ihre Insel und das Motto ihres Staates, *Out of many one people*, faszinierten Jill Shapiro ebenso wie die Schönheit und Vielfalt der Insel und das angenehme Klima. Sicher, oft war es sehr heiß und feucht, aber ständig wehte eine Brise vom Meer, die Kühlung brachte, und hoch oben, in den Blue Mountains, herrschte ein angenehmer Frühling zwischen Nadelbäumen.

Und dann war da noch ihre Tochter, ein weiterer Grund, vielleicht der wichtigste, der sie auf der Insel hielt.

»Du hast eine Tochter?« fragte Schulz.

Jill nickte.

Der Kellner hatte das Geschirr abgetragen und brachte nun die Rechnung. Schulz griff vergebens danach.

»Du bist mein Gast«, sagte Jill entschieden und unterschrieb. »Wir haben hier Kredit. Die Vorteile einer Politikerwitwe.« Sie lächelte schwach und stand auf.

Schweigend ging er neben ihr aus dem Restaurant und begleitete sie durch die Lobby zum Ausgang. Das scharfe Licht des frühen Nachmittags verwischte die Konturen hinter der Glasscheibe wie auf einem überbelichteten Foto. Er kniff die Augen zusammen und trat mit ihr ins Freie. Über der Bruthitze lastete die Feuchtigkeit.

Der Boy, der ihnen die Tür aufhielt, hatte bereits veranlaßt, daß der Wagen vorgefahren wurde. Schulz musterte den alten Jaguar. Gut gepflegt. Dunkel getönte Scheiben. Ein Hotelangestellter stieg aus und hielt Jill Shapiro die Fahrertür auf. Unter dem tiefen Brummen des Motors hörte man das leise Zischen der Klimaanlage.

Jill sah Schulz an. »Eigentlich ist meine Tochter der Anlaß, weshalb ich Santander kontaktiert und um Hilfe gebeten habe.«

Schulz schwieg ein paar Sekunden. Dann sagte er: »Du wirst es mir schon noch erzählen.« Die Sonne trieb ihm den Schweiß auf die Stirn.

»Richtig«, sagte sie. »Zu Hause, in Port Antonio. Wir haben genug Zeit. Zweites Kapitel.« Sie lächelte, öffnete ihre schmale Batikhandtasche und wollte ihre Sonnenbrille herausnehmen. Eine silberne Münze fiel zu Boden und rollte an die Bordsteinkante. Die beiden Hotelangestellten ignorierten das Geld. Die Münze war groß. Jill Shapiro ging in die Knie und hob sie auf. Erst wollte sie das Geld in die Handtasche stecken, dann reichte sie es Schulz.

»Kleingeld«, sagte Jill, dann stieg sie ein.

Schulz konnte hellbraunes Leder, edles Holz und Rundinstrumente sehen. »Wann kommst du morgen?«

»Gegen zehn Uhr morgens. Frühstücke in aller Ruhe.«

Er schob die Tür ins Schloß, und der Jaguar rollte zur Ausfahrt.

Als Schulz wenige Minuten später im kühlen Aufzug nach oben fuhr, holte er die Münze aus der Hosentasche und betrachtete sie genauer.

*»Twentyfive cents, Sir«,* sagte das Zimmermädchen hinter dem Servicewagen und sah den Gast mit freundlichen Augen über einen Stapel frischer Frotteehandtücher an.

Schulz nickte und musterte den Kolibri, der seinen Schnabel über der Zahl fünfundzwanzig in den Kelch einer Blüte steckte. Der Weg der Münze von der Handtasche auf den Asphalt und durch Jill Shapiros Hände in die seinen verriet Schulz mehr über den Charakter seiner Freundin, als ihm jedes Dossier von Bluefields hätte mitteilen können.

# 23

Dann gilt also Tagesordnung B für den Verlauf der Konferenz«, stellte Sam White fest.

Der Schatzmeister der Partei strich sich mit der hellen Innenfläche der rechten Hand über das schneeweiße Haar, das wie krauses Moos über der schwarzen Kopfhaut wucherte.

»Richtig«, bestätigte Anita Shapiro und schenkte White die zweite Tasse Earl Grey's ein. Der Geruch des Bergamottöls stach ihr in die Nase. Sie hatte einen wesentlichen Beitrag zur Organisation der Tagung geleistet. Tagesordnung A war der Normalfall ohne den Ehrengast. Variante B war prophylaktisch vorbereitet worden, falls ihre Mission in San José erfolgreich sein sollte. Für Anita Shapiro war es eine tiefe Genugtuung, daß ihr Vorhaben zu einem guten Abschluß gekommen war.

Der König des Geldes, wie ihn die Parteigenossen nannten, nickte bedächtig. Es war das Äußerste an Anerkennung, das der alte Parteihase dem politischen Nachwuchs zukommen lassen wollte.

Anita Shapiro lächelte. »Die Mehrkosten werden international getragen.«

»Ich weiß, Tochter.« Der alte Mann sah die junge Frau ruhig an. Er witterte, daß die Kids – wie er die Enkel der Partei zu nennen pflegte – Absichten verfolgten, die weit über den Rahmen der Tagesordnung hinausgingen. Aber er war zu müde, um der Sache nachzugehen. Es war seine letzte große Konferenz, und die Partei benötigte dringend einen Imageschub.

»Wie ich höre, ist deine Mutter ebenfalls in der Stadt«, sagte White, der damit zum unpolitischen Teil des Gesprächs überleitete. Den Tee im Chinaporzellan beachtete er nicht.

»Ja, sie trifft sich mit einer alten Jugendliebe«, sagte Anita Shapiro und verdrehte die Augen. »Ein Deutscher«, fügte sie hinzu, als erkläre das alles.

Sam White sah Jill Shapiros Tochter streng an. Manchmal hatten diese Kids keinen Stil. Es mangelte ihnen am nötigen Respekt vor dem Alter. So redete man nicht über seine Mutter – und schon gar nicht über Don Shapiros Witwe.

»Sozialdemokrat?« fragte er.

Anita Shapiro zog fragend die Augenbrauen zusammen.

»Der Deutsche.«

»Ich weiß nicht.« Verblüfft sah sie den Alten an. »Er kommt aus Nicaragua.«

»Nicaragua . . .« Sam White ließ das Wort langsam auf der Zunge zergehen. So, wie er es betonte, klang es wie Nigger-Aqua.

Anita Shapiro entschloß sich, ihren Besuch zu beenden. Die britische Häkeldeckchen-Idylle des Kolonialhauses schlug ihr aufs Gemüt, genauso wie der konservative Flügel der Partei, dem Sam White angehörte.

Zwanzig Minuten später war sie in ihrem schwarzen Mini-Cooper von Beverly Hills nach Trenchtown gefahren.

Sie parkte und verschwand in einem baufälligen Haus, das außen mit Einschußlöchern übersät war. Das Haus lag im Stadtviertel Concrete Jungle, direkt an der siebten Straße, wo einst im Wahlkrieg die Front zu Tivoli Gardens, dem Viertel der Arbeiterpartei, verlaufen war. Neben der Eingangstür waren nur noch wenige Buchstaben eines verwitterten Slogans zu sehen, aber Anita Shapiro wußte, was da gestanden hatte: »PNP-ZONE! BETRETEN DURCH JLP-MITGLIEDER AUF EIGENE GEFAHR!«

Hier tagte die Fraktion der sogenannten Kids, um die geheimen Varianten von Tagesordnung B im einzelnen zu diskutieren.

## 24

Dienstags war Jazzabend in der Surrey Tavern. Der Mann am Altsaxophon hieß Scott. Der Barkeeper hatte Schulz auf den Musiker aufmerksam gemacht, als der Deutsche nach dem zweiten doppelten Appleton auf sein Zimmer hatte gehen wollen. »Bleiben Sie noch«, hatte er gesagt und unaufgefordert einen frischen Drink eingegossen. »Die Jungs sind gut.«

Der Mann hinter der Bar war um die Sechzig und knorrig wie Ebenholz. Er arbeitete mit der Würde eines Profis. Seine weiße Dinnerjacke war tadellos gebügelt, und wenn er redete, bewegte sich die weinrote Fliege wie ein Schmetterling unter seinem Adamsapfel.

Schulz blieb. An einem speziellen Tisch saßen die Schönen der Nacht und warteten auf Beute. Mit einem dezenten Augenrollen machte der Meister hinter der Theke Schulz auf die drei schwarzen Mädchen aufmerksam. Sie erinnerten ihn an Epiphany.

Sobald die Band ihre Instrumente ausgepackt hatte, bewies sie, daß der Barkeeper nicht zuviel versprochen hatte. Scott spielte ein Solo, nach dem die Taverne unter dem Applaus bebte. Schulz fühlte sich wohl. Er hatte den Nachmittag am Pool verbracht, und seine Haut spannte leicht, aber nicht unangenehm. Der

Rum war exzellent und wurde so serviert, wie er ihn liebte.

Die Wand hinter der Band war mit vergilbten Zeitungen tapeziert. Schwarze Holzbalken zierten die weiße Decke. Schulz' Blick wanderte wieder zu den drei Frauen. »Wir alle benutzen einander und nennen es Liebe«, hatte Jill damals, kurz vor dem Abschied in Panama, gesagt.

Er schob sein leeres Glas über den rotbraunen Tresen, und Mister Ebenholz goß unverzüglich frischen Rum ein.

## 25

Der Strand fiel flach ins Karibische Meer ab. Ruffus Miller watete langsam in die auslaufenden Wellen und verstreute Magnolienblüten. Trotz der frühen Stunde war das Wasser warm. Nachdem er den Haien geopfert hatte, schwamm er mit ruhigen Zügen in die Bucht hinaus und ließ das Kreischen der Papageien hinter sich. Etwa zweihundert Meter vom Strand entfernt dümpelten in regelmäßigem Abstand weiße Plastikschwimmer auf dem Wasser. Sie waren mit einem Seil verbunden, das quer über die Bucht, von Klippe zu Klippe gespannt war: die Begrenzung für Badegäste. Ruffus drehte sich auf den Rücken, blickte zu dem Haus über der Bucht und legte die Oberarme auf das Seil. Mit langsamen Beinschlägen hielt er sich in der Schwebe. Sobald er einen Fuß zu tief hängen ließ, spürte er die kalte Unterwasserströmung.

Der Besitz der Shapiros lag verlassen im Morgenlicht – die weiße Villa, das flache Dienstbotenhaus, der hellblaue Gästebungalow, die schlanken Kokospalmen und die dichtbewachsenen Hänge über den Klippen. Dort, wo ein Mangrovengebüsch die Mündung eines schmalen Flusses markierte, bemerkte Ruffus einen dunklen Gegenstand in einer der Brackwasserlachen. Er schwamm zum Strand zurück und trabte über den Sand zu den Mangroven.

Als er näher kam, sah er, daß es sich um einen Menschen handelte, die nackte Leiche eines Schwarzen. Und sobald er vor dem Toten stand, erkannte er, daß der Mann mit einer Schußwaffe getötet worden war. Ruffus erinnerte sich an die drei Schüsse und blickte nachdenklich über den Strand zur Villa des Diktators im Exil.

Es gibt verschiedene Arten von Haien, dachte er. Manche lassen sich durch Magnolienblüten besänftigen, andere sind unberechenbar, eine stete Gefahr. Vor allem die menschlichen Haifische. Mit einem Mal kam Ruffus das morgendliche Kreischen der Papageien wie ein Konzert liebgewonnener Freunde vor.

## 26

Kurz vor Mittag brachte die Hitze den Asphalt zum Schmelzen.

Die Klimaanlage isolierte die beiden Insassen des Jaguars von der Außenwelt, während Jill Shapiro den Wagen durch die Innenstadt von Kingston steuerte. An einer Ampel torkelten vor ihnen die äthiopischen Nationalfarben über die Straße. Ein dürrer Schwarzer im Ganja-Tran, auf den verfilzten Haaren eine Strickmütze in Grün, Gelb und Rot. Seine Mundbewegungen verrieten, daß er sang.

»Die Jamaikaner singen gerne«, sagte Jill.

»Ist das ein Rasta?« fragte Schulz.

»Ja.«

»Ich habe drüber gelesen, versteh es aber nicht ganz. Das ist doch was Modernes. Was hat Reggae mit König Salomon und der Königin von Saba zu tun? Wo paßt da der Negus rein? Wieso Äthiopien und Haile Selassie?«

»Religion.« Die Ampel sprang um, und Jill ließ den Jaguar über die Kreuzung rollen.

»Ohne einen Katechismus geht's wohl nirgendwo«, sagte Schulz.

»In der Bibel ist mehr als vierzigmal von Äthiopien die Rede. Als der Löwe von Juda Jamaika besuchte, waren hunderttausend Jamaikaner am Flughafen. Er hat sich fast nicht aus der Maschine getraut.«

»Marihuana und das Alte Testament? Und woher kommt der Ausdruck Rasta?«

»Ras Tafari. So hieß Haile Selassie ursprünglich. Ras heißt auf Amhara soviel wie Kopf, Häuptling oder König.«

Auf der Constant Spring Road, an der Stadtgrenze von Kingston, schaltete Jill die Klimaanlage ab, öffnete mit einem Knopfdruck die Seitenfenster und schob eine Kassette in den Rekorder. Reggae drang aus den Boxen.

»Es gibt übrigens auch eine nette deutsche Komponente im Märchen um den Negus.« Sie lachte leise.

»Und die wäre?«

»Zu seiner Krönung fuhr er in der Staatskutsche von Kaiser Wilhelm dem Zweiten. Sie wurde von einem Gespann weißer Habsburger Hengste gezogen und vom ehemaligen Kutscher des Kaisers Franz Joseph gelenkt.«

»Stolzes Arrangement.«

»Präsident Hindenburg schickte fünfhundert Flaschen Rheinwein als Geschenk zu den Feierlichkeiten«, fügte Jill hinzu.

In der ersten Haarnadelkurve hinter Stony Hill kam Schulz der Jaguar etwas lang vor. Er warf einen Blick auf die Türstrebe neben seinem linken Ohr, aber es gab keine Sicherheitsgurte.

»Keine Sorge«, beruhigte ihn Jill. »Ich kenne die Strecke in- und auswendig. Du bist bloß den Linksverkehr nicht gewöhnt.«

Auf der engen Straße durch die Blue Mountains war es mit Fahrkünsten und Vorsicht allein nicht getan. Lastwagen und Busse bretterten wie entfesselt über die gewundene Piste. Viele Jamaikaner waren zu Fuß unterwegs, und jedesmal gab es ein großes Hallo, wenn der Jaguar vorbeifuhr. Meistens fragten sie sehr direkt nach dem Ziel der Fahrt. Ein Volk von Trampern.

Bei Castelton kam der Jaguar aus einer Kurve und wurde prompt von einer vollen Breitseite Reggae erwischt. Die beiden Lautsprecher waren fast so hoch wie die Hütte, vor der sie standen.

Schulz hörte Fetzen wie *Red Stripe* ... und *Rastafari* ...

»Ein Song über Bier und Rastas?« spekulierte er.

Jill lachte. »Nicht *Red Stripe*. Das ist Jacob Killer Miller. *Big Stripe to lock up Rastafari.*«

Schulz verstand kein Wort.

»Big Stripe sind die Polizisten mit ihren roten Streifen an den Hosen, die die armen Rasta-Männer immer einlochen.«

Schulz nickte. Die drei Jungs, die neben den Boxen herumlungerten, hatten nicht so ausgesehen, als ob ihnen die Bullen auf den Fersen wären. Er schaute wieder aus dem Fenster auf die üppige Flora. Riesige Bäume ragten in den Himmel.

»Seidenbaumwollbäume. Die Sklaven hielten diese Giganten für heilig. Wenn sie einen Baum fällen mußten, sangen sie ein trauriges Lied und gossen etwas Rum auf die Wurzeln, um den Geistern im Holz zu erklären, daß der Sklavenherr der Mörder war.«

»Rum ist gut«, brummte Schulz.

»Hier oben gibt's auch Strychnos, Pflanzen, aus denen Strychnin gewonnen wird«, sagte Jill. »Überhaupt ist das eine kleine tropische Giftküche, durch die wir hier fahren.«

»Behandelt man damit nicht Alkoholiker?«

»Wie kommst du darauf?« Sie schüttelte den Kopf.

»Ich habe mal einen Film gesehen. *Unter dem Vulkan*. Vom guten alten John Huston. Da stolpert dieser Schauspieler, Albert Finney, hieß er, glaub ich, entweder mit einer Flasche Alkohol oder mit einer Pulle Strychnin durch die Dekoration. Ist mir irgendwie im Gedächtnis geblieben«, sagte er.

Bei Annotto Bay lagen die Berge hinter ihnen. Das Meer leuchtete. Die Straße wurde übersichtlicher und führte streckenweise geradlinig durch Zuckerrohrfelder. Die Innenstadt von Port Antonio war ein einziger Reggae-Sturm, ein Totalangriff aufs Trommelfell.

»Wir wohnen etwas außerhalb«, sagte Jill. »Hier hat Kapitän Bligh übrigens die ersten Brotfrüchte an Land gebracht. Da drüben liegt Navy Island, ein ehemaliger Marinestützpunkt, den sich Errol Flynn damals gekauft hat. Als der Hollywood-Pirat noch den Gastgeber auf der Insel spielte, war Port Antonio Tummelplatz für Stars wie Ginger Rogers und Bette

Davis. Damals hat sich der Geldadel hier in der Gegend gründlich ausgetobt.«

Sie fuhren am Trident Hotel vorbei, einem der Monumente aus jener Epoche. Daneben in Hellgrau ein Nachbau von Schloß Neuschwanstein. Kurz nachdem sie die Zufahrt zu einer Hotelanlage mit dem Namen Frenchman's Cove passiert hatten, bog Jill nach links von der Küstenstraße ab und tauchte in einen bambusbewachsenen Privatweg ein, der wie eine hellgrüne Röhre zu einer Bucht führte. Einen guten Kilometer später hielt sie mit dem Wagen vor einer weißen Villa. Vor den Garagen stand ein Mann und erwartete die Ankömmlinge.

»Das ist Ruffus«, sagte Jill.

## 27

Chaco Sombra Bucaram verließ den schwarzen Pontiac mit den dunkel getönten Scheiben vor der Hausnummer 1106 auf der südwestlichen Seite der achten Straße. Noch gut zehn Minuten bis zu dem Treffen. Er hatte vor, einen kleinen Spaziergang über die Calle Ocho zu machen. Er kam immer seltener nach Little Havana.

Zeit, wieder mal am Rinnstein zu schnuppern, dachte er. Es war neun Uhr morgens. Die Hitze war allenfalls zu ahnen. Trotzdem traf ihn die Außentemperatur wie eine Überdosis Valium. Für einen Augenblick bereute er seinen Entschluß und sehnte sich in die klimatisierte Limousine zurück. Dann warf er die Tür ins Schloß. Der Fahrer zog mit dem Wagen auf der Einbahnstraße davon und fädelte sich in den dünnen Frühverkehr nach Osten ein.

Sombra warf einen Blick durch die Fenster in den

Arbeitsraum von El Credito Cigars. Männer und Frauen saßen an Holzpulten und drehten Zigarren. Sombra bildete sich ein, er könne den süßen Geruch der Tabakblätter aus Honduras riechen. Er ging weiter. Am Maximo Gomez Park, dem Domino-Park, saßen die älteren Señores, eingezäunt wie im Zoo, an überdachten Tischen und spielten heiße Partien.

Gegenüber der 113th Avenue, an der Cuban Memorial Plaza, stattete Sombra dem Mahnmal für die Gefallenen der Schweinebucht einen Besuch ab. Er blieb einige Minuten unter den Flaggen Kubas und der Vereinigten Staaten stehen. Seine Hosenbeine berührten die Absperrungskette. Sie hing zwischen den Säulen, die wie Geschosse aussahen. Sombra starrte einige Sekunden lang in die ewige Flamme. Dann blieb sein Blick an dem Bronzewappen mit der »2506« hängen, der Kennziffer der Brigade, die bei der gescheiterten Invasion exilkubanischer Söldner von Fidel Castros Soldaten aufgerieben worden war. A LOS MARTIRES DE LA BRIGADA DE ASALTO, ABRIL 17 DE 1961. Auf der anderen Denkmalseite die Gedenkplatten mit den Namen der Gefallenen. MARTIRES DE GIRON. Siebenunddreißig Männer waren ertrunken, bevor sie den Strand erreicht hatten, achtzig im Gefecht getötet worden. Von den tausendvierhundert Mann der Truppe hatten sich tausendeinhundertachtzig ergeben, als Castros Armee sie ins Meer zurückwarf.

Mit hastigen Schritten verließ Sombra die Gedenkstätte. An der nächsten Straßenecke stand ein weißer Polizeiwagen mit hellblauen Streifen in der Auffahrt zu einer Tankstelle. Kubanische Nationalfarben. Schwer hing der Balken mit den roten und blauen Blinklichtern über dem Dach des Wagens. Die Fahrertür stand offen. Fetzen des Sprechfunkverkehrs waren zu hören. Die beiden Latinopolizisten standen im Kassenhaus und unterhielten sich mit dem Tankwart.

Chaco Sombra verschwand wenige Meter weiter in der Cafetería Potín. Am Tresen saß ein einzelner Mann um die Dreißig. Sombra setzte sich neben ihn.

»*¡Hola viejo!*« sagte der Mann zur Begrüßung. Er hatte die blauschwarzen Haare so kurz geschoren, daß seine Frisur wie eintätowiert aussah. Das schmale Gesicht war glatt rasiert. Die runde Nickelbrille unterstrich den wachen Ausdruck der braunen Augen. Da er mit gekrümmtem Rücken auf seinem Hocker saß, kamen seine für einen Nica stattlichen einsneunzig nicht zur Geltung. Er war dürr, wirkte aber nicht so gebrechlich wie sein schlanker Landsmann. Er trug Hose und Hemd aus verwaschenem Jeansstoff und ein Paar ausgetretene braune Lederslipper ohne Socken.

»Was ißt du da?« Sombra warf einen skeptischen Blick auf den Teller seines Nachbarn.

»Chicharron de Pollo. Sehr empfehlenswert.«

Eine massige Kubanerin wischte mit einem Tuch über den Tresen und wartete schweigend auf die Bestellung.

Sombra warf einen hilflosen Blick auf die Speisenliste an der Wand über der Bar und entschied sich für ein Sandwich Cubano und einen Café con leche. Seine Frühstücksgewohnheiten hatten sich in den letzten Jahren sehr an die Gringostandards angepaßt, und er wollte kein Risiko eingehen.

»Geht es los?« fragte der Mann aus León.

»So ist es«, bestätigte Sombra mit einem knappen Nicken.

»Bevor du anfängst, muß ich dir sagen, daß ich es mir anders überlegt habe. Es ist eine Nummer zu groß für mich.«

Sombra reagierte bestürzt. »Wieso?« fragte er scharf. »Du weißt, daß wir dich brauchen. Kein anderer aus unserem Lager kann so was.« Er musterte den Mann mit der Nickelbrille und versuchte zu ergründen, ob er in dessen Zögern einen Hinweis auf Angst oder Verrat entdeckte. Oder war es Gier? »Du willst den Preis hochtreiben«, stellte er fest.

Die braunen Augen hinter den Gläsern sahen Sombra verletzt an. Der Mann aus León straffte das Kinn. »Du weißt, daß ich es nicht nur wegen des Geldes mache.«

»Warum willst du dann in letzter Minute aussteigen?« Chaco Sombra konnte seine Nervosität nicht verhehlen. Seine Stimme zitterte.

Die Bedienung brachte Sandwich und Kaffee und entfernte sich wieder.

»Ich arbeite nicht für jeden. Gut, ich muß Geld verdienen. Ich bin Profi und will anständig für meine Arbeit und das Risiko bezahlt werden. Aber ich arbeite nicht für jeden.«

»Was soll das heißen: *nicht für jeden?* Du kennst mich doch. Ich bin aus Rivas, und du bist aus León.«

»Wer ist sonst noch dabei? Wer ist *unser Lager*?« Die braunen Augen musterten Sombra kühl.

Chaco Sombra strich sich mit der linken Hand über den Schnurrbart und dann über das gewellte Haar. Er musterte die Gestalt auf dem Hocker neben ihm. Er ist genauso groß wie diese Mulattin, dachte er, und für Bruchteile einer Sekunde hatte er Anita Shapiro vor Augen. Groß und zäh und eigensinnig. Sombras Gehirn arbeitete. Schweiß sickerte in den weißen Baumwollstoff seines Guayabera-Hemdes. Er aß und trank und versuchte Zeit zu gewinnen. Er mußte einen politischen Grund bieten. Der Compañero war Idealist.

»Ich arbeite nicht für das Kartell«, sagte der Mann aus León schließlich.

Das war es also. Er machte es für Gesinnungsgenossen. Aber er machte es nicht für die Kokainbarone. Er mußte Wind von der Finanzierung bekommen haben. Sombra entschloß sich zur Flucht nach vorne. Der Mann wurde gebraucht. Selbst wenn es einen anderen Spezialisten in Florida geben sollte, der Zeitplan konnte nicht mehr umgeworfen werden. Die Sache war angelaufen. Fest schaute er in die braunen Augen, während er alles auf eine Karte setzte. Er hatte keine andere Wahl. Norberto würde ihn vierteilen, aber nur Norbertos Name konnte die Sache noch retten. »Es hat nichts mit den Kolumbianern zu tun. Navarro ist der Chef.«

»El Comandante«, sagte der Mann aus León leise. Seine Augen leuchteten. Er dachte eine Weile nach, dann faßte er nach Sombras Handgelenk, drückte es sanft neben dem Teller auf den Tresen und sagte: »Erzähl mir alles. Ich bin dabei.«

Der Mann aus León hieß Gaston Fonseca Leonidas, war dreiunddreißig Jahre alt und hatte Nicaragua gut zwei Monate nach dem großen Hurrikan im Oktober 1988 verlassen.

Die Naturkatastrophe war der letzte Schlag, den er in der Heimat einsteckte und überlebte. Er hatte nichts mehr zu verlieren. Sein materieller Besitz war so kärglich, daß er nur die Fenster seiner Behausung öffnen mußte, um den Sturm mit Namen »Joan« ungestört durchziehen zu lassen. Und auch ideologische

Gründe konnten Gaston Fonseca nicht mehr halten. Mit den Sandinistas war er fertig. Als letzter seiner Familie verließ er das Land. Er wollte überleben.

Mühelos bekam er eine Ausreisegenehmigung. Ein Nierenleiden hatte ihn vor dem Kriegsdienst bewahrt. Es war seine freie Entscheidung gewesen, in Nicaragua zu arbeiten. Er hatte die Wahl gehabt und einen Fehler gemacht. Da seine technischen Fähigkeiten schon in jungen Jahren deutlich wurden, war er gefördert worden; er hatte ein Talent für alles Feinmechanische und Elektronische. Mehrere Jahre lang hatte er in Hamburg studiert, gefolgt von verschiedenen Tätigkeiten bei der staatlichen Fernmeldebehörde CETEL, danach ein Job als Ausbilder an einer technischen Schule in Managua, bevor er aus politischen Gründen in Ungnade fiel und arbeitslos wurde.

Als er wenige Tage nach dem Sturm bei einem Reisebüro mit dem wegweisenden Namen »Esperanza del Norte« ein Sechs-Tage-Pauschalarrangement für neunhundert seiner eisernen Reserve von tausend Dollar kaufte, legte ihm niemand Steine in den Weg. Die Reise führte ihn durch Honduras nach Guatemala und bei Tapachula über die Grenze nach Mexiko. Von dort ging es nach Mexiko City und weiter nach Matamoros an der Grenze zu Texas. Die texanische Passage war bei den »Reiseveranstaltern« beliebter als die kalifornische, auf der man angeblich mit höheren Schmiergeldern und größeren Risiken rechnen mußte. Fonseca überquerte den Rio Grande mit dreißig anderen Schicksalsgefährten in einem zweimotorigen Fährboot. Fast alle Gefahrenpunkte der Route waren von »Coyoten« besetzt, und die meisten dieser professionellen Menschenschmuggler waren Nicaraguaner.

Die Lager von Brownsville waren überfüllt, und Gaston Fonseca wurde unmittelbar nach Eintreffen in den Vereinigten Staaten mit zweihundert Nica-Flüchtlingen in einer Karawane von zehn Bussen nach Miami gebracht. An einem Januartag gegen Mittag stieg er zusammen mit vierzig anderen Männern, Frauen und Kindern aus dem Greyhound mit der Nummer 1653 und betrat den Boden Floridas. Er trug Jeans, Turnschuhe und ein T-Shirt mit der Aufschrift AMERICA No. 1. Nicaragua war Vergangenheit, Miami die Zukunft.

Die meisten Mitreisenden waren damals ins Bobby Maduro Miami Stadion gebracht worden, das als Auffanglager diente. Einige wurden sofort von Angehörigen abgeholt. Auf Fonseca wartete seine fünf Jahre ältere Schwester Layla, die damals bereits seit neun Jahren in Miami lebte und als erfolgreiche Redakteurin bei einem spanischsprachigen Radiosender arbeitete.

Nachdem der Pontiac Chaco Sombra vor der Cafetería Potín abgeholt hatte, spazierte Gaston Fonseca Leonidas, auch El Electricista genannt, langsam von der Calle Ocho zurück zum Haus seiner Schwester. Es lag an der Ecke dreizehnte Avenue und sechste Straße. Die Gehsteige waren mit roten Ziegeln ausgelegt, und hinter den kleinen Rasenvorgärten standen mittelständische Reihenhäuser im iberischen Stil. Die Häuser waren noch neu, und die wenigen Bäume auf den Grundstücken waren so dürr wie Fonseca und darbten in der Mittagshitze.

Der Nicaraguaner betrat das Haus. Neben der Eingangstür befand sich ein Schrein mit der Figur des heiligen Lazarus. Mit einem lauten Ruf verständigte er Elisa von seinem Kommen. Kein Anlaß, die Hausarbeit zu unterbrechen.

*»¿Vas a trabajar?«* rief die Frau aus der Küche.

*»¡Si!«* Er grinste. Elisa mochte es, wenn er fleißig arbeitete. Sie war die Seele des Hauses. Als Layla vor einem Jahr einen wohlhabenden Rechtsanwalt geheiratet hatte, war er im Haus seiner Schwester wohnen geblieben, mit Elisa als gutem Geist. In der Villa des Rechtsanwaltes in Coral Gables gab es genug Personal aus Haiti, und Elisa wollte lieber »auf den Jungen aufpassen«, statt sich in das Bedienstetenheer »dieses Snobs« einzureihen.

Elisa de Romero und Gaston Fonseca waren mit demselben Bus in Miami angekommen. Verloren hatte die ältere Frau nach dem Eintreffen auf einer Bank gesessen. Ihr Ehemann, ein Angehöriger von Somozas Nationalgarde, war im Gefängnis gestorben. Die Sandinistas hatten ihr so lange das Leben schwergemacht, bis sie ihre drei erwachsenen Kinder verlassen und mit leichtem Gepäck nach Norden aufgebrochen war. In der Busstation hatte sie mit ansehen müssen, wie sämtliche Mitreisenden, die nicht ins Football-Stadion abtransportiert worden waren, nach und nach von Angehörigen abgeholt wurden. Sie kannte keinen Menschen in Miami. Layla hatte nur wenige Worte mit der Alten gewechselt, als sie ihren Bruder begrüßt hatte. Doch zwei Stunden später hatte sie das schlechte Gewissen geplagt, und sie war zum Busbahnhof zurückgekehrt, wo Elisa noch immer wie ein Häufchen Elend auf ihrer Bank hockte. Tröstend hatte sie ihr den Arm um die Schulter gelegt und ihr einen Job als Hausangestellte angeboten.

Fonseca ging aus dem Haus, überquerte den kleinen Hof und betrat die Garage, wie er seine Werkstatt nannte. Liebevoll wanderte sein Blick über Geräte, Instrumente, Werkzeuge, den Schreibtisch voller Bücher und Akten und den Zeichentisch, auf dem ein Konstruktionsplan angeheftet war. Er hatte viel dazugelernt in den Jahren seit seiner Ankunft. Er war ein gefragter Experte. Die Geschäfte gingen gut – die legalen wie die illegalen.

## 28

Schulz saß auf der Veranda und schaute aufs Meer, während die Polizei ihrer Arbeit nachging.

Es waren drei Männer, zwei Schwarze und ein Weißer. Alle in Zivil. Die Schwarzen trugen ihre Sakkos wie Wurstpellen. Der Weiße litt unter der Hitze und hatte sich die Jacke über die Schulter gehängt. Alle drei waren kompromißlos, was die festgezurrten Krawatten anging. Sie sprachen mit Jill und Ruffus und gingen zum Dienstbotenhaus, um das Fußvolk zu verhören. Den Deutschen ließen sie in Ruhe. Jamaika ist gastfreundlich.

Eine leichte Brise trocknete Schulz den Schweiß von der Stirn, und der doppelte Appleton mit Limone, Eis und einem Schuß Coca-Cola, den ihm Jill gemixt hatte, bevor sie den Ermittlern Rede und Antwort stand, lief ihm weich über die Zunge. Gästehaus bezogen, Koffer ausgepackt, frisch geduscht, gebügelte Klamotten. Schulz fühlte sich großartig. In den Palmen kreischte ein Schwarm Papageien. Fröhliches Volk. So stellte er sich die Karibik vor. Zwei aus der Meute flatterten in schlampiger Formation zu ihm auf die Veranda, landeten wie schwere Transportflugzeuge auf der Holzbrüstung und watschelten schnatternd vor ihm auf und ab. Einer der Vögel legte den Kopf schief und beäugte den Mann.

»Frisch eingetroffen«, sagte Schulz und deutete mit dem Zeigefinger auf seine Brust. »Aus Mittelamerika importiert. Da, wo eure Brüder so groß wie Aasgeier sind.«

Den einen Vogel schien das wenig zu beeindrucken. Er kreischte und sank mit zwei Flügelschlägen auf den Boden der Veranda, wo er auf und ab marschierte. Leise schabten seine Krallen auf den Kacheln. Gelegentlich blieb er stehen, legte den Kopf schief und nahm Schulz von schräg unten in Augenschein. Schulz fischte die Limonenscheibe aus seinem Glas und warf sie dem Papagei vor die Füße. Der Vogel hackte mit dem Schnabel in die Frucht, hob sie auf und ließ sie lustlos von der Schnabelspitze hängen. Angeekelt schüttelte er sein grüngelbes Gefieder.

»Coca-Cola scheint nicht dein Geschmack zu sein«, sagte Schulz. »Nächstes Mal gibt's Appleton pur.«

Der Vogel ließ die Limonenscheibe fallen. Mit wilden Flügelschlägen hob er sich in die Luft, schrammte knapp über die Verandabrüstung und stürzte sich in die Tiefe. Sein Artgenosse folgte ihm mit heiserem Schrei.

Schulz stand aus dem Rohrsessel auf und warf einen Blick auf den Strand. Die drei Bullen steuerten im Gänsemarsch, gefolgt von Jill und Ruffus, die Stelle zwischen den Mangroven an, wo die Leiche lag. Ruffus erklärte offenbar, wie er den Toten gefunden hatte. Er deutete mit ausgestrecktem Arm zum Hang auf der gegenüberliegenden Seite der Bucht, wo zwischen dichter Vegetation ein Stück weißes Mauerwerk zu sehen war. Die Ermittler nickten.

Schulz schaute wieder auf das Meer. Der Nachmittag neigte sich dem Ende zu. Die Kraft der Sonne ließ nach. Ein harter Grauton mischte sich in das helle Blau des Himmels und das Türkis des Wassers. Die Konturen der Kokospalmen wurden schärfer, und der Sandstrand sah grobkörnig und porös aus. Tropen aus Stahl, ein Scherenschnitt am Ende eines heißen Tages. Es war ein Moment der Klarheit, kurz bevor die untergehende Sonne die Welt in eine Orgie aus Schwefelgelb, Violett und Blutrot tauchte.

Im Norden, wo man solche Bilder nur von Kinoleinwänden, Fernsehschirmen und Ansichtskarten her kannte, nannte man so was Kitsch. Hier unten war es die Wirklichkeit. Es war echt, es machte hilflos. Aber das hatte die Wahrheit so an sich. Vielleicht mußte man die Realität zum Klischee degradieren, damit man sie ertragen konnte. Auch der Tote da unten in der Wasserlache würde einen Hauch Rosa abbekommen, wenn der Glutball im Meer versank.

Ruhe überkam Schulz. Nicht Frieden. Den gab es nicht auf dieser kleinen chaotischen, wahnwitzigen Welt. Aber Ruhe war kostbar, genauso wie Zufriedenheit, wenn das Glück nicht zu haben ist. Alles in Ordnung. Dies war ein guter Ort, um in aller Ruhe einen Drink zu sich zu nehmen.

Eine halbe Stunde später kam Jill auf die Veranda.

»Sie sind weg. Es ist noch ein zweiter Wagen gekommen, der die Leiche abtransportiert hat. Sorry, daß ich dich so lange allein lassen mußte. Eine ekelhafte Sache.«

»Strandgut«, sagte Schulz.

Sie sah auf sein leeres Glas.

»Weiß man was über den Toten?«

»Ich hole uns erst mal was zu trinken.« Sie verschwand im Haus.

Er hörte, wie sie dem Mädchen Anweisungen gab.

»Ich hoffe, du hast noch mehr von dem ausgezeichneten Rum bestellt«, sagte er, als sie wieder herauskam.

»Kommt gleich. Alles, was du brauchst.« Sie setzte sich neben ihn auf einen der Korbsessel. »Es ist nicht die erste Leiche, die in dieser Gegend an Land gespült wurde. Diesmal hat's zur Abwechslung mal unsere Bucht erwischt.«

»Wer wohnt in dem Haus?«

»Unser Exilgeneral.« Sie sagte es bitter und mit sehr viel Verachtung. »Die meisten angeschwemmten Leichen dürften auf seine Rechnung gehen. Ein ekelhafter Kerl. Veranstaltet Voodoo-Messen.«

Schulz dämmerte etwas. Er bekam eine Gänsehaut. Was hatte Big Tuna ihm auf dem Flughafen in Panama gesagt? Die Melone sei in Jamaika?

»Wer ist dieser General?« fragte er beiläufig.

»Chamorro. Panama ist ihn losgeworden, aber wir haben ihn geerbt. Washington muß eine Menge Druck gemacht haben. Bei Don wär so was nicht passiert.« Jill brach ab und schwieg einen Moment, als werde sie von der Erinnerung an ihren verstorbenen Mann überwältigt.

»Zu allem Überfluß ist er auch noch unser Nachbar geworden. So klein ist die Insel ja auch nicht. Aber mach was gegen Leute mit so viel Geld. Du kennst ja den Spruch.«

Schulz sah sie fragend an.

»Wohin setzt sich ein schwergewichtiger Gorilla?«

Er zuckte mit der Schulter.

»Wohin er will.«

Allmählich begriff er, daß all dies kein Zufall war.

»Wo bleibt Wendy denn?« fragte Jill unwirsch, stand auf und verschwand wieder im Haus.

Schulz dachte nach. Weder Bluefields noch Santander hatte ein Wort über den General verloren. Norberto Navarro war der Mittelpunkt aller Überlegungen gewesen. Trotzdem wurde er den Verdacht nicht los, daß Don Eros mit zum Arrangement gehörte. Schulz tippte auf Santander. Der alte Fuchs war immer gut für ein fünftes As im Ärmel. Sowohl der Argentinier als auch Bluefields wußten, daß ihr deutscher Freund eine persönliche Rechnung mit Chamorro Pinto offen hatte. Der General war *sein* Kandidat.

Nach der glorreichen Rückkehr von der Südfront hatte Schulz sich im Überschwang der politischen Überzeugungen der Gruppe Astorga, auch »Venganza« genannt, angeschlossen. Die Gruppe hatte vor, die miesesten politischen Gegner auszulöschen. Die meisten Feinde kamen aus den Reihen von Somozas ehemaliger Nationalgarde. Die Gruppe war nach Nora Astorga benannt, die den Somoza-Vertrauten und General der Nationalgarde, Reynaldo Pérez Vega, genannt »El Perro«, in ihr Schlafzimmer gelockt und mit Hilfe dreier Genossen liquidiert hatte. Bei der Namensgebung hatte man großzügig übersehen, daß die Kommandoaktion im Grundsatz gescheitert war. Die Astorga und ihre Genossen hatten vorgehabt, Pérez Vega zu entführen. Mit ihm als Geisel wollten sie neunundfünfzig Gesinnungsgenossen – unter ihnen Daniel Ortega und Tomás Borge – freipressen. El Perro hatte sich jedoch gewehrt wie ein Stier und war eher aus Notwehr erschossen worden. Doch dies hatte der Philosophie der Gruppe keinen Abbruch getan.

Anfangs waren alle Kandidaten auf der Liquidationsliste Nicaraguaner gewesen. Mit zunehmender Internationalisierung des Konfliktes kamen auch Feinde anderer Nationalität hinzu. Auf diese Weise hatte Schulz Chamorro Pinto geerbt. Der General wurde ihm zugeteilt, nachdem er einen seiner Gegner, den Arzt und Oppositionspolitiker Humberto Spumante, hatte ermorden lassen. Man fand Spumantes Reste in einem Postsack an der Grenze zwischen Panama und Costa Rica. Der Kopf war vom Rumpf getrennt, die Oberschenkelmuskulatur zerschnitten, damit das Opfer während der Tortur die Knie nicht schützend vor den Unterleib ziehen konnte. Spumante war ein Freund der Sandinistas gewesen, bis er sich zusammen mit Norberto Navarro und mit Hilfe von Omar Torrijos zum Widerstand gegen Managua entschlossen hatte. Spumante war Chamorro ein Dorn im Auge gewesen, und er war ein Freund von Schulz.

Deshalb war das Kommando an den Deutschen gefallen. Hätten die Compañeros es ihm nicht ungefragt gegeben, so hätte er darum gebeten. Er war eines der letzten Mitglieder der Gruppe, die ein konkretes Opfer zugeteilt bekamen. Mittlerweile bekamen auch die ausländischen Freunde der Revolution Arbeit. Aber bevor er den Auftrag erledigen konnte, wurde die Gruppe auf Druck des Innenministers aufgelöst. Spumante hatte die Fronten gewechselt und mit Comandante Arango fraternisiert. Die Regierung in Managua hielt aus guten Gründen fast bis zuletzt zu Eros Chamorro. Bluefields persönlich hatte Schulz damals nahegelegt, auf die Durchführung des Kommandos zu verzichten.

Jetzt spürte er, wie ihn die Vergangenheit einholte. Er sah Humbertos Gesicht vor sich, sein Jungenlächeln. Spumante hatte Schulz nach einem Granatwerferbeschuß das rechte Bein wieder zusammengeflickt. Nicht die Treue zu den politischen Überzeugungen der Gruppe Astorga, die Pflicht gegenüber Humberto Spumante war es, die bei Schulz alte Rachegedanken weckte. Noch ein Freund, der die Reise rechtfertigt, dachte er.

Jill kam mit den Getränken zurück. »Wendy hatte Probleme mit dem Eis. Sie wird langsam.«

»Wie alt ist sie?« Er hatte die Hausangestellte bei seiner Ankunft gesehen. Eine schwere Frau in sauber gebügeltem Weiß mit einem roten Schal um die Afrofrisur. Sie hatte ihn herzlich begrüßt.

»Sie muß um die Sechzig sein. Genau weiß ich es nicht. Sie war Dons Vertraute. Er hat sie sozusagen mit in die Ehe gebracht.«

Jill stellte das Tablett auf dem runden Rauchtisch ab und schaltete die Stehlampe ein. Gedämpftes Licht schimmerte durch den beigebraunen Batikstoff des Schirms. Schulz erkannte eine Flasche Appleton White, zwei hohe Gläser, eine Schale mit Eiswürfeln und einen kleinen Teller mit Limonenstücken. Außerdem standen drei Dosen Coca-Cola auf dem Tablett. Jill setzte sich und machte die Drinks fertig. Das Rauschen der Wellen und das Rascheln der Palmen waren die einzigen nächtlichen Geräusche.

»Hat mein Besuch hier etwas mit deinem Nachbarn zu tun?« fragte Schulz unvermittelt.

Jill sah ihn erstaunt an. »Wieso? Wie kommst du darauf?« Ihre Überraschung war echt. »Kennst du Chamorro? Ich meine, er ist ein Politiker, den viele kennen, aber kennst du ihn näher?«

»Ich fürchte, ich kenne ihn besser, als mir lieb ist. Obwohl ich ihm noch nie persönlich begegnet bin.«

Schulz nahm einen großen Schluck Rum. »Aber das ist eine andere Geschichte. Erzähl mir mehr von deiner. Zweites Kapitel.«

Jill trank und musterte Schulz über den Rand ihres Glases. Eine kleine Wolke ihres Parfums wehte ihm in die Nase. Ihre kobaltblaue Seidenbluse war tief ausgeschnitten. Die verwaschene Jeans saß eng. Sie war barfuß. Er mochte ihre Stachelfrisur. Er konnte sich durchaus vorstellen, daß dies nicht nur ein platonisch-freundschaftliches Wiedersehen bleiben mußte. Jill hatte sich gut gehalten.

»Gehörst du zu einer Frau?« fragte sie leise.

Er dachte an Carmen und schwieg.

»Es scheint ein Geheimnis zu sein.« Sie lächelte.

»Hast du mich deshalb herrufen lassen?«

»Nein. Entschuldige. Ich habe kein Recht, dir solche Fragen zu stellen.«

Er leerte sein Glas und machte sich einen frischen Doppelten. »Kapitel zwei«, erinnerte er Jill. »Du wolltest mir über deine Tochter erzählen. Ich hab sie übrigens noch nicht gesehen.«

»Anita war heute auch in Kingston. Ich erwarte sie später zurück. Du wirst sie noch kennenlernen.« Sie machte eine Pause. »Vielleicht kannst du mir helfen, sie vor einer großen Dummheit zu bewahren. Besser gesagt, vor zwei Dummheiten.«

»Als da wären?«

»Politischer Mord und eine Liebesgeschichte mit Norberto Navarro.«

Schulz sah Jill entgeistert an. »Halt«, sagte er. »Das mußt du mir näher erläutern. Seit wann begehen Teenager politische Morde?« Er gönnte seinem Gehirn einen Schluck Rum. »Und seit wann treibt's der legendäre Comandante Arango mit Minderjährigen?«

»Anita ist dreiundzwanzig. Jung, aber alt genug.« Jill lachte auf. Es klang traurig.

»Vielleicht bin ich etwas schwer von Begriff. Aber selbst wenn du Don unmittelbar nach unserem Erlebnis in Ecuador geheiratet hast, kann sie höchstens vierzehn sein. Wir haben uns im Sommer achtundsiebzig zum letzten Mal gesehen.«

»Sie *ist* meine Tochter. Eine Jugendsünde, wenn du so willst. Ich war gerade zwanzig. In New York. Don hat sie geliebt wie sein eigenes Kind. Sie ist in all den Jahren – zwölf, wenn du's genau wissen willst – eine Jamaikanerin geworden. Mit Haut und Haaren. Sie hat sich sogar einen britischen Akzent zugelegt. Obwohl sie in New York studiert hat. Jamaika ist ein tolerantes Land, und es hat eine große Integrationskraft. Daß Anitas Vater Dons Hautfarbe hatte, hat die Sache vereinfacht.«

Schulz war perplex. Ein weißer Ex-Geliebter, der sich mit zwei schwarzen Männern konfrontiert sieht. Vielleicht war er ein Rassist, aber er kam sich trotzdem wie jemand Besonderes vor.

»Sie hat sich schon immer politisch engagiert«, fuhr Jill fort. »Dons Partei ist ihre Heimat geworden. Genauer gesagt, der radikale Flügel der Partei. Das ist es, was mir immer Sorge gemacht hat. Sorgen, die sich jetzt als berechtigt erweisen.«

»Inwiefern?«

»Sie ist in ein Komplott verwickelt. Manchmal denke ich sogar, daß sie es mit geplant hat.«

Schulz ahnte es. »Der Nobelpreisträger?«

Jill nickte. Und dann erzählte sie ihm alles, was sie wußte.

Eine Stunde später mixte Schulz sich den fünften Doppelten.

Jill warf ihm einen besorgten Blick zu.

Schulz zerquetschte zwei Moskitos auf dem linken Unterarm.

»Soll ich eine Räucherspirale anzünden?« fragte Jill.

»Nein, ich bin die Viecher gewohnt. Außerdem gibt's hier gar nicht so viele.« Offenbar hielt die Brise vom Meer die Mücken in Schach. Schulz dachte eine Weile nach. »Und du bist sicher, daß ich der richtige Mann bin, um dir zu helfen?«

»*Ihr* und mir«, sagte Jill.

»Ich weiß nicht, ob deine Tochter scharf auf meine Hilfe ist. Die wird ihre eigene Meinung über Typen wie mich haben. Weiß sie, daß du mal für Santander gearbeitet hast?«

»Von mir nicht. Und wenn, dann verheimlicht sie es sehr gut.«

Schulz nickte.

»Mach dich nicht schlechter, als du bist. Immerhin hast du für die Sandinistas gekämpft.«

»Meine ideologische Reorientierung?« Er schnaubte geringschätzig. »Wenigstens habe ich dafür kein Geld genommen. Für alles, was ich davor gemacht habe, bin ich gut bezahlt worden.«

»Die Sieger hätten mehr gezahlt.«

»Ist das deine Art, mir zu sagen, daß ich immer auf der richtigen Seite gekämpft habe?«

»Sei nicht zynisch.« Jills Ton wurde härter.

»Der edle Internationalist?«

»Du bist Deutscher.«

»Ich bin Trinker.«

Schulz hörte in der Wohnung Stöckelschuhe klappern. Eine junge Frau kam auf die Veranda.

»Das ist Anita«, sagte Jill. »Und das ist ein alter

Freund von mir . . .« Sie zögerte. Sie wollte seinen Namen nennen, war sich aber nicht sicher, welcher der richtige war.

»Kurt Schulz«, stellte er sich vor. So stand es in dem Paß, mit dem er eingereist war. Er stand auf.

Anita nahm seine Hand und drückte sie flüchtig, aber fest. »Willkommen«, sagte sie und setzte sich in einen freien Sessel.

Schulz blieb stehen. Vor sich hatte er eine wunderschöne Mulattin, groß, schlank und gut proportioniert. Eine Frau, die man entweder ernst nahm oder der man besser aus dem Weg ging. Da es nach allem, was Jill ihm erzählt hatte, so aussah, als komme ein Ausweichen nicht mehr in Frage, war es besser, das Annäherungsmanöver etwas hinauszuzögern.

»Willst du dich nicht wieder setzen?« fragte Jill.

»Ich glaube, es ist Zeit für mich. Wenn du nicht böse bist, leg ich mich lieber aufs Ohr.« Der Rum steckte ihm in den Knochen. Und er spürte, daß er für die zweite Klassefrau an diesem Abend fit sein mußte.

»Dann schlaf dich aus«, sagte Jill und wollte aufstehen.

»Bleib sitzen. Ich finde den Weg allein.« Er beugte sich zur Mutter hinab und küßte sie auf die Wange. Dann nickte er der Tochter zum Abschied zu.

Anita schenkte ihm ein Lächeln, das zu den Elfenbeinreifen an ihrem Handgelenk paßte.

Als Schulz aus dem Haus trat, hörte er im Dienstbotengebäude Musik. Offenbar ein Fernsehgerät, denn Dialogfetzen begleiteten ihn, als er am Strand entlang zum Gästebungalow ging. Das Wasser in der Bucht lag fast bewegungslos unter dem Vollmondhimmel. Eine breite silberne Lichtbahn zog sich vom Horizont über den Meeresspiegel und verlor sich in den weißen

Schaumstreifen der auslaufenden Wellen. Die Stämme der Kokospalmen warfen Schatten, die wie schwarze Balken seinen Weg kreuzten.

Vor der Tür des Bungalows blieb Schulz stehen und sah sich die große milchweiße Scheibe am Himmel an. Der Gott der Wölfe und der Geilheit. Schulz kniff die Augen zusammen. Er spürte ein leichtes Ziehen im Unterleib. Er öffnete die Tür und betrat den dunklen Raum.

## 29

Eddy Stone war dreizehn Jahre alt, arbeitslos und Besitzer eines großkalibrigen Revolvers mit zwanzig Schuß Munition. Groß-Kingston war sein Revier. Der Konkurrenzkampf in der Hauptstadt war hart. Im Getto herrschte die Gewalt. Eddy hatte frühzeitig überleben gelernt. Er hauste in einer Welt, in der die Mordrate doppelt so hoch war wie in New York, und er gehörte zu den zwei Dritteln von Jugendlichen, die keine Schule besuchten. Wer dachte an Bildung, wenn ihn der Hunger zwickte?

Früher hatte Eddy Stone mehr Möglichkeiten gehabt, in Ruhe ein paar Dollars zu machen. Kinder unter zwölf konnten nicht wegen eines Verbrechens verurteilt werden, weshalb sie von Drogengangs gern als Waffenkuriere eingesetzt wurden. Ein regelmäßiges und sicheres Einkommen, durch das Eddy an einem Tag soviel verdienen konnte wie sein alkoholabhängiger Vater in einer Woche.

Ein Zuhause gab es schon lange nicht mehr. Mit elf hatte Eddy mit angesehen, wie sein sechs Jahre älterer Bruder ein gleichaltriges Mädchen erstach. Von seinem Vater hatte Eddy allenfalls gelernt, daß Frauen zum Ficken da waren. Seiner Mutter hatte Eddy nie nahegestanden; er hatte sie einfach vergessen. Im Moment hielt er sich eine dreizehnjährige Prostituierte, die den Wellblechverschlag neben der Müllhalde mit ihm teilte. Nachts ging sie ihrem Gewerbe nach, und Eddy genoß das Alleinsein. Frauen gingen ihm auf die Nerven. Aber man brauchte sie.

Nachdem er zwölf geworden war, hatte sich Eddy eine Weile mit diversen Jobs durchgeschlagen. Er trug die Abendzeitung aus, putzte an Straßenkreuzungen Windschutzscheiben, schob kaufkräftigen Kundinnen in Supermärkten den Einkaufswagen und half beim Einladen. Er wusch Autos und verkaufte Zigaretten. Oft ergab sich dabei eine Gelegenheit zu einem kleinen Diebstahl. Er übernachtete in Markthallen, auf Parkbänken und in verlassenen Gebäuden. Er war immer in Bewegung. Dann dealte er mit Crack, der beste Job, den er je hatte. Damals schaffte er auch den Revolver an. Aber die Bullen rückten ihm auf die Pelle, und er mußte abtauchen. Er ging aufs Land, arbeitete in der Landwirtschaft. Das Land war eine Müllhalde am Stadtrand von Kingston, und die Wirtschaft bestand aus sechs Schweinen, die sich vom Abfall ernährten.

Eddy spürte das kalte Metall der Waffe. Der Vollmond schien auf den Müll. Ab und zu grunzte eins der Schweine. Einige hundert Meter entfernt heulten ein paar Straßenköter. Die Hunde störten die Schweine. Eddy hatte drei Köter abgeknallt, es dann aber aufgegeben. Die Munition war zu kostbar.

Normalerweise war der gigantische Abfallhaufen, auf dem Eddy und seine Tiere lebten, ein friedliches Fleckchen, aber es gab kein Entrinnen aus der Kampfzone. Er hatte es immer gewußt. Eine Weile hatte er sich eingebildet, er sei richtig seßhaft geworden und könne einer geregelten Beschäftigung nachgehen. Aber wie sich zeigte, war das Quatsch. Diese Nutte hatte ihn besoffen gemacht und eingelullt. Sie hatte ihm zu oft den Schwanz gelutscht und zuviel billigen Rum von der Arbeit mit nach Hause gebracht.

Nach Hause, dachte Eddy. Er lachte auf und schlug mit dem Ende des Revolvergriffs an das Wellblech des Verschlags. Jetzt hatte man ihm auch hier den Krieg erklärt. Paul, der Crack-Dealer, hatte ihm gestern erzählt, daß die Erschießungskommandos morgen anrücken würden. Es hatte im *Star* gestanden. Die Politiker spielten sich mal wieder auf. Fünfzehntausend Schweine sollten erschossen werden. Angeblich hatte man Viren gefunden, die eine Art Tollwut verursachten. Hunde, Kühe und Schafe konnten sich anstecken, aber für Menschen war das Virus nicht gefährlich. Warum also spielten die sich so auf? Alle redeten über neue Arbeitsplätze, aber dann gingen sie hin und nahmen den Leuten den Lebensunterhalt.

*»Fuckin' politricks«,* sagte Eddy laut. Vielleicht mußte er doch auf das Angebot von Paul »The Healer« zurückkommen und wieder ins Drogengeschäft einsteigen. Paul kannte Kolumbianer. Und wo Kolumbianer waren, da war Geld, viel Geld.

Morgen sollte die Jagd losgehen. Einige andere Schweinehalter hatten sich mit ihren Tieren abgesetzt. Nicht so Eddy. Wütend ließ er die Trommel seines Revolvers rotieren. Die Schweine sollten von Soldaten erschossen werden. Unter Aufsicht von Tierärzten. Eddy Stone war sich noch nicht klar darüber, ob er seine Tiere selbst abknallen sollte, um die Entschädigung von eineinhalb Dollar pro Kilogramm zu kassieren, die den Besitzern angeblich versprochen waren, oder ob er lieber einen Tierarzt umlegen sollte, um ein Zeichen zu setzen. Krieg war Krieg.

## 30

Das Licht und die Papageien weckten Schulz. Er schlug die Augen auf. Die Asche der abgebrannten Moskitospirale lag grauweiß auf dem Kachelfußboden. Sein Kopf war erstaunlich klar. Nur im Körper hatte er dieses mürbe Gefühl, das eine Überdosis guten Alkohols erzeugt.

Es klopfte. Schulz stieg aus dem Bett und öffnete die Tür.

Draußen stand Ruffus. »Guten Morgen, Sir.« Seine Stimmlage war ein tiefer Baß, genau das Richtige an einem verkaterten Morgen. Vor dem Bauch hielt er ein Tablett mit zwei verchromten Thermoskannen, einer Keramikschale mit Zucker, einem Glaskännchen mit Milch und einer Tasse.

»Tee oder Kaffee?«

»Kaffee.« Schulz winkte ihn herein.

Ruffus ging zum Tisch, setzte das Tablett ab und goß ein. »Milch? Zucker?«

»Beides und reichlich.«

Ruffus rührte sorgfältig um.

Schulz hatte Angst um den Löffel. Ruffus war ein Kraftpaket. Die Muskelstränge an seinem Unterarm vibrierten wie Stahltrossen, der Bizeps war groß wie ein Straußenei, das schwarze Polohemd hatte Mühe mit den Brustmuskeln, und die curryfarbenen Shorts spannten um die Oberschenkel. Alles sorgfältig in Form gehalten und gepflegt.

»Boxer?«

Der Jamaikaner nickte stolz. »Jetzt nur noch zum Privatvergnügen.« Er ließ ein schneeweißes Lächeln sehen und strich sich mit einer Hand über den kahlen Schädel.

Da steckt auch 'ne Menge drin, dachte Schulz.

Ruffus' Jungengesicht war von einer trügerischen Sanftheit. »Wenn Sie möchten, können Sie meinen Kraftraum benutzen. Alles da, was man zum Fithalten braucht.« Keine Spur Pidgin-Englisch; sein Akzent klang fast schon arrogant britisch.

»Keine schlechte Idee.« Schulz blickte an sich hinunter und spannte versuchsweise die Bauchmuskeln an. »Vielleicht sollte ich's erst mal mit Schwimmen versuchen.«

»Hinterher vielleicht. Frühstück gibt es erst in einer Stunde auf der Terrasse.« Ruffus nickte zum Abschied und ging.

Das Salzwasser tat Schulz gut, und als er eine halbe Stunde später den Kraftraum betrat, fühlte er sich durchaus motiviert – zumindest für eine behutsame Gymnastik.

Ruffus saß auf einer Nautilus-Maschine und trainierte seine Beine. Eine erfrischende Brise zog durch die offenen Fenster herein. Der Raum war hell und groß und für einen privaten Bodybuilder bestens ausgestattet. Sechs verschiedene Geräte teuerster Machart, mit denen man Arme, Beine, Schultern, Brust und Bauch foltern konnte. In einer Ecke ein Sandsack und eine Birne für Boxfreaks, auf dem Boden hart gepolsterte Matten. Schulz sah sich um und pfiff anerkennend durch die Zähne.

»Madame ist großzügig.« Ruffus zog das Gewicht mit den Füßen langsam in die Waagerechte und atmete dabei kontrolliert aus. »Zwölf«, sagte er, öffnete den Verschluß des Gurtes und stieg aus dem Sitz.

»Madame und ihre Tochter trainieren auch hier. Mit Klimaanlage«, fügte er hinzu, als müsse er sich für den Luxus entschuldigen. »Nur die leichteren Sachen.«

Er ging zum Sandsack und knallte einen linken Jab gegen das Leder. Mit dem Schlag hätte auch ein austrainierter Mike Tyson seine Schwierigkeiten gehabt. Ein zweiter Jab flog raus. Blitzschnelles Sperrfeuer, die Sorte, die man nur halb demontiert durchbrechen kann, wenn man den Gegner treffen will.

Schulz legte sich rücklings auf eine Matte, begann mit einfachen Bauchmuskelübungen und hoffte, Ruffus möge nicht persönlich das Training übernehmen und ihm einen Medizinball in den Magen knallen. Aus den Augenwinkeln sah Schulz, daß der Jamaikaner zu einem anderen Gerät ging, sich auf den Bauch legte und etwas für die rückwärtige Beinmuskulatur und den Hintern tat. Beruhigt und dankbar widmete der Deutsche sich seinen simplen Versuchen zur Straffung seines Bauches. Eine halbe Stunde lang schufteten beide schweigend vor sich hin.

»Das reicht für heute.« Der Jamaikaner gab der Birne einen letzten Kick mit der Linken.

Schulz war total kaputt. Mühsam stand er von der Matte auf. Nach fünfzehn Liegestützen war er regungslos liegengeblieben und wäre beinahe eingeschlafen.

Ruffus grinste.

Von draußen konnte man das Kreischen der Papageien hören. »Ganz schön laut, die Viecher.« Schulz ging ans offene Fenster und schaute in die Palmwipfel.

»Sie sollten sie erst mal im August oder November hören.«

Schulz sah Ruffus an und zog fragend eine Augenbraue hoch.

»Wenn das Ganja reif ist. Die Vögel fressen die Samen und werden high. Es ist nicht auszuhalten. Sie flattern bekifft durch die Gegend und machen einen Heidenlärm. Einige knallen sogar gegen die Häuser.«

»Duschen müssen Sie im Gästebungalow. Wir haben hier leider kein Wasser.« Ruffus wischte sich mit einem Handtuch über den Nacken.

Sie gingen ins Freie. Schulz sah zum Anwesen des Generals hinüber und dann zu der Stelle in den Mangroven, wo die Leiche gefunden worden war. Er spürte, daß Ruffus seinem Blick folgte.

»Er ist ein Hexer.« Der Jamaikaner machte eine Kopfbewegung zu Chamorros Villa. »Dieses Pack aus Panama gehört hinter Gitter.«

Schulz spürte die Verachtung in den Worten. Schweigend nickte er. Der Schweiß auf seinem Körper trocknete im sanften Wind, der vom Meer hereinkam. Es roch nach Salz.

»Aber seine Tage sind bald gezählt.« Es klang wie ein Urteil.

»So?«

Lächelnd wischte sich Ruffus mit dem Handtuch über die Stirn. »Der schwarze Sarg. Er hat einen kleinen Holzsarg in seinem Wohnzimmer stehen. Ich weiß es von einer der Putzfrauen.«

Schulz mußte verständnislos ausgesehen haben, denn Ruffus nahm ihn leicht am Arm und erzählte ihm, während er ihn zum Bungalow begleitete, die Geschichte vom Negus.

Als Haile Selassie Jamaika besuchte, überreichte er den Rasta-Führern Goldmedaillen mit dem äthiopischen Staatssiegel. Beim gleichen Empfang schenkte der Löwe von Juda, der Nichtraucher war, einigen Politikern von der Insel Zigarettenkästchen, die Miniatursärgen ähnelten. Einer jener Politiker war der damals amtierende Premierminister Donald Sangster, dem während des Staatsempfangs das Mißgeschick unterlief, auf Lulu zu treten, den winzigen Chihuahua-Hund des Negus. Das war im April 1966.

Wochen später verschlechterte sich Sangsters Gesundheitszustand. Sein Geist wurde verwirrt. Im April 1967 starb er an einem Gehirnschlag. Ein anderes Kabinettsmitglied, ebenfalls Empfänger eines Miniatursarges, stürzte beim Schlafwandeln vom Balkon und brach sich das Genick.

Rastas, die Haile Selassie die Hand geben durften, klagten noch Jahre später über ein merkwürdiges Ziehen in den Fingern.

## 31

Das Anwesen lag am Columbus Boulevard in Höhe des Coral Way.

Coral Gables ist eine zwölf Quadratmeilen große Ansammlung von Gebäuden im mediterranen Stil. Weiße und ockerfarbene Gemäuer, rote Dachziegel und das Wasser künstlicher Seen und Schwimmbäder schimmern durch dichte Bestände von Palmen, Laubbäumen, Büschen, Kakteen und Blütenpflanzen. Ein tropischer Regenwald, nur daß die Moskitos fehlen. Coral Gables ist ein Palmengarten für Bessergestellte. In Downtown Miami mag es Geier und Fledermäuse geben, in Coral Gables flattern nur Schmetterlinge.

Das Anwesen strahlte eine selbstbewußte Grazie aus, aber Grundstück und Gebäude waren eine Spur zu perfekt geplant und ausgeführt, und so fehlte die gewisse Unvollkommenheit, die wirkliche Schönheit ausmacht.

Von dem gelbgestrichenen Hydranten am Gehsteig der Avenue führten rund zweihundert Meter kurzgestutztes Gras bis zu der Mauer, die das Anwesen abriegelte. Die Mauer war zwei Meter hoch, und der Makler, der in einem weißen Leinenanzug neben dem Pool stand, deutete gerade darauf. »Mein Klient legt Wert auf eine solide Gesamtbefestigung. Die Mauer sollte erhöht werden und rundherum elektronisch gesichert sein«, sagte er zu dem Architekten in dem fliederfarbenen Polohemd.

Der Architekt nickte und machte sich eine Notiz in das kleine Ringheft, das er in der Hand hatte. »Wo soll der Hundezwinger sein?« fragte er und blickte versuchsweise zu einer etwa fünfhundert Meter entfernten Ecke des inneren Parks, wo zwei jämmerliche Palmen einsam an der Mauer vor sich hinvegetierten. Er war bereit, sie zu opfern.

Der Makler bemerkte den Blick. Er nickte zustimmend. »Vielleicht kein schlechter Platz«, sagte er. »Aber kein Vogeldraht. Wir reden von vier Dobermännern und drei Rottweilern. Sie werden derzeit in Fort Lauderdale trainiert und sollen mit den Wächtern auf das Grundstück, sobald die wichtigsten Renovierungs- und Umbauarbeiten abgeschlossen sind.«

»Am längsten wird die Hausfront hier am Pool dauern.« Der Architekt legte die Stirn in Falten. Der Makler hatte ihm bedeutet, daß sein Klient die gesamte Länge der Veranda verglast und mit Schiebetüren versehen haben wollte. »Und wo soll das Kreuz hin?« fragte er.

»Hier.« Der Makler schaute in die Baupläne, in denen sein Klient mit Rotstift herumgemalt hatte, dann ging er zur linken Ecke des fünfzig Meter langen Schwimmbeckens. Neben einer Chromleiter, die ins Wasser führte, blieb er stehen. »Langer Balken zwei Meter, kurzer einen Meter. Weißer Marmor. An den äußeren Enden des Querbalkens, jeweils einen halben Meter entfernt, die beiden niedrigen Tische. Hier.« Er reichte dem Architekten das Foto einer runden Steinplatte, auf der drei leere Rumflaschen und einige vertrocknete Blüten lagen. »Die Tische sollen einen Durchmesser von einem Meter haben und dreißig Zentimeter hoch sein. Platte und Fuß aus weißem Marmor.«

»Sieht aus wie ein Altar.« Der Architekt grinste wissend. Er war als Junge aus Santo Domingo nach Miami gekommen.

»Hören Sie«, sagte der Makler, »für Spekulationen über den Verwendungszweck werden Sie nicht bezahlt. Ob mein Klient auf seinem Grundstück Golf spielt oder Pornofilme dreht, kann Ihnen egal sein. Ist das klar?« Er war aus Boston, sehr blond, sehr hellhäutig und interessierte sich mehr für reinrassige Hunde als für Kreuze oder Altäre. »Im übrigen ist die erste Hälfte Ihres Geldes bereits angewiesen. Also Tempo. Akkurate Ausführung und Tempo.«

## 32

*Big eye water run down him face«,* sagte Ruffus und quetschte sich eine Träne aus den Augen, um Schulz zu verdeutlichen, wie Henry »Herbie«

Hendrix geheult hatte, als seine Ganja-Ernte im Eimer war.

Sie saßen in Kenroy's Rum-Shop in Ruffus' Geburtsort Leyland, einem Dorf am Fuße der Blue Mountains. Rund siebenhundert Einwohner, die Hälfte davon Kinder, hatte Ruffus Schulz gesagt. Bis auf fünf indische Familien waren alle hundertundachtzig Haushalte Leylands afrojamaikanisch. *East Indian,* hatte Ruffus unterstrichen, um klarzumachen, daß die Asiaten auf der westindischen Insel nur Gäste waren.

Vierzig Minuten hatte es gedauert, bis sie am Ende der schmalen gewundenen Straße auf das Dorf gestoßen waren und an Henrys Tankstelle Ruffus' altersschwachen Vauxhall aufgetankt hatten, den er mit stoischer Gelassenheit durch die Schlaglöcher steuerte.

Jill hatte ihnen freigegeben. Einer ihrer Termine in Kingston. Im übrigen solle Schulz erst einmal Land und Leute besser kennenlernen, bevor er mit der Arbeit anfange, hatte sie gesagt. Ruffus hatte fünf seiner Vertrauensleute aus Port Antonio zur Bewachung der Villa beordert. Offenbar ein eingespieltes Ritual, wenn Ruffus seinen freien Tag hatte. Wendy hatte den beiden Männern nachgewinkt, als der Vauxhall unter mehreren Fehlzündungen davongetuckert war.

Jetzt, in der schwülen Hitze des Rum-Shops, saß Schulz schwitzend zwischen Ruffus und Henry Hendrix. Herbie war ein Wrack von etwa fünfzig Jahren, dessen graubraune Haut von Alkohol, Sonne und Cannabis zu brüchigem Leder gegerbt worden war. Die Kraushaare standen wirr vom Schädel ab wie angerostete Stahlwolle. Hinter dem Tresen saß Girlie. Sie war siebzehn und hatte rosa Lockenwickler im

Haar. Sie holte zwei Gläser aus dem Regal, putzte sie und stellte sie vor die beiden Jamaikaner auf den Tresen. Dann füllte sie einen Viertelliter-Flachmann aus der Literflasche Rum ab. *Wray & Nephew White Overproof.* Ruffus schenkte sich aus dem *Cube* ein und wollte Schulz ein Bier verpassen. Schulz bestand auf Gleichberechtigung. Hendrix grinste. Girlie grinste. Nur Ruffus sah den Deutschen besorgt an.

»Sie sind das Zeug nicht gewohnt, Mister Schulz. Das ist harte Medizin.«

»Ich bin seit über zwanzig Jahren Rumtrinker«, wehrte Schulz ab. »Schon mal was von *Flor de Caña* gehört?«

Ruffus schüttelte den Kopf. »Ich weiß nur, daß sich die Touristen immer mit Bacardi brüsten.« Er lachte. »Das ist kein Rum. So was nehmen wir hier allenfalls als Rasierwasser.« Er forderte Girlie auf, dem Ausländer ein anständiges Rumglas zu geben.

Schulz bekam seine Ration, dazu Eis und klares Wasser. Zwei Mädchen tauchten auf und sondierten, ob es Arbeit gab. Doch die Schöne hinter dem Tresen reichte den Männern vollkommen. Von Zeit zu Zeit warf sie ihnen ein weißes Lächeln zu.

Drei Flachmänner später weihte Ruffus Schulz in die hohe Schule des »Steel Bottom« ein. Schwer sank der weiße Rum auf den Boden der Biergläser, bis er mehrere Millimeter hoch hell und silbern unter der gelblichen Flüssigkeit stand. Jede Runde war ein Leberhaken.

»Wir haben hier eine Post, eine Volksschule, einen Gesundheitsposten, eine Polizeistation, ein Gemeindezentrum und vier Kirchen«, zählte Hendrix auf. »Anglikaner, Methodisten, Baptisten und die Pfingsterneuerer.«

Schulz hatte den Eindruck, daß Herbie von seinen Marihuanageschäften ablenken wollte. »Und wovon lebt ihr?«

»Landwirtschaft.«

»Ach?« Schulz nahm einen Schluck und warf einen schnellen Blick auf Girlies Brüste unter dem ärmellosen T-Shirt mit der blutroten Aufschrift STAY COOL.

»Kaffee, Bananen, Mango, Limonen, Mais, Mohrrüben, Yamswurzeln, Süßkartoffeln, Bohnen . . .« Hendrix klang wie ein Landwirtschaftsberater. *»Hard work, mahn.«*

»Und Kräuter«, ergänzte Ruffus und lachte.

»Natürlich«, beeilte sich Herbie beizupflichten. »Kräuter sind wichtig. Alle nehmen Kräuter, im Tee, im Essen. *Ganja is roots, mahn.«* Er machte eine dramatische Kopfbewegung in Girlies Richtung, sah dann Ruffus und Schulz an und verdrehte die Augen.

»Aha.« Schulz wischte sich den Schweiß von der Stirn.

Drogen – außer Rum und Bier – waren kein Thema im Rum-Shop. Neunzig Prozent der Dorfbewohner benutzten Ganja. Ruffus hatte den Gast auf der Fahrt in seinen Heimatort in die Materie eingeführt. Man rauchte das Kraut als *spliff* oder im *chillum.* Aber nicht nur als Joint oder aus der Pfeife wurde die Droge inhaliert, man nahm sie auch als Tee oder Tonikum oder Speisegewürz zu sich. Mit Ganja konnte man besser denken, vögeln, einschlafen, man konnte Erkältungen, Durchfall und Zahnschmerzen damit bekämpfen; Hebammen gaben den Neugeborenen, wenige Stunden nachdem sie das Licht der Welt erblickt hatten, den ersten Löffel Ganja-Tee zur Vorbeugung gegen ansteckende Krankheiten. Väter ließen ihre Söhne ab und zu einen Zug nehmen, damit sie clever wurden, Mütter kochten ihren schulpflichtigen Kindern vor Prüfungen einen Aufguß, und Rastafarians bliesen ihrem Nachwuchs Rauch ins Gesicht, um ihm Gesundheit und Weisheit einzuhauchen.

Bei erwachsenen Männern waren sieben Spliffs pro Tag der Durchschnitt. Henry »Herbie« Hendrix rauchte derzeit locker seine zwanzig, seit die Polizei seine beiden Felder im Wald oberhalb des Dorfes heimgesucht und die gesamte Ernte vernichtet hatte. Es war ein alltäglicher Vorgang. Alle paar Jahre war einer der achtzehn Ganja-Bauern im Dorf dran. Das war Gesetz. Jeder wußte, worum es ging, und normalerweise gab es keine Zwischenfälle. Doch ab und zu mußte ein Exempel statuiert werden, und diesmal war Hendrix an der Reihe gewesen. Als die Polizisten Hendrix dem Richter vorgeführt hatten, hatte dieser das Verfahren wegen Geringfügigkeit eingestellt und die Gesetzeshüter kopfschüttelnd gefragt: »Warum bringt ihr mir immer wieder diesen Mann?«

Inzwischen habe Hendrix, so erzählte Ruffus, im größeren seiner beiden »Kräutergärten« ein Warn- und Schutzschild aus Pappe samt einem mit Taubenblut daraufgeschriebenen Psalm und einigen magischen Symbolen aufgestellt. Außerdem habe er an allen vier Ecken des kleinen Feldes Eier ausgelegt. War alles nur eine Frage der *Wissenschaft.*

»Mach mal Musik«, sagte Ruffus zu Girlie.

»Die Musik ist kaputt.« Girlie deutete müde mit der rechten Hand auf ein verstaubtes Kofferradio mit Kassettenrekorder.

»Dann mach den Fernseher an«, sagte Hendrix.

»Du siehst doch sowieso nichts mehr«, gab Girlie zurück.

»Der Mann sieht mehr als wir alle zusammen.« Ruffus lachte. »Er sieht mindestens doppelt.«

»Schalt mal ein«, bat Schulz lächelnd.

Girlie ließ sich Zeit. Sie hob die Arme und ordnete ihre Haare, die zu einem struppigen Büschel auf dem Kopf zusammengebunden waren. Sie wußte, daß ihre Brüste gut zur Geltung kamen, und sie drehte sich so, daß Schulz durch den Ärmelausschnitt freien Einblick auf das üppige Fleisch hatte. Dann stand sie träge von ihrem Hocker auf, schlurfte zum Fernsehen und drückte mit dem rechten Zeigefinger auf den Knopf.

Auf dem Bildschirm erschien unvermittelt eine Boxszene. Roberto Durán gegen Sugar Ray Leonard.

»Der zweite Weltmeisterschaftskampf.« Ruffus war Fachmann.

*»¡No más!«* sagte Schulz.

Hendrix sah den Deutschen fragend an.

»Durán hat damals aufgegeben. Er wollte nicht mehr. *¡No más!* waren seine Abschiedsworte. Er hat das nie verwunden. *Manos de piedra* haben sie ihn genannt, der Mann mit den Steinfäusten.«

»Sie erzählen das dem Falschen«, sagte Ruffus. »Henry versteht nichts vom Boxen.«

»Quatsch! Ich war immer Mike-McCallum-Fan«.

»Weil er von der Insel ist, deshalb interessierst du dich für ihn, aber doch nicht, weil du 'nen Uppercut von einem Jab unterscheiden kannst.«

Durán drosch Leonard eine Rechte an den Kopf, als ein Werbespot für Zahnpasta dazwischenplatzte.

»Scheiße.« Schulz knallte sein Glas auf den Tresen.

»Es sind nur Ausschnitte. Die zeigen sie jetzt jeden Tag. Die größten Kämpfe. Durán gegen Leonard, eins, zwei und drei. Hagler gegen Hearns. Leonard gegen

Hearns, eins, zwei und so weiter. Nur das Beste.« Mit einer Handbewegung bestellte Ruffus eine neue Runde bei Girlie.

»Hätte trotzdem gern mehr gesehen. Ich hab Nachholbedarf. Wo ich herkomme, waren sie sehr sparsam mit guten Profikämpfen. Nur Amateurantiquitäten aus Kuba und Osteuropa. Eine endlose Olympiade.« Enttäuscht sah Schulz, daß es nach der Werbung mit Tennis weiterging.

»Ich kann Sie trösten.« Ruffus sah ihn freundlich an. »Eigentlich ist es ja eine Überraschung. Übermorgen abend fahren wir nach Kingston. Ganz groß. Sie zeigen den Kampf zwischen Cesar Fuentes und Michael Davis. Weltmeisterschaft im Mittelgewicht. Madame kauft heute die Karten. Wird auf der großen Leinwand direkt aus den Staaten übertragen. Madame hat mich eingeladen.« Ruffus war offenbar stolz, daß Jill ihn mitnehmen wollte.

»Gute Neuigkeit.« Schulz schlug Ruffus auf den Rücken. »Ich hatte schon immer eine Schwäche für Fuentes.«

»Der Schwarze wird gewinnen.« Hendrix wollte anscheinend zeigen, daß er etwas von der Sache verstand. »Davis ist schneller.«

»Verschon uns mit deinen Spekulationen, Herbie.« Ruffus winkte Girlie zu. »Mach das Ding aus. Ich mag kein Tennis.«

Girlie wollte gerade den Fernseher abstellen, als ein schlanker Mann um die Dreißig den Rum-Shop betrat.

Ruffus ergriff den Mann am Oberarm, drehte ihn zu Schulz und stellte ihn vor. »Mein Bruder Julius.«

Schulz nickte.

Julius sah mißbilligend auf die Gläser.

»Julius trinkt nicht. Er ist der Saubermann in unserer Familie.« Dann machte Ruffus ein finsteres Gesicht. »Er ist nicht so wie Ray . . .«

»Ray?«

»Ach . . . das ist eine andere Geschichte. Jede Familie hat ihr schwarzes Schaf.«

»Ray ist ein großer Mann in den Vereinigten Staaten«, sagte Hendrix bissig.

»Halt den Mund, Henry.« Ruffus war plötzlich böse. »Ray ist ein Krimineller.« Er sah Schulz offen an. »Er ist im Drogengeschäft.«

»Das scheint doch hier an der Tagesordnung zu sein«, sagte Schulz.

»Nicht diese Spielereien. Keine Kräuter. Ray ist im Kokaingeschäft. Und für mich ist er schon lange tot.« Ruffus sprach hastig, als wolle er das Thema hinter sich bringen.

Schulz schwieg.

»Aber Julius hier, der trinkt nur Coca-Cola.« Ruffus grinste. »Deshalb wird er Sie auch zurückfahren.«

Ruffus hatte bereits vor der Abfahrt angekündigt, daß er über Nacht bei seinen Eltern bleiben wolle. Die Familieneinladung hatte Schulz umgehen können, aber gegen einen Tagesausflug und den Besuch eines original jamaikanischen Rum-Shops hatte er nichts einzuwenden. Er machte Anstalten aufzubrechen.

»Halt, halt«, ordnete Ruffus an. »Sie haben noch mindestens eine Stunde Zeit. Wir können noch in Ruhe trinken und uns übers Boxen unterhalten.« Er war bester Laune. Rum und Bier zeigten keinerlei Wirkung. »Julius trinkt Cola. Und Henry hält den Mund, wenn es um den Faustkampf geht. Nicht wahr?« Ruffus' Blick wanderte vom einen zum andern. Beide Männer schwiegen.

»Na gut«, sagte Schulz und starrte Girlie an. Er war angetrunken. Der Steel Bottom hatte es in sich.

## 33

Carmen Rojas hörte, wie der Rottweiler anschlug. Sie öffnete die Augen, stieg aus dem Bett und ging durch den dunklen Raum zum Fenster. Es war kalt. Der Vollmond erleuchtete das Gelände vor dem Haus. Sie sah den Lada. Die Türglocke ertönte. Castros Bellen hallte durch das Haus.

Hastig warf sie sich ein Schultertuch über das Nachthemd und ging auf nackten Füßen nach unten.

»Ich bin es«, erklang Bluefields Stimme.

Der Rottweiler knurrte.

*»¡Tranquilo!«* befahl Carmen dem Tier, ging zur Haustür und öffnete die beiden schweren Schlösser, ohne die Sicherheitskette auszuhängen. Sie zog die Tür einen Spalt auf und sah hinaus.

Bluefields war betrunken. Man konnte es riechen und hören. »Ich fühl mich einsam, meine Schöne«, lallte er und torkelte schwer gegen die Tür.

»Gehen Sie, Sie haben zuviel getrunken. Gehen Sie nach Hause.« Carmen wollte die Tür wieder schließen, doch Bluefields lehnte sich mit seinem ganzen Gewicht gegen das Holz. Die Kette knirschte.

»Ich brauche Liebe«, verkündete El Oloroso mit schwerer Zunge. »Liebe.« Ein Hauch Paco Rabanne mischte sich unter die Alkoholfahne.

Knurrend hatte Castro hinter der Frau Stellung bezogen.

»Gehen Sie«, bat Carmen.

»Warum zierst du dich so?« fragte Bluefields gereizt. »Mit dem Deutschen hast du doch auch gefickt.«

»Ich habe den Hund hier.« Ihre Stimme klang hart und kalt.

»Du würdest das Vieh doch nicht auf einen armen *borracho* hetzen . . . das würdest du doch nicht tun, mein Engel.« Er rülpste.

»Sie wissen, daß ich es tue.«

Bluefields fluchte, rutschte auf der Treppenstufe aus und fiel schwer gegen die Tür. Er blieb einen Moment liegen, dann stand er mühsam auf und torkelte zum Lada zurück. Er lehnte sich an den linken Kotflügel und kotzte neben den Vorderreifen.

Carmen schob die Tür zu und schloß wieder ab. Sie konnte hören, wie Bluefields den Motor anließ und vom Hof fuhr. Castro stieß sanft mit der Schnauze in Carmens Kniekehle. Sie bückte sich und umarmte den Hund.

## 34

Ich dachte, du hast mich zum Arbeiten geholt«, sagte Schulz zu Jill Shapiro.

Sie lagen auf weißen Holzpritschen am Strand. Jill unter einem Schirm, Schulz in der Sonne, um seine sportlichen Aktivitäten durch eine entsprechende Hautfarbe zu ergänzen.

»Du warst doch immer ein Boxnarr. Damals, in Panama, hast du jede freie Minute am Ring herumgehangen. Und die Gala morgen abend ist eine gute Gelegenheit, diverse Persönlichkeiten ganz nebenbei kennenzulernen. Auch aus den politischen Zirkeln um meine Tochter herum.«

Jill nuckelte an einem Strohhalm. Fruchtsaft. Sie

trug einen tollkühn geschnittenen einteiligen Badeanzug. Sie konnte es sich noch leisten, fand Schulz. Der lindgrüne Stoff hob sich von ihrer goldenen Haut ab. Es erinnerte ihn an jenen Abend in der Hostería Delfín in Playas, als sie eine Bluse in der gleichen Farbe getragen hatte. Ihr letzter gemeinsamer Abend in Ecuador.

»Du mußt es ja wissen. Ich habe nicht das geringste dagegen, den Kampf zu sehen.« Schulz sehnte sich nach einem Drink. Es war erst drei Uhr nachmittags. Kein Alkohol vor Sonnenuntergang. Er hatte bis zum Mittagessen geschlafen, nachdem er am Vorabend noch mehrere Steel Bottoms zu sich genommen hatte, bevor Julius ihn nach Hause fuhr.

Das Meerwasser hatte Schulz gutgetan. Schwimmen reichte heute. Er hatte nicht vor, im Kraftraum anzutreten. Ruffus hatte bis zum Abendessen frei. Seine fünf Vertrauten aus Port Antonio lungerten gut verteilt auf dem Grundstück herum und schoben Wachdienst. Salzkristalle juckten Schulz auf der Haut. Der Wind brachte ein wenig Kühle vom Meer, und die Wellen klatschten beruhigend eintönig an den Sand. Er sah zum benachbarten Hang, wo irgendwo über den Mangrovenbüschen die Villa des Generals liegen mußte. Für Sekunden schien der Geruch nach totem Fisch über der Bucht zu hängen.

»Erinnerst du dich noch an den toten Delphin?«

»Aber sicher, schließlich haben wir uns da zum ersten Mal gesehen.«

Schulz hörte Schritte hinter sich und drehte sich um. Es war Anita. Sie trug einen Tanga. Schulz lag auf dem Rücken und steckte den Schlag Erotik weg, wie ein Faustkämpfer, der Zeit nimmt. Anita setzte sich auf eine freie Liege. Die dunkelblauen Textilfragmente waren nicht mehr als Farbkleckse auf der Zimthaut.

»Hallo«, sagte sie und streckte sich aus. »Quincy hat eine Einladung zu einem der sagenumwobenen Feste unseres Nachbarn bekommen. Er will mich mitnehmen.«

»Da halte ich gar nichts davon.« In Jills Tonfall klang eine Spur Angst mit.

»Wer ist Quincy?« fragte Schulz.

»Ein Freund von Anita. Sehr netter junger Mann aus London.« So, wie Jill es sagte, mußte es sich um einen hervorragenden Heiratskandidaten handeln.

»Er ist Schallplattenproduzent«, ergänzte Anita. Sie lächelte Schulz an und sagte zu ihrer Mutter: »Wenn du Angst um mich hast, können wir doch Kurt als Leibwache mitnehmen. Es würde ihn doch sicher interessieren, einen Blick in die Burg des Menschenschlächters zu werfen.« Kaum hatte sie es gesagt, wußte sie, daß sie Schulz für ihre Idee gewonnen hatte.

»Ihr müßt euch darüber klar sein, worauf ihr euch einlaßt. Erwartet nicht, daß ich euch begleite. Ich finde, man sollte dieses Monstrum nicht auch noch gesellschaftlich aufwerten, indem man ihm Höflichkeitsbesuche macht.« Jill war verschnupft.

»Man muß seine Feinde kennen. Jede Information ist wichtig. Eindrücke aus erster Hand zählen.« Anita schnappte sich eine Flasche mit Sonnenschutzmilch von der Liege ihrer Mutter und cremte sich ein.

Schulz kannte diese Sprüche. Aber er ließ sie durchgehen. Statt dessen starrte er Anita an, und er spürte, wie ihre Erotik auf ihn übergriff. Er wollte nicht mit Jill schlafen. Er war scharf auf die Tochter.

# 35

Ray Miller hatte den gleichen kräftigen Körper wie sein zwei Jahre älterer Bruder, aber seiner war nicht so gut in Schuß wie Ruffus'.

Mit einem Schnaufen hievte er sich aus dem Rücksitz des Dodge, trat unsicher auf den Gehsteig und hielt mit einer Hand den Kragen seines Pelzmantels zusammen. Der letzte Schneefall hatte dünnen Puderzucker über die Eisreste gestreut.

Kaum hatte Ray Miller die Wagentür ins Schloß geworfen, als er den Halt verlor und hilflos mit den Armen ruderte, bis er schließlich mit seinen Lackschuhen auf einem Stück Asphalt zum Stehen kam. Er fluchte. Der Fahrer konnte es nicht mehr hören. Der Dodge stand bereits auf der Abbiegespur vor der Ampel, um vom Broadway aus die Hundertfünfundzwanzigste in Richtung Black Harlem zu nehmen.

Ray Miller haßte den Winter. Eine Bö schnitt ihm ins Gesicht. Den Blick mißtrauisch auf den Boden gerichtet, hastete er zum Eingang des Restaurants Red Sea und zerrte die Tür gegen den Druck des Windes auf. Ein warmer Schwall verbrauchter, nach exotischen Gewürzen riechender Luft schlug dem Jamaikaner entgegen. Die Tür knallte hinter ihm ins Schloß. Mühsam versuchte er, aus dem Pelzmantel zu schlüpfen. Er fluchte leise. Eben noch hatte ihn der Frost gebissen, nun brach ihm der Schweiß aus. Die Bedienung nahm ihm den Mantel ab. Ray Miller steuerte den Tisch neben der dicken Holzsäule an, an dem Buster Caldwell saß und auf ihn wartete.

Caldwell musterte Miller, dessen aschgrauer Seidenzweireiher über Bauch und Brustkorb spannte.

Der schwarze Rollkragenpullover sah aus, als stütze er das schwere Doppelkinn. Die Haare waren zu einer Unzahl fettig glänzender Zöpfe geflochten, die im Genick von einem Stück Golddraht zusammengehalten wurden. Die zahllosen Brillantringe unterteilten seine Finger in kurze, geschwollene Fleischstücke.

Sein Outfit sprengte den bescheidenen Rahmen des äthiopischen Restaurants. Die rosa Plastiknelken in den Vasen sahen plötzlich noch billiger aus, der Dekkenventilator mit Lampe wirkte schäbig, wie aus Stanniol gestanzt, und das asthmatische Rasseln des Klimagerätes über der Eingangstür klang wie Schwindsucht im Endstadium. Buster Caldwell ersparte sich einen Blick auf Millers Lackschuhe und nickte zur Begrüßung.

Ray Miller setzte den Stuhl einer harten Belastungsprobe aus, dann sagte er: »Scheiße.«

Caldwell nickte.

Miller griff nach der Speisekarte und überflog sie rasch und ohne jedes Interesse. »Was essen wir?«

»Ich schlage *Tsebhi Derho* vor.«

»Was'n das?«

»Huhn, gedünstet in roter Soße mit gekochten Eiern. Nur sechs Dollar fünfundneunzig.«

»Ich weiß, daß du unser Mann für die Kohle bist«, brummte Ray Miller. »Aber hör auf, mir das Wechselgeld vorzubeten.«

»*Zegni* wär vielleicht auch nicht schlecht.«

Miller sah Caldwell fragend an.

»Rinder-Stew mit scharfer Soße, dazu *Injera*.«

Miller zog die Augenbrauen zusammen.

»Dieses weiche Fladenbrot, du weißt schon . . .«

Miller seufzte. »Curryziege wär mir lieber.«

Caldwell schwieg. Er sympathisierte mit Ras Tafari, und äthiopisches Essen war sein ein und alles. Auf der Speisekarte standen auch *Herbal Teas*.

»Na gut, dann nehm ich das Huhn.« Ray Miller warf seinem Rasta-Buchhalter einen Blick zu und zwang sich zu einem Lächeln. Gute Leute mußte man pflegen. Wußte der Himmel, warum Buster in diesen Schuppen verschossen war. Der schmale Mann im ausgewaschenen Jeansanzug mit Hornbrille und blonder Afrofrisur hatte blaue Augen, aber er war das, was man jamaikaweiß nannte – und er war der beste Geldwäscher im Crack- und Ice-Geschäft. Keine andere jamaikanische Posse hatte jemanden wie Buster Caldwell. So ein Mann war jede Anstrengung wert. *Cool mahn,* sagte sich Miller, *cool.*

»Die Bilder hängen schief«, sagte Ray Miller. Ein bißchen Kritik konnte er Buster nicht ersparen. Er musterte die beiden weißgestrichenen Heizungsrohre neben der Holzsäule und hatte das Gefühl, in einer Gefängniskantine zu sitzen. Außerdem nervte ihn das monotone Geleier der äthiopischen Musik aus den Lautsprechern.

»Wir müssen uns um unsere Filiale in Miami kümmern«, sagte Buster.

»Ich hab genug Sorgen in Queens.«

»Diese Kolumbianer machen uns zu schaffen.«

»Hier auch.«

»Sie haben Lester erstochen, in einem Nachtklub in Miami Beach. Vor Publikum. Die haben ihn förmlich hingerichtet. Es war eine Botschaft.«

»Wir haben hier genug Druck.«

»Da unten im Süden erwartet uns ein ganzer Markt. Jetzt oder nie. Wenn wir bei den ersten Toten in die Knie gehen, können wir's vergessen.«

»Hör mal zu, Buster«, sagte Ray Miller. »Ich arbeite

auch lieber in 'ner sonnigen Gegend. Aber Tatsache ist, daß sich Drogen am Polarkreis besser verkaufen. Dieser Scheißwinter. Nichts als Beton und Streß. Das macht die Leute krank und traurig. Und den Markt hast du für immer. Ohne Rücksicht auf die Mode. Hier hängt der Goldfisch an der Angel, Baby. Hier ist der sichere Markt. Kapiert? Nichts gegen Florida, aber Markt Nummer eins ist da, wo die Kohle eingeht, nicht da, wo sie ausgegeben wird.«

»Du willst doch nicht ernsthaft behaupten, daß in Miami keine Kohle gemacht wird?«

»Auch, Baby . . . auch . . .«

»Jedenfalls solltest du dich drum kümmern . . . vor allem um einen gewissen Fake Reynaldo.«

»Fuck wer?«

»Fake.«

»Später.«

Buster Caldwell zuckte mit der Schulter.

»Ich flieg heut noch nach Atlantic City, hab Karten für den Fight.« Miller kippte das Bier hinunter, als habe ihn das Reden über Florida durstig gemacht.

»Fuentes gegen Davis?«

»Ganz recht. Ich setz auf Davis.«

»Der Latino ist nicht zu unterschätzen«, warf Caldwell ein.

»Davis ist unser schwarzes Baby. Er 's mein Mann. Hast du mir nicht eben selber empfohlen, die Kolumbianer abzuservieren?«

»Cesar Fuentes ist aus Nicaragua.«

»Kolumbien oder Nicaragua«, brummte Ray Miller. »Wo ist da der Unterschied?«

## 36

Schulz saß an der Bar im ersten Stock des Wyndham Hotel und trank Rum. Dazu leistete er sich eine Royal Jamaica. Die Zigarre war gut, aber mit einer Rosalones oder Joya de Nicaragua konnte sie nicht mithalten. Für Kingston hatte er sich wieder in seinen Anzug geworfen.

Donald, der Barkeeper, trug eine schwarze Krawatte zum weißen Hemd. Seine Weste aus Batikstoff war grün-weiß. Das Grüne waren winzige Kolonialhäuser mit Palmen. Donald war fast zwei Meter groß, um die Fünfzig und schlank. Links neben der Kasse saß ein Gast. Ein Chinese, sehr alt und schmächtig, aber im T-Shirt zum Superfight. Er hatte eine massive Hornbrille in Goldbraun auf der Nase. Gelegentlich machte er ein paar flüssige Schattenboxbewegungen neben dem Tresen, so als wolle er sein Gleichgewicht prüfen. Zwischendurch trank er Rum und quatschte die Frau an der Kasse voll. Donald ignorierte den Chinesen, machte gepflegte Konversation mit denjenigen Gästen, die darauf Wert legten, und servierte die Drinks ordentlich und mit Würde, ganz im traditionellen Stil.

Es war abends gegen halb sieben. Jill Shapiro hatte Schulz hier geparkt, bevor sie mit Ruffus, der voller Stolz den Chauffeur spielte, in die Stadt entschwunden war, um ein paar Geschäfte zu erledigen. Rechtzeitig zum Kampf wollten sie sich wieder im Pegasus Hotel treffen. Für die Nacht hatte Jill Zimmer reserviert.

Schulz war es recht, daß er allein war und sich ein paar Gedanken machen konnte. Die Einsamkeit ist ein bevölkerter Raum, sagte er sich, und eine gute Bar mit dezentem Service und nicht zu vielen Gästen war ihm der beste Beweis dieser Regel. Hinter seinem Rücken zelebrierte ein Jamaikaner am Flügel ein Potpourri aus Keith Jarrett, Chick Corea, Ahmad Jamal und Les McCann. Neben seinem Glas lag ein Packen Zeitungen. Er hatte alles durchgelesen, vom *Daily Gleaner* über *Newsweek* bis zum *Miami Herald,* um sich über den Kampf zu informieren.

Donald verpaßte ihm noch einen Appleton.

»Wie stehen die Wetten?« fragte Schulz.

»Drei zu eins für Davis.«

Michael Davis wollte sich den Titel zurückholen. Er hatte ihn vor drei Jahren durch eine umstrittene Punktentscheidung in Las Vegas an Cesar Fuentes verloren. Das war vor dem Krieg in Mittelamerika gewesen. Fuentes hatte den Titel seitdem fünfmal erfolgreich verteidigt und dabei ausschließlich gegen Lateinamerikaner und Europäer geboxt. Er hatte sein Camp in Paris aufgeschlagen. Ganz Nordamerika war sauer auf Cesar Fuentes. Dann waren dem Mann aus Nicaragua das Geld und die Gegner außerhalb der USA ausgegangen. So war es zur Revanche gekommen. Fuentes Manager hatte fünfzehn Millionen Dollar für seinen Mann herausgeschlagen und Atlantic City als Austragungsort akzeptieren müssen. Das ganze Spektakel war mehr als ein Weltmeisterschaftskampf, es ging um nationale Ehre. Ein Schwarzer wurde für das weiße Nordamerika an die Front geschickt, um den Latinos zu zeigen, wer Herr in Haus und Hinterhof war.

Michael Davis bekam nur zehn Millionen, aber in Wirklichkeit wartete eine viel gigantischere Prämie auf ihn. Er konnte der Darling der Nation werden. Hochdotierte Werbeverträge, vom Kinderbrei bis zum

Cadillac, waren ihm sicher. Hollywood wartete. Dazu ein bißchen Truppenbetreuung, um die Boys im Schützengraben zu motivieren. Vorausgesetzt, er gewann.

Zwei Gäste zahlten und gingen. Ein Mann stieg neben Schulz auf einen Barhocker, bestellte ein Red Stripe und tippte mit dem Zeigefinger auf ein Fuentes-Foto auf der Titelseite des *Herald*.

»Er hat keine Chance.« Der spanische Akzent war unüberhörbar. Der Mann war Mitte Vierzig. Er sah Julio Iglesias ähnlich, doch seine Gesichtszüge hatten nicht den weichen Charme des Sängers. Er fixierte Schulz wie ein Barrakuda, den ein Schönheitschirurg für eine Telenovela präpariert hat.

»Ich hätte gedacht, daß Sie für Fuentes sind.« Schulz schaute auf die manikürten Fingernägel des Mannes.

Donald servierte das Bier.

»Er ist nicht unser Mann. Wir wollten ihn unter Vertrag nehmen. Er hat abgelehnt. Ohne uns ist es aussichtslos für ihn.« Der Fremde betrachtete das Bier nicht, sondern starrte auf seine Hände. »Wir haben ihm ein großzügiges Anwesen in Bogotá in Aussicht gestellt und ein perfektes Management. Wir verstehen was von Vermarktung.« Er sah Schulz an.

»Warum nicht gleich Cali?«

»Wer im Hochland trainiert, hat einen Energievorsprung, wenn er auf Meeresniveau kämpft. Die roten Blutkörperchen . . . Aber wir sind nicht nachtragend. Wir haben Fußballer, Stierkämpfer und andere Stars. Ein Boxer wäre schön gewesen, aber man muß ja nicht alles haben.« Das Maul des Barrakudas verzog sich. Bevor er lächelte, sagte er: »Man kann, aber man muß nicht.«

Ein Hauch Hochlandluft kroch über Schulz' Rükken. Donald hielt sich außer Hörweite und unterhielt den Chinesen und die Frau an der Kasse. Schwer zu sagen, ob der Keeper aus Instinkt oder auf Anweisung handelte.

»Wir suchen immer gute Leute.« Der Kolumbianer sah zu, wie der Schaum auf seinem Bier zusammensackte. »Manche sind uns nicht so wichtig. Andere wollen wir unbedingt haben, *Señor Schulz.*«

Der Deutsche hielt den Mund.

»Und da Sie nun einmal hier sind, dachten wir, daß Sie uns bei der Lösung eines sehr akuten Problems helfen könnten.« Der Latino goß sich etwas Bier nach.

»Wobei? Soll ich den Krieg stoppen?«

»Warum denn gleich alleine gegen die Yankees?« Der Kolumbianer lachte leise. »Der Krieg macht uns große Sorgen, da haben Sie recht, Señor Schulz. Sehr große sogar. Er kommt uns ungelegen.«

»Und ich dachte immer, ihr seid für den Kampf gegen Arbeiter, Bauern und nationale Unabhängigkeit«, sagte Schulz sarkastisch.

»In Maßen. Aber wir wollen diesen Krieg in Mittelamerika nicht. Das ist der falsche Weg. Geben Sie dem großen Geld freie Hand, und die politischen Spinner haben keine Chance.«

Schulz legte eine halbe Gedenkminute ein – Karl Marx durfte sich ein letztes Mal im Grab umdrehen.

»Alles hatte seine Ordnung. Die Route war klar. Bolivien, Peru, Ecuador, Kolumbien. Dann Mittelamerika und rein nach Kalifornien und Texas. Die Widerstandsbewegungen gegen die jeweiligen Machthaber brauchten Geld für Waffen, waren aber dankbare Geschäftspartner. Die staatlichen Geheimdienste waren auf die Widerstandsbewegungen angewiesen und deshalb ebenfalls kooperationsbereit. Die Rüstungsindustrie konnte in Ruhe Waffen verkaufen. Aber die Dummköpfe in Washington haben alles kaputtgemacht.« Der Latino schwieg einige Sekunden. »Wir können nur hoffen, daß der Konflikt nicht auf die Karibik übergreift. Wenn das passiert, sind auch unsere Alternativrouten in Gefahr. Jamaika ist nicht umsonst so wichtig geworden. Wir wollen den totalen Krieg nicht, Señor Schulz. *Wir* sind für den Frieden.«

»Damit ihr in Ruhe euren Geschäften nachgehen könnt.«

»Richtig.«

»Wenn ich also nicht den Krieg verhindern soll, worum geht's dann?« Für Schulz schien der Augenblick gekommen, seine Arbeit für Jill aufzunehmen. »Geht es um den Nobelpreisträger?«

Der Kolumbianer sah den Deutschen erstaunt an, dann zog er die Augenbrauen leicht nach oben. »Wie kommen Sie denn darauf?« Er schüttelte nachdenklich den Kopf. »Interessant, daß Sie mich das fragen, Señor Schulz, sehr interessant. Wir halten den Mann für extrem wichtig. Was immer er auch über uns denken und sagen mag. Wir wollen Frieden in der Region. Deshalb sind wir für ihn.« Wieder lachte er leise. »Wir lieben ihn. Wir haben großen Respekt vor dem Friedensnobelpreis«, sagte der Barrakuda.

»Dann solltet ihr gut auf ihn aufpassen.«

Der Latino sah Schulz ernst an. »Machen Sie sich darüber keine Sorgen. Ihm wird nichts passieren. Mein Wort.« Sein Blick wanderte wieder zum Bierglas.

»Dann wär das ja geregelt«, stellte Schulz fest. »Was bleibt übrig?«

»Wir möchten ein bißchen Ordnung in unseren Garten bringen. Und eine Melone pflücken.« Der Kolumbianer trank einen Schluck. »Ihr Ruf als Profigärtner eilt Ihnen voraus.« Diesmal reifte das Lächeln.

»Ich bin eher Hobbyfarmer.«

»Warum so bescheiden?«

Schulz ging nicht darauf ein.

»Wir haben einige gute Männer verloren.« Der Südamerikaner redete jetzt bestimmt.

Schulz dachte an die Leiche am Strand. »Reden Sie von dem Schwarzen bei Port Antonio?«

»Einer der Besten, die wir hatten. Er war früher Solotänzer im Tropicana in La Habana. Wir haben ihn sorgfältig aufgebaut.«

»Die Polizei hat sich sehr für seine Leiche interessiert.«

»Vergessen Sie die Polizei. Lassen Sie das unsere Sorge sein.«

»Wenn ihr alles unter Kontrolle habt, dann versteh ich nicht, was ihr von mir wollt.«

»Sie sind nicht gerade ein Freund von Chamorro. Er ist unser Feind. Wir sollten unsere Interessen unter einen Hut bringen. Es soll Ihr Schaden nicht sein, Señor Schulz.«

»Mag sein, daß wir in diesem Fall am gleichen Strang ziehen. Aber das heißt noch lange nicht, daß wir ähnliche Motive haben.«

Schulz sah auf die Fotografie von Cesar Fuentes. Die Augenbrauen des Champions waren vernarbt. Wie ich, dachte der Deutsche. Der Boxer und er hatten etwas gemeinsam: Sie arbeiteten nicht für das Kartell.

Während der alte Chinese erneut ein paar Schattenboxübungen zum besten gab, lauerte der Kolumbianer auf eine Antwort.

»Warten Sie's ab. Könnte sein, daß das Problem bald nicht mehr existiert.« Schulz versuchte, entschlossen zu klingen.

»Das hört sich doch vielversprechend an.« Der Kolumbianer stieg vom Hocker. »Wir haben unsere Prämien immer auf das richtige Konto überwiesen. Wir zahlen in *Gringo-efectivo*.« Demonstrativ rieb er die Kuppen von Zeigefinger und Daumen aneinander. »Keine Sorge.« Er ließ Schulz eine Art Bruderblick zukommen. Die Art, die Totengräber im Akkord an Massengräbern austauschen.

»Ich brauche euer Geld nicht«, sagte Schulz.

Der Latino nickte ungerührt und ging, ohne zu zahlen.

## 37

Eigentlich habe ich für Boxen nichts übrig«, sagte Sam White.

»Ich auch nicht«, stimmte Brenner zu.

Die beiden Männer saßen auf dem Rücksitz einer Limousine, die das Jamaica Pegasus am Knutsford Boulevard ansteuerte.

»Aber man muß sich bei solchen Anlässen zeigen«, seufzte White.

Brenner beeilte sich, dem Mann, für den er seit einigen Jahren als Berater arbeitete, mit einem Nicken recht zu geben. Die Verlängerung seines Vertrages stand an, und er hatte vor, auf der Insel zu bleiben. Der linke Parteiflügel spielte verrückt. Sam White war der Mann, der dagegensteuern konnte. Wer das Geld kontrolliert, der bestimmt auch die politischen Inhalte. Davon war Hans Brenner zutiefst überzeugt.

Zu Hause war er als Finanzexperte der eigenen

Partei gescheitert. Die Genossen vom linken Flügel hatten ihn als »Kassenwart« beschimpft, weil er sich damals gesträubt hatte, die Gelder für diesen Spinner aus Nicaragua und seine Widerstandsbewegung fließen zu lassen. Norberto Navarro hatte sich als neuer Che Guevara aufgespielt, Brenner hatte nicht einsehen wollen, warum er die sauer erbrachten Beiträge der Parteimitglieder und die mit riskanten steuertechnischen Manövern ergatterten Unternehmerspenden für einen so dubiosen Zweck ausgeben sollte. Schließlich hatte man ihn als entwicklungspolitischen Berater zu einer parteinahen Stiftung abgeschoben. Aber Gott sei Dank hatte jede Partei ihren rechten Flügel, und Sam White war ein Mann nach Brenners Herzen.

»Wir müssen noch über die Verlängerung meines Vertrages entscheiden, Sam«, erinnerte er den Jamaikaner.

»Du weißt, daß du auf jeden Fall weiter für mich arbeiten kannst, Hans.« White warf dem Deutschen einen verschwörerischen Blick zu. »Deine deutschen Parteifreunde zieren sich mal wieder. War schon immer so. Sie lavieren und warten ab, welcher Flügel sich durchsetzen wird. Du und ich« – er lächelte zufrieden –, »wir haben unser Image weg, mein lieber Freund. Das wird uns aber nicht dran hindern, unsere Politik durchzusetzen. Wenn die Stiftung nicht mehr will, bleibst du auf privater Basis bei uns. Für ein angemessenes Gehalt sorge ich schon.«

»Danke, Sam, daran habe ich keine Minute gezweifelt.« Brenner strich sich fahrig mit einer Hand über die letzten Strähnen seiner blonden Haare. Sein feistes Gesicht verzog sich zu einem selbstzufriedenen Grinsen.

»Die Kids machen mir Sorgen«, brummte White. »Besonders Shapiros Tochter. Daß diese Galionsfigur zur Konferenz kommt, schmeckt mir nicht. Die Bande heckt was aus.«

»Kein Grund zur Unruhe, Sam. Es ist noch gar nicht sicher, ob die Friedenstaube überhaupt kommt.« Brenner entspannte sich und sank genießerisch in die Polster.

»Woher bist du da so sicher?«

»Ich habe meine Quellen, Sam. Das weißt du doch.«

»Gut, daß ich die nicht alle kenne«, erwiderte Sam White düster. Dann sah er dem Deutschen in die Augen und sagte: »Wenn du sicherstellen kannst, daß er zu Hause bleibt, dann sorge dafür.«

## 38

Als Schulz das Wyndham verließ, wollte ihm der Portier ein Taxi rufen.

Schulz lehnte dankend ab und ging die wenigen hundert Meter zum Pegasus zu Fuß. Die Nachtluft war lauwarm. Trotzdem schwitzte er. Der Auftrieb zum Kampf hatte bereits begonnen. Die Nobelkarossen fuhren in stetem Rhythmus vor. Von rechts huschte ein Schatten heran. Ein scharfer Ganja-Geruch stach Schulz in die Nase.

»*Want some smoke?*«

Schulz schüttelte den Kopf.

»*Want some nice girls?*«

Schulz machte, daß er weiterkam. Er schlängelte sich durch die Luxuswagen und geriet in eine Orgie aus Cocktailkleidern, Abendanzügen und Phantasiekostümen. Kingston stand kopf. Die Nacht gehörte Cesar Fuentes und Michael Davis. Zur Faustkampfgala zog es die Reichen und Einflußreichen wie die Motten zum Licht. Der Mittelstand konnte den Kampf per Satellit auf der Leinwand des größten Kinos der Hauptstadt sehen. Nur die Armen mußten zwei Wochen warten, bis der Fight im Fernsehen kam.

Schulz betrat die Lobby des Pegasus. Ruffus kam ihm in einem schwarzen Anzug mit rotem Hemd und schwarzer Krawatte entgegen. Er sah aus wie ein Boxpromoter.

»Die Damen sind schon drin.« Ruffus ging voraus, präsentierte die Karten und schleuste Schulz in den ausverkauften Saal.

Das schwarze Kingston hatte sich herausgeputzt. Weiße Jacketts, Disco-Funk, die Frauen wie äthiopische Märchenprinzessinnen. Die Enkelinnen des Ras Tafari in Seide, mit Frisuren wie Kunstwerke. An drei Getränkebuffets floß der Alkohol. Vor der Leinwand saß eine Crew von fünf Mann an den Empfängern und Verstärkern. Sechs riesige Lautsprecher sorgten für den Originalsound aus Atlantic City.

In der Nähe eines Buffets standen Jill und Anita. Beide Frauen konnten durchaus mit den Prinzessinnen konkurrieren. Offenbar hatten sie sich im Hotel einige Stunden lang für den Anlaß herausgeputzt. Jill trug lindgrüne Seide – enger Rock, bis zu den Knien, und eine kurze Bolerojacke über einer hochgeschlossenen Bluse, deren Gelb so blaß war, daß man es nur erahnen konnte. Ihre Pumps waren aus beigem Straußenleder, die Stöckel von moderater Höhe. Anita trug einen Minirock aus schwarzem Nappaleder, der ihre Oberschenkel zum Blickfang machte. Über einem weißen T-Shirt, das sehr schlicht und sehr teuer aussah, hatte sie einen weiten Flanellblazer an, ebenfalls schwarz. Die Absätze ihrer grauen Pumps waren doppelt so hoch wie die ihrer Mutter.

Schulz kam sich etwas verschwitzt und mitgenommen vor, als er auf die beiden zuging.

»Du kommst spät«, sagte Jill. »Wo hast du gesteckt? Sag bloß, du bist bis jetzt in dieser Bar gewesen, in der wir dich heute nachmittag zurückgelassen haben?«

»Ganz richtig. Ich hatte aufregende Gesprächspartner.«

»Ich hoffe, der Rum war gut.« Schnuppernd küßte Jill ihn unter das rechte Ohr, dann reichte sie ihn zur Begrüßung an Anita weiter.

»Er war ausgezeichnet.« Er nutzte die Gelegenheit, küßte die Tochter auf die Wange und fing sich dabei eine Dosis Parfum ein, bei der ihm schwindelig wurde.

»Hallo.« Anita merkte, daß der Deutsche angeschlagen war, bevor der Kampf überhaupt begonnen hatte.

Dann bemerkte Schulz den Mann im weißen Leinenanzug. Offenbar Anitas Begleiter. Er trug Espadrillas an den nackten Füßen und hatte ein fliederfarbenes Baumwollhemd an. Alles in allem sah er mehr nach einer Vernissage aus als nach einem Boxkampf. Mit dem überlangen sonnengebleichten Blondhaar, der gesunden Poolbräune und dem Goldkettchen auf der Brust kam er Schulz wie eine Art Don Johnson aus Ibiza vor. Der Mann sah ihn aus grauen Augen an und schüttelte ihm die Hand.

»Das ist Quincy Scott«, sagte Anita.

»Der Schallplattenproduzent aus London«, ergänzte Jill.

»Freut mich.« Scott war nicht unsympathisch. Trotzdem wurmte es Schulz. Demonstrativ stellte er sich an Jills Seite. »Ihr habt ja gar nichts zu trinken.«

Er warf einen Blick auf das Flaschenangebot auf dem Buffet.

»Die Show geht gleich los. Wir können ja nach dem Kampf noch einen Drink nehmen.« Jill ging voran.

Die anderen folgten ihr. Sie saßen in der dritten Reihe im Mittelblock. Frau Shapiro war eine prominente Person. Bevor sie sich setzen konnte, mußte sie ein Dutzend Hände schütteln, die meisten von Oppositionspolitikern und ihren Gattinnen. Die Regierungsvertreter ließen auf sich warten. Schulz vermißte Ruffus. Für einen Moment hatte er den Verdacht, daß der Jamaikaner nach hinten abgeschoben worden war. Aber Jill beruhigte ihn. Ruffus würde direkt neben ihm sitzen.

»Boxexperten gehören zusammen«, sagte Jill.

Im Politikerpulk fielen Schulz vor allem zwei Personen auf: ein älterer Mann mit schneeweißer Frisur, den Anita als Sam White, Schatzmeister der eigenen Partei, vorstellte, und dessen Begleiter, ein Deutscher mit Übergewicht und schütterem Haar, der Hans Brenner hieß und Whites Berater war. Brenner musterte ihn kritisch, aber sie kamen nicht miteinander ins Gespräch.

Ruffus tauchte auf und schob sich höflich durch die enge Stuhlreihe zum Shapiro-Clan. Sein Anzug sah reichlich zerknittert aus.

Die Klimaanlage hatte ihre liebe Not. Der Andrang nahm zu, es wurde wärmer. Der Saal summte wie ein Wespennest. Ruffus setzte sich neben den Deutschen und hielt ihm ein Red Stripe hin. Schulz bedankte sich. Unschlüssig hielt er die warme Bierflasche in der Hand.

Ruffus grinste. Warm, versicherte er, haue besser rein. »Nur Whities trinken Bier aus dem Kühlschrank.« Er schenkte Schulz ein kurzes Lachen. »Gekühlt ist eben nicht cool.«

Die Leitung zum Satelliten brach beim ersten Vorkampf zusammen. SEARCHING . . . NO SIGNAL . . . entschuldigte sich die Technik auf dem weißen Rechteck. Unruhe machte sich breit, Angst, daß der Höhepunkt des Abends womöglich nur in Bruchstükken geliefert werden könnte. Von den Vorkämpfern kannte Schulz keinen einzigen. Was das anging, war er an seiner Lagune ziemlich isoliert gewesen. Ruffus half ihm mit Informationen aus. Ton- und Bildleitung standen wieder. Jedes Klatschen von Leder auf Haut, jeder Gesprächsfetzen aus den Ringekken kam glasklar. Ruffus hing jetzt schon auf der Stuhlkante. Jill drückte sich an Schulz, als habe sie Angst.

Vor dem Hauptkampf gab es eine längere Pause. Die Fernsehbilder zeigten die Ostküste der Vereinigten Staaten. Es war Winter und offenbar saukalt. Mittlerweile war Schulz im schwarzen Zuschauermeer eingekeilt. Er schwitzte. Blitzlichter flammten auf. Die politische Spitze betrat den Saal. Leibwächter, Fotoreporter. Der Trupp nahm in den ersten beiden Reihen Platz. Ruhe kehrte ein. Die Spannung stieg.

Michael Davis kam mit seinen Betreuern den langen Weg von den Kabinen zum Ring herunter. Er hatte die Haare zu Dreadlocks geflochten. Die Zöpfe hingen wirr ums Gesicht. Er war dreißig Jahre alt, sah aber jünger aus und wog exakt einundsiebzig Kilogramm. Die Menge heulte auf.

Kurz darauf trabte Cesar Fuentes inmitten einer Polizeieskorte in bekannter Manier zum Ring. Das Kinn mit dem Stoppelbart tief auf der Brust, den

Schädel mit der Elvis-Frisur unter der Kapuze seines roten Mantels verborgen. Fuentes hatte einen kurzen Nacken und wenig Kinn. Der ideale Boxer. Er wog ein halbes Kilo mehr als sein Gegner. Er war sichtlich nervös. Er bekam nur dünnen Applaus.

Pappbecher, Bananenschalen und Zigarettenschachteln flogen. Die Pointer Sisters stiegen in den Ring. Aufgetakelt wie Vogelscheuchen, sangen sie die Nationalhymne, während eine überdimensionale US-Flagge als Feuerwerk abgefackelt wurde.

Dann der Showdown. Der Gong zur ersten Runde. Fuentes marschierte. Er wirkte wie immer etwas übergewichtig, aber das täuschte. Davis tanzte. Er war zäh und muskulös. Die beiden Kämpfer belauerten sich. Davis schlug einen Jab, und Fuentes' eingefettete Haarpracht wurde durchgeschüttelt. Ein zweiter Jab folgte. Davis ließ die Schulter fallen und schlug einen linken Haken, der Cesar Fuentes mitten im Gesicht erwischte. Fuentes klammerte, Davis stieß ihn zurück und schlug einen ansatzlosen Uppercut mit der Linken, dem Fuentes auswich.

Der Mann aus Nicaragua marschierte wieder. Als Champion mußte er den Kampf nicht machen. Das war Sache des Herausforderers. Aber Cesar Fuentes kannte nur einen Stil, und das war purer Angriff. Zwei Jabs unterbrachen seinen Rhythmus. Er machte zwei Schritte zurück und stand mit dem Rücken zu den Seilen. Davis griff an, täuschte mit der Rechten, machte einen Ausfallschritt mit dem linken Bein und schlug aus der Hüfte einen linken Haken, der Fuentes rechte Deckungshand umging und den Weltmeister am Kopf traf. Fuentes lehnte sich an Davis und hielt beide Fäuste in Doppeldeckung hoch. Beide Kämpfer gingen in den Clinch.

Davis schlug einen rechten Uppercut, sobald er sich aus der Umklammerung löste. Fuentes blockte den Schlag ab. Davis ließ eine Linke folgen, die Fuentes sichtlich erschütterte, danach einen rechten Cross, der den Latino in die Seile warf.

Das Publikum stand kopf. Ihr Liebling beherrschte den Ring. »Wo bleibt Fuentes' Cross?« rief Schulz.

*»Soon come«*, grunzte der Jamaikaner.

Schulz war schweißgebadet.

Fuentes und Davis lagen wieder im Clinch. Fuentes bearbeitete den Körper des Schwarzen, bevor er von einer Rechts-Links-Kombination am Kopf getroffen wurde und hilflos in den Seilen hing. Davis setzte nach und brachte einen linken Haken ins Ziel, bevor der Ringrichter dazwischenging und Fuentes stehend anzählte.

Davis kam, sobald der Kampf freigegeben war, wie eine Raubkatze aus der neutralen Ecke. Er schlug einen Jab, um ein Gefühl für die Distanz zu bekommen, gefolgt von einer Rechten zum Körper, einem linken Haken und einem rechten Cross zum Kopf. Schwer getroffen ging Fuentes zu Boden. Aus seiner Ecke flog ein weißes Handtuch in den Ring. Die Kapitulation, aber nur der Ringrichter konnte den Kampf beenden. Er zählte den Weltmeister aus.

Die Jamaikaner sprangen jubelnd von ihren Stühlen auf. Eine seltsame Trauer hielt Schulz auf seinem Platz fest. Das unabhängige Lateinamerika war ausgezählt worden. Es hatte nicht einmal eine Runde gedauert. Die Fans von Michael Davis standen kopf.

»Und?« fragte Ruffus, strich seinen Anzug glatt und sah Schulz an.

»Verdienter Sieg.«

»Pure Magie. Ich habe an den schwarzen Boy geglaubt. Er hat den Verstand dafür. Ich liebe ihn. Das ist ein Boxer, ein echter Boxer.« Ruffus nickte energisch. Dann sagte er: »Es gibt keine weiße Hoffnung. Nicht mal eine hellhäutige. Im Boxen nicht und . . .« Er brach ab und sah den Regierungspolitikern nach, die hastig den Saal verließen. Die Untertanen waren in einer unberechenbaren Hochstimmung, und angeschlagene Gegner sind immer gefährlich.

»Es gibt noch Platz für Träume in dieser Welt«, sagte Ruffus.

Schulz lachte bitter.

»Haben Sie noch nie einen Traum gehabt, der wahr wurde?«

»Nein, nie . . .« Schulz kam sich alt, verbraucht und übergewichtig vor. Seine Leber schien tonnenschwer, Schweiß stand ihm auf der Stirn.

»Du bist ja ganz weiß im Gesicht.« Jill musterte Schulz.

»Keine Sorge.« Er riß sich zusammen.

Irgend jemand winkte ihm aus der Menge zu, aber er nahm es nur unterbewußt wahr. Er kämpfte mit seinem Kreislauf, versuchte den ersten Anfall von Übelkeit zu unterdrücken.

»Sorry«, murmelte er und stürzte zu den Toiletten.

Für Minuten saß er dumpf im Klo und zitterte wie im Schüttelfrost. Dann spülte er sich den Mund am Waschbecken und stürzte sich erneut in den Hexenkessel.

Kaum hatte Schulz den Saal betreten, als eine Hand nach seinem Ellbogen griff. Er zuckte zusammen.

»*What the hell?*« Es war der Karatespezialist aus Britisch-Guyana. Er hielt Schulz die verhornten Fingerwurzeln seiner rechten Hand unter die Nase. »Erinnerst du dich? Der sanfte Killer aus dem Flugzeug.« Er lachte.

Der Mann aus Georgetown war so gut drauf, daß es Schulz augenblicklich besserging. »Na klar. Die Schwester gefunden?«

»Yes, Sir. War auch hier, ist aber schon wieder abgerauscht.«

»Trinken wir was?«

»Was für eine Frage?« Der Karatespezialist tänzelte neben Schulz zum Buffet.

»Alles in Ordnung?« fragte Jill.

Schulz nickte. »Das hier ist ein Freund aus Guyana. War im Flugzeug neben mir.«

»Dexter«, stellte sich der Schwarze mit einer angedeuteten Verbeugung vor. Offen blieb, ob es sich um seinen Vor- oder um den Nachnamen handelte.

»Und das sind Jill Shapiro, Anita, Quincy und Ruffus«, fügte Schulz hinzu.

»Was treibt Sie nach Jamaika?« fragte Jill.

»Wurde mal Zeit, daß ich meine Schwester besuche. Das letzte Mal haben wir uns vor sechs Jahren in London gesehen.«

»Haben die Leute bei Ihnen auch die halbe Familie in England und Kanada?« fragte Anita.

»Richtig.« Dexter grinste.

»Was machen Sie beruflich?« mischte sich Quincy Scott ein.

»Er hat eine Kampfsportschule in Georgetown«, sagte Schulz. »Er hat mir Fotos gezeigt, auf denen hängt er etwa *so* hoch über dem Kopf seines Gegners.« Schulz hielt seine Hand über Jills Kopf. »Mit den Füßen.«

In Ruffus' Augen glomm Interesse auf.

»Er übertreibt«, sagte Dexter.

»Schon was von der Insel gesehen?« fragte Ruffus.

»Bis jetzt bloß Helshire Beach hier draußen. Ab morgen hab ich eine Woche Zeit. Meine Schwester leiht mir ihr Auto.«

»Warum besuchen Sie uns nicht?« fragte Jill. Sie schien den Mann aus Guyana zu mögen. »Bei Port Antonio, auf der anderen Seite der Insel. Wir haben Platz.«

»Guter Privatstrand«, ergänzte Schulz.

»Wenn Sie so eine Schule haben, müssen Sie sicher jeden Tag trainieren«, stellte Ruffus fest. »Geht bei uns auch. Alles da.«

»Hört sich gut an.« Fragend sah Dexter Schulz an. Immerhin hatte der Deutsche ihn eingeführt.

»Ich muß dringend was für meine Fitness tun. Zwei Trainer wären nicht schlecht.« Schulz lächelte Ruffus zu. »Einen für die Kraft und einen für die Reflexe.«

»Du weißt doch . . .« – Dexter trommelte Schulz mit leichter Hand eine Trefferserie auf die Brust – » . . . pure Konzentration. Nicht die Kraft. Das Hirn, Mann.«

Sie unterhielten sich noch eine Weile. Schulz schonte seinen Magen und trank Tonic-Wasser. Dann verabschiedeten sich die Frauen, und die Männer zogen in die Surrey Tavern.

Nach einer Weile bemerkte Schulz, daß Ruffus nachdenklich in sein halbleeres Glas starrte. Der Jamaikaner schien düsterer Stimmung zu sein.

»Probleme?« fragte Schulz.

»Ich habe meinen Bruder gesehen«, brummte Ruffus.

Schulz verstand nicht ganz. »Hier?«

»Beim Fight. In Atlantic City. Er saß am Ring. Ich konnte ihn deutlich erkennen. Zweite Reihe.«

»Dann muß er eine Menge Geld haben.«
»Das hat er«, sagte Ruffus.

## 39

Im Wohnzimmer des Reihenhauses in Little Havana herrschte Trauerstimmung. Auf dem Bildschirm flimmerte eine Nachrichtensendung.

*»¡Mierda!«* Gaston Fonseca drehte den Ton ab und warf die Fernbedienung ärgerlich auf das Sofa.

Elisa de Romero kam mit Gläsern und zwei Bierbüchsen aus der Küche.

»Ich hatte mir so gewünscht, daß Fuentes gewinnt«, sagte Fonseca.

Elisa schenkte ihm ein Bier ein. »Hier, trink.«

»Es ist, als ob alle Nicas im Exil verloren hätten.« Gaston Fonseca leerte das Glas.

»Er hätte lieber in den Staaten bleiben sollen. Warum mußte er auch nach Europa gehen?« Elisa setzte sich auf einen Sessel.

»Lateinamerika kriegt immer die Fresse voll.«

»Jetzt übertreib nicht«, sagte Elisa scharf. »Es ist doch nur Sport.«

»Da bin ich mir nicht so sicher. Boxen ist auch Geschäft. Und daß Cesar Fuentes verloren hat, war mit Sicherheit auch Politik!«

»Ich habe den heiligen Lazarus um Beistand gebeten, aber es hat nichts genützt.« Die Frau zuckte ergeben mit den Schultern.

»Vielleicht brauchen wir militantere Heilige«, sagte El Electricista.

# 40

Am nächsten Morgen fuhren sie mit dem Jaguar durch Downton Kingston. Jill Shapiro hatte den Abstecher vor der Rückfahrt nach Port Antonio vorgeschlagen, weil sie Schulz auch die andere Seite von Kingston zeigen wollte, die Heimat der »Sufferahs«.

Schulz genoß den Abstecher vom Beifahrersitz des klimatisierten Wagens aus wie ein Tourist. Ruffus spielte offenbar gern den Chauffeur, und Jill hatte keinerlei Lust auf einen Spaziergang. Also betrachtete der Deutsche sich durch die getönten Scheiben das Schlachtfeld. Jill lieferte die Geschichte dazu. Mitte der siebziger Jahre hatten schwerbewaffnete Privatarmeen der PNP und der JLP versucht, sich den Weg an die Macht freizuschießen. Sechshundert Menschen bezahlten den Wahlkampf mit dem Tod.

*»Gun is politics«,* sagte Ruffus.

»Die Rasta-Bewegung hatte damals auch politisch Bedeutung. Als Bob Marley mit Krebs in einem Hospital in Miami lag, wurde ihm der nationale Verdienstorden verliehen.« Jill seufzte. »Miami war Endstation.«

»Wundert mich nicht.« Schulz sah Jill an. »In Miami enden die meisten lateinamerikanischen und karibischen Träume.«

»Marley hat übrigens mehrere Monate in einer deutschen Spezialklinik verbracht. Wußtest du das?«

»Nein«, sagte Schulz. »Wo?«

»Rottach-Egern.«

Daß Jill den Ort fast akzentfrei hervorbrachte, bewies, wie sehr die Inselbewohner die Geschichte des Reggae-Königs verinnerlicht hatten.

»Die deutschen Ärzte konnten ihm nicht helfen.«

»Auch das wundert mich nicht«, sagte Schulz. »Stimmt es, daß er einen BMW fuhr?« fragte er.

»Ja. Bob Marley and the Wailers. B-M-W.« Jill lachte.

Schulz starrte durch das getönte Glas in die ehemalige Kriegszone. »Macht aber einen ganz friedlichen Eindruck.«

»Jamaika ist wieder gehorsam. Die Kredite fließen. Die derzeitige Regierung ist sehr beliebt in Washington. Das zahlt sich aus. Zumindest für eine gewisse Zeit. Make-up allenthalben. Die CIA hat den amtierenden Premier schon beim Studium in Harvard angeworben. Ein ausgekochter Fuchs.«

»Ein Gangster«, mischte sich Ruffus ein. »Die ganze Insel ißt nichts anderes als Reis mit Hähnchen, weil er sich am Geflügel-Import gesundstößt. Ganz Jamaika frißt Hühnermüll aus den USA.«

»Partnerschaft zu ungleichen Bedingungen«, fuhr Jill fort. »Grundnahrungsmittel wie Reis und Brot sind in den letzten Jahren um mehrere hundert Prozent teurer geworden. Der Kurs des Jamaikadollars verfällt. Unter der letzten PNP-Regierung flohen die Reichen ins Ausland, jetzt findet der Exodus des Mittelstandes statt. Lächerliche Gehälter. Die Kochtöpfe bleiben leer, und die Mieten werden unbezahlbar. Da tickt eine Zeitbombe. Ich weiß nicht, wie lange dieser Handel mit der Geduld noch gutgeht.«

Ruffus schlug mit der Faust auf das Lenkrad. »Bevor ein Jamaikaner pleite geht, kauft er sich eine Knarre.«

Jill nickte. »Die Insel rüstet auf. Hier hat noch nie jemand gewartet, bis eine Widerstandsbewegung Waffen ausgibt.«

*»It's Smith and Wesson and me.«* Ruffus hupte einen Fußgänger von der Straße. »So denken die Leute.«

Wo jede Partei eine Armee ist, wo bezahlte Killer die Gerechtigkeit ausschießen, wo Tote und Auswanderer auf den Wahllisten stehen, ist das gar keine schlechte Philosophie, dachte Schulz. Der Reggae-King war am Krebs gestorben. Metastasen gab es in diesem Land überall. An den Ärzten und ihrer Diagnosefähigkeit durfte man zweifeln. Von den Heilkräften ganz zu schweigen. Der Premier war der Darling der rechtskonservativen Krankenkassen. Aber eine Versicherung rettet nicht vor dem Tod.

## 41

Eddy Stones Leiche lag auf dem Seziertisch im Leichenschauhaus des Calvary-Hospitals.

Um die fünf Schußwunden im nackten Körper des Jungen schwärmten die Fliegen. Am Fuße des Tisches lag ein zerschmetterter Mädchenkörper. Neben der offenen Tür lagen zwei weitere Leichen. Sie waren in Segeltuch verpackt. Mitten im Raum stand ein Kofferradio. Gregory Isaacs sang: *»Night Nurse, only you alone can quench dis ya dirst.«* Der Cool Ruler stimmte das Requiem für Eddy an. Bei den leiseren Passagen konnte man durch die offenen Fenster das Quieken der Schweine hören, die mit den Rüsseln in blutgetränkten Mullbinden und Hühnermist wühlten. Es waren nicht Eddys Tiere. Eddy Stones Schweine waren tot. Die Soldaten hatten die Tierärzte erfolgreich verteidigt.

Die Mittagshitze flirrte über dem Hof des Krankenhauses. Der schottische Arzt, der zusammen mit drei Kollegen aus Kanada, Holland und Deutschland sein

Bestes gab, um den Betrieb aufrechtzuerhalten, betrat die Leichenhalle und betrachtete die Ernte der vergangenen Nacht. Fluchend schaltete er das Radio ab. Keiner von denen da hatte seine fünf Jamaika-Dollar Aufnahmegebühr bezahlt, um sich im Hospital behandeln zu lassen. Ein Fall für die Polizei.

Wenn die Cops nicht selber die Finger im Spiel haben, dachte er und schüttelte den Kopf. Ein Saustall, im wahrsten Sinne des Wortes. Er ging über den Hof zurück zum Hauptgebäude und hörte, wie aus dem Rohr auf der Rückseite des zweistöckigen Trakts ein Abwasserschwall ins Meer schoß.

Es gab zuwenig fachkundiges Personal. Der Radiologe hatte wegen Unterbezahlung gekündigt. Der Laborant arbeitete zu Hause auf private Rechnung und tauchte nur ein oder zwei Stunden pro Tag auf. Einer der beiden einheimischen Ärzte war als Direktor mit Verwaltungsaufgaben eingedeckt. Nur die Hälfte der erforderlichen Krankenschwestern tat Dienst. Zu viele waren zu schlecht ausgebildet. Der Verantwortliche für die Hospitalapotheke war regelmäßig betrunken. Die drei Volvo-Ambulanzen waren nie zur Stelle, wenn man sie brauchte. Die Fahrer verdienten sich zusätzliches Geld als Taxifahrer oder benutzten die klimatisierten Fahrzeuge für Privatausflüge zu Bars, spielten Domino und schalteten einfach die Sprechfunkgeräte ab, damit sie nicht erreichbar waren.

*»Fe yu get sick, nah com ah Calvary. Yu woulda worse der«,* pflegten die Leute in der Umgebung zu sagen. Jeder kannte ein Schauermärchen über das Hospital. Aber die Patienten, die sich hier Hilfe holten, waren zu arm, um sich in besseren Krankenhäusern behandeln zu lassen. Sie hatten keine Wahl.

Der Schotte betrat das Gebäude. Im kleinen Operationssaal lag eine Siebzehnjährige im Schock. Sie war vergewaltigt worden. Vor der offenen Tür lungerten zwei männliche Patienten herum und begafften den unbedeckten Körper des Mädchens. Er scheuchte sie weg und deckte das Opfer mit einem Laken zu. Wußte der Teufel, wo der Arzt steckte, der sie untersucht hatte.

Auf der Männerstation saß ein muskulöser Mann auf der Bettkante und weinte. Der rechte Arm fehlte bis zum Ellenbogen, der linke war von Machetenhieben entstellt. Der Schotte sah ihn schon seit drei Tagen so dasitzen. Meist liefen dem Mann die Tränen über das Gesicht. Er hatte Ganja geklaut, war erwischt und verstümmelt worden. Sie hatten ihn zusammengeflickt, so gut es ging, aber der rechte Arm war nicht mehr zu retten. Ob er den linken behalten konnte, war noch nicht sicher. Die Wülste um die Wunden sahen böse aus. Auch wenn der Mann Glück hatte und den Arm behielt, waren die Nerven und Sehnen so stark beschädigt, daß er nicht viel damit anfangen konnte.

Wieder ein hoffnungsloser Tag. Verzweifelt schüttelte der schottische Arzt den Kopf. Spätestens am Nachmittag schrei ich jemanden an, dachte er, einen der Dilettanten und Ignoranten, mit denen ich auf diesem Totenschiff herumdoktore. Aber er kannte die Reaktion. Ein Lächeln. Der Europäer war wieder mal nicht cool. Ein Achselzucken. *Everybody have dem faults, you knuh.*

## 42

Wendy zeigte Schulz voller Stolz ihren Garten hinter der Küche.

Durch das frischgebügelte Kleid und die weißgestärkte Schürze wirkte die Sechzigjährige noch massiver. Zur Abwechslung hatte sie ein gelbes Tuch um die Haare gebunden. Ihr rechter Arm war ebenso stark wie die Äste des Baums, in den sie zeigte.

»Mango«, sagte Schulz.

»Das ist kein gewöhnlicher Mangobaum«, korrigierte ihn Wendy. »Das ist *Bombay*-Mango. Die edelste Art.«

Die besten Sachen kommen aus Indien, dachte Schulz. Mittlerweile hatte er erfahren, daß auch Ganja ursprünglich vom Ganges kam. Die Nachmittagssonne schimmerte durch das Laub und zeichnete Muster auf die Rückwand der Küche. Schulz hatte die beiden Stunden seit der Rückkehr aus Kingston zum Krafttraining und zum Schwimmen genutzt. Er fühlte sich frisch und erholt.

Wendy entschuldigte sich, um Vorbereitungen für das Abendessen zu treffen.

Schulz spazierte zu seinem Bungalow zurück und nahm sich Bluefields Reiselektüre vor. Doch nach einigen Minuten legte er das Buch über Hemingways Leben auf Kuba beiseite. Das Spanisch bereitete ihm ungewohnte Mühe. Zu sehr hatte er sich mittlerweile an das melodiöse Englisch auf der Insel gewöhnt. Anfangs hatten seine Sätze geknarrt wie eine hölzerne Treppe zur Trockenzeit, aber je länger er mit Einheimischen zusammen war, desto mehr gewöhnte er sich an ihren weichen Singsang. Außerdem kam es ihm müßig vor, über Kuba zu lesen, solange er Nachholbedarf an jamaikanischer Kultur und Lebensart hatte.

Ruffus und Jill hatten ihren Gast mit allerlei Lektüre eingedeckt. Schulz entschied sich schließlich für ein Buch über Ganja. Wahrscheinlich deshalb, weil Drogen in dieser Region eine Macht waren.

Jamaikas Ganja-Produktion war das große offene Geheimnis auf der Insel, das wichtigste Privatgeschäft im Lande. Alle wußten es, viele lebten davon. Eine Unzahl Einheimischer rauchte, trank oder aß Ganja. Für die Rastafarians war es das Kraut der Weisheit, und für die Anhänger der Äthiopisch-Zionistisch-Koptischen Kirche war der Genuß ein Sakrament ihrer Glaubensgemeinschaft. Die wohlhabende Mittelklasse war happy, die Kids in den Gettos waren happy – Ganja war ein Gleichmacher, ohne Rücksicht auf gesellschaftlichen Status, Altersgruppe, Einkommensverhältnisse und Beschäftigung. Selbst Wendy fand nichts dabei, von Zeit zu Zeit einen »Collie Cake«, einen Blumenkuchen, zu backen.

Ab und zu, wenn der große Bruder im Norden laut aufschrie, fanden sich einige Politiker bereit, den endgültigen Schlag gegen die Droge anzukündigen. Die Armee wurde aktiviert, die Polizei verstärkt. Ein paar Felder wurden vernichtet, ein Kleinflugzeug und ein, zwei Jachten mit illegaler Ladung beschlagnahmt. Wenn der Lärm verklungen war, war wieder alles beim alten. Kein Mensch auf der Insel regte sich wirklich auf, und auch in Washington gab es immer genügend Politiker, die der Ansicht waren, linke Ideologie sei eine größere Gefahr als die Droge. Was hatte doch Ronald Reagan den Jamaikanern bei einer kurzen Stippvisite zugerufen? »Der Fortschritt unter ihrer Regierung zeigt, was geleistet werden kann, wenn Leute, die in einer demokratischen Gesellschaft leben, die Chance haben, zu arbeiten und die Früchte dieser Arbeit zu genießen.«

Ganja war der wichtigste Devisenbringer des Landes. Rund zwei Milliarden US-Dollar flossen dadurch inoffiziell in die heimische Wirtschaft. Bauxit und

Tourismus hatten dagegen keine Chance. Etwa fünfzehn Prozent des Marihuanas, das in den Vereinigten Staaten konsumiert wurde, stammten aus Jamaika. Die Insel war nach Kolumbien die Nummer zwei unter den Gras-Exporteuren. Nach vor Mexiko. Es gab um die einhundert irreguläre Start- und Landeplätze, und die Flugzeit nach Süd-Florida betrug nur zwei Stunden.

Schulz erfuhr, daß Fledermausmist ein guter Dünger für die Pflanzen war und »Cotton« angeblich der beste Stoff. Sehr rar. Ein Cotton-Spliff am Tag reichte.

## 43

Armageddon, der dritte Weltkrieg, der nicht nur die Afrikaner im Exil, sondern alle Rassen zurück in ihre Mutterländer bringen würde, war unausweichlich. Davon war Gabriel Santander Garcia immer überzeugt, wenn er wieder im Hauptquartier der Vereinten Nationen in New York zu tun hatte.

Der penetrante Geruch nach Luxus und Unfähigkeit hing ihm in der Nase, als er das Gebäude an der United Nations Plaza betrat. Der Argentinier gab sich als Tourist. Er passierte den Metalldetektor und die Wachen. Dann ging er zum Informationsschalter in der großen Eingangshalle. Er trug sich ins Gästebuch ein und ließ sich einen Besucherausweis geben. Geruhsam begab er sich in den zweiten Stock zur North Delegades Lounge.

Der grüne Teppichboden im Gesellschaftsraum der Delegierten unterstrich, daß die politischen Eliten die Welt vorzugsweise als Golfplatz sahen. Protzige Wandteppiche gaben den Wänden etwas Prunkvolles, das über das übliche Clubniveau hinausging. Santander verabscheute besonders das geknüpfte Motiv mit der Chinesischen Mauer. Er ging an großzügig plazierten Sesselgruppen vorbei, in denen gelangweilt Bevollmächtigte herumhingen, Whisky und Cognac schlürften und am Frieden bastelten. Es war gegen zwei Uhr nachmittags. Man konnte förmlich hören, wie die Würdenträger unter der Last der Verantwortung ächzten.

Santander stieg die Treppe zur Kaffeebar hoch. Ein quirliger Junior Officer rempelte ihn auf der obersten Stufe an, entschuldigte sich höflich und widmete sich wieder seinen beiden asiatischen Begleiterinnen.

Duncan Rover saß bereits an einem der Tische direkt an der Brüstung über der Lounge.

Santander begrüßte ihn mit einem Nicken, zog den Mantel aus, legte ihn über einen freien Stuhl und setzte sich.

»Wie geht es?« fragte der Amerikaner.

»Vielleicht sollten wir uns irgendwann einen neuen Treffpunkt aussuchen. Anfangs fand ich die Idee ja gut.« Santander schmunzelte. »Als ich noch als Offizieller hier war, hat es durchaus Sinn gemacht. Aber jetzt, wo ich als Tourist hereinschleichen muß . . .«

»Kein Problem«, antwortete Rover. »Wir können uns ja ein nettes kleines Café im Village suchen.«

Der Kellner kam. Sie bestellten zwei Kaffee.

Duncan Rover war fünfzig Jahre alt. Das rotbraune Horngestell seiner Brille war farblich auf das Rehbraun seines Jacketts abgestimmt. Modischer Geschmack war nicht das einzige, was ihn mit Gabriel Santander verband. Allerdings ging es bei dem Amerikaner traditionell britisch zu, während der Argentinier eher zum Italienischen neigte.

Duncan Rover war der Prototyp des eleganten Ostküstenbewohners. Als Dozent in Boston oder als Lektor bei einem Traditionsverlag in Manhattan wäre er jederzeit durchgegangen. Schmales, sensibles Gesicht, blasser Teint, hellbraune Augen, gewelltes Blondhaar mit grauen Strähnen, Hände wie ein Frauenarzt. Nichts deutete darauf hin, daß er an vorderster Front kämpfte. Er war der Chefstratege des Präsidenten im Kampf gegen die Drogenmafia. CIA, DEA und FBI haßten ihn fast so sehr wie die Kartelle. Der Unterschied war, daß die Heimmannschaften ihn als Kapitän akzeptieren mußten, während die Gegner aus Kolumbien ihn offen bekämpfen konnten.

Der Kaffee kam.

»Wird er es schaffen?« fragte Rover.

»Ich denke schon. Ich habe gestern mit Jill Shapiro telefoniert.« Santander rührte Milch und Zucker in seinen Kaffee. »Er ist etwas außer Form. Aber er ist für die Aufgabe wie geschaffen. Ich kenne meinen Mann, Duncan.«

»Daran zweifle ich nicht.«

»Er wird etwas enttäuscht von mir sein, wenn er merkt, worum es geht. Aber ich denke, daß ich ihm auch das erklären kann. Es wäre sinnlos gewesen, ihm in Nicaragua die ganze Wahrheit zu sagen. Wenn er wieder Witterung aufgenommen hat, wird es schon laufen.« Santander nahm einen vorsichtigen Schluck.

»Ich hatte gehofft, unsere kolumbianischen Freunde würden den General aus dem Verkehr ziehen. Es wäre eine der wenigen Aktionen gewesen, die wir begrüßt hätten – wenn auch nicht offiziell. Meinen Jungs sind die Hände gebunden. Der politische Filz ist so groß, daß Don Eros es irgendwie bis nach Florida schaffen wird, wenn ihn niemand aufhält. In Coral Gables wird schon eine Villa für ihn umgebaut. Eine Menge Leute haben sich bei Geschäften mit Chamorro die Hände schmutzig gemacht. Mehr, als ich dachte, Gabriel.« Rover verzog angewidert den Mund.

»Don Eros kann einen Haufen Leute mit reinreiten.« Der Amerikaner schwieg einige Sekunden. »Und die Südamerikaner beißen sich offenbar die Zähne an ihm aus. Sie kommen nicht an ihn ran.«

»Mach dir keine Sorgen.«

»Ich versuch's ja. Ich hätte dich nicht aus dem Ruhestand aufgescheucht, wenn ich eine andere Wahl hätte.« Rover erinnerte sich an seinen Kaffee und griff zur Milch.

»Ruhestand ist nicht ganz richtig«, warf Santander lächelnd ein. »Du vergißt, daß ich eine gutgehende Anwaltspraxis habe.«

»Sicher, Amigo, sicher, aber verglichen mit den Aktivitäten früherer Jahre muß das doch eine Erholung sein. Du bist erst neunundfünfzig.«

»Da hast du recht.« Der Argentinier rief den Kellner und zahlte. »Gehen wir noch ein bißchen an die frische Luft«, sagte er.

Es war ein klarer Tag. Kalt, aber mit blauem Himmel und strahlender Sonne. Der große Metallrevolver mit dem Knoten im Lauf, gestiftet von Luxemburg, zierte den Platz vor dem UN-Gebäude.

Die beiden Männer zogen ihre Wintermäntel über. Vor den kahlen Bäumen über dem East River wehte die blaue Flagge. Santander blieb vor dem Mast aus blankem Metall stehen und musterte die Tafel.

DAG HAMMARSKJÖLD
STAIRCASE & FLAG POLE
GIFT OF
THE STATE OF NEW YORK
FULFILLING A WISH
OF DAG HAMMARSKJÖLD
1965
NELSON A. ROCKEFELLER · GOVERNOR

Der kalte Wind vom Fluß trieb dem Argentinier Tränen in die Augen. Mit hastigen Schritten folgte er dem Amerikaner, der bereits weiterspaziert war.

»Für mich gibt es bestimmt keinen solchen Aufwand«, sagte Santander.

»Für Typen wie uns stellen sie allenfalls so was auf.« Duncan Rover deutete über den Rasen auf ein Warnschild. PLEASE KEEP OFF THE GRASS.

»Das müssen die Deutschen gestiftet haben«, sagte Santander.

Der Argentinier ging bis zur Brüstung über dem Fluß. Tief unter sich sah er den Highway. Franklin D. Roosevelt Drive hieß er, aber das gemeine Volk war bei East River Drive geblieben. Links lag die Queensboro Bridge. Vor der Skyline von Queens, auf der gegenüberliegenden Flußseite, stand eine riesige Pepsi-Cola-Reklame.

## 44

Als Schulz die Villa des Generals betrat, lief ihm ein kalter Schauer über den Rücken. Feindberührung.

Drei der berüchtigten Dobermänner kontrollierten die Gäste nach Waffen. Als sie Schulz abklopften, hatte er das Gefühl, seine Muskeln seien kräftiger, seine Sehnen zäher und seine Haut etwas straffer geworden.

Bevor Anita, Quincy und Schulz auf den Innenhof und an den Pool durften, begrüßte sie ein Latino, offensichtlich der zweite Mann im Hause. Er war glatt wie ein polierter Halbedelstein.

»*Buenas noches señora – señores . . .*«

»*Muy buenas*«, gab Schulz zurück.

Der Latino war sichtlich erstaunt, sich auf dieser Insel einen Konter in Spanisch einzufangen. »*¿De dónde es usted, señor?*«

Schulz griff tief in die Memory-Kiste. »*Del Ecuador.*«

Das schien den Latino zu beruhigen. Ecuador galt als verschlafenes, revolutionsresistentes Land.

Schulz registrierte die Beule im Jackett des Mannes, direkt unter der linken Achsel.

Der Latino zeigte ein Haifischlächeln. »Der General wird die Gäste später begrüßen«, sagte er mit akzentfreiem Englisch.

Der Innenhof um den Pool war eine mondäne Anlage, die zum Meer hin in einer großzügigen Veranda auslief. Schulz ging bis zur Brüstung und sah über die Wipfel der Kokospalmen auf die See. Das Rauschen der Wellen mischte sich mit dem Rascheln der Palmfächer. Einige Minuten lang blickte er auf die dunkle Karibik. Er dachte an Carmen. Einen Augenblick lang bildete er sich ein, in der Ferne schlage ein Rottweiler an. Hastig drehte er sich um und gesellte sich wieder zu Anita und Quincy, die bereits Gläser mit Longdrinks in den Händen hielten.

»*¿Qué va a tomar, señor?*« Es hatte sich bereits herumgesprochen, daß Schulz Spanisch sprach. Der Ober grinste ihm ins Gesicht. Ein Dobermann im Kellneranzug.

*»Ron con un monton de hielo, un trozito de limón y un toque de Coca-Cola.«* Schulz war gespannt, ob sie seine Hausmischung »Laguna de Apoyo« hinkriegten.

Mittlerweile waren rund zehn weitere Gäste erschienen, darunter die Staatssekretärin im Erziehungsministerium, ein bekannter Reggae-Star, zwei heimische Mannequins, die es bis nach New York, Paris und Mailand geschafft hatten, und der erste Sekretär der deutschen Botschaft. Anita hielt Schulz auf dem laufenden.

Sein Drink kam. Er mußte zugeben, daß die Mischung stimmte. »Du wolltest mir doch was über die hiesige Musikszene erzählen«, sagte er zu Quincy.

»Wo soll ich anfangen?« Diesmal trug der Engländer einen silbernen Seidenanzug und ein rubinrotes T-Shirt. Wieder keine Socken, aber immerhin Mokassins aus weichem Leder.

»Ich kenne natürlich Jimmy Cliff, Peter Tosh, Bob Marley, und seit meiner Autofahrt mit Jill weiß ich sogar, wer Jacob Killer Miller ist.«

»Unter Reggae kannst du dir also was vorstellen. Was ist mit Ska oder Rocksteady?«

Schulz schüttelte den Kopf, und Quincy setzte zu einer längeren Lektion an. Eine ziemlich trockene Angelegenheit ohne die einschlägige Musik. Don Eros hatte einen altmodischen Geschmack: Aus den Lautsprechern quoll mexikanisches Schmalz von Pedro Infante.

»Ich kann dir Kassetten besorgen.« Anita schien seine Gedanken zu erraten. »Quincy kennt sie alle – auch die, die tot sind.« Anita war offensichtlich stolz auf ihren Freund.

»Daran zweifle ich keine Sekunde.« Schulz hätte gerne Norberto Navarros Meinung zu dieser Verbindung gewußt. Er selbst litt jedenfalls unter akuter Eifersucht. Anita sah phantastisch aus.

»Hast du auch Bob Marley gekannt?« fragte er.

»Sicher.«

»Wie war er?«

»Er hatte viel für Disziplin im Studio übrig. *Soon come* hat ihm nicht gereicht.« Quincy zog an seiner Zigarette und inhalierte tief. »Ich kannte auch Tosh. Hab noch am Tag, bevor sie ihn abknallten, mit ihm verhandelt.«

Musikern schien man auf der Insel nicht annähernd soviel Respekt entgegenzubringen wie den Schriftstellern in Lateinamerika. Aus Trenchtown gab es nur zwei Fluchtwege: ein Spitzenplatz in der Hitparade oder die Kugel eines Polizisten.

Schulz sah sich um. Noch ein paar neue Gäste waren eingetroffen. Die mexikanische Musik wurde von Salsa abgelöst. Immerhin Ruben Blades. Das hätte er Don Eros gar nicht zugetraut. Vielleicht mußte der General Zugeständnisse an den Geschmack der jüngeren Dobermänner machen.

»Erzähl ihm von den Raggamuffins«, forderte Anita Quincy auf.

»Ein andermal«, sagte der Engländer.

»Eine Lektion vertrage ich noch.« Schulz wollte Anita imponieren.

»New York«, leitete Quincy ein. »Ende der achtziger, Anfang der neunziger Jahre. Auch unter den jungen Jamaikanern hat die Yuppie-Welle um sich gegriffen. Coca-Cola statt Gras. Kein Gedanke mehr an eine Rückkehr nach Afrika. Dreadlocks ade. Die Kids wollten im Großstadtdschungel Karriere machen. Die Musik dazu war eine Mischung aus Rap und Reggae. Die Fusion war fällig . . .«

# 45

Die Diskothek bebte. Durch den digitalen Beat hämmerte das Stakkato des Sprechgesangs. Fette Baßlinien. Computer-Reggae.

»Nichts wie raus hier!« Der Kolumbianer ging zum Ausgang.

Paul »The Healer« folgte dem Latino. War besser so. Die Reinkarnation von Julio Iglesias nahm sich zwischen den Freaks etwas seltsam aus.

»Was denkst du dir eigentlich dabei, mich in diesen Affenschuppen zu bestellen?« Wütend blieb der Kolumbianer auf dem Gehsteig neben seinem Wagen stehen.

»Sorry, Boß. Liegt aber wirklich bloß am Dialekt, daß man die Message schwer mitkriegt.«

»Für mich ist das nur Lärm. Steig ein! Reden können wir auch unterwegs. Was ist überhaupt so wichtig?« Der Latino öffnete die Wagentür.

»Was Soziales. Eddy Stone. Einer unserer Nachwuchskräfte. Hat den Löffel abgegeben. Hab den Burschen schon als Baby sorgfältig aufgebaut und war grade dabei, ihn wieder ins Geschäft zu holen. Wollte ihm größere Aufgaben übertragen.«

Der Kolumbianer stieg ein und ließ den Motor an.

Der Healer setzte sich auf den Beifahrersitz. »Ich denke, daß wir dem Kid eine Beerdigung schuldig sind. Ist nicht in Ordnung, wenn er einfach so verbuddelt wird. Kommt beim Nachwuchs nicht gut an. Die brauchen Helden.«

## 46

Der Gastgeber hatte es bei einem Song von Ruben Blades belassen.

»Das moderne Zeug ist viel komplizierter als diese Großwildjägermusik aus Mexiko«, sagte Schulz zu Quincy und lauschte wieder Pedro Infantes inbrünstigem Lamento.

»Macho-Poesie gibt's auf den Westindischen Inseln auch.« Quincy grinste. »Zum Beispiel von einem Typ auf Trinidad, der sich Mighty Sparrow nennt.«

»Ruffus' Liebling«, sagte Anita schmunzelnd.

»Mister Calypso persönlich. Bei dem geht's ständig um *White Meat* und *Punanny*.«

»Punanny?« sagte Schulz verständnislos. Unter weißem Fleisch konnte er sich immerhin ein paar üppige Touristinnen vorstellen.

»Pussy«, erklärte Quincy.

Fast gleichzeitig sagte Anita: »*Muschi*. So sagt ihr doch in Deutschland, oder? Hab ich in Montego Bay gehört.«

»Ach?« Schulz gönnte sich einen Schluck Rum.

»Jedenfalls haben sie Mighty Sparrow an der University of the West Indies den Ehrendoktortitel verliehen. Er darf sich seitdem Dr. Bird nennen.« Quincy rang sich einen Lacher ab.

Aus den Augenwinkeln sah Schulz, wie Hans Brenner die Veranda betrat. Anitas Gesicht verdüsterte sich.

Brenner begrüßte Anita mit ausgesuchter Höflichkeit und küßte ihr die Hand. Quincy nickte er lediglich knapp zu. Schulz hielt er die rechte Hand hin und sagte: »Brenner, Hans Brenner. Wir haben uns an diesem Boxabend leider nur flüchtig kennengelernt.«

»Schulz.«

Brenner drückte ihm die Hand mit teutonischer Härte.

»Ein Gast meiner Mutter«, sagte Anita.

Brenner schwitzte. Er trug ein weißes Hemd ohne Krawatte, hatte aber die langen Ärmel zugeknöpft. Die schwarze Hose wies scharfe Bügelfalten auf. Die Hosenbeine hatten leichte Überlänge und stauten sich auf den weißen Slippern. Es war ein Signal – nur Amis haben Hochwasser.

Einer der Dobermänner kam und bot ihnen aus einer Kiste Zigarren an. »Der General würde es begrüßen, wenn alle Gäste zur Reinigung rauchen«, sagte er liebenswürdig, aber bestimmt.

»Auch die Damen?« Anita zog die Stirn in Falten.

»Auch die Damen. Es reicht, wenn Sie ein paar Züge nehmen. Es gehört zur Vorbereitung des Rituals.«

Sie bedienten sich.

Das zerrissene Papiersiegel in Olivgrün und Weiß stand für Qualität, die sechs goldenen Degen, die auf dem blaßgelben Deckel ein Dreieck formten, verrieten die kubanischen Montecristo. Der General ließ sich nicht lumpen. Schulz drückte mit den Fingerspitzen leicht an den festen Körper der Zigarre, schnupperte daran und entfernte die braune Banderole. Dem Format nach mußte es eine Numero Uno sein.

Der Dobermann zauberte einen Zigarrenschneider aus der Hosentasche.

Andächtig beleckte Schulz den Tabak und präparierte das Mundstück.

Anita hielt ihm die Zigarre hin. »Kannst du das auch für mich machen?«

Er sah sie überrascht an, tat, worum sie ihn gebeten hatte, und gab ihr die Zigarre zurück. Er reichte den

Schneider an Quincy weiter, ohne den Engländer anzusehen.

Brenner hatte seinen eigenen Stil. Er biß die Zigarre am Ende ab, spie Quincy den Tabak vor die Füße und pulte mit Zeigefinger und Daumen ein paar Krümel von seiner Unterlippe.

Der Dobermann klappte die Kiste zu, klemmte sie unter den Arm, zog drei Streichholzschachteln aus der Brusttasche seiner Kellnerjacke und reichte sie den Gästen. Solide Hölzer aus Schweden.

Wieder hielt Anita Schulz ihre Montecristo hin.

Er zündete ein Streichholz an, steckte die Zigarre in den Mund und rauchte den Tabak langsam an. Seine Lippen saugten daran, er küßte das Deckblatt der Montecristo, sah Anitas Haut durch den bläulichen Rauch schimmern. Ihm wurde schwindelig. Es war lange her, daß er eine Echte aus Kuba geraucht hatte. Ein Blick zu den übrigen Gästen zeigte ihm, daß die Dobermänner die Nikotinversorgung auf der ganzen Veranda sicherstellten.

»Ich hätte gern ein Bier.« Brenners Stimme mischte sich wie ein Rülpser in die Exotik.

*»Sorry, Sir.«* Der Dobermann bedachte Brenner mit einem kühlen Lächeln. »Der General würde es begrüßen, wenn Rum getrunken würde. Zu dieser Zigarre empfehle ich einen Havana Club. Ich bitte Sie, sich ab sofort selbst zu bedienen. Die Flaschen und alles Notwendige stehen dort drüben.« Er deutete zu einem Buffet.

Sie bewegten sich langsam in Richtung Tränke. Schulz fragte sich, wo Don Eros steckte. Alles schien nach einer eingeübten Dramaturgie abzulaufen. Wahrscheinlich stand der General irgendwo in den Büschen und beobachtete seine Gäste mit dem Nachtglas.

Eines der Mannequins verwickelte Quincy Scott in ein Gespräch. Schulz konnte daher auch die Getränkeversorgung für Anita übernehmen. Die Auswahl war groß.

»Diese Modepuppe will unbedingt Sängerin werden.« Anita verdrehte in gespielter Verzweiflung die Augen. »Wenn sie müßte, würde sie mit allen Studiomusikern ficken.«

»Vielleicht sollte sie es gleich mit dem Produzenten versuchen«, schlug Schulz vor.

»Ich bin sicher, sie probiert's schon.« Keine Spur von Eifersucht, nur Verachtung für die Frau.

Schulz konnte sich kaum vorstellen, daß er Anita mit seinem politischen Bewußtsein beeindrucken konnte. Damit, mein Lieber, sagte er sich, ist nicht mehr drin, als für sie die Zigarren anzulutschen und den Alkohol zu mischen.

## 47

Der General stand hinter der Glasscheibe und betrachtete seine Gäste.

Der Vertreter der Koptischen Kirche war mit seiner Geliebten gekommen. Eros Chamorro hielt Kontakt zu den Coptics, weil sie ausgesprochen USA-freundlich waren. Nicht, daß der General diese Sympathie geteilt hätte, aber sein künftiger Wohnsitz in Florida legte ihm gute Kontakte nahe. Die Coptics zählten zu den größten Landbesitzern der Insel. Ihnen gehörten hochseetüchtige Fischerboote, Flugzeuge, Supermärkte, Tankstellen, Möbelgeschäfte, Farmen, Reisfelder und nicht wenige Villen und Grundstücke. Hinzu kamen Transportunternehmen und rund vierhundert Kraftfahrzeuge – Laster, Busse, Taxis,

Traktoren, Sattelschlepper, Tankwagen, Planierraupen.

Der koreanische Mulatte mit den Schlitzaugen war diesmal auch erschienen. Der General war noch nicht sicher, wie die Moon-Sekte zu dem Mann stand. Die Verbindung zwischen Heroin- und Kokaingeschäft wurde immer zwingender. Was die USA als Absatzmarkt anging, so hatte Don Eros eine neue Achse zwischen Asien und Lateinamerika im Auge. Außerdem hatte er – über seinen Makler in Miami – Kontakte zu Herstellern von Designer-Drogen geknüpft. Der Makler war überhaupt ein Gewinn, eine richtige Mehrzweckwaffe. Hoffentlich hält er sich an meine Pläne und verbaut mir das Haus nicht, dachte Don Eros. Der Blick des Ex-Diktators fiel auf Hans Brenner.

»Die Nazi-Ratte . . .«, sagte der General leise.

Der fette Deutsche war wichtig. Nicht einmal Sam White ahnte, daß der Berater seiner Partei auch Vertrauensmann des Cali-Kartells war. Brenner war die Schlüsselfigur auf der Insel, wenn es um die monetäre Abwicklung des Zwischenhandels ging. Ohne ihn wäre der Weg für den weißen Stoff aus Kolumbien in die USA zu holprig. Brenner war eine Waschmaschine. Eine der besten in der Region, robust und zuverlässig. Made in Germany. Sein Spitzname lautete »Lavamat«.

Don Eros wußte, daß das Kartell den Mann ganz an sich binden wollte. Sie hatten vor, den Deutschen an einen Ort von größerer finanzstrategischer Bedeutung zu versetzen. Der saubere Rückfluß der Einnahmen in den legalen Wirtschaftskreislauf war wichtig. Das Recycling war der Schwachpunkt, die Achillesferse des Drogenhandels. Deshalb waren gute Geldwäscher kostbarer als Laborchemiker. Brenner wußte um seinen Stellenwert auf Jamaika. Das war seine Lebensversicherung. Daher zog es der Deutsche vor, weiter als Berater der Partei zu fungieren, und das Kartell machte notgedrungen mit. Jamaika war wichtig. Lieber einen zufriedenen Brenner hier, als ein frustriertes Finanzgenie in einer Kapitaloase.

Eros Chamorro Pinto hatte ebenfalls Verwendung für den Deutschen. El Nazi konnte es sich aussuchen. Entweder flog er mit seinen dunklen Machenschaften neben Sam White auf und wurde ein Märtyrer der sozialdemokratischen Bewegung, oder er bewegte seinen Arsch nach Florida und machte dort den Bankdirektor für die Don Eros Unlimited. Er konnte Finanzchef der neuen »Trans World Cooperation for Heroin, Cocain & Synthetics« werden.

Der General lächelte zufrieden. Er würde Brenner rechtzeitig zum Besuch des Friedensnobelpreisträgers auffliegen lassen. Danach einige Leidenswochen voller Ungewißheit und schließlich ein Angebot von Eros Chamorro Pinto, das Brenner nicht ablehnen konnte.

*»Perdon«,* hörte er Hectors Stimme in seinem Rükken.

»Ja?« Chamorro drehte sich um.

»Es ist alles vorbereitet.«

*»¡Perfecto!«*

»Sind Sie sicher, daß wir echten Stoff nehmen sollen?« fragte der Vertraute vorsichtig.

»Pures Kokain und schwarze Kerzen«, beharrte der General.

*»¡A la orden!«* antwortete Hector Ramiro. Wenn der General es wollte, dann wurde es eben gemacht. Absolute Loyalität und Gehorsam waren für Ramiro selbstverständlich. Ohne Don Eros hatte er keine Zu-

kunft. Der General hatte ihn aus dem Slum geholt, seine drei Scheidungen arrangiert und mitgeholfen, seine Eltern und zwölf Geschwister zu ernähren. Der General hatte seine Militärkarriere geplant und ihm und den Seinen zu Wohlstand verholfen. Hector Ramiro wußte nicht mehr, wie viele Menschen er bereits für Don Eros umgebracht hatte, aber er war sicher, daß die Rechnung noch nicht beglichen war.

## 48

»Die Liste der Leute, die auf der Insel in den Ganja-Handel verwickelt sind, liest sich wie das Gästeverzeichnis beim offiziellen Empfang des Generalgouverneurs«, klärte Hans Brenner seinen Landsmann auf. »Niemand hat die Drogenbosse jemals ernsthaft angegriffen oder zur Rechenschaft gezogen. Vor kurzem hat der Zoll eine ganze Schiffsladung davon in Zementsäcken entdeckt. Kein Mensch hat die Firma gefragt, wie das Zeug in ihre Säcke gekommen ist. Keine offizielle Untersuchung. Niemand wurde gefeuert oder gar verhaftet.«

»Es gibt immer nur einen lauten Aufschrei«, pflichtete Anita bei, »und dann wird wieder so getan, als ob man wasserdichte Sicherheitssysteme einrichten könnte. Pompöse Reden und ein paar Notmaßnahmen, das ist alles. Und wenn die Krise vorbei ist, spazieren die Schmuggler wieder gemütlich durch den Zoll.« Sie verschluckte sich am Rauch ihrer Zigarre und hustete.

»Nichts für Damen«, stellte Brenner fest.

Anita sah den Kassenwart der Partei an, als wolle sie ihn im Auftrag des Weltfeminismus exekutieren.

»Erst letzte Woche wurde in Miami wieder eine

Maschine der Air Jamaica beschlagnahmt. Es ist nicht das erste Mal. Die US-Linien haben zeitweise den Frachttransport von der Insel ganz eingestellt. Die Amerikaner drohen mit Entzug der Landerechte«, fuhr Brenner unbeeindruckt fort. »Seit die illegalen Pisten im Landesinneren stärker kontrolliert werden, greifen die Händler mehr und mehr auf die Love Birds zurück.«

»Liebesvögel?« fragte Schulz.

»So nennen die Jamaikaner die Flugzeuge der Nationallinie.« Brenner lächelte.

»Die Regierung veranstaltete ein großes Geschrei. Sie hat die private Sicherheitsfirma am Airport gefeuert. Jetzt kontrollieren Armee und Polizei die Ausreisenden, Gepäck und Fracht.« Anitas Gesichtsausdruck verdeutlichte, was sie davon hielt. »Der Premier mußte vorgestern in Florida vortanzen und sich entschuldigen. Nach Hinterlegung von vierhunderttausend US-Dollar Strafe durfte er sein Flugzeug wieder mitnehmen.«

»Der Regierungschef hat vor kurzem sogar behauptet, ihm seien alle großen Händler bekannt. Er hat sie aber weder verhaftet noch ihre Namen veröffentlicht.« Brenner war die Zigarre ausgegangen. Er legte sie in einen Aschenbecher auf dem Buffet, zog eine Schachtel Mentholzigaretten aus der Brusttasche und bot Anita eine an.

Anita schüttelte den Kopf. Mit einem verächtlichen Grinsen zog sie demonstrativ an ihrer Montecristo.

Brenner zündete sich eine Zigarette an.

Anita blies ihm genüßlich eine Ladung Rauch vor die Brust. »Dieser Clown von Premier hat statt dessen angekündigt, daß er dreißig Millionen US-Dollar Steuern von den Herrschaften nachfordern will.

Bislang weiß keiner, wieviel er schon eingetrieben hat.«

»Was ist mit Kokain?« fragte Schulz.

Hans Brenners linke Wange zuckte. »Wie meinen Sie das?«

»Nun, die Insel dürfte eine ideale Zwischenstation sein. Jetzt, wo Mittelamerika durch den Krieg blokkiert ist.«

»Harte Drogen sind ein großes Problem«, gab Anita zu. »Gott sei Dank kommt es bei den Leuten nicht gut an. Ganja ist eine läßliche Sünde, eine Familienangelegenheit. Selbst Thomas Jefferson und George Washington haben Cannabis angebaut. Vor Kokain haben die Leute hier mindestens soviel Angst wie die Nordamerikaner vor Heroin. *Dat Babylon stuff!*«

»So ist es.« Brenner sah seinen Landsmann an. »Die Koptische Kirche wird verdächtigt, unter dem religiösen Deckmäntelchen einen großen Drogenschmuggelring zu betreiben.«

»Es gibt auch schon Häuser, in denen Crack fabriziert wird«, fügte Anita hinzu. »Früher haben die Bosse die Zwischenhändler bar bezahlt. Jetzt geben sie einen Anteil vom Stoff ab, und die Dealer müssen das Zeug hier unter die Leute bringen, um Gewinn zu machen.«

»Wir sollten mit dem Thema vorsichtig sein. Schon aus Höflichkeit gegenüber unserem Gastgeber.« Brenner zog an seiner Mentholzigarette. »Es scheint loszugehen. Der General hat für heute abend etwas ganz Besonderes versprochen. Ich bin mal gespannt.«

Erst jetzt merkte Schulz, daß Pedro Infantes Arien verklungen waren. Statt dessen war der dumpfe Rhythmus von Trommeln zu hören. Die Musik kam nicht aus den Lautsprechern – die Dobermänner bearbeiteten die Felle. *Voodoo Satanic Music.*

## 49

Coca war eine Nymphomanin.

Ihre Gier war unersättlich. Sie verschliß die Liebhaber, warf sie weg, nachdem sie sich mit ihnen gepaart hatte, trieb einige in den Wahnsinn und manche in den Tod. Wer Coca einmal besessen hatte, war gezeichnet, kämpfte mit dem Entzug und sehnte sich noch im Delirium nach dem Körper der jungen Frau, die ihn mit dem Fieber infiziert hatte. Die Süchtigen waren zahlreicher als die Agaven an den Hängen der Kordilleren.

Alle Männer im Reich des Inka waren gewarnt. Keiner konnte widerstehen. Cocas Schönheit war Legende. Ihre Haut war weißes Gold und duftete nach Eukalyptus. Ihr Haar war von einem blauen Schwarz, wie der Nachthimmel über den Anden. Ihre Lippen leuchteten purpurn wie die Gewänder der Priester, die dem Sonnengott opferten. Wer je in Cocas dunkle Augen gesehen hatte, war für immer gezeichnet. Zerbrochene Herzen waren ihre Beute. Manche Verehrer brachen im Morgengrauen auf, um die Fee im Frühnebel zu sehen, wenn sie die Vicuñas hütete. Andere saßen ihr zu Füßen, wenn sie die Wolle zu feinem Gewebe verwob.

Das schöne Bauernmädchen verführte selbst den Gottkönig. Die Sucht nach Coca drohte das Reich in den Ruin zu stürzen. Bevor es zur Katastrophe kam, richteten die Priester die Geliebte des Inka hin.

Cocas Leiche wurde zerstückelt, die Teile weit über Berge und Täler verstreut. Für die Indigenas, die

Hochlandbewohner, war Coca eine Heilige. Wo immer eine Reliquie der Toten lag, wuchs ein Strauch aus der Andenerde. Seine länglichen Blätter waren auf der Oberfläche von dunklem und auf der Unterseite von hellem Grün.

In Quechua, der Sprache der Einheimischen, heißt Baum »Koka«.

## 50

Das Medium war eine schwarze Schönheit und höchstens siebzehn Jahre alt. Die Haut des Mädchens glänzte vor Schweiß. Es war groß und schlank und hatte schmale Hüften und kleine, feste Brüste.

Die Priesterin war eine schwergewichtige Latina um die Fünfzig. Sie war in ein weites goldenes Gewand gehüllt und trug einen giftgrünen Turban. Sie verband dem Medium mit einem weißen Tuch die Augen.

Einer der Dobermänner assistierte. Er gab der Priesterin ein Hühnerei. Die Latina nahm das Ei, hielt es kurz über das Medium und führte es dann mit einer kreisenden Handbewegung um den Kopf herum. Sie forderte das Mädchen auf, die Arme auszubreiten, und fuhr mit dem Ei seitlich am nackten Körper bis zu den Füßen hinab. Schließlich hielt sie das Ei kurz zwischen die Brüste, an den Rücken und auf die Schamhaare des Mediums.

Der Assistent reichte der Priesterin eine Flasche Rum, und sie schüttete die Flüssigkeit über die Schultern der Schwarzen. Träge lief der Zuckerrohrsaft über die schweißnasse Haut. Das Mädchen glänzte wie frischpoliertes Ebenholz.

Die Priesterin nahm zwei, drei tiefe Züge von einer

Zigarre und blies bläuliche Wolken auf das Medium. *»Luz y claridad.«* Die Worte der Latina verklangen im dumpfen Sound der Trommeln. Licht und Klarheit.

Schulz spürte, wie Anita seine Hand nahm und sich an ihn drückte. Er kam sich ausgeliefert vor.

»Brauner Rum«, flüsterte sie.

»Bist du sicher?« Auf die Entfernung hätte Schulz weißen nicht von dunklem Rum unterscheiden können.

»Die Indianergötter trinken weißen Rum, die kubanischen braunen.«

Schulz war heiß. Vor Beginn der Zeremonie hatte die Priesterin dem Medium mit einer Schere die Kleider vom Leib geschnitten und Milch und Duftöle ins Wasser geschüttet, während das Mädchen im Pool badete. Dann hatte die Latina die Schwarze mit einem gelben Handtuch abgetrocknet und ihr die Augen verbunden.

Jetzt lag das Medium rücklings auf dem Boden, die Arme weit ausgestreckt, wie gekreuzigt. Der Umriß des Körpers war mit schwarzen Kerzen umstellt und mit weißem Puder markiert. Die Priesterin sagte etwas, das Schulz nicht verstehen konnte. Aber die Losung machte unverzüglich die Runde.

»Reines Kokain«, trug ihnen die Flüsterpropaganda zu.

»Glaubst du das?« fragte Anita.

Es klang unwahrscheinlich, aber nach allem, was Schulz über die Melone gehört hatte, war es nicht auszuschließen. »Ich traue diesem Größenwahnsinnigen alles zu. Nero hat Rom in Flammen gesetzt, und Chamorro ist fähig, Jamaika in einem Gletscher einzufrieren.«

Die Priesterin breitete mit Hilfe des Assistenten ein

purpurrotes Tuch über den Körper des Mediums und verfiel in einen längeren Gebetsmonolog. Die Trommler schlugen einen animalischen Rhythmus.

Der Kellner kam vorbei und bot frische Zigarren an. Anita und Quincy lehnten ab. Schulz griff zu. Brenner steckte sich eine neue Mentholzigarette an.

Schießpulver wurde entzündet und verbrannte unter lautem Zischen. Das Medium schien in einen Tiefschlaf gefallen zu sein. Wie aus Stein gehauen lag der Körper unter dem Tuch. Der Brandgeruch des Schießpulvers mischte sich mit Tabakrauch und dem Schweiß der Menschen. Die Kerzen brannten langsam herunter. Plötzlich bewegte sich das Medium. Die Latina zog das Tuch weg und gab den Blick auf den glitschigen Körper frei, der sich in spastischen Zukkungen aufbäumte.

Schulz hörte das Keuchen der Schwarzen. *El médium nace, no se hace.* So hatte es ihm Carmen erklärt. Entweder man hat es von Geburt an im Blut oder gar nicht.

Die Priesterin kniete neben dem Medium nieder und machte sich an dessen Nase und Ohren zu schaffen.

»Stecknadeln«, flüsterte Anita. Ihre Lippen berührten Schulz' Ohr. Ihre Handflächen waren feucht. Ihre Finger klammerten sich ineinander. Sie fickten mit den Händen. Schulz bestand nur aus Körper.

Dann war es vorbei. Die Matrone half dem Medium auf die Beine und führte es zu der großen Glasschiebetür. Die Nackte zitterte. Zwei Dobermänner schoben die Tür auf. Im Wohnraum wurde Licht eingeschaltet.

Eros Chamorro Pinto stand nur wenige Meter hinter der Schwelle. Schulz erkannte ihn auf Anhieb. Mit seiner gedrungenen Cholo-Statur, dem feisten Bauch und dem prallen Melonengesicht war der Mann aus Panama die verkörperte Häßlichkeit. Eine Aura latenter Brutalität umgab ihn.

Das Medium kniete vor ihm nieder. Ungerührt nahm er die Demutsbezeugung entgegen und ließ sich zu ein paar freundlichen Worten herab, bevor die Priesterin das Mädchen wegführte.

Schulz sah, wie der Latino, der sie bei der Ankunft begrüßt hatte, aus dem Schatten seines Herrn trat und anfing, dem General die Gäste vorzustellen.

Als Schulz an der Reihe war, sah der General durch ihn hindurch. Seine gelbbraunen Augen waren stumpf und leer, von roten Äderchen durchzogen und hepatitisverdächtig. Erst als der Adjutant sagte, Schulz komme aus Ecuador und spreche Spanisch, wurde der Blick des Generals schärfer. Eben noch hatte er mühsam um englische Worte gerungen, um seine jamaikanischen Gäste willkommen zu heißen. Jetzt spielte ein beinahe brüderliches Grinsen um seine Lippen, und ein Wortschwall aus verschliffenem Castellano ergoß sich über den Deutschen. Don Eros mußte großes Heimweh haben. Er drückte Schulz die Hand und schlug ihm auf den Rücken.

Schulz reagierte mit Höflichkeitsfloskeln.

»Wir reden noch, Amigo.« Offenbar wollte ihn der General für den restlichen Abend in Beschlag nehmen.

*»Con mucho gusto«,* erwiderte Schulz. Von Vergnügen konnte keine Rede sein, aber er erkannte eine Lücke in der Deckung seines Gegners und gedachte sie zu nutzen. Er spürte ein Jucken in der Narbe an seinem rechten Oberschenkel. Dort hatte ihm Humberto Spumante den Granatsplitter herausgeholt.

Die Melone wandte sich dem letzten Gast zu. Es war

Hans Brenner. Und obwohl auch er ein flottes Spanisch mit germanischem Akzent zu bieten hatte, begegnete der General ihm mit höflicher Distanz. Schulz mußte an das Bild mit der Schlange und dem Kaninchen denken.

Es wurde ein unterhaltsamer Abend. Don Eros erzählte Schulz drei Stunden lang und fast ohne Unterbrechung aus seinem Leben. So, wie ein Ex-Diktator es sah. Eine Mischung aus Abenteuerroman, Macho-Expedition, außenpolitischen Feldzügen, innenpolitischen Strafaktionen und permanenten Vögeleien. Sie marschierten vorzugsweise durch Nordamerika. Südamerika, kündigte der General gegen Ende ihres Gelages an, müsse man bei einem gesonderten Treffen abhandeln. Er lud Schulz zu chilenischem Weißwein ein.

»Dann mußt du mir von Ecuador erzählen, Gringito«, befahl Chamorro betrunken. Offenbar hatte er gemerkt, daß er seinen Gast kaum zu Wort hatte kommen lassen. Der General blieb im Sessel sitzen und winkte Schulz zum Abschied zu.

Der Latino, der sie empfangen hatte, führte ihn auch wieder hinaus. Hector Ramiro hieß er, wie Schulz mittlerweile erfahren hatte. Der General hatte seinen Adjutanten ständig erwähnt. Er schien große Stücke auf ihn zu halten.

*»Sabes tomar gringito. Hijo de puta . . . bastante bien, bastante bien . . .«*, hörte Schulz den General lallen, während er tapfer Kurs hielt. Seine Beine waren wie taub, aber irgendwie schaffte er es bis zum Ausgang, ohne aufs Gesicht zu fallen.

Er war der letzte Gast. Ein Privileg, wie ihm Ramiro dezent klarmachte. Don Eros schätzte Leute, mit denen man gepflegt trinken und ein offenes Gespräch führen konnte. Als er ins Freie trat, traf ihn das harte Licht des Mondes, und Hector Ramiro ließ noch einmal sein Gebiß blitzen.

Schulz wußte, daß dieser Mann auf Dauer das größere Problem für ihn sein würde. Hector Ramiro war ein Typ, der einem blinden Mann eine Bananenschale in den Weg wirft.

## 51

Ruffus und Dexter sahen, wie der Deutsche die Auffahrt heruntergetorkelt kam. Er war total betrunken. Miss Anita hatte recht gehabt.

Sie ließen ihn vorbeitaumeln und hielten sich noch einen Augenblick in den Büschen versteckt, bevor sie ihm in großem Abstand folgten. Die Schrotflinten waren geladen und gesichert.

»Morgen früh ist verschärftes Training angesagt«, flüsterte Dexter.

»Glaube kaum, daß er vor Mittag hochkommt«, brummte Ruffus. »Das wird nichts mehr mit seinem Body, wenn er so weitersäuft.«

»Vielleicht sollten wir ihn gleich auf den Schießstand schicken. Eine Knarre wird er ja noch halten können.« Der Mann aus Guyana unterdrückte ein Lachen.

## 52

Zum Frühstück am späten Nachmittag trank Schulz nur Kaffee und zwei Flaschen Sodawasser, während er die Spalte mit den Shoot-outs im *Daily Gleaner* studierte.

Sein Denkapparat funktionierte halbwegs. Nur das Gewebe des Sonnenschirms hätte etwas dichter sein können. Die Strahlen stachen ihm direkt ins Hirn, und das Gekreische der Papageien war mörderisch.

Jill kam aus dem Haus. Sie trug ein T-Shirt über dem Badeanzug. »Wie ist das Wasser?« rief sie ihm zu.

Schulz wartete, bis Jill näher kam. Er war nicht sicher, ob er seinem Schädel lautes Rufen zumuten konnte. »Ich war noch nicht drin.«

»War wohl ein anstrengender Abend?« Offenbar hatte Anita ihrer Mutter Bericht erstattet.

»Kann man sagen.«

Jill setzte sich zu ihm auf die Liege.

»Hatte ein interessantes Gespräch mit Herrn Brenner.«

»Da hofierst du aber den falschen Parteiflügel«, sagte sie.

»Ich hatte Anita als Aufpasserin.«

»Worüber habt ihr gesprochen?«

»Ganja-Politik.«

»Über Drogen? Das ist ja erstaunlich. Sonst redet er nur über die Parteikasse.«

»Ganz versteh ich den Stellenwert eurer Kräuterapotheke nicht«, sagte Schulz. »Nach allem, was ich weiß, ist die Menge, die hier produziert wird, doch gar nichts gegen das, was man in den USA und in Südamerika erntet. Warum soviel Geschrei?«

»Wir bieten eben Edelqualität. Beste Sorten für die Feinkostläden in New York, San Francisco und Chicago. Wir sind nah am Absatzmarkt und sofort in der Presse. Jeder Journalist, der in Negril Urlaub macht, schreibt was über Ganja. Außerdem sorgen die jamaikanischen Banden in den USA dafür, daß die Insel nicht aus den Schlagzeilen kommt. Sie sind dick im

Drogenhandel. Die Posses gelten als das brutalste Killeraufgebot im Geschäft. Also – viel Ehre und Ruhm für Jamaika.«

»Ruffus hat mir von seinem Bruder erzählt.«

»Ray ist einer von der übelsten Sorte. Ich habe Polizeiberichte über ihn gelesen.« Jill machte Anstalten, ihr T-Shirt auszuziehen. »Im übrigen ist der Ganja-Handel schon deshalb von Bedeutung, weil er die Infrastruktur für Kokain bietet.«

»Manchmal denke ich, daß ich vielleicht deswegen hierher gelotst wurde. Und nicht wegen dieser Mutter-sorgt-sich-um-Tochter-Operette.« Es kam schärfer heraus, als er beabsichtigt hatte. Aber es war an der Zeit. Seine Position war unklar. Vielleicht brachte ein Befreiungsschlag Bewegung ins Spiel.

Jill hatte das T-Shirt in Halshöhe und wollte es gerade über den Kopf streifen. Sie zog es wieder über ihre Brüste. »*So* stimmt das nicht«, sagte sie ernst.

»Ich habe aber nicht den Eindruck, daß wir uns hier alle wegen irgendwelcher Attentatspläne auf den Nobelpreisträger überschlagen. Wir machen ein bißchen Strandurlaub, zeigen uns bei Empfängen und haben eine gute Zeit. Das kann es doch nicht sein. Oder? Außerdem sieht deine Tochter nicht so aus, als wäre sie mit drei Eheringen an Comandante Arango gefesselt.«

»Mein Gott, bist du altmodisch.« Jill lächelte. »Oder bist du etwa eifersüchtig?«

Da haben wir's, dachte Schulz. Das hatte ihm gerade noch gefehlt. Begehrte Töchter, zurückgewiesene Mütter, eine Anzahl potentieller Liebhaber. Nett. Er verfluchte Santander. Alles, was er dem Argentinier von sich und seinem Hund erzählt hatte, war richtig gewesen. Damals, an der Lagune unter dem Vulkan. Aber jetzt war er auf dieser Kifferinsel und wurde in

Wohlstandsprobleme verwickelt. »Es stinkt«, sagte Schulz.

Jill legte ihm eine Hand auf den Arm und sah ihn ernst an. »Laß uns nicht jetzt drüber reden. Du hast einen Kater, und die Sonne macht es nicht besser. Erhol dich. Geh schwimmen. Wir können uns heute abend beim Essen aussprechen. Wir sind allein. Bei einem Drink redet es sich besser – und vernünftiger.« Sie zog ihr T-Shirt aus und stand auf.

Die weiß genau, wie sie dich zu behandeln hat, dachte er. Die Krankenschwester verordnet Ruhe bis zum Sonnenuntergang. Dann gibt's die gute Medizin, die den Junkie bei Laune hält. Und auch wenn du nicht mit ihr ins Bett willst, hat sie genug Stil, ein Erwachsenengespräch mit dir zu führen.

»Kommst du mit ins Wasser?«

»Später.« Er hatte seinen Stolz.

Schulz grübelte den ganzen Nachmittag über. Dexter und Ruffus tauchten auf und machten einige anzügliche Bemerkungen über seine körperliche Verfassung. Wendy brachte ihm einen Ganja-Tee. Der half.

Kurz vor Sonnenuntergang machte Schulz zur Probe drei Liegestütze und ließ das Training ausfallen.

## 53

Paul »The Healer« hatte gute Beziehungen zur Polizei. Er benahm sich tadellos und respektierte das Gesetz.

Wenn er sich mit dem Big Stripe in der Öffentlichkeit traf, geschah dies immer an der Theke in Ruddy's Rum-Shop. Der sicherste Platz in der kleinen Provinzstadt. Einige größere Transporte standen an. Er mußte ungestört arbeiten können.

Ruddy hatte dem Dealer ein Bier hingestellt, hielt ansonsten aber Abstand zu den beiden Männern. Das Ritual wurde vom Ras Tafari überwacht. Über dem Regal hing ein großes Schwarzweißposter an der Wand, das den Negus an einer Flugabwehrkanone zeigte. Haile Selassie im Kampf gegen die italienischen Faschisten, das freie Äthiopien gegen den westlichen Imperialismus. Quer über der rechten unteren Ecke des Plakats klebte ein breiter Papierstreifen, auf dem in grober Handschrift das Motto *Every nigger is a star* stand.

»Wie wär's mit 'nem Drink, Mann?« fragte Paul den Polizisten.

»Sorry, aber ich muß gehen.« Der Big Stripe erhob sich von seinem Barhocker.

»Okay, Mann, dann kauf dir selber einen«, sagte der Dealer mit eingespielter Routine und hielt dem Polizisten ein fettes Bündel Banknoten hin.

Der Big Stripe schwieg, nahm das Geld und verließ den Rum-Shop.

## 54

Die Sonne ging unter.

»Santander hat mich unter Druck gesetzt«, sagte Jill. »Ich war ihm was schuldig.«

Schulz nickte und starrte in den Flächenbrand am Horizont.

»Er will Chamorro aus dem Verkehr ziehen.«

»Er?«

Jill zuckte mit den Schultern. »Ich weiß nicht, wer hinter ihm steht oder mit ihm zusammenarbeitet. Es hat sich viel verändert. Eigentlich waren wir alle aus dem Geschäft.«

»Jetzt sind wir wieder drin.«

»Santander hat Chamorro auf seiner Liste. Das ist sein Interesse. Ich mache mir Sorgen um Anita. Wegen ihrer Verbindung zu Navarro. Das ist mein Interesse.«

»Und deshalb muß ich meinen Ruhestand sausenlassen und meine Heimat verlassen. Ist das alles?«

Sie sah ihn mit müden Augen an. »Vielleicht wollte ich dich auch wiedersehen. Vielleicht habe ich mich nach einem Mann gesehnt, nach einem Freund . . .« Die Stachelfrisur paßte nicht zu ihrem Gesichtsausdruck.

»Dann hättest du dich direkt an mich wenden sollen, ohne Zwischenhändler.«

»Gott, ohne Santander hätte ich nicht mal gewußt, wo du nach all den Jahren steckst, ob du überhaupt noch lebst.«

»Wir hätten ja damals, beim Abschied in Panama, unsere Adressen austauschen und uns ein paar Liebesbriefe schreiben können.« Galle war nichts gegen den bitteren Geschmack, den Schulz im Mund hatte. Immerhin war es Jill gewesen, die damals still und leise verschwunden war.

»Spiel nicht wieder den Zyniker«, sagte sie leise. »Deine Nica-Freunde wollten dich sowieso loswerden.«

»Woher willst du das wissen?«

»Von Santander.«

»Quatsch. Ich bin kein Problem für die.«

»Scheinbar doch.«

»Das glaub ich nicht.« Schulz versuchte sich zu überzeugen. Daß er dem Innenminister nicht sympathisch war, wußte er. »Bluefields ist mein Freund.«

»Wer ist Bluefields?«

»Der Leiter des Staatssicherheitsdienstes.«

»Er scheint nicht viel Einfluß zu haben.« Jill machte kein Hehl aus ihrem Mitleid. »Oder er hat dich geopfert.«

»Geopfert?« Noch bin ich nicht tot, dachte Schulz.

Jill schwieg.

»Selbst wenn Santander ernsthaft will, daß Chamorro liquidiert wird, hat er das mit Sicherheit nicht als Grund gegenüber dem Innenminister vorgebracht, um mich loszueisen. Die Sandinistas haben dem General doch den Rücken gestärkt.«

»Vielleicht hat Santander ihn mit Norberto Navarro geködert«, gab Jill zu bedenken.

»Schon eher möglich. Wie auch immer, er spielt Roulett mit meinen Idealen.«

»Ideale? Ich denke, du hast keine mehr?« Sie sagte es ohne jeden Sarkasmus.

»Könnte durchaus sein, daß der Wunsch nach Chamorros Tod immer ein Ideal für mich war. Es schien nur unerreichbar.« Hier, lieber Ruffus, dachte Schulz, ist der Traum, der in Erfüllung gehen kann.

Wendy servierte das Abendessen. Sie aßen, tranken und schwiegen sich an. Schulz hatte nie viel von Kommunikation gehalten. Reden war wie eine Flucht aus der Wirklichkeit; es brachte die Leute einander nicht näher, sondern trieb sie auseinander. Er sehnte sich nach Carmen und Castro. Aber Nostalgie nützte ihm nichts. Er kam sich vor wie ein Vegetarier bei McDonald's.

Wenn Santander seine Fäden zog, saß er im Netz des Argentiniers. So war es immer gewesen. Santander kannte seinen Mann zu gut. Er wußte, wie er tickte, und er hatte seine Köder raffiniert ausgelegt.

Wolf Straßner alias Richard Braunschweig alias Kurt Schulz, die Greta Garbo unter dem Vulkan. Vorbei war es mit der menschenscheuen Phase. Das Ende einer langen Drehpause. Santander war der Regisseur, und er hatte seinem Hauptdarsteller wieder eine tragende Rolle zugedacht, eine, in der Amigo Wolf große Erfolge erzielt hatte. Sie war ihm auf den Leib geschnitten. Er mußte sich nur selber spielen, wie die meisten Stars.

Was Schulz beunruhigte, war die Urheberschaft. Hatte Santander auch das Drehbuch verfaßt? Hatte er Co-Autoren? Oder war es eine Auftragsarbeit? Und wer war der Produzent? Das konnte er nur herausfinden, wenn er vorwärtsmarschierte.

*Plata o plomo*. Silber oder Blei. Geld oder die Kugel. Gabriel Santander García hatte die Waffen ausgegeben, und ab sofort konnte Schulz lediglich abdrücken und nachladen, wenn er sich schützen wollte.

## 55

Ich habe Sam White versichert, daß aus dem Prominentenbesuch nichts wird«, sagte Hans Brenner.

»Kein Grund zur Besorgnis. Wir haben über unsere Kontakte genug Informationsmaterial nach San José durchgegeben. Das sollte ihn vom Ausflug abhalten. Sogar kopierte Protokolle von den Planungstreffen der Kids waren dabei. Sozusagen die terroristischen Anlagen zu Tagesordnung B.« Der Kolumbianer, der Julio Iglesias so ähnlich sah, wischte sich mit manikürten Fingern eine eingebildete Fussel von der Seidenkrawatte.

»Wir müssen diesen Deutschen im Auge behalten.« Brenner klang aufgeregt. »Den Gast der Shapiros.«

»Ich glaube, mit dem haben wir uns schon arrangiert«.

## 56

Schulz hatte fast nichts getrunken und versuchte, nicht auf den Mond zu achten.

Aus dem Dienstbotengebäude waren die üblichen Fernsehgeräusche zu hören. Der Wind hatte aufgefrischt und zerrte an den Palmen. Die Wellen kamen hoch und schwer in die Bucht. Irgendwo da draußen, auf offener See, hatte es ein Gewitter gegeben. Helles Wetterleuchten zuckte durch die Nacht.

Schulz spazierte am Strand entlang und ließ sich durchblasen. Als er zum Bungalow kam, sah er, daß auf einem der Plastikstühle neben der Tür eine Frau saß. Es war Anita. Der Kragen ihrer weißen Bluse bewegte sich im Wind. Sie trug Jeans und war barfuß.

»Ich habe dich vermißt«, sagte sie.

Schulz nickte. Ihm fiel keine Antwort ein. Er öffnete die Tür, machte Licht und ließ Anita ein. Sie schaltete den Ventilator an. Zäh liefen die Blätter an, wurden dann schneller. Schulz sah hin, bis sie einzeln nicht mehr zu erkennen waren.

Anita setzte sich aufs Bett, stützte sich mit beiden Händen auf der Kante ab und drückte den Rücken durch. Schulz wußte, daß es keine Show für ihn war. Sie *konnte* sich nur so bewegen, es war angeboren.

»Was war das gestern abend?« fragte sie mit rauher Stimme.

»Was meinst du?« Er wußte, was sie meinte, war sich aber nicht sicher, wie er sich verhalten sollte.

»Gib mir deine Hand.« Sie streckte den Arm aus.

Er tat, was sie wollte, spürte ihre Haut. Sie hatte

Sternenstaub an den Fingern. Sie war die erste Anwärterin auf den abgewetzten Heiligenschein, den Wanderpreis, den die Monroe gestiftet hatte, bevor sie starb.

Sie drückte seine Hand, spielte mit seinen Fingern. »*Das* meine ich.« Sie sah ihn an. Ihre Augen waren eine Meile weg. Ihr Mund war ganz nah.

Er küßte sie.

Sie erwiderte den Kuß flüchtig, stand auf und blickte auf ihn herab. »Es geht nicht, Kurt.« Dann drehte sie sich um und ging zur Tür.

Er blieb sitzen und sah ihr nach.

Sie drückte die Klinke herunter und sah über die Schulter zurück. »Es war mein Fehler.« Sie öffnete die Tür, und das Rauschen des Meeres drang laut ins Zimmer.

Er hockte da wie ein Fighter, dem noch vor der ersten Runde aus der anderen Ecke der Abbruch signalisiert wird. Vielleicht gab es einen neuen Kampf – irgendwann. Heute abend hatte jemand aufgegeben, und Schulz bildete sich ein, daß Anita es war, und er klammerte sich an diese Hoffnung.

»Sei gut zu meiner Mutter«, hörte er Anita sagen. Dann war sie draußen und zog die Tür hinter sich zu.

Die See wurde leiser, und Schulz teilte seine Einsamkeit mit dem fernen Rauschen.

Es wurde eine harte Nacht.

Schulz träumte. Anita hockte auf ihm und besorgte es ihm. Wenn es jemals einen schlecht trainierten Kämpfer gegeben hat, der zwölf Runden überlebte, ohne k.o. zu gehen, dann war er es. Er wußte nicht, wie er durchkam. Seine Deckung war unten, und er steckte ein. Nur seine Haken kamen automatisch und ohne den Gegner zu verletzen. Er keuchte und schwitzte. Er hielt und klammerte. Anita biß ihm die Unterlippe blutig. Und als sie kam, wurde ihm schwarz vor Augen. Sie blieb auf ihm liegen. Sein Atem rasselte, und er wachte auf.

Ein fernes Rauschen. Schulz stand auf, verließ den Bungalow und ging hinunter zum Strand. Er ließ die Einsamkeit hinter sich und hörte statt dessen den Wellen zu, die aus der offenen See in die Bucht rollten.

## 57

Das Trainingscamp lag in den Everglades. Wenn Jeff »Big Tuna« Hardman nicht am Rande der Sahara, am Kongo, am Mekong oder am Amazonas ausbildete, schliff er seine Rekruten an der Südspitze Floridas, im Wartesaal zur Revolution. Zwölftausend unübersichtliche Quadratkilometer in den Subtropen. Schon Fidel Castro hatte in Süd-Florida den Sturz von Batista ausgeheckt.

Das Camp lag abgeschieden, und Hardman und seine Auserwählten konnten sich in Ruhe und völlig ungestört ihrem Handwerk widmen. Diese Sümpfe konnte kein Mensch kontrollieren. Und was Widerstandsgruppen anging, so hatten die Behörden schon immer ein Auge zugedrückt. Es gehörte zur Tradition, daß sich in diesem Meer aus Riedgras Gruppen wie Omega 7 oder Alpha 66 vorbereitet hatten.

Doch diesmal ging es nicht um einen Aufstand von Exilkubanern gegen Havanna. Die Truppe, die Big Tuna drillte, nannte sich »Los Invencibles«, die Unbesiegbaren, und war ein Teil der Operation Walker. Das Unternehmen sollte Kommandoaktionen in Nicaragua durchführen.

»Ich will keinen ehemaligen Nationalgardisten Somozas unter den Jungs sehen«, hatte Norberto Navarro Nevada gefordert, »keinen einzigen!« Andernfalls hätte er das Kommando nicht übernommen. Exil-Nicas bildeten den nationalen Kern. Hinzu kamen ehemalige Ledernacken und südafrikanische, britische und israelische Söldner mit Kampferfahrung.

Auch Jeff Hardman hatte eine Bedingung gestellt. Keine Israelis, Südafrikaner oder Briten, die Killertruppen für das Medellín-Kartell ausgebildet hatten und in den Drogenkrieg von neunundachtzig verwikkelt gewesen waren. Es gab genug ehemalige Mitglieder von Eliteeinheiten auf der Welt. Man mußte sich nicht mit Kriminellen einlassen. Das war Big Tunas feste Überzeugung.

Er hatte vier Monate Zeit, diesen Haufen auf das Nötigste vorzubereiten. Den Nicas mußte er kampftechnisch auf die Sprünge helfen. Dabei gingen ihm die Berufssöldner zur Hand. Den Profikriegern mußte er die Eigenheiten der Kampfzone Mittelamerika beibringen. Dabei unterstützten ihn die Männer aus Nicaragua. Von den alten Kriegern waren die Uzis, wie Hardman die Israelis nannte, die besten. Die Buren waren auch nicht schlecht. Von den Engländern waren nicht alle nach seinem Geschmack. Für Hardman waren alle Briten Engländer. Selbst die Iren, ehemalige Mitglieder der IRA eingeschlossen, mußten damit rechnen, daß Big Tuna sie der Queen unterstellte.

Am unzufriedensten war Hardman mit den eigenen Landsleuten. Ein Trauerspiel, was sich heutzutage alles »Ledernacken« nennen durfte. Seit Vietnam war die Luft raus. Und seit dem Golfkrieg waren sie größenwahnsinnig. Im Kiffen unschlagbar, aber ohne hochmoderne Waffentechnik impotent. Nimm ihnen

Infrarot und Computerunterstützung weg, und sie machen sich in die Hosen. Aber selbst zwei Uzis hatte Big Tuna aussortieren müssen. Sie waren nicht koscher. Sie waren über ein Vermittlungsbüro in Amsterdam angeheuert worden. Einer hatte für Eros Chamorro Pinto in Panama gearbeitet, der andere war in das Attentat auf den kolumbianischen Präsidentschaftskandidaten Luis Carlos Galán verwickelt gewesen.

»Die gräsernen Gewässer« hatten die Indianer dieses Land genannt. *Pa-hay-okee*. Es gab Rotwild, Luchse, Waschbären, Otter und Stinktiere. Weiden, Zypressen, Kakteen, Palmen und Mangroven. Und es gab Alligatoren. Den Reptilien konnte man aus dem Weg gehen, vor den Moskitos gab es kein Entrinnen.

*»Shit«*, sagte Big Tuna und zerquetschte mit der flachen Hand eine Stechmücke an seinem Hals.

»Du hättest dich einsprühen sollen«, sagte Navarro.

»Du wirst es nie erleben, daß ich mich wegen ein paar Insekten einnutte.« Hardman sah, wie einer der Buren an einem Maschinengewehr herumstümperte. »He, Botha, laß das! Verdammt noch mal, laß die Finger davon, wenn du keine Ahnung hast.« Für Hardman hießen alle Südafrikaner Botha.

»Ich hoffe, daß du die Truppe in Form bekommst.« El Comandante ging zu seinem Geländewagen. Er hatte einen Frühstückstermin in Miami, und Big Tunas Götterdämmerungsübungen mit anschließendem Morgenappell waren nicht nach seinem Geschmack.

»Keine Sorge, mein Lieber.« Jeff Hardman vernichtete drei Moskitos mit einem Schlag. Die zermatschten Leichen waren auf dem Tarnmuster seines Kampfanzugs nicht auszumachen. »Ich hoffe nur, daß du an der Front nicht dieses italienische Kostüm trägst«, sagte Big Tuna mit einem Blick auf Navarros weißen Leinenzweireiher.

## 58

Schulz beobachtete Ruffus.

Der Jamaikaner stand bis zur Brust in den auslaufenden Wellen und streute Magnolienblüten ins Meer. Ein dunkel glänzender Fels in der Brandung, der den neuen Tag begrüßte.

Bevor Schulz den Bungalow verließ, zog er sich die Jeans über. Dann wanderte er barfuß in den auslaufenden Wellen die ganze Breite der Bucht ab. Der Salzwasserschaum massierte ihm die Knöchel, der Wind umstrich seinen nackten Oberkörper. Das Unwetter über dem Karibischen Meer hatte die Luft gereinigt. Trotzdem fühlte er sich leer und ausgebrannt.

Er kam zu dem Mangrovengestrüpp an der Mündung des kleinen Flusses. Dutzende von Krabben flitzten über den Sand und durch die Wasserpfützen. An dieser Stelle hatte das Meer den Mann angeschwemmt, der den General aus dem Verkehr hatte ziehen wollen. Don Eros hatte ihm genau beschrieben, wie Hector Ramiro den Tänzer abgeknallt hatte. Reine Notwehr, dafür gab es genügend Zeugen.

Schulz sah auf das Meer hinaus. Ruffus hatte sein Opferritual für die Haie beendet und schwamm mit kraftvollen Zügen bis zum Seil mit den Plastikbojen. Die Papageien übten ihre morgendlichen Formationsflüge. Sie stürzten sich in die Mangroven und schüttelten die Äste durch. Inzwischen war Schulz an das Kreischen der Vögel gewöhnt.

Dexter tauchte am Strand auf. Er kam vom Dienstbotengebäude und hielt eine dampfende Tasse in der rechten Hand. Schulz war sicher, daß es kein Kaffee war. Langsam ging er dem Mann aus Guyana entgegen. Dexter trug ein gelbes T-Shirt mit grünen Längsstreifen. Quer über der Brust stand in knallroter Schnörkelschrift *System is a fuckin' frog.*

Ruffus kam aus dem Wasser und begann mit seiner Morgengymnastik.

Dexter grinste lässig. »Heute wird trainiert, Kurt. Keine Ausreden, Mann.«

Der Deutsche nickte zustimmend. »Erst in den Kraftraum, dann Schwimmen und danach Frühstück.«

»Und am späten Nachmittag der zweite Durchgang«, sagte Ruffus.

»Ein Volk von Sportlern.« Schulz lachte müde.

»Richtig.« Ruffus machte ein paar Dehnübungen. »Donald Quarrie, Michael McCallum . . .«

»Und Ben Johnson«, unterbrach Dexter und nippte an seiner Tasse.

»Womit wir wieder bei Drogen wären«, sagte Schulz.

Die Männer gingen zum Kraftraum. Bevor sie loslegten, schleppte Ruffus seine tragbare Musikmaschine an. Sie war aus rosa Plastik, und die beiden Halbkugeln über den Lautsprechern sahen wie Titten ohne Nippel aus. Ruffus legte eine Kassette ein und drückte auf Start.

*»Here comes the cock-a-rooster, la da da da da, the cock-a-rooster . . .«*

»Mighty Sparrow«, erklärte Ruffus.

Das war also der Calypso-King, von dem Quincy und Anita erzählt hatten. Schulz grinste. Sie legten los. Ruffus am Sandsack, Dexter an der Birne und Schulz an den Geräten. Angefeuert von Mighty Sparrow.

*»If you catch em broken, yuh can get it all for nuttin', doh mek a row, is de yankees gone and Sparrow take over now . . .«*

Schulz schwitzte sich das Gift aus dem Körper. Im *Gleaner* hatte er gelesen, daß sich Alkoholikergehirne nach neuesten wissenschaftlichen Erkenntnissen regenerieren konnten. Nach nur fünf Wochen Abstinenz bildete sich die Hirnschrumpfung zurück, wie ein ausgetrockneter Schwamm, der sich wieder mit Wasser füllt. Es gab also Hoffnung. Die Anzahl der Todesfälle durch Alkoholgenuß liege um ein Zwanzigfaches über der der Drogentoten, hatten sie geschrieben. Als ob Alkohol keine Droge wäre, dachte Schulz.

Ruffus blickte streng auf den Deutschen herab. »Du hast noch viel vor dir, Mann. Erst wenn Wendy sich beschwert, daß sie den Wasserhahn in deinem Bad nicht mehr aufkriegt, weiß ich, daß du Fortschritte machst.«

»Und ich dachte immer, ihr Jamaikaner fließt nur so durchs Leben«, keuchte Schulz. »Von Quälerei war nie die Rede.«

Ein sadistisches Lächeln war die Antwort.

Gib's mir Bruder, dachte Schulz, gib's mir, laß mich arbeiten, bring mich in Form.

## 59

El Electricista sah aus wie ein US-Tourist auf dem Weg in die Karibik, als er mit dem Taxi zum Flughafen von Miami fuhr.

Gaston Fonseca Leonidas war sauber. In seinem Gepäck befanden sich etliche Shorts und T-Shirts, zwei Jeans, Bootsschuhe, Sonnenöl, Schnorchel, Tauchmaske und Flossen, eine Frisbee-Scheibe, ein idiotensicherer Fotoapparat, Filme und drei Taschenbücher, ein Reiseführer über Jamaika und zwei Thriller. Aber nichts, was unnötiges Aufsehen hätte erregen können. Er trug einen weißen Sommeranzug, ein blaues Seidenhemd mit halben Ärmeln und braune Slipper. Statt der Nickelbrille hatte er eine Sonnenbrille mit dunkelgrünen Gläsern und hellbraunem Horngestell auf der Nase.

Das Material, das er sorgfältig zusammengestellt hatte, war bereits vor einigen Tagen von einem Maultier nach Kingston geschleust worden. Lediglich den Koffer, in dem er sein Kunstwerk installieren wollte, hatte er bei sich. Er hatte vor, in Kingston einen neuen zu kaufen und zurückzufliegen, bevor die Kontaktleute am Norman Manley Airport die Bombe in der Maschine des Politikers deponierten. Fonseca schätzte, daß der Flug von Kingston nach San José etwa in Höhe der Insel San Andrés enden würde. Er gedachte den Sprengstoff an den Innenwänden des Koffers anzubringen. Er arbeitete immer mit Semtex. Der Zeitzünder paßte in den Griff, im Schnappverschluß war genug Platz für Zündhütchen und Batterien.

Im Wyndham Hotel war ein Zimmer für ihn reserviert. Chaco Sombra hatte ihm versichert, daß er dort ungestört arbeiten könne. Alles war bestens vorbereitet. Trotzdem war Fonseca angespannt. Nicht die Technik oder die Organisation waren es, die ihn beunruhigten. Er war Perfektionist und seiner Sache absolut sicher. Aber die Motive bereiteten ihm ein flaues Gefühl in der Magengegend.

Während seiner »Lehrzeit« in den rechten Latinokreisen von Miami war es ihm leichtgefallen, seine Aktionen vor sich selbst zu rechtfertigen. Auch die ersten zwei, drei Einsätze waren ihm noch als Beitrag zu einer gerechten Sache erschienen. Doch mittlerweile war seine politische Haltung weniger radikal. Er stellte fest, daß er mehr und mehr ein überzeugter Bürger der USA wurde. Zwar bemühte er sich, seine Arbeit vor allem als technische Herausforderung zu sehen, aber sportlicher Reiz und Geld allein befriedigten ihn nicht mehr. Hinzu kam, daß er, wenn er ehrlich war, keinen einzigen kalten Krieger im Exil kannte, der ernsthaft nach Havanna oder Managua zurückwollte. Die meisten benutzten die rhetorische Kraftmeierei und die Finanzierung von Widerstandsgruppen doch nur, um ihre Position in den Vereinigten Staaten zu stärken und einen persönlichen Vorteil herauszuschlagen. Eine einzige große Farce.

Das Taxi hielt vor der Abflughalle. Fonseca zahlte, nahm sein Gepäck und betrat das Flughafengebäude. Noch bevor er auf die Anzeigetafel sehen konnte, kam ihm Chaco Sombra entgegen. Fonseca wußte sofort, daß etwas Unvorhergesehenes passiert sein mußte, denn laut Absprache sollte es bis Kingston keinerlei Kontakte mehr geben.

»Dein Urlaub fällt aus«, sagte Sombra. »Er hat seine Teilnahme am Kongreß in Kingston abgesagt. Angeblich innenpolitische Probleme. Der Hund muß es gerochen haben.«

Fonseca spürte, wie der Druck in der Magengegend nachließ. Er war erleichtert.

»Du bekommst natürlich dein volles Honorar.« Sombra lächelte gequält. »Für einen wie dich, Amigo, gibt es immer Arbeit.« Er klopfte Fonseca auf die Schulter. Dann sagte er laut: *»¡La puta madre!«*

El Electricista zwang sich zu einer traurigen Miene und sagte solidarisch: *»¡Mierda!«*

## 60

Entwarnung«, rief Jill, als sie auf die Terrasse kam. Sie wirkte freudig erregt. Schulz hatte nicht mehr mit ihr gerechnet. Wendy hatte ihm das Essen alleine serviert und Madame entschuldigt. Sie fühle sich nicht wohl. So hatten ihm beim gegrillten Fisch nur die Moskitos Gesellschaft geleistet.

Jill setzte sich zu ihm. »Er hat abgesagt. Sam hat mich eben aus Kingston angerufen. Der Ehrengast kommt nicht. Also kann ihm auch nichts passieren.«

»Das ist logisch«, sagte Schulz, aber Jill ging nicht darauf ein. »Dann ist doch erst mal alles im Lot, was deine Interessen angeht.«

»Na ja, im Moment.« Jill kam langsam von ihrer Wolke herunter. Erstaunt sah sie die Wasserflasche neben seinem Teller stehen. »Du trinkst Wasser?«

»Ich trinke Wasser.« Er hatte keine Lust, ihr die Sache mit dem Schwamm und den Gehirnzellen zu erklären.

»Wann ist deine Einladung beim General?«

»Morgen abend.«

»Was hast du geplant?« Ein bißchen klang da die alte Jill durch – so, wie Schulz sie aus Ecuador und Panama kannte.

»Eigentlich gar nichts. Ich geh einfach hin.« Ganz so nüchtern, wie es sich anhörte, meinte er es nicht. »Am schwierigsten wird es, an den Mann ranzukommen und ein paar Minuten mit ihm allein zu sein. So wie's aussieht, habe ich für beides ganz gute Karten.« Er dachte an Hector Ramiro.

»Das sieht dir gar nicht ähnlich.«

»Manche Sachen muß man mit dem Bauch angehen. Der Kopf kommt später dran.«

»Du bist verrückt. Du kannst doch nicht ohne jede Rückendeckung losziehen.«

»Mit Waffe und großem Plan im Kopf kommt man da jedenfalls nicht rein. Außerdem weiß ich nicht, ob es diesmal überhaupt geht. Vielleicht funktioniert's erst beim nächsten Mal. Da gibt's nur eins: belauern und zuschlagen.« Schulz trank einen Schluck Wasser.

Schweigend brütete Jill über dem Gehörten.

»Ich muß da ganz friedlich rein«, fügte er hinzu. »Rausschlagen muß ich mich erst hinterher. Wenn du mir helfen willst, dann laß dir was einfallen, wie ich heil rauskomme.«

»Ich könnte mit Ruffus draußen warten. Wir könnten dann die Wachen von außerhalb beschäftigen.«

»So gefällst du mir schon besser.« Er hustete. »Vielleicht«, sagte er vorsichtig, »sollten wir doch was Anständiges trinken.«

Sie lachte, langte über den Tisch und ergriff seine Hand. »Worauf hast du Lust?«

»Hast du einen trockenen Weißwein?«

»Sicher.«

»Eine Flasche zu zweit. Damit's nicht ausufert. Außerdem ist es ein gutes Training. Don Eros hat mich für morgen zum Riesling eingeladen.«

Jill stand auf und ging ins Haus. Es war windstill, und nur das Rauschen des Meeres wies darauf hin, daß sich überhaupt etwas bewegte. Schulz dachte an seinen kolumbianischen Gesprächspartner an der Bar des Wyndham. Der Mann hatte nicht zuviel versprochen. Der Einfluß des Kartells reichte weit. Und manchmal kamen die Señores sogar ohne Gewalt aus. Wegen Chamorro machte sich Schulz keine Sorgen, aber der Adjutant des Generals beunruhigte ihn. Ramiro war das eigentliche Risiko.

Jill kam zurück, reichte ihm Flasche und Korkenzieher und stellte zwei Weingläser auf den Tisch. »Ich habe immer eine im Kühlschrank. Für *meine* Sucht.« Sie kicherte leise.

Schulz besah sich das Etikett. Ein Italiener. Langsam kriege ich wieder Kultur, dachte er. Er stand auf, zog den Korken und schenkte ein. Dann setzte er sich wieder. Sie stießen an und tranken.

»Ruffus kann seine Freunde aktivieren«, sagte Jill.

»Vergiß Dexter nicht.«

»Er ist nur Gast auf der Insel. Wir können ihn da nicht reinziehen. Er hat Verwandte hier.«

»Ich fürchte nur, er wird sich nicht raushalten. Warten wir ab, was er sagt.«

»Wir sollten morgen alles noch mal durchsprechen, damit Ruffus alle Vorbereitungen treffen kann.«

»Was ist mit Waffen? Ich meine, für euch.«

Jill grinste. »Keine Sorge.«

Schulz trank und dachte nach.

»Wolf?«

Er sah sie an.

»Weißt du, was das bedeutet: Wolf?«

Er schüttelte den Kopf.

»Für die Rastafarians ist ein Wolf ein Betrüger an ihrem Glauben. Jemand, der Dreadlocks trägt, aber gegen die Prinzipien von Wahrheit und Rechtschaffenheit verstößt.« Sie schwieg einige Sekunden. Dann rezitierte sie: »Denn ein Mann soll durch seine Taten erkannt werden.«

»Ich heiße jetzt Kurt«, sagte er.

»Du *nennst* dich Kurt.«

»Was ist danach?« fragte er.

»Du mußt die Insel so schnell wie möglich verlassen.«

»Schiff? Flugzeug?«

»Ich habe Beziehungen. Mach dir keine Sorgen.«

Schulz dachte an das Ganja, das den Flughafen unbeanstandet passierte. »Wohin?« fragte er. Er dachte an Carmen und Castro, aber da war zuviel unklar, was Nicaragua anging. Er brauchte Antworten, und nur einer konnte sie geben.

»Santander hat mir aufgetragen, dich nach New York zu schaffen.« Sie sah ihn an.

Er konnte die Winterkälte in ihrem Blick spüren. »New York?«

»Er hält sich im Moment dort auf. Ich habe Kontakt mit ihm.«

»Du stehst in Kontakt mit ihm? Ein kleines Telefonat am Abend, kurz vor dem Schlafengehen?« Schulz schnaubte. »Vielleicht kannst du mich auch mal mit ihm verbinden.«

»Sei nicht albern«, sagte Jill.

»Okay, okay, ich hab mein Köfferchen gepackt und mach mir nur noch Gedanken, mit welchem Paß ich fliege. Du buchst meinen Flug. Recht so?« Er hielt sich am ersten Glas Wein fest, um seine guten Vorsätze nicht zu brechen.

»Gehen wir schlafen. Wir können morgen weiterreden.«

Es klang nicht nach Doppelbett.

## 61

Sam White war sehr zufrieden, als er um Mitternacht an der kurzfristig angesetzten Krisensitzung teilnahm.

Das Telefax, mit dem der Nobelpreisträger seine Teilnahme am Kongreß abgesagt hatte, hatte wie eine

Bombe eingeschlagen. Die Mitte und der linke Flügel der Partei waren deprimiert. Sie hatten sich durch den Gast eine Aufwertung versprochen und bessere Chancen für die nächsten Wahlen ausgerechnet. Die äußerste Linke war am Boden zerstört. Die Kids hatten verloren. Frustriert saßen ihre Vertreter am Tisch.

Die können es kaum abwarten, bis sie wieder in Trenchtown sind und ihr kleines Geheimtreffen abhalten, dachte Sam White. Diesmal konnten sie von ihm aus so lange zusammenhocken, wie sie wollten. Sam White und der rechte Flügel waren zufrieden.

Nachdem die Absage von allen Delegierten akzeptiert worden war und man ausgiebig über die möglichen Beweggründe des Mannes aus Costa Rica spekuliert hatte, meldete sich Sam White zu Wort.

»Herr Vorsitzender, ich gehe davon aus, daß nunmehr wieder Tagesordnung A gilt.«

»Ganz recht, Sam«, sagte der Chairman.

## 62

Anscheinend fühlt sich der General einsam ohne seinen Killer, wenn er dich eingeladen hat«, sagte Ruffus.

»Wieso?«

»Der Haifisch hat heute seinen freien Tag. Jede Woche um die gleiche Zeit. Von morgens um acht bis zum nächsten Mittag. Er fährt jedesmal nach Kingston und stellt den Frauen nach.«

»Bist du sicher?«

»Ich habe die Bande im Auge, seit sie sich hier rumtreibt.«

»Dann bin ich ja eine Sorge los.«

»Bleiben trotzdem genug übrig«, stellte Dexter fest.

»Machen deine Männer aus Port Antonio mit?« Jill sah Ruffus an.

»Keine Frage.«

Schulz runzelte die Stirn. »Ist das nicht ein bißchen viel Öffentlichkeit?«

Ruffus warf dem Deutschen einen beleidigten Blick zu. »Du kannst ihnen vertrauen. Ich lege für alle fünf die Hand ins Feuer.«

»Kennst du dich mit einer Pump-gun aus?« fragte Schulz Dexter. Jill und Ruffus hatten ihm das Waffenarsenal gezeigt.

»Kein Problem.« Der Mann aus Guyana lächelte. »Ruffus und ich hatten schon eine kleine Nachtübung mit den Dingern.«

»Dann ist ja alles klar.«

Dexter und Ruffus standen vom Tisch auf und gingen.

Jill war bedrückt. Schulz konnte es spüren. Sie schien seine Gedanken zu erraten. »Anita ist nicht zurückgekommen. Sie hat aus Kingston angerufen. Sie ist unterwegs nach Miami.«

»Ohne einen Koffer zu packen?« fragte er. Eigentlich meinte er: Ohne sich von mir zu verabschieden?

»Sie hat eine zweite Bleibe in Quincys Haus in Kingston.«

»Will sie zu Navarro?«

»Natürlich. Manöverkritik. Sie werden etwas Neues ausbrüten.«

»Ich geh mal meine Sachen sortieren.« Schulz stand auf.

Wendy hatte ihm die frischgebügelte Wäsche aufs Bett gelegt.

Schulz verstaute alles im Koffer und packte das

Buch über Hemingway und die restlichen Rosalones dazu. Dann legte er sich hin und versuchte, ein bißchen zu schlafen. Er vermißte Anita sehr. Miami und New York lagen an derselben Küste. Plötzlich sah Schulz einen neuen Sinn in einer Reise in die USA.

Der Gedanke gefiel ihm. Er gab ihm das Gefühl, nicht völlig nach Santanders Pfeife zu tanzen.

## 63

Ich habe gestern nacht noch mit dem Vorsitzenden gesprochen«, sagte Sam White gutgelaunt. »Wenn du willst, kannst du auf unbegrenzte Zeit für uns weiterarbeiten. Egal, was deine Leute in Deutschland dazu sagen.«

»Danke, Sam«, sagte Hans Brenner. »Du kannst mit mir rechnen.«

## 64

Der General trug ein schwarzes Seidenhemd mit kurzen Ärmeln. Dort, wo es über die weiße Hose hing, spannte es etwas. Er begrüßte Schulz im Wohnzimmer. Einer seiner Männer hatte den Deutschen hereingeführt.

»Schön, daß wir uns noch mal in Ruhe unterhalten können, Gringito«, sagte der General jovial und schüttelte seinem Gast die Hand. »Diese Partys sind Zirkusveranstaltungen. Ab und zu fehlt mir ein Männergespräch auf dieser Affeninsel.«

Schulz lächelte freundlich.

»Ich habe uns einen chilenischen Riesling in den Eisschrank legen lassen. Deutsche Tradition. Eine von vielen guten Sachen, die Chile hervorgebracht hat.«

Schulz war sich ziemlich sicher, welche anderen Errungenschaften Don Eros meinte.

»Oder lieber was Härteres?«

»Nein, Weißwein ist okay.«

»Roberto!« brüllte der General.

Die Tür zum Flur öffnete sich, und Roberto tauchte auf.

*»¡El vino!«* bellte der General.

*»¡En seguida!«* quittierte Roberto, verschwand und tauchte Sekunden später mit einem beschlagenen Bocksbeutel und zwei Weingläsern auf. Er reichte Chamorro und Schulz die Gläser und schenkte ein. Dann trug er die Flasche zu einem niedrigen Tisch und stellte sie ab.

*»¡Salud!«* prostete der Gastgeber Schulz zu.

Schulz nickte, trank und musterte sein Gegenüber.

Es hatte Zeiten gegeben, in denen Schulz sich gründlich mit Chamorros Lebenslauf beschäftigt hatte. Der General war in San Felipe, einem Elendsviertel von Panama City, geboren. Er war der uneheliche Sohn einer Mestizin. Man steckte ihn in ein Pflegeheim katholischer Patres, wodurch er das Glück hatte, in den Genuß einer Ausbildung zu gelangen. Als er mit achtzehn die Hochschule hinter sich gebracht hatte, gab er, nach seinen beruflichen Zielen gefragt, die mittlerweile legendäre Antwort: »Psychiater oder Präsident der Republik.«

Zwölf Jahre lang war Don Eros Chef des militärischen Geheimdienstes G-2 gewesen, bevor er die Geschicke Panamas in die Hand nahm. Eros Chamorro Pinto war ein Mann ohne jede Loyalität. Man konnte ihn mieten, aber er war nicht käuflich. Er hatte die

Banken in Geldwaschanstalten verwandelt, trieb Geschäfte mit Männern wie Oliver North und den Castro-Brüdern. Demagogie zählte für ihn mehr als Nationalismus, und da er mit dem Populismus eines Omar Torrijos nicht mithalten konnte, regierte er mit purer Unterdrückung. Er war brutal, er war ein Sadist. Wegen seines prallen runden Schädels und weil er aufgrund seines Blutdruckes meistens ein rotes Gesicht hatte, wurde ihm schon früh der Spitzname »die Melone« zuteil.

Bereits in den siebziger Jahren hatte ein Agent der amerikanischen Drug Enforcement Administration auf die Verwicklung des Generals ins Drogengeschäft hingewiesen und seine Eliminierung gefordert. Inzwischen war eine Reihe weiterer Straftaten hinzugekommen, unter anderem Wahlbetrug, Korruption, Mißachtung der Verfassung, Folter, Ermordung von politischen Gegnern, darunter auch Geistliche, illegaler Visahandel, Unterstützung von Contra-Kämpfern gegen Nicaraguas sandinistische Regierung, Doppelagententätigkeit für Ost und West, Technologietransfer in Ostblockstaaten, Drogenimport und -export sowie chemische Veredelung und Geldwäscherei.

Schulz nahm das Glas mit zum Kamin und betrachtete den kleinen schwarzen Holzsarg auf dem Sims. Ein kalter Luftstrom traf seine Beine. Der Kamin war eine Klimaanlage.

»Ein Geschenk meiner alten Freunde«, erklärte der General. »Erst baten sie mich, in Panama zu bleiben, dann haben sie mir gedroht. Ich weiß zuviel. Aber warum sollte ich jemandem von unserer kleinen Vernunftehe berichten?« Er lachte.

»Trotzdem, ich stehe auf ihrer Liste«, sagte er eine Spur ernsthafter. »Der Sarg war das Abschiedsgeschenk der Drogenbarone. Ein letzter Appell an mein Durchhaltevermögen. All die fetten Bankkonten in Panama. Und die Angst, die Yankees könnten zugreifen. Jetzt wollen sie mir einen echten Sarg verpassen. Aber noch haben sie es nicht geschafft.« Zufrieden klopfte er sich mit der Hand auf den Bauch.

Schulz trat einen Schritt zur Seite, um dem Luftzug auszuweichen.

»Kalt, was?« Der General lachte. »Air-Condition. Die wichtigste Erfindung überhaupt. Achtzehnhundertvierundvierzig von Dr. John Gorrie in Apalachicola, Florida, zur Behandlung von Gelbfieberkranken erdacht. Macht seitdem nicht nur denen das Leben angenehmer.« Er ging zur Verandatür und schaute auf Palmen und Meer.

»Ich hasse diese fünfte Jahreszeit in den Tropen, diesen monotonen Brei aus Wärme, Feuchtigkeit und Grün.« Der General klang ungewöhnlich philosophisch. Er schien oft darüber nachgedacht zu haben. »Euch hat Gott vier Jahreszeiten geschenkt. Abwechslung. Selbst da hat er euch bevorzugt, Gringito. Wie immer.«

»In Europa träumen die Menschen von den Tropen«, sagte Schulz.

»Ihr wollt immer mehr, Gringito.« Der General grinste. »Deshalb mag ich euch Hurensöhne ja irgendwie . . .« Don Eros ging zur Zimmermitte und bot Schulz einen Sessel an, bevor er sich ebenfalls setzte. »Ich will auch immer mehr«, sagte er und füllte sein Glas auf. Der Blick des Generals wirkte jetzt etwas versonnen, beinahe verletzlich – ein Mann, der es gewohnt war, das zu bekommen, was er wollte.

Schulz setzte sich. Don Eros schenkte seinem Gast Wein nach. Auf dem Tisch stand eine Vase aus Porzellan, daneben eine Kristallschale voller Wattetupfer. Zwischen Vase und Schale lag eine Art Brieföffner aus Silber, der wie eine Machete geformt war. So, wie sie die kolumbianischen Kaffeepflanzer benutzen.

Der General stellte die Flasche hin und lehnte sich zurück. »Trotz diplomatischer Spannungen müssen wir nicht auf das segensreiche Produkt meiner kolumbianischen Feinde verzichten.«

Chamorro beugte sich vor, nahm die Vase und schüttelte den Inhalt aus. Ein weißer Berg türmte sich auf der Glasplatte des Kaffeetisches. Dann teilte er das Kokain mit dem Brieföffner. Die Klinge war etwa dreißig Zentimeter lang, und die Lines, die der General zog, waren so breit und so hoch wie Gummidichtungen an einer Kühlschranktür. Zum Schnupfen des Stoffes nahm der General nicht den üblichen aufgerollten Hundert-Dollar-Schein, sondern eine etwa fünfzehn Zentimeter lange Goldröhre mit einem Durchmesser von etwa fünf Millimetern. Sie mußte mit in der Vase gesteckt haben.

»Damit trinkt man normalerweise *mate de coca,* Tee aus Kokablättern. Der wärmt die Indios auf, wenn es nachts kalt wird in dreitausend Metern Höhe. Ich habe meine militärische Ausbildung in Peru absolviert. Normalerweise befindet sich am Ende des Trinkrohres ein Sieb. So ähnlich wie diese Tee-Eier, die ihr Europäer benutzt. Wir haben es abgefeilt. Für das hier braucht man keinen Filter. Das ist purer Frost, Rauhreif. So rein wie Bergwasser.« Der General nahm die Röhre, ging neben dem niedrigen Tisch in die Knie und schniefte eine Line.

Schulz erinnerte sich an die eiskalten Nächte. In Bolivien hatte er sie miterlebt, auf dem Altiplano, im Süden des Landes, nahe der chilenischen Grenze. Er dachte an den sternenklaren Himmel über den Adobehütten, die Gesprächsrunden beim Kokatee, die Geschichten aus dem Chaco-Krieg mit Paraguay, die Dornbuschbälle, die der Wind wie rollende Christuskronen über das Hochland peitschte. Bruchstückhafte Bilder, wie aus einem Italowestern. Er sah die Heiligenfiguren und Bronzeleuchter in den Kolonialkirchen, die einsam in der Hochebene standen. Symbole eines importierten Glaubens. Er sah die ledrigen Gesichter der Einheimischen, die gebeugt in das Kerzenmeer vor dem Goldaltar starrten, als suchten sie dort die Pracht des Inkareiches.

»Pures Gold . . .« Der General setzte das Ende der Metallröhre hart auf die Glasplatte. ». . . und jungfräulicher Schnee.« Er schnupfte die zweite Line, stand auf und setzte sich wieder in den Sessel.

»Du bist ein bißchen rumgekommen, Gringito«, sagte der General gönnerhaft.

»Ich habe einige Jahre in Ecuador gelebt«, antwortete Schulz.

»Aahhyy, Quito! Ich hatte dort ein paar gute Freunde. Einer war Präsident. General, wie ich. Die Leute dort mochten ihn. Sie nannten ihn *Bombita*. Gute Militärjunta.« Mit einer einladenden Geste reichte Don Eros Schulz das goldene Instrument.

Schulz nickte. Er erinnerte sich an einen Auftritt von El Presidente. Das Bömbchen, wie er wegen seiner kleinen, rundlichen Statur genannt wurde. Der Präsident hatte gerade den Putschversuch einer Militärfraktion unter Führung eines Admirals überstanden und hielt eine halbstündige Radio- und Fernsehansprache: der ruhmreiche Sieger mit festem Vertrauen in Gottes Gerechtigkeit und das scharfe Urteilsvermögen des Volkes, dazu ein paar Anmerkungen zum Imperialismus der USA. Beim Stierkampf hatte Bombita auf der Ehrentribüne immer einen nordamerikanischen Cowboyhut getragen.

Schulz spürte die kühle Röhre in seiner Hand. Ein dünner Strohhalm und Lines, so lang wie ein Streichholz und so dick wie eine Gitarrensaite, hätten ihm ausgereicht. Aber der General bestand auf einem grobem Schnitt. Das hier war ein Zweikampf. Schulz stand auf, stützte sich auf ein Knie, beugte sich über die Glasplatte und zog eine weiße Linie in die Nase.

Es war, als bohre ihm jemand eine Nadel in den Wurzelkanal eines Zahnes. Es mußte ein Schneidezahn sein. Das Koks fuhr ihm genau zwischen den Augen in die Stirn und vereiste das Gehirn. Schulz taumelte rückwärts in den Sessel.

»Wie ist es?« fragte der General.

»Wie Stahlkanten auf einer vereisten Piste.« Schulz grinste blöde.

Don Eros sah seinen Gast verwirrt an und legte die Stirn in Falten.

»Skifahren.«

»Aahhyy!« Der General strahlte und schlug sich mit der Rechten auf den Schenkel. »Ich weiß, wovon du redest, Gringito. Colorado! Aspen! Da hatte ich mal ein Haus. Ich liebe Tiefschnee! Er ist so unberührt. Muß schon zehn Jahre her sein.« Er verstummte und träumte vor sich hin. »Ich liebe den Tiefschnee«, wiederholte er leise.

»Das glaube ich«, sagte Schulz. Er starrte auf das weiße Pulver. Seine Schädeldecke spannte wie das Fell einer Bongotrommel. Das war der Außenbezirk. Innen marschierten seine Gedanken durch geräumige Hallen. Alles sehr weit und groß und klar. Er sah, wie die Goldröhre langsam von der Glasplatte rollte, über die Tischkante kippte und auf dem Teppichboden aufschlug. Es klang wie eine schwere Stahltür, die ins Schloß fällt. Er fror.

Der General schenkte eine neue Runde Riesling aus. Schwer schwappte der Wein aus dem Flaschenhals in die Gläser. Schulz sah eine Lagune voller Weißwein am Fuße eines kokainbedeckten Vulkans, in der Haie aus reinem Silber schwammen.

»Speisehaie«, flüsterte er.

*»¿Qué?«* fragte der General und reichte seinem Gast das Glas.

*»¡Nada!«* Schulz schüttelte den Kopf.

»Ich liebe schwarze Ärsche«, sagte Don Eros unvermittelt, trank sein Glas in einem Zug leer und ging erneut neben dem Tisch in die Knie.

Sekunden lang sah Schulz einen afrikanischen Frauenhintern, der so fest und rechtwinklig abstand, daß man ein Glas Riesling hätte darauf abstellen können.

»Und schwarze Schwänze«, sagte Chamorro und zog sich eine frische Prise in die Nase. Er griff in die Schale mit den Tupfern und steckte sich Watte ins rechte Nasenloch. Beim Aufstehen wankte er leicht.

Schulz stellte sein Glas ab. Er rutschte aus dem Sessel, ging neben dem Tisch in die Knie und setzte die Röhre an.

Er kämpfte sich durch einen Schneesturm. Reines Alaskafieber. Er hatte das Bellen der Schlittenhunde im Ohr. Seine Hand griff nach der Machete. Hechelnd jagte das führerlose Gespann auf ihn zu. Kratzend schabten die Kufen über das Eis, als der Schlitten an ihm vorbeiraste. Ein mit Leinen festgezurrter Ledersack lag darauf. Der Postsack, den die Häscher des

Generals an der Grenze nach Costa Rica abgeworfen hatten. Darin die Überreste von Humberto Spumante.

Grunzend ging Don Eros in die Hocke. Ein Trüffelschwein auf der Suche nach dem Hochgenuß, ein schwitzender Eber, dessen Witterung Schulz mit einem Mal aufnahm. Auf dem Weg durch die beiden Tunnelröhren bis zu seiner Stirn wuchs sie sich zu einer giftigen Wolke aus, waberte wie ein böser Nebel durch die Halle unter seinem Schädeldach. Kampfgas, das sich über sein Bewußtsein legte, schwer wie das Edelmetall in seiner Hand.

Wieder kamen die Hunde auf ihn zugerast. Schulz achtete nicht auf die graublauen Augen, sah nur die blutroten Fleischstücke zwischen ihren Lefzen, rot wie die Zunge, die man Humberto Spumante aus dem Hals gerissen hatte.

*Laß uns einen Schneemann bauen*, sagte Humberto. *Gut*, antwortete Schulz. Sie standen in der Eiswüste, und sie formten Schneebälle und drehten sie zu großen Walzen, die sie aufeinanderschichteten. Carmen kam mit einem Korb und brachte ihnen vier pechschwarze Eierhandgranaten. Sie drückten sie dem Schneemann als Knöpfe in Brust und Bauch. Carmen holte aus ihrem Korb zwei Limonen, die sie als Augen verwendeten, und eine Banane, die dem Schneemann ein breites Grinsen verlieh. Dazu ein Stahlhelm, der den Zylinder ersetzte. Schließlich brachte Carmen eine Chilischote zum Vorschein. Die Nase, die rot wie die Zungen der Hunde aus dem Gesicht der Figur ragte.

Don Eros schniefte eine weitere halbe Line, brach dann ab und griff erneut zur Watte. Hellrotes Blut sickerte aus seinem linken Nasenloch.

Schulz konnte den Gestank in seinem Schädel nicht mehr ertragen. Der Druck des Gases bereitete ihm Schmerzen. Er blickte zu dem Miniatursarg auf dem Kamin, als erwarte er von dort Hilfe. Durch den Sarg konnte er Carmen erkennen, Carmen, die Voodoo-Priesterin, beim Opfer. Mit einem Schnitt durchtrennte sie den Hals des Schweines. Ein Blutstrahl. Religion und Rache. Schwarze Särge.

Schulz legte alle Kraft in seinen rechten Arm und trieb die Klinge seitlich in Don Eros' Hals. Ein rascher Stoß, zu mehr reichte es nicht. Nur Carmen hatte die Kraft zu einem entschlossenen Schnitt.

»*¿Qué haces, hombre?*« keuchte der General. Mit einer letzten Anstrengung kam er auf die Beine. Der Griff der Silbermachete ragte unter seinem rechten Ohr hervor. Nur aus der Nase lief Blut. Mit gelbbraunen Augen glotzte er Schulz an.

»Faschist«, sagte Schulz. Es war sein erster ideologischer Spruch seit Jahren.

Eros Chamorro Pinto brach zusammen. Sein Körper krachte auf die Tischplatte. Glas splitterte. Kokain wirbelte auf und senkte sich langsam als feiner Staub auf den General.

## 65

Carmen Rojas hackte dem schwarzen Huhn den Kopf ab und hielt es hoch über sich. Das Blut kam stoßweise, lief über Gesicht und Körper und vermischte sich mit ihrem Schweiß. Sie betete für El Alemán.

Sie hatte die allwöchentliche Sitzung mit ihren Schwestern auf die Veranda über der Lagune verlegt. Hier war sein Geist, nur an diesem Ort würden sich die Götter auf ihre Bitte einlassen. Die anderen vier

Frauen murmelten das Gebet in tiefer Trance mit. Blut, Schweiß, Parfum und Kräuter. Eine der Betenden ritzte sich mit der Messerklinge ein Kreuz in die Zunge.

Auf einem weißen Laken lag ein totes Schwein. Carmen legte das Huhn dazu.

## 66

Als Roberto ins Zimmer stürzte, lauerte Schulz hinter der Tür.

Er hatte die Schritte auf dem Flur gehört, aber weder Rufe noch Kommandos wahrgenommen. Der Schnee ließ ihn durch Wände sehen. Er beobachtete Roberto, wie er über den Flur eilte, die Hand ans Schulterhalfter hob, die Waffe zog, die Tür aufstieß. Schulz nahm ihn wahr wie auf einem Zielgerät, in Farbe und Zeitlupe und mit perfektem Timing. Er sah Robertos Rücken und schlug dem Dobermann den Bocksbeutel auf den Hinterkopf. Der Riesling lief über sein Handgelenk. Er legte alle Kraft in den Schlag. Es war leicht – das weiße Gift gab ihm Kraft.

Roberto brach zusammen.

Schulz griff nach der Waffe. Es war ein halbautomatischer Colt, Modell 1911, Kaliber .45. Gut elf Millimeter. Schwere Artillerie, auch für Dobermänner.

Der Flur war hell erleuchtet, endlos lang und menschenleer. Schulz schwebte durch die Schneise. Seine Gelenke waren wie frisch geölt, seine Muskeln vibrierten. Als der erste Hund den Kopf aus der Küchentür streckte, setzte er ihm einen Schuß zwischen die Augen. Die Kugel knackte den Schädel wie ein Ei.

Schulz hörte laute Rufe, als er über ihn hinwegstieg. Aber bevor das Rudel sich auf ihn konzentrieren konnte, vernahm er das heisere Husten der Pumpguns. Die Automatik hatte laut genug gesungen, um den Chor zu wecken. Am Ende des Flures erschien Dobermann Nummer drei. Schulz erwischte ihn mit zwei Schüssen, dann trat er durch die Haustür auf den dunklen Hof.

Die Treppenstufen hätten ihn normalerweise zu Fall gebracht, doch Schwester Coca machte einen Gleitflug daraus. Er hörte das nervende Sägen einer Vollautomatischen und warf sich in die Büsche. Schweratmend robbte er zur Auffahrt zurück. Sein Puls hämmerte. Eine Gestalt huschte vorbei. Schulz schoß ihr in den Rücken. Nummer vier. Dann hörte er Jill.

»Komm!« schrie sie. »Es ist alles frei!«

Schulz fragte sich, woher das Echo in Jills Stimme kam. Er rappelte sich auf und betrat die Auffahrt. Er sah Jill und Ruffus am Tor stehen, die Flinten im Anschlag. Neben den beiden lagen die Dobermänner fünf und sechs.

Schulz witterte. Es war seltsam ruhig. Die Luft vibrierte. Irgendwo ging ein Erdrutsch nieder. Es war das Knirschen der Kiesel unter seinen Sohlen. Schweiß, kühl wie ein Bergbach, lief ihm über das Gesicht. Ihm war kalt. Absolutes Killerkoks. Der pure Frost.

Dexter erschien auf der Szene. *»Are yuh nervous, mahn?«*

*»I'm fuckin' nervous, mahn!«* schrie Schulz den Mann aus Guyana an.

*»Relax, mahn!«* brüllte Ruffus.

Schulz hörte, wie Jill eine frische Patrone in ihre Schrotflinte pumpte. Es klang, als fahre eine Dampflok mit durchdrehenden Rädern an.

»Was ist mit dir los, Wolf?« rief Jill.

»Was soll mit mir los sein?«

»Du siehst aus wie ein Zombie.«

»Ich bin ein Zombie.« Schulz kicherte hysterisch. Dann übernahm er die Spitze beim Rückzug.

»Hast du ihn erwischt, Mann?« fragte Dexter.

»Ja.« Schulz lächelte.

Die Männer aus Port Antonio tauchten auf. »Alle tot«, meldete einer.

»Wir sollten sie ins Meer werfen, für die Haie«, sagte Ruffus.

Der Jamaikaner war glücklich. Absolut glücklich. Da war sich Schulz ganz sicher.

»Lassen wir sie, wo sie sind«, sagte Jill. »Sonst werden sie morgen bloß in der Bucht angeschwemmt.«

In der Villa des Generals schrillte ein Telefon. Niemand nahm ab.

»Vielleicht ruft der Haifisch aus Kingston an, um zu sehen, wie es seinem Boß geht«, sagte Ruffus.

»Mach keine Witze.« Schulz blieb stehen. Sein Brustkorb war zu eng. Sein Herz pochte in den Fußknöcheln.

»Wolf?« Jill sah ihn erschreckt an. »Du weinst ja?«

Schulz sank auf ein Knie, wollte Zeit gewinnen. Dann blickte er auf. *»¡Viva Humberto Spumante!«* sagte er. *»¡Viva!«*

Jill schickte Schulz unter die Dusche.

Er zog seinen Anzug an. New York, dachte er, ist Kapitalismus total, da darfst du nicht zu salopp daherkommen.

Ruffus schrieb ihm eine Kontaktadresse auf. »Ein Laden in der Bronx, wo es Ziegenfleisch gibt. Über den Mann an der Kasse kannst du meinen Bruder erreichen. Ich hoffe nicht, daß du ihn brauchst. Aber wenn du nach Ray rufst, wird er für dich dasein. Sag ihm, daß ich dich geschickt habe . . . und zeig ihm das hier.« Der Jamaikaner öffnete den Verschluß der dünnen Silberkette an seinem Hals, streifte das kleine koptische Kreuz ab und gab es Schulz. Es war aus Silber, und der Längsbalken endete in einem winzigen Löffel.

»Danke.« Der Deutsche umklammerte den Talisman und umarmte Ruffus.

Dexter reichte Schulz ein Glas mit frischgepreßtem Limonensaft. »Trink«, sagte er. »Du brauchst Vitamine.«

Schulz tat wie geheißen.

Der Mann aus Guyana hielt ihm eine Wasserflasche hin. »Du mußt den Flüssigkeitsverlust ausgleichen.«

Schulz leerte die Flasche zur Hälfte, umarmte Dexter und griff nach dem Koffer.

»Hier«, sagte Jill und drückte Schulz einen Ballen Stoff in die Arme.

Er sah sie fragend an.

»Ein Mantel«, sagte sie. »Du wirst ihn brauchen. In New York ist Winter. Kaschmir.« Sie hatte feuchte Augen. »Er hat Don gehört, aber der braucht ihn nicht mehr.«

»Danke«, sagte er.

»Komm«, sagte Jill. »Es wird Zeit.«

Sie gingen vom Gästebungalow zum Wagen. Die Wellen klatschten in die Bucht, und ein leichter Wind strich durch die Nacht.

Bevor Schulz auf dem Beifahrersitz Platz nahm, sah er zu Ruffus, Dexter und den fünf Männern aus Port Antonio. Er ballte die rechte Faust und hielt sie in Schulterhöhe. Das hatte er zum letzten Mal an der Südfront getan.

## 67

Elba Riofrio de Savinelli war gegen Profis und für Amateure. Bluefields war für Profis. Boxamateure langweilten ihn. Er hatte sich über seine Kontakte das Video mit dem Weltmeisterschaftskampf besorgt, und sie hatten sich gemeinsam die Niederlage von Cesar Fuentes angesehen. Danach waren sie ins Bett gegangen.

»Fuentes ist ein Verräter«, sagte Elba. »Geschieht ihm recht, daß er verloren hat. Der Schlag soll alle im Exil treffen! Alle, die uns im Stich gelassen haben.«

»Wann kommt dein Mann zurück?« fragte El Oloroso.

»Übermorgen.«

Von der Front war ein Donnern zu hören. Die Bomber luden ab.

»Was ist mit Kurt?« fragte Elba.

»Ich weiß nicht.«

»Weißt du es nicht, oder willst du es mir nicht sagen?«

Bluefields schwieg.

»Wird er zurückkommen?«

»Vielleicht.«

»Hat er eine Chance?«

»Ich glaube nicht.

## 68

Der Temperatur nach zu urteilen fuhren sie nicht im Jaguar durch die Blue Mountains, sondern im Transsibirienexpreß durch tiefverschneite Steppen. Schulz ahnte die Wölfe. Seine Zähne klapperten.

Jill schaltete die Klimaanlage ab und öffnete per Knopfdruck die vorderen Seitenfenster.

Die Nachtluft wärmte Schulz etwas. Die Scheinwerfer leuchteten die Serpentinen und den Tropenwald aus. Als sie ein Dorf durchfuhren, sah er von rechts einen Rottweiler auf die Straße springen.

»Paß auf, Castro!«

Jill nahm den Fuß vom Gas.

Ein gelblicher Straßenköter verschwand im Straßengraben.

»Sorry.« Schulz schloß die Augen und lauschte dem Summen des Motors.

An der Stadtgrenze von Kingston fuhr der Jaguar an einem riesigen Wandplakat vorbei, das in der feuchten Hitze verwitterte. Am Fuß der baufälligen Mauer wurde ein Müllhaufen abgefackelt. Vier räudige Bastardköter durchschnüffelten den Abfall. Es gab mehr Hunde als Knochen auf der Insel. Auf dem Plakat stand: TOURISM FOR A BRIGHTER TOMORROW.

Das weiße Babylon in seinem Größenwahn, dachte Schulz.

Wenig später parkte Jill vor dem Flughafengebäude und gab im Wagen letzte Instruktionen.

»Du wirst am Kennedy-Airport landen. Von dort nimmst du dir ein Taxi nach Manhattan. Du kannst im International House wohnen, am Riverside Drive, in der Nähe der Columbia University. Hier ist die Anschrift.« Sie gab ihm eine Karte. »Ich werde ein Fax schicken. Bis du ankommst, wissen sie Bescheid. Melde dich am Empfang. Wir haben dort immer die Far Eastern Suite. Nichts Besonderes, aber solide und bei der Hotelsituation und den Horrorpreisen in New York ein Glücksfall. Sollte sie belegt sein, werden sie dir ein anderes Zimmer geben. Sie sind auf offizielle und private Besucher eingerichtet. Eigentlich ist es ein internationales Studentenheim, aber Don war Mitglied im Aufsichtsrat, und ich genieße seine Privilegien dort weiter.«

Schulz nickte und steckte die Karte ein.

»Ich werde Santander ebenfalls verständigen. Er wird sich mit dir in Verbindung setzen.«

Du hast alles im Griff, Lady, ging es ihm durch den Kopf.

»Hier.« Sie gab ihm eine blaue Plastikkarte. »Das ist eine MAC-Card. Sie ist auf meinen Namen ausgestellt. Du kannst damit fast bei jeder Bank am Automaten Geld abheben. Du wirst das Zeichen finden. Keine Unterschrift. Nur die Kennzahl eingeben. Viermal die Drei.«

»Ich habe genug Geld, Traveller-Schecks und eine Kreditkarte«, protestierte er.

»Du weißt nicht, was auf dich zukommt. Du mußt sie ja nicht benutzen. Sind sowieso nur achttausend Dollar drauf. Du kannst mich also nicht ruinieren.« Sie lächelte.

»Okay, viermal die Drei.«

»Wenn du die Karte nicht mehr brauchst, kannst du sie per Post zurückschicken.« Oder zurückbringen, sagte ihr Blick.

»Hier, unterschreib das, und gib mir deinen Paß. Ich fülle den Rest aus und besorge den Ausreisestempel für dich.« Sie hielt ihm ein Formular hin.

Schulz zog seinen EG-Paß mit dem US-Visum aus der Innentasche der Anzugjacke, benutzte ihn als Unterlage und unterschrieb den Zettel. Dann gab er beides Jill. »Ich habe ein offenes IATA-Ticket.« Er griff danach.

»Behalt es. Das ist jetzt zu kompliziert. Bis die das

gebucht und verrechnet haben, ist der Flieger weg. Ich kenne meine Leute.«

Sie stiegen aus. Schulz holte sein Gepäck aus dem Kofferraum, und Jill schloß den Wagen ab.

Ein Uniformierter kam auf sie zu.

»Das ist Lester. Er bringt dich zum Flugzeug. Warte mit ihm in der Halle auf mich.« Jill verschwand.

Der Jamaikaner nickte Schulz zu, nahm den Koffer und ging voraus. Schulz folgte dem Mann in die Abflughalle.

Eine Viertelstunde später kam Jill zurück.

»Ich hoffe, ich sitze nicht in einem dieser Love Birds voller Ganja«, sagte Schulz.

»American Airlines.«

Sie gingen zum Counter, und Schulz checkte ein. Erste Klasse. Jill ließ sich nicht lumpen. Politikerwitwen. Zum Abschied schenkte Jill ihm eine Kiste Royal Jamaicas.

»Bist du sicher, daß du Bluefields nicht kennst?« fragte er.

»Warum?«

»Nichts, nur ein Gedanke.«

Sie küßte ihn. Es war kein flüchtiger Kuß zwischen Freunden. Es war die Fortsetzung ihrer Romanze in Playas. Doch dazu war es zu spät. Sie hätte dieses Kind nicht in die Welt setzen dürfen, dachte er.

»Viel Glück.« Sie strich ihm über die Wange.

Der Begleiter schleuste Schulz problemlos durch die Paßkontrolle. Die beiden Männer gingen den langen, offenen Gang zum Abflugschalter entlang. Die Nachtluft trocknete Schulz den Schweiß von der Stirn. Kerosingeruch hing über dem Flugfeld. Hinter der Sicherheitskontrolle tippte der Jamaikaner kurz an den Mützenschirm und verschwand.

Es dauerte nicht lang, bis Schulz in der ersten Klasse saß und von einer Stewardeß bedient wurde. Sie bot ihm Champagner an. Er lehnte ab. Kein weiterer Bedarf an edlem Stoff. Sie gab ihm eine Zeitung. Schulz schlug sie auf. Auf der zweiten Seite sah er ein Bild des Nobelpreisträgers, daneben ein Artikel über die Gründe für seine Absage.

Als der Jet abhob, hatte Schulz einen Moment Angst. Er war nie in den USA gewesen. Seine Solidarität zu Lateinamerika hatte es ihm verboten. Ein Transitaufenthalt auf dem Kennedy-Airport, auf dem Weg von Frankfurt nach Guayaquil, war alles, was er an Erfahrung einbringen konnte. Das war zwanzig Jahre her. Ein bleibender Eindruck. Saubere Toiletten mit Stereomusik. Das Plätschern von Urin mit Dean Martin untermalt. Polizisten mit offen getragenen Revolvern und blinkenden Plaketten auf den kurzärmeligen, steif gestärkten Hemden. Orwell mit Pepsi und Seven Up.

Schulz sah aus dem Fenster. Die Lichter von Kingston verblaßten. Ein japanisches Sprichwort fiel ihm ein. *Eine Reise von tausend Meilen beginnt mit einem Schritt.*

## 69

Das Flugzeug landete zur verabredeten Zeit auf der entlegenen Piste.

Die Nacht war hell, und die Positionslampen der Maschine waren nicht eingeschaltet. Der Ganja-Farmer wartete neben seinem Pickup. Der Pilot brachte die Cessna zum Stehen und stieg aus der Kabine. Der Motor lief weiter.

Die beiden Männer begrüßten einander. Sie waren alte Bekannte. Der Pilot hatte für die Familie des Jamaikaners ein paar modische Klamotten aus Florida mitgebracht. Der Farmer revanchierte sich mit Bananen, Yamswurzeln und Brotfrüchten. Die achtunddreißig Ganja-Säcke waren in fünfzehn Minuten verladen, und das Geld für Paul »The Healer« wechselte den Besitzer.

Der Pickup fuhr mit leerer Ladefläche und Standlicht zum Dorf zurück. Das Flugzeug hob von der illegalen Piste ab und verschwand im Nachthimmel.

# III

# ROCK

# 70

Schulz warf einen Blick auf das mächtige Portal, schlug den Kragen von Don Shapiros Wintermantel hoch, packte den Griff seines Koffers und stieg die Stufen hoch.

Das Taxi fuhr davon. Der Eiswind, der den Riverside Drive entlangfegte, blies die Abgasfahne an den Kofferraum des Wagens und trieb Schulz diagonal die Treppe hoch. Es war kein Blizzard, wie der Fahrer versichert hatte, es war ganz normales Wetter für diese Jahreszeit, und die wenigen Schneeflocken und Regentropfen, die Schulz im Gesicht trafen, waren nur ein Gewöhnungsprogramm für härtere Zeiten. Jedenfalls hatte das der Mann aus der Dominikanischen Republik behauptet.

Hinter der Glasscheibe der Rezeption saß eine Chinesin. Schulz stellte sich vor, und die Frau öffnete mit einem Knopfdruck die elektrische Türsicherung. Er betrat das Foyer und stellte den Koffer vor dem unverglasten Teil des Empfangsschalters ab. Alles war vorbereitet. Er füllte ein Formular aus, hinterlegte eine Kaution in Traveller-Schecks und bekam eine Ausweiskarte und den Schlüssel. Die Chinesin erklärte ihm den Weg, und er fuhr mit dem Aufzug in den fünften Stock.

Die Tür mit der Nummer 5D lag in unmittelbarer Nähe des Aufzugs. Die Far Eastern Suite war ein normales Doppelzimmer mit eigenem Bad. Wenn das eine Suite war, konnte Schulz sich vorstellen, wie die normalen Studentenbuden aussahen. Die Heizung arbeitete mit äußerster Kraft. Er beeilte sich, Mantel und Jacke loszuwerden, und stellte die Temperatur tiefer. Dann packte er in Ruhe den Koffer aus, duschte und haute sich aufs Ohr.

## 71

Er ist da«, sagte die Chinesin.

»Gut«, antwortete Santander.

»Soll ich Sie durchstellen?«

»Nein. Er wird müde sein. Ich rufe am späten Nachmittag an.« Er legte auf und ging ans Fenster seines Hotelzimmers im United Nations Plaza. Der Wind trieb Schneeregen gegen die Scheibe. Das Tageslicht war schwach und grau.

Er wird frieren, dachte Santander. Muß lange her sein, daß der Deutsche einen richtigen Winter erlebt hat. Santanders Blick fiel auf die *New York Times,* die auf einem Sessel neben dem Fenster lag. Die dritte Seite war aufgeschlagen. Eros Chamorro Pinto grinste ihm entgegen. EX-DICTATOR SLAUGHTERED BY UNKNOWN HITMEN.

Vor drei Jahren hätte es die Melone mit dieser Schlagzeile noch auf die Titelseite geschafft.

## 72

Das Telefon klingelte.

Es dauerte eine Weile, bis Schulz zu sich kam. Ein mattes Grau hing im Zimmer. Er schaltete die Nachttischlampe an und nahm den Hörer ab.

»*¡Bienvenido a Nueva York!*« sagte Santander.

»Ein Scheißeisschrank ist das da draußen.«

Der Argentinier lachte. »Zimmer okay?«

»Die Heizung funktioniert.«

»Ich hoffe, du hast etwas schlafen können?«

»Ja.« Schulz sah auf die Armbanduhr. Fünf Uhr nachmittags.

»Herzlichen Glückwunsch. Es steht schon in der Zeitung.«

»Die Sau ist tot«, sagte Schulz auf deutsch.

»Was?«

»Ach nichts ... ich hoffe nur, du bist zufrieden.« Schulz ließ eine doppelte Portion Sarkasmus durch die Leitung sickern.

»Wie wär's mit Essen um acht?«

»Keine schlechte Idee. Wo?«

»Laß dir ein Taxi rufen, und fahr zum Ideal. Oberer Broadway. Hast du was zu schreiben?«

Schulz stand auf, ging zum Schreibtisch und schaltete die Lampe ein. »Ja?«

»Nummer zwei-acht-zwei-fünf am Broadway, Ecke hundertneunte Straße. Ein kubanisches Restaurant auf der West Side.«

Schulz notierte. »Gut. Um acht Uhr?«

»Ja. Du hast hoffentlich was Warmes zum Anziehen.«

»Na ja, geht so, ein altes Erbstück der Familie Shapiro.«

»Bis dann.« Santander legte auf.

Schulz schaltete versuchsweise den Fernsehapparat ein, der links auf dem Schreibtisch stand. Aber der Kasten hatte außer diversem Schneegestöber nichts zu bieten. Jemand hatte den Draht eines Kleiderbügels aufgebogen und als Antenne montiert. Anscheinend der letzte erfolglose Versuch, der Kiste ein Programm zu entlocken. Radio gab es keines. Die Förderer und Edelgäste des Wohnheims schienen sich aus Solidarität mit der Studentenschaft gewisse Beschränkungen aufzuerlegen.

Schulz lächelte. Er wollte weder auf die Columbia University noch auf die Manhattan School of Music. Und Söldnerkurse gab es in diesem Hause bestimmt nicht. Vielleicht konnte er sich in der Bar oder in der Kantine bei einigen Studenten aus Panama ein paar Schulterklopfer verdienen, wenn er ihnen von seinem letzten Abendkurs erzählte.

## 73

Ricardo »Richy« Estefan sah das Oldsmobile und rüttelte seinen Partner wach.

Estefan war oft genug allein unterwegs. Heute abend hatte er Verstärkung mitgebracht. Das Gesetz war impotent, das wußte er. Aber manchmal beruhigte ihn der Gedanke, nicht allein sterben zu müssen.

»Da sind sie.« Er deutete mit dem Kinn in die Richtung, in der der dunkelblaue Wagen durch die Windschutzscheibe zu sehen war.

Das Oldsmobile hielt am Randstein. Zwei Schwarze stiegen aus und hielten auf die Babynutte unter der Budweiser-Reklame zu.

Die Nutte war Estefans einziger brauchbarer Kontakt in der Bronx. Alles, was er in Sachen Drogenbekämpfung in dieser Gegend erreicht hatte, hing an dieser Informantin. »Los«, sagte er zu seinem Partner und stieg aus dem Polizeiwagen.

Die beiden Jamaikaner sahen die Cops zu spät. Der eine riß eine Magnum heraus, der andere wollte sich auf das Mädchen stürzen und es als Geisel nehmen.

Richy Estefan ließ nichts anbrennen. Er erwischte den Magnum-Mann mit dem ersten Schuß in der Brust, den zweiten Dealer setzte er mit einem Bauchschuß außer Gefecht.

»Herrgott, Richy, bist du wahnsinnig«, flüsterte Estefans Kollege. Vor einem halben Jahr war er direkt von der Polizeischule auf die Straße geschickt worden.

»Die Welt ist wahnsinnig, Baby.« Richy steckte seinen Dienstrevolver ein und nahm die kleine Schwarze in den Arm, um sie zu beruhigen.

»Das kannst du doch nicht machen«, stammelte der Junge und steckte seine Waffe ins Holster, ohne sie abgefeuert zu haben. Das Stöhnen des Mannes mit der Bauchwunde klang ihm in den Ohren. »Was machen wir mit ihm?«

»Er stirbt.«

»Wir müssen ihm helfen!«

»Halt's Maul, Kleiner«, versetzte Richy Estefan. »Wenn ich Nachhilfeunterricht brauche, schau ich mir *Dirty Harry* an.«

## 74

Als Schulz das Ideal betrat, war er von den zwanzig Metern vom Taxi bis zum Eingang durchgefroren wie ein Eisblock.

Santander saß im rostbraunen Tweedanzug auf einem roten Plastikhocker an der Bar, direkt neben der Espressomaschine. In den Flaschenregalen war eine imposante Sammlung von Rioja-Weinen. Als der Argentinier den Deutschen sah, stand er auf. Der Tweed paßte zum Winter und zu seinem weißen Schnurrbart.

Die beiden Männer umarmten einander und setzten sich an einen Tisch an dem Ziegelgemäuer. Eine Latina kam, reichte ihnen die Karten, nahm Schulz den Mantel ab und fragte nach den Getränkewünschen.

»Erst mal zwei Margueritas?« fragte Santander.

»Warum nicht?« Schulz stand mehr auf Daiquirris. Rum, das war die Karibik. Tequila, das war Mexiko. Davon verstand er nichts.

Santander studierte die Speisekarte. »Ich empfehle den Avocadosalat und *Arroz con Pollo*.«

Huhn mit Reis war immer richtig. Schulz nickte zustimmend.

»Dazu einen weißen Rioja?«

»Einverstanden.«

Santander teilte der Bedienung die Wünsche mit. Dann sah er Schulz ernst an. »Gute Arbeit.«

»Glück.« Eigentlich hatte Schulz vorgehabt, den Argentinier seine Wut spüren zu lassen. Aber es war wie immer: Santander war der Mentor.

»Ich konnte in Nicaragua nicht mit der Wahrheit rausrücken.«

Schulz nickte.

»Die Jungs in Managua sind nur auf Navarro heiß. Chamorro war denen egal. Manche haben sogar versucht, ihn zu schützen. Allen voran der Innenminister.«

Die Cocktails kamen.

Schulz trank. Der Tequila schmeckte hart und bitter. »Dann erklär mir mal das ideologische Szenario zu der Aktion«, sagte er.

»Drogen.«

»Kein Marx, kein Engels, kein Mao?«

»Drogen.« Santander wiederholte es mit bitterer Schärfe. »Keine Ideologien.«

»Dann sind wir ja nach all den Jahren wieder beisammen.« Schulz trank einen kleinen Schluck Marguerita.

»Es ist das einzige, was mich noch interessiert.« Santander sah Schulz ernst an. »Der Kampf gegen die Droge. Weltproblem Nummer eins. Der Kapitalismus hat sich durchgesetzt, und er wird an der Droge zugrunde gehen.«

»Das heißt doch für einen guten Sozialisten: Abwarten.« Schulz machte es Spaß, den Meister zu provozieren.

»Es gibt kein Danach.«

Schulz schwieg.

»Du würdest doch auch keinen Atomkrieg abwarten, damit du danach Aufbauarbeit leisten kannst.«

»Nein.« Schulz schüttelte den Kopf. Er war froh, wenn er mit seinem eigenen Kram zurechtkam.

»Chamorro war auf dem besten Weg, ein unantastbares Syndikat für Heroin, Kokain und synthetische Drogen aufzubauen. Er hat über seine hiesigen Kontakte sogar schon eine Scheinfirma ins Handelsregister eintragen lassen. *La Purísima.*«

Die Reine. Die Unbefleckte. Die Heilige Jungfrau. Schulz dachte an seinen Kontaktmann in Managua, er sah Pablo neben sich auf dem Klo.

»Er war auf dem besten Weg, einen Deal zwischen Asien und Lateinamerika hinzukriegen. Zusammenarbeit und gegenseitige Versorgung mit den eigenen Spitzenprodukten, Aufteilung des Marktes in den interessantesten Absatzgebieten. Die Latinos mit Schwerpunkt an der Ostküste, dazu Kanada, die Karibik, Mittel- und Südamerika sowie Europa. Die Asiaten an der Westküste, Asien, Australien und Neuseeland. Selbst die ehemalige Sowjetunion hatten sie schon aufgeteilt. Zu Afrika und den islamischen Ländern ist ihnen allerdings noch nicht viel eingefallen.«

»So was hängt doch nicht nur an einem Mann«, sagte Schulz.

»Richtig, aber die Melone hatte immer Partner, wurde sie rechtzeitig los und stand dann als alleiniger Erbe da.« Santander trank von seiner Marguerita. »Natürlich hängt so was nicht nur von Chamorro ab, aber nur ein Größenwahnsinniger wie er kommt überhaupt auf so ein Projekt. Und ohne einen Gigantomanen wie ihn wird es auch nicht auf die Beine kommen . . . hoffe ich.«

»Du arbeitest mit den Yankees zusammen?«

»Ja.« Santander zuckte mit den Schultern. »Es hat sich viel geändert in all den Jahren – auch bei mir.«

Es war seltsam, Gabriel Santander García so reden zu hören. Der Mann aus Mendoza war auf seinem Heimatkontinent jahrelang eine Art Simón Bolivar der subversiven Linken gewesen. Er hatte in Buenos Aires als Rechtsanwalt gewirkt und in Montevideo eine politische Monatszeitschrift herausgegeben. Er hatte als Partei- und Gewerkschaftsfunktionär am Rio de la Plata gearbeitet. Seine Anwaltskanzleien waren geschlossen worden, sein Magazin hatte man verboten, und die Partei, in deren Führungsgremium er gesessen war, hatte sich irgendwo im linken Spektrum in Wohlgefallen aufgelöst. Später hatte Santander im Untergrund gearbeitet. Seine Weltsicht war zynischer geworden. Er hatte etablierte Macht um jeden Preis, auch mit Gewalt, bekämpft. Er hatte einen Kleinkrieg geführt, in dem Schulz einige Feldzüge mitgemacht hatte. Doch das war lange her. »Du bist mal ein Rebell von kontinentalem Zuschnitt gewesen«, sagte Schulz.

»Koordinator«, korrigierte Santander.

»Was ist passiert? Wann haben sie dich aus dem Gefängnis entlassen?«

»Als Alfonsín an die Macht kam, ließen sie mich laufen. Ich durfte meine Anwaltskanzlei wieder eröffnen. Sie geht gut. Ich habe zwei zuverlässige Partner. Man hat mich rehabilitiert.« Er trank. »Ich konnte viel nachdenken.«

»Und deshalb arbeitest du jetzt für die US-Behörden?«

Es ist nicht fair, dachte Schulz. Er hat ein Recht darauf, sich zu ändern, genau wie ich. Aber er war ein Idol. Er ist mir Rechenschaft schuldig.

»Achtundachtzig habe ich zum zweiten Mal geheiratet. Eine Kollegin. Juristin. Das Medellín-Kartell hatte sie auf der Liste, und so wurde ich zum zweiten Mal Witwer.«

Das war ein verdammt guter Grund. Schulz schwieg.

»Ich habe mich seitdem in die Materie eingearbeitet. Die argentinische Regierung hat mich sogar zeitweise zur UNO abgestellt, damit ich meine Talente dort zur Verfügung stellen kann.«

Santander nahm die Ellbogen vom Tisch, um der Latina das Servieren zu erleichtern.

»Nach dem Drogenkrieg zwischen der Regierung in Bogotá und den Kartellen wurde die Lage eher noch verworrener. Ein Chaos, in dem sich unser Ex-Diktator mit Geschick bewegte. Nach einer Verknappung des Angebotes pendelten sich die Preise wieder auf dem üblichen Niveau ein. Als ob sich nichts geändert hätte. Nur, daß das Angebot noch vielseitiger geworden ist und die Beschaffungskriminalität ein Ausmaß annimmt, das einen an Bürgerkrieg erinnert.«

Santander probierte sein Huhn mit Reis und nickte zufrieden. Dann nahm er einen Schluck Weißwein. »In unserem Kampf hat es viele Tote gegeben, Amigo«, fuhr der Argentinier fort. »Zu viele, und oft für die falsche Sache. Aber das ist nichts im Vergleich mit der Gewalt, die derzeit die Städte beherrscht. Die Menschen schlachten sich wegen ihrer Sucht ab. Gegen die Herrschaften, die diesen Krieg führen, waren wir harmlose Spinner, Amigo. Die sind eiskalt bis ins Herz, und so, wie es derzeit aussieht, schaffen sie sogar die Gringos. Wenn es nach denen geht, rutscht eines Tages der Präsident der Vereinigten Staaten auf den Knien vor einem Dealer und bettelt um einen Schuß.« Santander löste das Fleisch eines Hühnerschenkels vom Knochen.

»Und was ist mit diesem Märchen mit dem Nobelpreisträger?«

»Ich war ziemlich sicher, daß ihm jemand rechtzeitig nahelegt, daß er besser zu Hause bleiben sollte. Die Drogenbarone brauchen jeden Politiker, der Mittelamerika zur Ruhe bringt. Kriege jedweder Art sind Gift fürs Geschäft.«

»Und Norberto Navarro?«

»Wir haben ihn auf dem Monitor. Er ist harmlos. Erschöpft sich in Scharmützeln. Er ist lästig, aber ungefährlich. Ein großes Kind. Er wird irgendwann wieder ins Gefecht ziehen. Aber er wird nichts gewinnen. Vergiß ihn.« Santander sah die leeren Gläser. »Noch eine Flasche?«

Schulz nickte.

Santander winkte der Latina.

»Kannst du mir sagen, warum du mich dann an den Nordpol bestellt hast?«

»Du wirst gebraucht.«

»Mittelamerika?«

»Vergiß Mittelamerika. Nebenschauplatz. Manchmal wichtig. Heute El Salvador, Guatemala und Honduras, gestern der Golf, Vietnam und Kambodscha. Vorgestern? Wer weiß das schon noch? Futter für die Medien und die Wähler. Der dritte Weltkrieg hat bereits begonnen. Du wirst an der Drogenfront gebraucht. Ich rechne mit deiner Hilfe.«

Die Bedienung brachte die zweite Flasche Rioja und schenkte nach.

»Oder willst du dich an deiner Lagune zu Tode saufen?« Santander sah Schulz ernst an. »Ich brauche einen guten Troubleshooter. Alles völlig legal.«

»Ich arbeite nicht mit FBI, CIA oder DEA«, sagte Schulz.

»Sei nicht kindisch.« Santander schüttelte den Kopf »Du arbeitest für mich.«

»Ich soll also die Jugend der Welt retten? Und das bei dieser Kälte hier. Das kann doch nicht dein Ernst sein.«

»Du kannst dich in Florida niederlassen. Du wirst viel reisen müssen. Karibik, Südamerika. Alle Fäden des Geschäfts laufen in Miami zusammen.«

Santander war mit dem Essen fertig und schob seinen Teller beiseite.

»Ich habe dich nach New York kommen lassen, weil ich im Augenblick nicht weg kann. Und weil ich dir etwas zeigen möchte. Die erste Folge dieser neuen Internationale. Den Krieg in den Städten. Ich will nicht, daß du heute ja oder nein zu meinem Vorschlag sagst. Denk in Ruhe nach, sieh dich ein bißchen um.

Ein paar Tage in New York City, danach Miami. Ich habe Männer, die sich um dich kümmern. Sie werden dir einen Einblick verschaffen. Cops. Schau dir an, wie sie arbeiten.«

»Hmm . . .« Bei »Miami« war Schulz hellhörig geworden.

»Kauf dir morgen Winterkleidung. Den Anzug kannst du dir für Florida aufheben.« Santander strich sich mit der rechten Hand über den Schnurrbart.

Der ist sich absolut sicher, daß ich den Köder schlucke, dachte Schulz. Er hat diesen Alligatorblick.

»Abends um zehn holt dich ein Cop ab. Er meldet sich am Empfang. In Zivil. Richte dich auf eine lange Nacht ein. Der Mann heißt Estefan, Ricardo Estefan.«

## 75

Sie haben zwei von unseren Jungs in der Bronx abgeknipst«, teilte Buster Caldwell seinem Boß mit, nachdem er den Telefonhörer aufgelegt hatte.

Ray Miller schnaufte. Er hatte sich heute für ein türkisfarbenes Stehkragenhemd entschieden, das ihm zwei Nummern zu eng war. Ohne zu antworten, zog er an der Wasserpfeife.

Die sechs Jamaikaner saßen auf dem Teppich in Millers Büro. Buster Caldwell war der einzige Weiße in der Runde. Aber es war der Mann mit der Nickelbrille und dem blonden Afro, der die Tradition hochhielt. Er hatte die geselligen Ganja-Abende durchgesetzt.

»Wird Zeit, daß du dich wieder mal persönlich zeigst, Ray«, sagte einer der Männer.

»Bin sicher, daß dieser Bulle dahintersteckt«, brummte Caldwell.

Ray Miller schwieg und zog an der Pfeife. Er kochte innerlich. Ja, er würde sich selbst darum kümmern. Verflucht noch mal, er mußte sich um alles selber kümmern. Nicht mal mit Abschreckung kamen diese Clowns noch klar. Queens, die Bronx, Brooklyn und jetzt auch noch Miami. Sollte er sich vielleicht vierteilen? »Ich kann nicht überall zur gleichen Zeit sein«, sagte er.

»Du solltest aber wenigstens den Eindruck erwekken, Mann.« Buster Caldwell nahm die Brille von der Nase und putzte sie mit einem Taschentuch.

»Klugscheißer.« Ray Miller spürte, wie sein Sodbrennen zu einem Comeback ansetzte.

## 76

*Am Tag, an dem der Dollar stirbt, wird alles besser,* sang Peter Tosh. Schulz träumte vom Tod des Reggae-Fürsten. Genau so, wie Ruffus ihn geschildert hatte. Nur schrecklicher.

Tosh, Wilton »Doc« Brown – der Kräutermann und vegetarische Koch des Stars – und Freunde saßen vor dem Fernseher im ersten Stock des Hauses in Barbican, St. Andrew.

Der Fernsehton schnitt Schulz ins Hirn. Kurz darauf ging er in ein dumpfes, erträgliches Pochen über. Jemand klopfte an die Tür im Erdgeschoß.

Einer der Freunde des Musikers geht nach unten. Kurz darauf erscheint er wieder im Wohnzimmer, begleitet von drei Männern. Einer der Eindringlinge hält ihm die Waffe an den Hals.

*»Belly it!«* brüllt der Anführer der Bande. Tosh und seine Freunde legen sich bäuchlings auf den Fußboden. Die Einbrecher verlangen Geld. »Du bist grade

aus dem Ausland zurückgekommen, du hast US-Dollars.«

Wieder klopft es unten. Dumpfe Schläge, die Schulz im Schädel dröhnen. Einer der Eindringlinge begibt sich nach unten und taucht wenig später mit Jeff Dixon auf, einem Radio-Diskjockey, bekannt unter dem Namen »Free-I«.

*»Belly it!«* schreit der Anführer erneut.

Einer der Eindringlinge verschwindet im Schlafzimmer und kehrt mit Toshs Machete zurück. Er droht, den Sänger zu töten. Ein Freund des Sängers mischt sich ein. Er wird mit Macheten- und Kolbenhieben zusammengeschlagen und dann erschossen. Geld und Juwelen werden herumgereicht. Dann liegen Peter Tosh, der Doc und Free-I in ihrem Blut am Fußboden.

Der Donner von Schüssen hallt Schulz in den Ohren. Musik aus Trenchtown.

*Schickt mich nicht wegen des Krauts ins Loch, ich hab's vom Priester und einem Minister.* Ein Schrei über dem Beat. *Legalize it!*

Schulz wachte auf. Er schwitzte. Er stieg aus dem Bett und ging zum Fenster, schaute in die Winternacht.

Upper Manhattan.

## 77

Der Laden, in dem Schulz sich mit Winterkleidung eindeckte, hieß Banana Republic und lag schräg gegenüber von Bloomingdale's an der Lexington Avenue, Ecke 59th Street.

Die tropische Fensterdekoration hatte Schulz angelockt, als er sich durch die Kälte zu dem Großkaufhaus vorkämpfen wollte. Milchiger Nebel stieg aus den Gullys auf, und er hatte das Gefühl, der Wind in den langen Straßenschneisen schneide ihn in Stücke. Die Temperatur lag nur wenige Grad unter Null, aber der Luftzug zwischen den Wolkenkratzern vervielfältigte die Wirkung.

Der Laden sah aus wie ein Warenlager für Großwildjäger. Das Angebot reichte von leichtem Zwirn für Afrikasafaris bis zu Eskimokutten für Abenteuer in Alaska. Schulz entschied sich für ein graues Sweatshirt, dazu eine wattierte Khakihose, ein dunkelblauer Schafwollpullover, dicke Unterwäsche und Socken. Außerdem gönnte er sich zwei Jeanshemden mit Druckknöpfen aus Perlmutt und eine verwaschene Jeansjacke ohne Futter, die er unter dem Mantel tragen konnte.

Schulz suchte jedes Stück mit Faszination und Sorgfalt aus. Weihnachten lag zwar schon sechs Wochen zurück, aber seit seinen Poncho- und Pullovertagen in den Anden hatte er keine dicken Klamotten mehr in den Händen gehabt. Seinen Anzug ließ er einpacken. Er zahlte mit Kreditkarte und klemmte sich die Tüte unter den Arm.

Mittlerweile schneite es. Mit seiner neuen Ausstattung fühlte sich Schulz einigermaßen gerüstet, um sich auf die Suche nach dem Madison Square Garden zu begeben. Der Boxtempel war bislang so ziemlich das einzige gewesen, was ihn an New York interessiert hatte. Wenigstens von außen wollte er ihn einmal sehen.

Schulz kehrte bei Wolfie's ein und setzte sich auf eine Holzbank an einem Fenstertisch, von dem aus er den Garden im Auge hatte. Auf dem Bildschirm über der Bar flimmerten Musikvideos. Die Kronleuchter waren mit elektrischen Kerzen bestückt. Schulz bestellte ein Beck's Bier und einen Hamburger. Bis die Bedienung zurückkehrte, spielte er mit der roten Papierserviette und betrachtete die überlangen Limousinen vor dem Penta Hotel. Das Bier kam. Schulz schenkte sich ein und prostete in Gedanken allen großen Boxern zu – den Siegern wie den Verlierern.

Der verschneite Gehsteig und die nasse Straße stimmten ihn trübsinnig. Er kam sich verloren vor, und eine Welle von Selbstmitleid stürzte auf ihn ein. Plötzlich wußte er wieder, warum er Deutschland vor langer Zeit verlassen hatte.

Der Hamburger wurde von seinem Körper verbrannt, ohne daß ihm wärmer wurde. Er bestellte sich noch eine Portion. Diesmal mit Käse.

Draußen hasteten die Menschen vorbei. Neben einem Zeitungskiosk spielte ein dürrer Schwarzer auf einer Elektrogitarre, die an einen kleinen Verstärker auf dem Gehsteig angeschlossen war. Schulz konnte nicht hören, was der Mann spielte, aber er sah, wie der Schnee rund um die Box taute. An dem Verstärker lehnte ein Pappschild mit der Aufschrift THE ONE MAN BLUES SATAN.

Ein Labrador mit dickem Winterfell trottete an der Leine vorbei.

Schulz dachte an Castro.

## 78

Sniffer war ein Bastard. Halb Spaniel, halb Foxterrier.

Er arbeitete mit dem Stolz eines englischen Wachtelhundes. Sein Jagdrevier lag zwischen den Gepäckförderbändern in der Ankunftshalle des Miami International Airport. Die Zeit der Dänischen Doggen, Deutschen Schäferhunde und anderer Muskelbullen und Beißautomaten war vorbei. Sniffer war ganz Nase.

Witternd strich der Hund zwischen den ankommenden Gepäckstücken umher. Sein Partner, ein Beamter der Rauschgiftfahndung, stand in Zivil zwischen den frisch aus Kingston eingetroffenen Fluggästen und tat unbeteiligt.

Sniffer baute sich vor einem Latino auf. Der Mann trug eine Sonnenbrille. Sein Haar war pechschwarz, glänzte fettig und war glatt nach hinten gekämmt. Er trug einen leichten dunklen Anzug, aber er hatte ein intimes Verhältnis zu Uniformen. Er war Oberst im Ruhestand. Er wußte, daß der kleine Köter zum *U. S. Customs Service* gehörte – auch wenn der Vierbeiner nicht uniformiert war. Der Kokainspezialist würde nichts finden.

Sniffer ließ den Latino links liegen und trippelte auf eine Schwarze mittleren Alters zu. Plötzlich hatte er den Geruch in der Nase. Es war *der* Geruch. Egal, womit man den Stoff vermischte, egal, wie dicht die Verpackung war, Sniffer roch ihn. Der Hund gab Freudentöne von sich und leckte der Schwarzen die Füße. Er schlabberte über die roten Pumps, arbeitete sich zu den Fußgelenken hoch und fuhr mit der Schnauze in die Beine des weißen Hosenanzugs. Die Dame trug Bandagen um Waden und Fußgelenke. Mindestens eineinhalb Pfund.

Der Oberst beobachtete den Vorgang, während er seinen Koffer vom Band nahm. Sniffer warf dem Latino einen triumphierenden Blick aus braunen Augen zu.

Der Oberst lächelte weiß und kalt. Colonel Hector Ramiro Vargas war in Florida angekommen.

Sniffer bellte stolz.
Es war ein Tag der Hunde.
Bastard und Dobermann.

## 79

Um Viertel vor zehn verließ Schulz seine Suite, ging an den grüngestrichenen Zimmertüren vorbei zum Fahrstuhl und drückte auf den Knopf nach unten.

Im Erdgeschoß angekommen, ging er zum Empfang. Sein Mann war nirgendwo zu sehen. Schulz stieg ein paar Stufen hoch in die Lobby und spazierte eine Weile herum, um sich die Zeit zu vertreiben. Steinfußboden mit Karos in hellem und dunklem Grau, viereckige Säulen in Weiß. Sofas, Sessel und Stehlampen. Yucca-Pflanzen in braunen Tontöpfen, großflächige abstrakte Gemälde, ein Kamin, vor dem Schachspieler saßen. Am Klavier machte sich ein Mann mit einem Stimmschlüssel zu schaffen. Von irgendwoher hörte Schulz Musikfetzen durch den harten Anschlag des Pianos. Streichinstrumente. Die Ikatmuster der Vorhänge erinnerten ihn an Ecuador, Peru, Bolivien.

Als Schulz zum Empfang zurückkehren wollte, kam ihm ein kompakter Mann entgegen. Er trug Jeans, Stiefel und eine speckige, hüftlange Schafsfelljacke. Grauschwarzer Bürstenschnitt. Die Augen unter den buschigen Brauen waren dunkelbraun. Eine Boxernase saß in dem beigegelben Gesicht, das auf alle möglichen Herkunftsländer schließen ließ, von Persien bis Guatemala.

Der Mann hielt Schulz eine breite Hand mit kurzen Fingern hin. »Estefan. Nett, Sie kennenzulernen«, sagte er.

»Schulz.« Der Deutsche drückte fest zu. »Tut mir leid, daß ich nicht gleich da war. Ich habe mir etwas die Zeit vertrieben.«

»Netter Tanzsaal«, sagte Estefan und sah sich um.

Der Pianostimmer schlug eine Baßsaite an.

»Hoffe, Sie können sich in dem Ding bewegen.« Estefan musterte den Mantel.

Estefan drehte sich um und ging. Schulz folgte ihm. Die Chinesin betätigte den Türöffner. Sofort spürte Schulz die Kälte. Am Fuß der Treppe stand ein Chevy. Der stumpfe Lack mochte einst braun, grau, schwarz oder dunkelgrün gewesen sein. Jetzt war er nur noch matt. Estefan stieg ein. Schulz klemmte sich auf den Beifahrersitz, ohne daß ihm über vier Lagen Kleidung die Knöpfe vom Mantel platzten.

Sie fuhren los. Die Wischerblätter verteilten den Brei aus Schnee und Wasser über die Windschutzscheibe. Aus dem Funkgerät drangen Dialogfetzen zwischen Zentrale und Einsatzeinheiten.

»Willkommen im Wunderland«, sagte Estefan und rauschte über eine rote Ampel.

Schulz knöpfte seinen Mantel auf. Die Heizung arbeitete gut. Er knöpfte auch die Jeansjacke auf.

Estefan stellte das Autoradio an, schob eine Kassette ein und drehte die Lautstärke so weit auf, daß der Sprechfunk nicht mehr zu verstehen war. Schulz hörte eine Art Ska, nur langsamer und schwerer.

»Wer ist das?«

»Chickenpot Haxler.«

»Gut.«

»Der Blues ist im Ska, Baby.« Estefan zog den Chevy durch eine langgezogene Kurve. »Die richtige Musik, wenn du Angst hast, alleine zu krepieren, und das Rudel suchst.«

Der Asphalt schimmerte blauschwarz. Auf den Gehsteigen lag schmutziger Schnee.

»Früher fing Spanish Harlem etwa an der Hundertzweiunddreißigsten Straße an. Jetzt ist schon die Gegend um die Hundertfünfundzwanzigste und die Hundertsechzehnte die Grenze«, sagte Estefan.

Der Latino langte ins Handschuhfach, öffnete es, holte einen Revolver heraus und hielt ihn seinem Begleiter hin.

Schulz nahm die Waffe. Es war ein Colt. Modell 21, Diamondback, .38 Special. »Nicht schlecht, Herr Specht«, murmelte er auf deutsch.

»Das ist ein Ghettoblaster.«

»Ich dachte, das sind Kofferradios.«

»Das *ist* ein Radio. Die einzige Verständigungsmöglichkeit in dieser Gegend.« Estefan lachte. »Damit kriegst du deine Message rüber. Darauf hören die Leute.«

Schulz schwieg, hielt das kühle Metall in Händen und hörte Chickenpot Haxler zu.

. . . *mein Lachen wird sterben, wenn du gehst* . . .

*»¿De donde eres, hermano?«* fragte Schulz.

»Puerto Rico«, antwortete Estefan. »Aber ich kann die Sprache nicht mehr so gut. Wenn du ein Ohr für Slang hast, hörst du, daß ich aus der Bronx bin.«

Schulz überprüfte den Revolver. Er war geladen.

»Nervös, Mann?«

»Ja.« Schulz steckte die Waffe in die rechte Manteltasche.

»Gute Pferde entspannen sich vor dem Rennen.« Estefan lachte wieder.

Der Chevy summte eine lange Gerade hinunter.

»Black Harlem. Die Hundertfünfundzwanzigste«, sagte Estefan. »Wenn du religiös bist, kannst du sie auch Martin Luther King Junior Boulevard nennen.« Sie fuhren am Apollo Theatre vorbei. »Hier hat Chikkenpot Haxler angefangen. Amateur Night am Mittwoch.« Estefan bog links ab. »Das ist die Abyssinian Baptist Church, die berühmteste Kirche Schwarzamerikas. Da wird noch gebetet. *Close your veins to dope and open your brains to hope.«* Er ließ ein Zynikerlachen folgen.

Schulz verlor die Orientierung. Wasser. Eine Brükke. Die Gebäude wurden häßlicher. Die Gegend sah aus wie eine Mischung aus Schlachtfeld und Müllhalde. Der Schnee fiel dichter und verpaßte den Trümmern und dem Dreck einen gnädigen Tarnanstrich. Eine Meute streunender Hunde strich vorbei.

»Wölfe«, sagte Estefan. »Hier gibt's nur Raubtiere. Hunde, Menschen, alles Wölfe.«

Auf einem verwitterten Schild las Schulz *Tang's Sewing Machine Inc.* Die Fenster darunter sahen aus wie leere Augenhöhlen in einem Schädel. »Wo sind wir?« fragte er.

»Bronx.«

»Sieht aus wie im Krieg.«

»Hier ist Krieg. Bandenkrieg. Chaos. Crack, Ice, Crank, Pot, was du willst. Aber alle benehmen sich, als ob sie Speedball spielen.«

»Speedball?«

Estefan warf Schulz einen Blick zu. »Ein Cocktail aus Kokain und Heroin. Da, wo du herkommst, geht's anscheinend gesünder zu?«

»Verglichen damit, ist es eine Gesundheitsfarm, aber die Luft ist bleihaltig.«

»Santander meint, ich soll dir was zeigen. Sind gleich da.« Estefan räusperte sich. »Wie soll ich dich nennen? Santander sagt Schulz.«

»Bleib dabei.«

»Ich bin Richy.«

Der Chevy wurde langsam und hielt am Straßenrand. Die Kassette blieb mit einem Knacken stehen. Automatisch schaltete sich das Radio ein, und eine Salve Salsa dröhnte durch den Wagen.

»La Campeona. Mein Lieblingskanal.« Der Mann aus Puerto Rico machte keine Anstalten, die Lautstärke zurückzunehmen.

»Wo sind wir jetzt?«

»Gun Hill Road. Schau dir den Laden auf der anderen Seite an«, sagte Estefan und gab mit dem Kinn die Richtung an.

Die Seitenscheibe war beschlagen. Schulz wischte ein Guckloch frei und sah die Front eines Lebensmittelgeschäfts. Die Schaufenster waren voller Büchsen, Kartons und Reklameschildern für kaltes Bier, Kekse und frische Eier. In der linken Hälfte des Fensters hing ein großes Plakat, auf dem für frisches Ziegenfleisch geworben wurde. Daneben hing ein kleineres Pappschild, das »JAMAICAN PATTIES« anbot. Schulz dachte an Ruffus Miller, dessen Bruder Ray und den Talisman.

»Vor drei Tagen sind in dem Laden vier Jugendliche abgeschlachtet worden. Bestialisch. Eine Botschaft. Die übliche Warnung hier. Immer gemeiner. Zwei Kugeln reichen zum Sterben. Aber sie pumpen sechs in die Leiche. Sie enthaupten ihre Opfer.« Estefan schwieg.

Schulz spürte die Bitterkeit des Polizisten.

»Zum Angebot in dem Schuppen gehören auch Drogen. Von den Opfern war keins älter als zwanzig. Harmlose Kids. Ein Mädchen, drei Jungs. Alle naiv und offenbar lebensmüde. Dachten, man kann in dem

Geschäft mitmischen, als ob man Lose verkauft. Scheißnieten haben die erwischt. Tot sind sie.«

Schweigend hörte Schulz zu.

»In der Gegend hier kriechen die Leute schon auf dem Bauch zum Einkaufen, um sich keine Kugel einzufangen. Zu Hause schlafen sie auf dem Fußboden oder in der Wanne. Nachts meiden sie die Straßen. Sie halten den Mund. Ein gesundes Klima für Jugendliche. Keinerlei Hoffnung, kein Gedanke an morgen. Jeden kann es erwischen. Nur wer zuerst schießt, hat einen Aufschub erreicht.«

»Wer steckt dahinter?«

»Was denkst du?«

»Jamaikaner?«

»Bingo.« Estefan grinste müde und fuhr an.

Der anhaltende Schneefall hatte mittlerweile auch die Straßen zugedeckt. Der Salsa klang pervers fröhlich in dieser Umgebung. Langsam rollte der Chevy aus der Kampfzone und fuhr auf hellere Stadtviertel zu.

»Fünfzig Millionen Dollar gibt die Stadt im Jahr für das *Tactical Narcotics Team* aus. TNT. Richtig schön großkotzig. Ungefähr soviel Sprengstoff, wie wenn du eine Wunderkerze abbrennst. Scheiße.«

Der Schneefall hatte nachgelassen, und die Scheibenwischer wimmerten über das trockene Glas.

»Erzähl mir was über dieses Crack«, sagte Schulz.

»Was Kokain ist, weißt du?« fragte Richy Estefan und brachte die Wischer zum Stehen.

Schulz nickte.

»Crack ist rauchbares Kokain für den Schnellkonsum. Der Quicky. Du gibst Kokain-Hydrochlorid, Wasser und Backpulver in die Pfanne und bäckst dir einen Kuchen. Ganz einfach. In der Bronx wimmelt es von Backstuben, kann ich dir sagen. Den Kuchen zerbröckelst du, dann hast du viele kleine Rocks. Davon füllst du fünf oder sechs in ein Glasröhrchen ab und verkaufst sie für fünfzehn bis zwanzig Dollar. Du brauchst für tausend Dollar Kokain im Großhandel, nimmst dir im nächsten Supermarkt für siebzig Cents ordinäres Backpulver mit. Das Wasser gibt's aus der Leitung. Dafür kassierst du im Verkauf siebentausend Dollar. Klares Geschäft. Die Preise schwanken, aber der Gewinn bleibt groß genug.«

»Wie wirkt es?«

»Teuflisch. Wenn du normales Koks schnupfst, geht's etwa zehn Minuten später los. Nach zwanzig bist du ganz oben . . .«

Ich weiß, dachte Schulz.

». . . wenn du Crack rauchst, knallt dir die Ladung innerhalb von fünfzehn Sekunden ins Gehirn. Peng! Es haut dich sofort aus den Socken. Du nippst nicht am Champagnerglas, du schüttest dir 'ne Limonade rein. Bloß daß die Limo sofort süchtig macht. Das ist der Haken. Sie haben das Kokain aus den Designerläden und Filmstudios direkt auf die Straße gebracht. Ganze Straßenzüge investieren den Scheck von der Sozialhilfe in Crack.«

»Prinzessin Coca in der Gosse.«

»Richtig. Crack macht dich zum Junkie. Du wirst todsicher abhängig. Sie haben das Zeug eingeführt wie Kaugummi. Kauf dir ein Päckchen, und du kriegst dafür eins umsonst. Und wenn du erst mal drauf bist, hast du Angst vor dem Crash. Nach zwanzig Minuten stürzt du ab, brauchst mehr. Manche Kids hier brauchen tausend Dollar pro Woche. Die Kohle holen sie sich durch Prostitution oder mit der Knarre. Ohne

Gewalt keine Versorgung. Zehnjährige rauchen schon Turbolader.«

Estefan wartete nicht, bis Schulz nachfragte. »Marihuana und Kokain«, erklärte er. »Basteln sich Pfeifen aus Blechdosen und Autoantennen. Teenager um die Zwölf dealen an der Straßenecke. Die Kids sind gefährlich wie Klapperschlangen. Können nicht schlafen, nehmen ab, haben Sehstörungen. Die zielen nicht, die halten einfach drauf. Sie sind nervös wie Ratten, paranoid, haben Wahnvorstellungen, Käfer unter der Haut und so . . . Dieses Scheißzeug zerstört ganze Stadtviertel.«

Estefan suchte einen anderen Sender, blieb an einem Musikfetzen hängen und drehte lauter. Den Sound kannte Schulz. Sein Nachhilfeunterricht in Sachen Raggamuffins. Er dachte an Anita.

»Welche Rolle spielen die Jamaikaner?«

»Von denen wimmelt's hier nur so. Die haben kein Heimweh. Sind überall, Brooklyn, Queens, Bronx.« Estefan stellte die Musik leiser.

»Die Jamaika-Posses sind militante Banden. Der Name stammt von den Rächertrupps aus dem Wilden Westen. Straff organisiert, absolut hierarchisch. Totale Profis. Haufenweise illegale Einwanderer. Sie haben nicht nur den Osten im Griff, du findest sie genausogut in Texas oder Alaska. Führen alle heimische Namen: *Spanish Town, Tivoli Gardens, Waterhouse*. Manche identifizieren sich mit den Parteien auf der Insel . . .«

»PNP und JLP«, sagte Schulz.

»Genau, obwohl die Politiker sich da wohl bedeckt halten. Haben sich vermutlich aus den alten Marihuana-Schmugglerringen entwickelt. Gibt auch kleinere Banden wie *Dog, Okra Slime* und *Jungle*. Die

*Jungle Lites* haben Erfahrung im Guerillakampf, sollen angeblich von Kubanern trainiert worden sein. Fünfhundert Morde pro Jahr gehen auf das Konto dieser Boys. Die Jungs, mit denen wir es hier zu tun haben, sind von der *Sunny Groove Posse*. Hauptquartier in New York und Miami. Haben hier in der Stadt um die hundert Crack-Bäckereien. Machen jeden Tag vierhunderttausend Dollar Reingewinn. Mit der Konkurrenz reden sie nur per Schußwechsel.« Der Chevy rutschte in einer Kurve kurz weg, fing sich aber wieder und hielt die Spur.

»Das waren noch Zeiten, als Mafia was Italienisches bedeutet hat. Aber die West-Side-Story-Idylle ist vorbei. Heutzutage knallst du deinen Mann nicht mehr von der anderen Straßenseite aus ab. Du gehst hin, baust dich vor ihm auf und schießt ihm mitten ins Gesicht. Am besten am hellichten Tag. Inzwischen haben sogar die Kubaner und Kolumbianer Schiß vor den Jamaikanern.«

Schulz starrte schweigend in die Nacht.

Estefan schlug mit der flachen Hand aufs Lenkrad. »Ist genau wie in Vietnam. Wenn wir eine Schlacht schlagen, gewinnen wir sie, aber den Krieg verlieren wir trotzdem.«

Es klarte auf. Lackschwarzer Nachthimmel, mit kalten Sternen graviert, schimmerte durch die grauweißen Wolkenfetzen.

»Erzähl mir was über Ice«, sagte Schulz.

Müde schaute Estefan den Deutschen an, dann richtete er den Blick wieder auf die Fahrbahn. »Weißt du, Schulz, ich hab's normalerweise nicht so mit der Theorie. Ich bin hier für die Praxis zuständig. Ich soll dich rumfahren und dir was zeigen. Für alles andere sorgt, glaube ich, Santander.«

## 80

Scheißwarterei«, sagte Buster Caldwell.

»Cool, Mann.« Ray Miller versenkte sein Doppelkinn tiefer in den schwarzen Wollschal, den er sich um den Hals gewickelt hatte. Er trug eine schwarze Nappalederjacke mit schwarzem Pelzfutter, schwarze Thermohosen, schwarze Fallschirmspringerstiefel, ebenfalls pelzgefüttert. Auf dem Schädel eine Strickmütze, schwarz.

Bei Nachteinsätzen trug Ray Miller immer Schwarz. Ohne Schmuck. Kein Gramm Gold an seinem Körper. Nur der Schlagring, mit dem seine Hände spielten, war aus massivem Silber. Das Metall wog schwer. Er steckte den Ring über die Finger der linken, zog ihn wieder ab, steckte ihn auf, zog ihn ab. Er hatte das Ding noch nie gebraucht. So nah kam ihm kein Mensch, daß er zuschlagen mußte. Aber er mochte das Gefühl, bewaffnet zu sein. Und ganz ohne Schmuck ging es doch nicht.

Keine Schußwaffe. Ray Miller ließ schießen. Er saß vorne neben dem Fahrer. Die beiden Hitmen saßen auf dem Rücksitz des Dodge. Buster Caldwell hockte zwischen ihnen. Er fühlte sich sichtlich unwohl. Der Boß hatte ihn vom Computer weggezerrt, meinte, es sei an der Zeit, daß er mal wieder miterlebte, wie die Einkünfte erkämpft wurden, die Caldwell verrechnete.

Das Licht der giftgrünen Neonreklame über dem Eingang zur Disko spiegelte sich auf der Motorhaube. SUCKER hieß der Schuppen. Ab und zu verschwanden einzelne Gestalten im Eingang der Diskothek. Der Dodge war eines von sechs Autos, die neben dem Gehsteig parkten.

Die fünf Insassen bewegten sich kaum. Sie fielen nicht auf, während sie geduldig warteten.

## 81

Der Schnee knirschte unter seinen Sohlen, als Schulz aus dem Chevy stieg.

Es war kalt wie am Eismeer. Estefan hatte den Wagen neben einer Telefonzelle geparkt. Er hatte den Hörer am Ohr und sprach. Schulz vertrat sich die Füße und musterte die geparkten Autos auf der gegenüberliegenden Straßenseite. Im Sucker, hatte ihm Estefan erklärt, werde nicht nur Pfefferminz gelutscht. Schulz umklammerte mit steifen Fingern den Revolvergriff in der rechten Manteltasche.

Estefan hängte auf und kam zu ihm. »Nur ein kleiner Informationsaustausch. Wird nicht lange dauern.« Er vergrub die Fäuste in den Taschen seiner Lederjacke. Sein Atem bildete kleine Wolken.

Ein Wagen fuhr langsam vorbei. Eine Minute später kam eine Frau aus der Disko. Unsicher überquerte sie auf hohen Stöckelschuhen die Straße und steuerte die Telefonzelle an.

»Da ist sie«, sagte Estefan. »Wenn die Freaks sich einen blasen lassen, plaudern sie manchmal.«

*Big Bamboo,* dachte Schulz.

Die Frau war ein sehr junges Mädchen. Vielleicht fünfzehn. Zimthaut, nur zwei Millimeter Krause auf dem Kopf, riesige Ohrreifen. Sie hatte einen grauen Strickmantel übergeworfen, dessen Ärmel lose herabhingen. Eine kleine Hand mit langen Fingern, rubinroten Nägeln und drei Goldringen hielt die Wolle vor der Brust zusammen.

»Warum kannst du nie reinkommen, Richy?« klagte

sie. »Es ist so scheißkalt.« Mißtrauisch musterte sie Schulz.

»Wär' nicht gut fürs Geschäft, Baby.« Estefan deutete mit dem Kinn auf seinen Begleiter. »Ein Freund. Keine Sorge.«

»Ich bin Tsahai«, sagte das Mädchen. So, wie sie den Namen betonte, mußte er etwas Besonderes bedeuten.

»Äthiopisch«, erklärte Estefan.

»Wenn du Schokosex suchst, Süßer, bist du bei mir richtig.« Sie griff mit den Fingern zwei Handbreit tiefer, ohne die Kontrolle über die Maschen zu verlieren. Schulz konnte den Großteil einer Brust sehen.

»Magst du meine Titten?« Sie zog die vollen Lippen zurück und blendete Schulz mit ihrem Luxusgebiß. Der Schnee war grauer Dreck dagegen.

»Hol dir keine Lungenentzündung«, sagte Estefan.

Plötzlich explodierte das Glas der Telefonzelle. Schulz hörte das giftige Sägen einer Vollautomatischen und wirbelte herum. Aus den Augenwinkeln sah er, wie Estefan das Mädchen neben dem Hinterrad des Chevy auf den Gehsteig drückte und tief gebückt die Wagentür aufriß.

Es waren zwei Schwarze. Sie hatten die Straße schon fast überquert und marschierten seelenruhig auf den Chevy zu.

High Noon, der Stoff, aus dem die Posses sind, dachte Schulz. Er nahm alles wie in Zeitlupe wahr. Bei einem der auf der anderen Straßenseite geparkten Wagen stand die hintere Tür offen. Das Loch, aus dem die Typen gekrochen waren. Der Glasbruchfachmann mit der MAC-10 grinste am breitesten. Er machte nur den Fehler, sich in der Schußlinie seines Partners mit der Uzi zu bewegen.

Santanders Inszenierungen waren berühmt für ihre harten Schnitte. Schulz war sein Cutter. Er schoß durch Don Shapiros Mantel. Das Projektil erwischte den Frontmann in der Brust und warf ihn auf den Asphalt. Er blieb steif liegen, als wäre der Frost in seinen Körper gefahren.

Schulz riß den Colt heraus. Wußte der Teufel, warum er nicht noch mal durch den Kaschmir schoß. Vielleicht aus Respekt vor der Reliquie, vielleicht aus Angst, der Hammer könnte sich im Stoff verfangen.

Jedenfalls war er nicht schnell genug für den Uzi-Mann. Trotzdem starb er nicht in dieser Nacht in Harlem. Eine Schrotladung zerriß dem zweiten Angreifer Lederjacke und Brust. Der Donner dröhnte Schulz im rechten Ohr. Er sah, wie Richy Estefan aus der Hocke hochkam und mit einer Pumpbewegung nachlud.

Auf der anderen Straßenseite röhrte ein Motor auf. Die Limousine kam aus der Parklücke. Die Tür schlug zu. Das Heck schlingerte über der glatten Fahrbahn, die Hinterreifen brannten sich durch Schnee und Eis in den Asphalt, stabilisierten das Fahrzeug und trieben es die Fluchtschneise hinunter. Estefan hielt die Mündung in Richtung Rückfenster, schoß aber nicht.

Aus der offenstehenden Tür des Chevy tönte Chikkenpot Haxler.

*Reiß mir das Herz raus, aber laß mir die Seele . . .*

»Guter Schuß, Schulz«, sagte Estefan, ließ aber offen, ob er den aus dem Colt oder seinen mit der Pumpgun meinte.

*Die Seele ist mein letzter Freund . . .*, sang Haxler.

Tsahai rappelte sich hoch. Sie hatte einen Schuh mit abgebrochenem Absatz in den Händen. *»Shit!«* Sie zitterte. Nicht aus Angst, sondern vor Kälte. *»Shit«*, sagte sie wieder und warf Estefan den Schuh vor die Füße.

»Du könntest tot sein, Prinzessin.« Der Cop ging zum Wagen, drehte das Radio leiser und machte sich am Funkgerät zu schaffen.

Fünf Minuten später hörte Schulz die Sirenen, und das giftgrüne Neon der Disko wurde von rot-blauen Blinklichtern übermalt.

## 82

Der Zoll hatte ihn bis auf die Gräten gefilzt, aber Hector Ramiro war sauber.

Der Makler hatte Chamorros ersten Offizier am Flughafen abgeholt und zur Villa in Coral Gables gefahren. Jetzt zeigte er ihm Haus und Grundstück, führte ihn am erleuchteten Pool vorbei. Die Florida-Nacht war lau.

Ramiro schwieg. Er war auf der Jagd. Einer der Dobermänner hatte noch gelebt, als er aus Kingston zurückgekommen war. Er hatte ihm Bericht erstattet, bevor er sein Leben ausgehaucht hatte.

Ich habe versagt, sagte sich Hector Ramiro zum wiederholten Male. Im entscheidenden Augenblick habe ich den General im Stich gelassen. Ich habe mich mit dieser Negra amüsiert, während er seine letzte Schlacht geschlagen hat.

Er wußte, was er zu tun hatte. Er hatte diesem Deutschen keine Sekunde getraut, doch der General hatte nicht auf ihn hören wollen. Er hatte dafür mit dem Leben bezahlt. Aber der Mörder würde nicht davonkommen, nicht, solange einer der Dobermänner lebte.

Die Spur hatte in die USA geführt. Eine seiner

Quellen in Jamaika hatte den Namen Navarro erwähnt. Damit war für Hector Ramiro alles klar gewesen. Gerne hätte er dieser Politikerwitwe noch einen Denkzettel verpaßt, aber nach dem Tod des Generals hatte er sich lieber abgesetzt, bevor ihm der Boden in Jamaika zu heiß unter den Füßen wurde. Keine Totenwache, keine Begräbnisfeierlichkeiten – es galt, Rache zu nehmen, um der Ehre des Generals willen. Er wußte, der Chef hätte es so gewollt.

»Die Umbauarbeiten sind noch nicht abgeschlossen. Ich kann Ihnen einen Teil des Hauses so herrichten lassen, daß Sie dort wohnen können. Aber tagsüber könnte es etwas laut werden«, sagte der Makler, als sie von den Hundezwingern zurückkamen.

»Ich habe nicht vor, Urlaub zu machen«, sagte Ramiro.

Ein Nachtfalter taumelte durch die warme Luft.

»Ich nehme an, daß die hiesigen Behörden das Anwesen in Kürze beschlagnahmen werden. Jetzt, wo der General tot ist.« Der Makler strich sich mit der Hand über die blonden Haare.

Ramiro schwieg.

»Natürlich nicht sofort. Wenn sich der Staub gelegt hat und die Vorwürfe entkräftet sind, daß die CIA ihre Finger im Spiel gehabt hat.«

*»Bullshit!«* stieß Romero mit schwerem Akzent aus.

Der Makler zog fragend die Augenbrauen hoch.

»Wir wissen, wer es war«, sagte der Mann aus Panama.

Er sagte *wir*, aber er kam sich sehr allein vor.

## 83

Schulz war erst gegen vier Uhr morgens ins Bett gekommen und verschlief den halben Tag.

Nach dem Mittagessen in der Kantine kaufte er sich in dem Gemischtwarenladen im Kellergeschoß neue Zahnpasta und die *New York Times*. Wieder auf seinem Zimmer, setzte er sich an den Schreibtisch und las die Zeitung.

Die Berichterstattung über den Krieg in Mittelamerika beherrschte die Titelseite, ohne daß irgendwelche Höhepunkte zu vermelden gewesen wären. Die bewaffneten Auseinandersetzungen waren zur Routine geworden. Nichts bewegte sich, und so wurden selbst kleinste Ereignisse ausgelutscht wie alter Kaugummi. Der Bürgerkrieg in den eigenen Städten dagegen wurde eher verschämt im Innenteil abgehandelt. Schulz warf die Zeitung in den Papierkorb und widmete sich dem Stadtplan. Das Telefon klingelte. Er nahm den Hörer ab.

»*Hola viejo,* wie war die Nacht?« fragte Santander.

»Interessant.«

»Das habe ich gehört. Was hast du heute vor?«

»Wollte mir noch ein bißchen die Stadt ansehen. Kontrastprogramm zu Estefans Nachtvorstellung.«

»An was hast du gedacht?«

»Wollte mal zur Wall Street.«

»Ins Herz des Kapitalismus?« Santander lachte.

»Tja, ich sammle Tempel, Kirchen und Banken. Wo immer Gott zu Hause ist.«

»Wann willst du los?«

»Jetzt. Ich nehme die Subway.«

»Wenn du in Downtown rumspazierst, sollten wir uns am späten Nachmittag treffen«, schlug Santander vor.

»Wo und wann?«

»Battery Park, unten am Broadway. Du kannst zu Fuß von der Wall Street rüberlaufen. Geh bis ans Wasser, und schau dir die Freiheitsstatue an. Ich bin um vier Uhr dort.«

Schulz machte sich winterfest. Don Shapiros durchlöcherter Kaschinirmantel war in den Müll gewandert, aber Estefan hatte ihm einen Anorak geliehen.

Er fuhr ins Erdgeschoß, verließ das International House durch den Seiteneingang zur Claremont Avenue und spazierte zum Broadway. Ein klarer Tag. Kalt, aber sonnig. Schulz kam an einer dominikanischen Autovermietung vorbei, bog dann nach links in den Broadway ein und ging zur U-Bahn-Station an der 125th Street.

Zwei Männer, die nach Äthiopien oder Somalia aussahen, verschwanden im Eingang eines Restaurants. »Red Sea« las Schulz über der Tür.

Er überquerte eine Kreuzung, wechselte die Straßenseite und stieg die Eisentreppe zum Bahnhof hinauf. Die U-Bahn verlief hier auf einer hellblauen, von Rostflecken gezeichneten Stahlkonstruktion über der Erde.

Schulz kaufte sich am Schalter einen Jeton, steckte ihn in den Schlitz am Drehkreuz und ging zum Bahnsteig.

## 84

Tsahai lag in ihrem Apartment auf dem Bett und las einen Abenteuerroman. *The Hammer of God* von Alan Scholefield.

Tsahai begeisterte sich für alles, was sie über Äthiopien auftreiben konnte. Der Hammer Gottes, das war

Theodor von Abessinien, König der Könige, der um das Jahr 1860 in der Bergfestung Magdala sein Unwesen getrieben hatte. Bankette und wüste Gelage, der Metropolit der koptischen Kirche bis zur Bewußtlosigkeit besoffen, Blutbäder in Gondor und Debra Tabor. Aufruhr und Verschwörungen.

Tsahai legte den Roman beiseite. Der Stoff war ihr zu hart. Sie mochte es lieber etwas romantisch. Nicht umsonst hatte sie sich den Namen einer äthiopischen Prinzessin zugelegt. »Goldene Sonne« nannte sie sich, nachdem sie ein Buch über die Tochter eines anderen Kaisers von Äthiopien gelesen hatte. Sie griff zu dem Werk. Es war ihr Poesiealbum. Sie konnte immer wieder darin lesen.

Prinzessin Tsahais Vater war Ras Tafari, der sich später »Macht der Dreieinigkeit« nannte: Haile Selassie. Im englischen Exil, während der Negus Negesti nach der Flucht vor den italienischen Faschisten als Mr. Hoy in Bath weilte, ließ sie sich zur Krankenschwester ausbilden. Im Sommer 1940 – Tsahai hatte inzwischen General Abbye Abeba geheiratet – folgte die Prinzessin ihrem Vater und ihrem Gatten zurück nach Afrika. Die Briten flogen den Negus nach Khartum, von wo aus der König der Könige den Kampf gegen die Faschisten aufnahm.

Die Goldene Sonne scharte eine Gruppe englischer Krankenschwestern um sich und arbeitete mit ihnen in den Feldlazaretten und auf den Verbandsplätzen. Im Frühjahr 1941, fünf Jahre nach seiner Vertreibung, zog der Kaiser als Sieger in seine Hauptstadt ein. Tsahai widmete sich in der Folgezeit der Frauenarbeit und betreute Kriegswaisen. Von den Strapazen und Entbehrungen ausgelaugt, starb sie nur ein Jahr später, im Sommer 1942.

Elaine »Tsahai« Jackson, Tochter einer jamaikanischen Prostituierten und eines kanadischen Lagerarbeiters, legte das Buch beiseite, träumte eine Weile vor sich hin und schlief dann ein. Die matte Wintersonne draußen verlor ihre letzte Kraft.

## 85

Massiv und protzig, die säulenbewehrten Finanzpaläste grau und gewaltig wie eine Kulisse aus *Ben Hur*. So empfand Schulz die Wall Street.

Er spazierte durch die Häuserschlucht und fühlte sich wie ein Zwerg im Reich der Profitmaximierung. Elegante Ladys mit flachen Attachéköfferchen hasteten vorbei, gesetzte Herren verschwanden in überlangen Limousinen.

Da, wo die Wall Street auf den Broadway stieß, stand eine Kirche. Ihr rußgeschwärztes Gemäuer duckte sich unter den Betongiganten. Direkt neben der Trinity Church lag ein Friedhof. Grabsteine und Wertpapiere – die Hochburg des Kapitalismus.

Eine steife Brise vom Meer schnitt Schulz ins Gesicht. Er zog die Kapuze des Anoraks über den Kopf, bevor er in Richtung Wasser lief. Er kam sich wie ein müßiger Wanderer vor unter diesen Massen von Menschen, die ihren Geschäften hinterherhetzten, einander schnitten, anrempelten, überholten. Hier, auf diesen wenigen Quadratkilometern, wurden die Maßstäbe gesetzt, an denen Länder wie Nicaragua ausbluteten. Entweder weil sie sich bei der Erfüllung der von den Banken gestellten Bedingungen aufrieben oder weil sie sich verweigerten und dafür bestraft wurden.

Schulz hatte nie begriffen, weshalb sich die Vereinigten Staaten mit Ländern wie Nicaragua anlegten. Was reizte einen Superschwergewichtler am Kampf mit einem Fliegengewicht? Doch jetzt, während er durch diese Festung aus Wolkenkratzern lief, ahnte er, welche Maschinerie sich hier entwickelt hatte. Die Energie dieser Geld- und Warenmärkte produzierte überschüssige Muskulatur. Zuviel Kraft, zuwenig Beweglichkeit. Verkümmerte Instinkte, falsches Timing.

Im Battery Park wurde die Welt wieder weit und luftig. Der Großteil der braunen Rasenflächen war von Schnee bedeckt. Ein Steel-Drummer bearbeitete sein Instrument. Der Klang der Karibik verkümmerte im Frost.

Santander stand direkt am Ufer, den Blick über die kabbelige See auf die Freiheitsstatue gerichtet. »Das Symbol für liberale Politik«, sagte der Argentinier. Er trug einen schwarzen Ledermantel und eine Russenmütze.

»Absolutes KGB-Outfit«, sagte Schulz.

Santander ignorierte die Bemerkung und begann, am Ufer entlangzuspazieren. Der Deutsche hielt sich an seiner Seite.

»Gar nicht so kalt heute.« Der Rauhreif, den Santanders Atem auf dem Schnurrbart hinterließ, strafte ihn Lügen.

»Mir reicht's.« Schulz fummelte ein Papiertaschentuch aus der Manteltasche und putzte sich die Nase.

»Wann warst du zum letzten Mal in Deutschland?«

»Vor zwanzig Jahren.«

»Verlierst du nicht den Kontakt zu deiner Kultur?«

»Keine Sorge, die Deutschen sind immer etwas lauter. Mir haben in Lateinamerika oft genug die Ohren geklingelt.«

Santander blieb stehen. »Hast du jemals das Gefühl gehabt, daß du gescheitert sein könntest?«

Schulz trat von einem Fuß auf den anderen. »Weil ich mich zurückgezogen habe?«

Santander ging wortlos weiter.

»Ich glaube nicht, daß ich gescheitert bin.« Schulz lief wieder neben dem Argentinier her. »Ich habe nur das Interesse verloren.«

»Siehst du das Gebäude da?« Santander deutete auf die Mauern einer kleinen Festung. »Das ist Castle Clinton. Das erste Landungsdepot für Einwanderer. Dort wurden sie registriert und weitergereicht. Achtzehnhundertfünfundfünfzig. Heute ist es ein Wallfahrtsort für Kriegsveteranen.«

»Ich hoffe, sie haben noch was Historisches für die Gefallenen in Mittelamerika frei.«

»Ich glaube, im Weißen Haus denkt man noch darüber nach, wie man so schnell in einen neuen Krieg verwickelt werden konnte.«

»Falsche Berater, wie immer. Die Sorte, die davon überzeugt ist, daß man in der Straßenmitte mit Sicherheit überfahren wird. Fanatismus statt Fakten, Rhetorik statt Realität«, sagte Schulz.

»Vielleicht hast du recht. Schon Kennedy soll ja seine Experten gefragt haben: *Hat irgendeiner von euch Dummköpfen eine Ahnung von der Region?* Ronald Reagan machte Oliver North zum ungekrönten Vizekönig im Hinterhof. Viel Ideologie und kein Wort Spanisch. Für die Nordamerikaner ist der Isthmus ein Phantasiegebilde. Denen ist nicht mal bewußt, daß sie in der Tradition von Pedrarias wirken.«

»Pedrarias?«

»Pedro Arias de Avila. Einer der weniger bekannten Konquistadoren, ausgesprochen blutrünstig. Die Indianer, die er nicht zu Sklaven gemacht hat, ließ er umbringen. Hat auch ein paar Spanier auf dem Gewissen, unter anderem Vasco Núñez de Balboa.«

Die beiden Männer hatten den Park durchquert und näherten sich der U-Bahn-Station Bowling Green.

»Ich habe um halb sechs eine Verabredung im Hyatt, am Grand Central Terminal«, sagte Santander. »Dachte, wir nehmen zusammen die Subway.«

Sie stiegen in die Tiefe. Santander gab Schulz einen Jeton. Sie passierten die Sperre und gingen auf den Bahnsteig. Im Viertel der Hochfinanz waren die Stationen frisch renoviert und fast sauber.

Der Zug kam. Sie stiegen ein. Die Türen schlossen sich, und der Zug nahm Tempo auf. Auch das Innere der Waggons war klinisch sauber. Kein einziger Bettler unterwegs. Linie 4 wurde von jungen Erfolgsmenschen beherrscht. Teures Tuch, sauberer Haarschnitt, gute Schuhe.

»Sehen aus, als ob sie zum Klavierunterricht gehen«, brummte Schulz.

»Sie machen Geld, Amigo. Die Rekruten der Bankerelite. Intelligent und eindimensional.« Santander schüttelte den Kopf.

»Für mich sehen sie ganz flott aus.«

»Nett, glatt und flott. Das trifft es auf den Punkt.«

»Ich glaube, ich habe Estefan letzte Nacht etwas genervt. Er hat mich an dich verwiesen«, sagte Schulz.

Santander lächelte. »Ricardo ist maulfaul.«

»Dann ist er ja richtig aus sich rausgegangen.«

»Und hat dich dabei gleich in eine Schießerei reingezogen. Das war nicht vorgesehen.«

»Ich dachte schon, du hättest die Typen geschickt, um nur was zu bieten.«

Santander warf Schulz einen Blick zu. »Das war der Boß der Bande persönlich. Ray Miller. Ich nehme an, Jill hat dir die familiären Verhältnisse geschildert.«

»Ruffus hat mich aufgeklärt.«

»Nach der Pleite gestern nacht hat Ray sich erst mal nach Miami abgesetzt. Er hat dort Ärger. Die Kolumbianer legen sich mit seinen Leuten an und machen ihm die Kundschaft streitig.« Santander seufzte. »Wie will man ein Gesetz durchsetzen, das dreiundzwanzig Millionen Nordamerikaner fast täglich brechen?«

Dazu fiel Schulz nicht viel ein.

»Diese Amerikaner und ihr Idealismus. Als Studenten boykottieren sie Früchte und Gemüse aus Kalifornien, um ihre Solidarität mit ausgebeuteten mexikanischen Wanderarbeitern zu demonstrieren. Wenn sie etwas bürgerlicher geworden sind, kaufen sie kanadische Gold-Maples statt Krüger-Rands und mögen keine Tropenhölzer, um auf den Raubbau am Regenwald hinzuweisen. Aber es hat sie nie gestört, daß sie Drogen von Leuten kaufen, die Kinder mißbrauchen, Arbeiter foltern und ganze Familien ausrotten.«

Der Zug donnerte durch den Tunnel.

»Schau dir doch die Karriere von Eros Chamorro an. All das Gerede, die Sanktionen und Beschlüsse der Organisationen der amerikanischen Staaten haben ihn einen Dreck gekümmert. Und den Politikern hier ist die Schlappe mit der Übergabe des Panamakanals wichtiger als Chamorros Rolle im Drogenhandel.« Santander schüttelte den Kopf. »Aber wir Lateinamerikaner haben genug Dreck am Stecken. Unser Hang zu großen Gesten.« Er lachte auf. »Und das Volk nimmt die Regierungen hin wie Naturkatastrophen.«

An der nächsten Haltestelle stiegen zwei Freaks zu. Der eine, ein Schwarzer mit verspiegelter Sonnenbrille, sprang behende wie eine Gazelle in den Zug, stützte sich aber sofort auf ein Paar Holzkrücken und spielte schwerbeschädigt. Er predigte eine Art Anarchoepistel über seinen Glauben, seine Krankheit sowie zu erwartende Wunderheilungen. Der monotone Singsang wurde von der fordernden Armbewegung unterstrichen, als er seine Baseballmütze als Sammelbüchse vor den Fahrgästen auf und ab schwenkte. Mühsam humpelnd schob er sich durch den Waggon, ein Bild des Jammers. Schulz war sicher, daß er an der nächsten Station mit einem doppelten Salto auf den Bahnsteig sprang, um im nächsten Neureichenzug abzukassieren.

Der zweite Freak war ebenfalls schwarz. Jung und fast elegant. Ein Durchschnittsbürger. Bis auf den Davidstern, den er sich über der linken Brust an den Mantel geheftet hatte. Er stieg ein, blickte sich strafend um und legte los.

»Gebt mir mein Diplom!« brüllte er. »Ihr habt mich um mein Diplom beschissen! Fünf Jahre hab ich wie ein Sklave studiert. Umsonst!« Der französische Akzent war unüberhörbar.

Westafrika oder Haiti, dachte Schulz.

Der Freak ließ den Fahrgästen erneut einen herrischen Rundblick zukommen, holte tief Luft und steigerte die Lautstärke. »Imperialistenpack!« Dann verfiel er in eine längere Suada auf französisch. Der Freak schwieg erschöpft, schoß die dritte Salve giftiger Blicke ab und baute sich dann vor Santander auf, sah ihm in die Augen und schrie: »Ich bin der Jude der Dritten Welt. Eure Stipendienpolitik ist die Endlösung!«

Santander ertrug es mit Stil.

Der Freak kam sich als Einzelgänger anscheinend

mit einem Mal überfordert vor, denn er multiplizierte sich und schmetterte: »WIR fordern UNSERE Diplome!«

»Halt's Maul«, sagte ein junger Geschäftsmann.

Der Freak ließ von Santander ab und fixierte den Angreifer. »Faschist!«

*»Shut up«*, sagte der Weiße kalt. »Ich bin Jude.«

Der Freak schien für einen Moment den Faden zu verlieren. Hilfesuchend starrte er auf den Stern an seinem Mantel. Dann warf er einen herrischen Blick in die Runde und brüllte: »Wofür habt ihr UNS hergeholt? WIR brauchen eure Entwicklungshilfe nicht!«

Der Zug wurde langsamer. Der Freak verlor den Halt und krachte in eine Gruppe junger Aufsteiger. Die Angerempelten ignorierten ihn, stiegen im Pulk aus und schoben ihn einfach mit sich auf den Bahnsteig.

»Nicht zum Lachen«, sagte Santander. »Hätte auch ein Landsmann von mir sein können.«

Wenig später liefen sie durch die weiten Hallen und Gänge des Grand Central Terminal. Man konnte noch ahnen, daß dieser Bahnhof einst das Herz der Reisenden hatte höher schlagen lassen – bevor Düsenflugzeuge Zeitersparnis mit Komfort verbanden.

»Immer noch ein Hauch von holzgetäfelten Schlaf- und Speisewagen«, stellte Santander fest. »Die Eisenbahn wurde übrigens auch unter die Erde verbannt. Fährt unter der Park Avenue durch.«

Der Argentinier führte Schulz zum angrenzenden Grand Hyatt. Die weite Lobby war eine Orgie aus Wasserspielen und tropischen Pflanzen. Sie gingen die Treppe zur Rezeption hinauf. Santander sah auf seine Armbanduhr. »Noch Zeit. Ein Drink?« Er machte eine Kopfbewegung in Richtung Bar.

»Okay.«

Sie schälten sich aus ihren Überziehern, setzten sich auf zwei Barhocker und bestellten zwei Bier.

»Eine Sache leuchtet mir nicht ein«, sagte Schulz.

Santander wartete.

»Die Jamaikaner produzieren kein Kokain. Sie sind also auf die Kolumbianer angewiesen. Warum dann diese Brutalo-Show untereinander?«

»Die Kolumbianer produzieren den Stoff auch nicht. Zumindest nur zu einem geringen Teil. Bolivien, Ecuador und vor allem Peru sind die Rohstofflieferanten. Aber du hast recht, das Monopol, die Veredelung und die Vermarktung liegen in kolumbianischen Händen.« Santander nahm einen Schluck Bier.

»Was die Großhändlerebene angeht, gibt es zwischen Kolumbien und Jamaika auch keine Probleme. Niemand hat die Nachfrage so gesteigert und gestillt wie die Jamaikaner. Die Kartelle wissen das zu schätzen. Aber du darfst nicht vergessen, daß sich vor den Jamaikanern schon unzählige Kolumbianer auf mittlerer Ebene mit der Verteilung beschäftigt haben. Und die finden die Konkurrenz aus Jamaika gar nicht komisch.«

Schulz nickte.

Santander lächelte müde. »Ganz einfach. Wie überall im Kapitalismus gibt es Großhändler und Kleinhändler, Haie und Sardinen. Die Kolumbianer sind die Haie im Großhandel. Die Jamaikaner sind die Haie im Verteilernetz.«

Schulz studierte den Schaum in seinem Bierglas.

»Die Mutterhaie im Veredelungsgeschäft sind übrigens deine Landsleute«, merkte Santander an.

»So?«

»Ein Großteil der Chemikalien zur Verarbeitung der Kokablätter wird von Konzernen in Deutschland produziert.«

»Ganz im Sinne einer Exportnation, was?« Schulz lachte.

»Manchmal wundert es mich«, sagte Santander leise, »daß ihr Deutschen nicht Marktführer bei den Designerdrogen seid. Von euren Chemikern erwartet man eigentlich eine Art Porsche oder Mercedes auf dem Pharmamarkt. Aber da sind euch die Asiaten voraus. Die Amphetaminkaiser kommen aus Japan, Taiwan, Hongkong und Korea. Ihr liefert nur die Grundstoffe, die bauen das Endprodukt.«

»Dieses *Ice*?«

»Richtig! Shabu, wie es die Japaner nennen, oder Hiroppon für die Koreaner.«

»Was ist das für Zeug?«

»Kristalle aus Amphetamin, Speed, ein Aufputschmittel, auch als Schlankmacher erfolgreich. Ice wirkt auf das zentrale Nervensystem. Ist geruchs- und farblos. Kann wie Crack in der Pfeife oder in Zigaretten geraucht werden. Hat nur den Vorteil, daß es ein vierundzwanzig Stunden dauerndes Hochgefühl erzeugt. Dafür ist die Depression, die sich anschließt, die Hölle. Von den Langzeitwirkungen einmal abgesehen. Dagegen ist Crack fast harmlos. Ice garantiert dir vierundzwanzig Stunden Paradies und hinterher einen Alptraum von achtundvierzig Stunden.«

»Manchmal«, sagte Schulz und schüttete die letzten Tropfen Bier in sein Glas, »komme ich mir mit Rum und Zigarren vor wie auf Kräuterkur.«

»Du kämpfst nur mit der Einstellung zu dir selbst. Amigo. Dich zwickt die Leber, du bist kurzatmig, der hohe Blutdruck macht dich zappelig. Aber die armen Schweine, die Crack oder Ice nehmen, leiden unter Halluzinationen und Verfolgungswahn.«

»Wenn ich weiter in der Umgebung rumtanze, komme ich noch zu der Überzeugung, daß ich mich ohne Sport kerngesund fühle.«

»Mach heute noch mal eine Nachtschicht mit Estefan. Danach kannst du in Urlaub fahren – nach Miami.«

So, wie Santander es vorbrachte, klang es, als wolle er sagen: Bei Anita, unter Palmen, kannst du dir mit Fisch und Rum die Leber entschlacken.

»Hört sich nicht schlecht an.«

Santander griff in die Brusttasche seines Sakkos, holte die Brieftasche heraus und entnahm ihr eine Visitenkarte. »Hier, ein hervorragendes Reisebüro an der Park Avenue.«

Schulz nahm die Karte und steckte sie ein.

»Gönn dir was. Ich übernachte immer im Fontainebleau, in Miami Beach. Uralter Kasten. Hat aber was. Im übrigen ist dort Norberto Navarros Hauptquartier.«

Schulz nickte. Bislang kannte er den Namen des Hotels lediglich aus einem Song von Neil Young. *It takes a shark to catch a wave at the Fontainebleau . . .*

»Mein Mann, ein Cop aus Miami, wird dich dort kontaktieren. Erhol dich. Ich komme wieder auf dich zu.«

## 86

Es wurde ein kalter Morgen.

Leere Kapseln und Röhrchen aus buntem Plastik lagen an den Straßenecken, wo Kleindealer ihr Geld gemacht hatten. Menschliche Wracks huschten vor den Scheinwerfern des Chevy vorbei. Estefan schleppte Schulz durch fünf Absteigen und drei Diskotheken. Die beiden Männer kreuzten durch einen Ozean aus latenter Gewalt und körperlichem Verfall. Adrenalin und Elend, künstliche Himmel und echte Höllen. Dazwischen lodernde Fegefeuer. Kinder mit Revolvern, deren Trommeln größer waren als die Fäuste, die den Griff umklammerten. Huren, die halbnackt in der Winterluft standen, von einem giftigen Feuer erwärmt, das sie für eine halbe Stunde begehrenswert machte.

Kurz vor acht Uhr kamen sie die 125th Street hoch, bogen rechts in den Broadway ein und fuhren neben der riesigen Stahltrasse entlang, auf der die U-Bahn in Richtung Spanish Harlem fuhr. In Höhe der 135th Street verschwand die Bahnlinie wieder unter der Erde. »Los Reyes del Sandwich Cubano« konnte Schulz lesen, dann »Flor del Broadway«. Nahe der 141st Street parkte Estefan den Chevy am Straßenrand.

»Frühstück«, sagte Richy und steuerte einen Zeitungsstand an. Die spanischsprachige Presse dominierte. Estefan kaufte *Hoy* und *El Caribe*. Schulz wollte zur *Daily News* greifen.

»Klatschblatt«, sagte Richy.

Schulz nahm die *New York Times*.

Sie kamen an einer bunten Sammlung von Schaufenstern vorbei.

»Wenn du ein paar Santeria-Sachen brauchst, bist du hier richtig.« Estefan rührte mit einer großzügigen Bewegung seines rechten Armes ein paar Kubikmeter kalte Morgenluft um und lächelte steif.

Vor ihnen ragte eine Art Wintergarten mit grünrot-weißen Markisen in den Gehsteig. Das Restaurant hieß Floridita. Estefan hielt Schulz die Tür auf. Wärme und Kaffeegeruch schlugen ihnen entgegen, und sie beeilten sich, aus den Überziehern zu schlüpfen. Der Vorbau war mit grünen Hängepflanzen dekoriert. Estefan übernahm die Führung, ging in den Innenraum und begrüßte das Latinopersonal vor und hinter der Theke. Offenbar war es Richys Stammlokal, und der Tisch, an dem sie Platz nahmen, war sein Tisch. Die gestärkte weiße Leinendekke über dem dicken roten Tuch schimmerte durch eine Klarsichtfolie. In einer Vase steckten rote Stoffblumen.

Eine Latina brachte eine Karte für Schulz, sah Estefan nur kurz an und fragte: *»¿Como siempre?«*

»Wie immer«, bestätigte der Mann aus Puerto Rico.

Schulz entschied sich für die große Lösung. Pancakes mit Ahornsirup, Rühreier, Tostadas und Café con leche. Die Nachtschicht hatte ihn hungrig gemacht.

*»¿Los huevos revueltos con jamón?«* fragte die Latina.

»Der Schinken ist besser als der Speck«, klärte Estefan ihn auf.

Schulz nickte und lächelte die Bedienung freundlich an. Die Latina musterte den Neuen interessiert und nicht ohne Sympathie. Ein Blick aus dunklen, aber klaren Augen, mit dem ein feines Mädchen Heiratskandidaten unter die Lupe nimmt. Sie traf Schulz mitten ins Herz.

Er sah ihr auf dem Weg zur Theke nach, hörte, wie sie lautstark die Bestellung herunterbetete. Sie hatte gute Beine. Schulz spürte ein leichtes Ziehen im Unterleib. Keine der Prostituierten, denen er in den letzten Stunden begegnet war, hatte das fertiggebracht. Der Mann an der Kaffeemaschine hörte sich die Bestellung an und brüllte alles nochmals, nur lauter, durch eine Luke in die Küche.

Der Blick des Deutschen schweifte über die Wand hinter der Bar, bis er an einer Madonna im hellblauen Mantel hängenblieb, zu deren Ehren gelbe Stoffblumen in einer Hängevase arrangiert waren. Schulz dachte an das Haus in der Schwefelschneise.

»Ich komm gern hierher«, sagte Estefan.

»Kann ich verstehen.«

»Eulalia hat schöne Beine.« Der Puertoricaner grinste.

»Auf nüchternen Magen fast zu schön.« Schulz spürte wieder das Ziehen.

»Selbst mein Frau gibt das zu«, sagte Estefan, lachte kurz auf und schenkte der Bedienung ein Lächeln, wie es nur lange verheiratete Männer hinkriegen: offen, bewundernd und hungrig. Kein strahlendes Weiß, eher ein stumpfes Gelb. Wie das Gold, aus dem Eheringe sind.

Das Frühstück kam. Sie aßen schweigend und widmeten sich den Zeitungen. Irgendwann, als Schulz eine Ladung Sirup über seine Pfannkuchen kippte, klopfte Estefan mit der Fingerkuppe auf einen Artikel. Er schnaubte verächtlich und schüttelte den Kopf. »Hier lassen sich wieder mal ein paar Intellektuelle über die Drogenproblematik aus. Pro und kontra.« Er rümpfte die Boxernase. »Die Liberalen behaupten, wenn's keine Nachfrage gibt, wird auch nicht produziert. Die Konservativen sagen, wenn nichts produziert wird, gibt's auch keine Verbraucher.«

»Die Dritte Welt als Sündenbock für die sozialen

Probleme der Industriestaaten.« Schulz bekleckerte seinen Pullover mit Ahornsirup.

Estefan warf dem Deutschen einen mißtrauischen Blick zu, beließ es aber dabei. Der Puertoricaner las weiter.

Als sie aufbrachen, klärte Estefan Eulalia kurz über Schulz auf. Nach dem Motto: auf der Durchreise, aber Junggeselle.

Die Latina investierte in den Neuen. Mit dem Kassenbon brachte sie einen Schlüsselanhänger als Souvenir mit. »*Un recuerdo*«, sagte sie lächelnd.

»*Muchas gracias.*« Schulz schaute verständnislos auf den Anhänger. Es war ein rotes Herz aus Plastik. I LOVE FLORIDITA RESTAURANT.

»Ein gutes Mädchen«, sagte Estefan, als sie wieder losfuhren.

Schulz hielt den Mund. Er befühlte das Plastikherz in seiner Manteltasche und sah zu, wie die Schneeflocken über die Windschutzscheibe taumelten.

## 87

Die Verbindung war gut. Nur ein leichtes Rauschen in der Leitung wies auf die Entfernung zwischen New York und Port Antonio hin.

»Wie geht es ihm?« fragte Jill Shapiro.

»Er ist okay. Hat ein bißchen Schwierigkeiten mit dem Winter. Aber er ist schon ein ganzes Stück gesünder als in Nicaragua. Habe den Eindruck, er trinkt weniger.« Santanders Stimme arbeitete in der untersten Baßlage. Reines Valium.

»Wird er für dich arbeiten?«

»Ich weiß es noch nicht. Ich hoffe.«

»Wie lange wird er in New York bleiben?« Sie klang etwas beunruhigt.

Santander wußte, daß sie nicht ihretwegen fragte. Es ging ihr um Anita. »Er ist so gut wie in Miami.«

Das Rauschen in der Leitung ließ nur ahnen, daß Jill aufatmete. »Dort wird's ihm besser gefallen«, stellte sie fest. »Er ist inzwischen ein Tropengewächs geworden.«

»Ein Bürger des Dschungels«, sagte Santander, während er in das Schneegestöber vor seinem Hotelfenster schaute.

## 88

Der Hund kam auf den Deutschen zu und baute sich vor ihm auf.

Schulz sah in die dunkelbraunen Augen. Ein Bastard, mit einem kräftigen Schuß Cockerspaniel. Das Tier war nicht groß, hatte aber unverkennbar Charakter. Er dachte an Castro und sagte leise, aber nachdrücklich: »Platz.«

Der Hund warf sich unverzüglich auf den Bauch, legte den Kopf schief und wartete, wie das Spielchen weitergehen würde. Sein Schwanz fegte über den Boden der Gepäckhalle.

»Guter Hund.« Schulz ging in die Hocke, um ihm den Kopf zu tätscheln.

»Sniffer!«

Der Ruf holte den Hund blitzartig auf die Beine. Beflissen trabte er davon.

Als ob er arbeitet, dachte Schulz und warf einen kurzen Blick zu dem Mann, der gerufen hatte. Er stand in Jeans und Polohemd inmitten der Fluggäste. Offenbar kein Reisender. Er musterte Schulz einige Sekunden lang, dann drehte er ihm den Rükken zu.

Der Koffer tauchte auf. Schulz zerrte ihn vom Laufband, dann ging er zum Ausgang. Die warme Luft Floridas umfing ihn, der vertraute Geruch nach schmelzendem Asphalt und Autoabgasen stieg ihm in die Nase. Der Kleinbus der Mietwagenfirma parkte unmittelbar vor dem Ausgang. Der Fahrer nahm den Koffer und lud ihn ein. Schulz nahm Platz und setzte die Sonnenbrille auf. Der Winter lag hinter ihm. Er fühlte sich wie ein Fisch, den man ins Wasser zurückgeworfen hat. Vier weitere Passagiere stiegen zu. Der Fahrer setzte sich ans Steuer und fuhr los. Es ging über großzügige Highway-Schleifen in Richtung Miami. Zehn Minuten später hielt der Bus auf dem Hof des Autoverleihs.

Eine knappe Viertelstunde danach saß Schulz in einem Nissan und fädelte sich auf den Highway ein, während er gleichzeitig die Straßenkarte aufklappte und sich zu orientieren versuchte. Er fuhr auf dem Robert Frost Expressway. Der International Airport lag hinter ihm. Er mußte nur immer geradeaus fahren und auf die blauen Wappenschilder mit der Zahl 195 achten. Er stellte die Klimaanlage niedriger und kurbelte das Fenster herunter. Die Luft roch nach Meer.

Wenig später ging es über die Brücke, die in einem langen Bogen die Biscayne Bay überspannte und nach Miami Beach führte. Türkises Wasser, weiße Häuser, grüne Palmen und ein wolkenloser, hellblauer Himmel. Schulz hatte sich Miami immer aus der Latinoperspektive vorgestellt – eine feuchtheiße, stinkende graue Hafenstadt, in der halb Südamerika im Blechhüttenexil vor sich hindämmerte, natürlich mit ein bißchen Make-up für die Reichen. Was er jetzt sah, war eine traumhaft gelegene Metropole, deren Skyline wie eine jugendlich frische Mischung aus Manhattan und Rio aussah. Auf dem Wasser tummelte sich eine Menge schneeweißer Boote.

Vielleicht, dachte Schulz, wird es doch wie im Urlaub.

In Miami Beach verfranste er sich zwischen den Einbahnstraßen und Kanälen, fand aber nach zwanzig Minuten doch die Auffahrt zum Fontainebleau. Der Kasten war von einer monströsen Dekadenz, die jedem modernen Architekten Brechreiz verursachen mußte. Mit einem Mal kam Schulz sich in seinem Mittelklassejapaner etwas billig vor. Mit kühnem Schwung zog er sein Gefährt vor das Portal. Ein Junge in Khakishorts und grünem Lacoste-Hemd löste sich aus einem Pulk Gleichkostümierter und riß die Fahrertür auf. Schulz hatte gerade noch Zeit, mit Hilfe eines Boys sein Gepäck aus dem Kofferraum zu retten, bevor der grünbeige Blitz den Nissan mit quietschenden Reifen entführte.

*»Just a second«,* beruhigte ihn der Boy.

Bevor Schulz nicken konnte, kam der Einparker die Auffahrt hochgesprintet, gab den Wagenschlüssel an der Registratur ab und brachte eine Quittungskarte. Schulz drückte ihm einen Dollar in die Hand. Grünhemd dankte und joggte zum Pulk zurück.

Auch am Empfang ging alles wie geschmiert. Zehn Minuten später, nach einer längeren Odyssee durch Hallen, Aufzüge und endlose Gänge, atmete Schulz in Zimmer 565 im North Tower durch. Das Hotel war wie ein Flugzeugträger. Schulz saß in irgendeinem Zwischendeck und wußte nicht mehr, wo die Kommandobrücke war.

## 89

Wir haben dich immer gewähren lassen, und du hast dabei deinen Schnitt gemacht.« Der Mann, der wie die Edelstahlausgabe von Julio Iglesias aussah, ließ seine Zähne für Bruchteile einer Sekunde zwischen den Lippen aufleuchten.

Fake Reynaldo trug einen weit geschnittenen Anzug mit sehr kleinen Karos in dunklem und hellem Blau. Es war das mit Abstand dezenteste Kleidungsstück in seiner Sammlung. Er trug es nur, wenn ernsthafte Verhandlungen anstanden. Deshalb auch nur glatte schwarze Stiefel. Ohne Silberbeschläge und mit moderatem Absatz. Durch die wattierten Schultern wirkte er wie ein Kleiderschrank, aber im Moment fühlte er sich eher klein.

»Du kümmerst dich um die Verteilung. Absolut unabhängig«, fuhr der Mann fort. »Wir kontrollieren den Großhandel. Wir haben nichts dagegen, wenn du dich mit den Jamaikanern um deinen kleinen Supermarkt prügelst. Auch wenn wir deine Methoden etwas selbstmörderisch finden. Aber du mußt dich langsam entscheiden, ob du Geschäftsmann oder Cowboy sein willst. Du solltest deine Jungs die Dreckarbeit erledigen lassen.«

Der Mann aus Cali warf einen amüsierten Blick zu dem Porsche, der vor dem Café geparkt war. »Tob dich lieber mit deiner deutschen Rennmaschine aus.«

Reynaldo kochte vor Wut. Unbehaglich rutschte er auf dem Stuhl hin und her. »Um manche Sachen muß man sich selber kümmern«, sagte er.

Sie saßen im Village Inn, inmitten von Touristen und der einheimischen Schickeria, die mit lautstarker und körperbetonter Geschäftigkeit Coconut Grove bevölkerte. Neunzig Prozent der Leute waren darum bemüht, sexy zu wirken. Die Frauen setzten ihre Luxuskörper ein wie Softporno-Königinnen, die Männer stellten ihren Wohlstand zur Schau, als mache der allein sie begehrenswert. Potenz, die sich in Pferdestärken ausdrückte.

Normalerweise hätte Fake Reynaldo gemütlich in einem Café oder Restaurant gehockt. Ein Angler, den Porsche ausgelegt wie einen Köder. Heute trieben die Goldfische vorbei, ohne daß er sie an Land ziehen konnte. Statt dessen war dieser Barrakuda in seinen Fanggründen aufgetaucht. Heilige Jungfrau, sagte er sich, mach, daß ich die Ruhe bewahre, laß mich nicht ausrasten.

»Vor allem aber ärgert uns, daß du mit deinem redlich verdienten Geld diese Söldnertruppe unterstützt. Das nehmen wir dir wirklich übel.« Wieder das Lächeln.

Reynaldos Nerven lagen blank.

»Wir sind am Frieden interessiert. Hör mit dem Gezündel auf. Als kleine Gegenleistung bieten wir dir Rückendeckung gegen die Posses. Aber nur, wenn es unter uns Kolumbianern bleibt. Die Jungs sind wichtige Abnehmer.«

Reynaldo nickte. Keine Chance. Sie konnten ihm jederzeit den Kokshahn abdrehen und ihn finanziell fertigmachen. Ein Wimpernzucken von denen, und ein Paar Motorradkiller jagte an seinem Porsche vorbei und sägte ihn mit einem Feuerstoß vom Sitz.

»Ruf morgen an. Die Nummer kennst du ja. Meine Leute geben dir sechs Mann Verstärkung gegen die Jamaikaner. Sorg dafür, daß deine Jungs mitmachen und nicht die Halbstarken spielen. Es reicht, wenn ihr wie Zirkusclowns durch die Gegend lauft.«

»Muß ich mir auch noch die Klamotten genehmigen lassen«, versetzte Fake Reynaldo. Er atmete tief durch.

»Du weißt, was ich meine. Also, ich fliege morgen wieder ab. Hoffe, daß alles klar ist. Schick die Truppe in den Everglades in Pension, und kümmere dich ums Geschäft.«

»Okay, okay.«

»Da ist noch eine andere Sache . . .« Der Mann vom Kartell wurde ernster. »Wir haben seit heute einen Gast in der Stadt, um den du dich kümmern wirst. Er mag uns nicht besonders. Aber er ist uns ans Herz gewachsen. Er hat uns einen großen Gefallen getan. Kann sein, daß er Probleme bekommt. Unsere Amigos aus Panama . . .«

»Ich denke, die sind enthauptet?«

»Manchmal zuckt der Körper noch eine Weile.«

»Um wen geht's?« Reynaldo sah traurig auf den Hintern einer Blondine, die neben einer Brünetten stand und seinen Porsche bewunderte.

»Wenn du morgen anrufst, erfährst du alles Weitere. Der Mann bekommt noch Geld von uns.«

Wie immer, dachte Fake Reynaldo. Kümmert sich nicht um den Kleinkram. Tritt nur persönlich auf, wenn es darum geht, einem Bescheid zu stoßen. Ein paar Jahre lang war es mit dem Einzelhandel ganz gut gelaufen. Er hatte seine Ruhe gehabt. Hier Nordamerika, da unten Südamerika. Aber mittlerweile wurde die ganze Welt zu einer Art Großkolumbien.

## 90

Schulz stand im begehbaren Kleiderschrank seines Hotelzimmers und verteilte seine spärliche Garderobe auf Bügel und in Schubladen. Dann duschte er, zog Sommerkleidung an und verließ das Zimmer.

Schulz spazierte unter den Palmen im Garten entlang, kam an der Poolbar vorbei und ging über den Holzsteg zum Meer. Es dämmerte. Der Atlantik lag wie stahlblaues Öl im schwindenden Tageslicht. Der Strand war breit, absolut gerade und hart wie eine Flugzeugpiste. Der Metallton der Farben verblaßte, als die Sonne endgültig schwand, und wich grauem, gelbem und blauem Pastell, darüber eine Prise Rosa. Es war fast windstill. Die Beachfront war weit und eine Nummer zu groß, wie fast alles in diesem Land.

Zeit für einen gepflegten Sundowner. Schulz war in Breiten zurückgekehrt, in denen es nach Rum roch. Locker, aber zielstrebig machte er sich auf den Weg zur Hotelbar.

## 91

Sie hörte das Schniefen im Badezimmer und zog den Slip aus. Sie selbst nahm nie etwas. Aber daß er es nahm, war ihr recht. Es machte ihn zu einem besseren Liebhaber.

Er kam ins Zimmer, nackt, mit steifem Schwanz. Für einen Mann von Ende Vierzig hatte er sich gut gehalten. Sehnig und muskulös. Die Narben auf seinem Körper trug er wie Schmuck. Er hatte sich wieder einen Vollbart wachsen lassen, weil sie es mochte. Er liebte sie. Er liebte ihre zimtbraune Haut. Sie war seine Schwester im Geiste und seine Gespielin, Genossin und Geliebte. Er hatte die Reife, sie die Jugend. Er war skeptisch, sie voller Ideale.

Sie ging hin und umarmte ihn.

Er hob sie hoch und legte sie aufs Bett.

»Mir wäre es lieber, wenn du weniger von diesem Zeug nehmen würdest«, sagte Anita Shapiro leise.

»Keine Angst, ich nehme nur soviel, wie du brauchst«, sagte Norberto Navarro und streichelte sie.

## 92

Schulz brauchte zwei Doppelte, bis er die Wirkung spürte.

Luis, der Barkeeper, hatte bedauernd darauf hingewiesen, daß es in den Vereinigten Staaten nicht nur ein Importverbot für kubanische Zigarren gab, sondern auch für Havana Club, *naturalmente*. Daher hatte Schulz sich für einen Captain Morgan entschieden. Frische, politisch unbelastete Limonen gab es auch in Florida. Luis bereitete die Drinks mit Stil. Schulz dachte eine Weile darüber nach, warum, zum Teufel, es in Nicaragua kapitalistische Coca-Cola gab, wenn sozialistischer Rum und Zigarren in den USA verboten waren. Es mußte etwas mit Macht zu tun haben.

Die Innenarchitektur unter der Glaskuppel war von monumentaler Geschmacklosigkeit. Nicht direkt häßlich. Der gute Wille war zu erkennen, aber Formen, Farben und Muster lagen immer um ein Haar daneben.

Luis war aus San José. Schulz gab sich als Auslandsdeutscher aus Ecuador zu erkennen. Florida war nicht das Spielfeld, auf dem man im schwarz-rot gestreiften Trikot der Sandinistas auflief.

Es ging auf halb acht zu. Er gab gerade den dritten Drink in Auftrag, als er sie sah. Der verwaschene Jeans-Anzug paßte gut zur braunen Samthaut und den weißen Stöckelschuhen. Die großen Ohrringe und die Armreifen waren aus Elfenbein. Das Tuch im Afro leuchtete zitronengelb. Anita Shapiro, Prinzessin von Port Antonio, Königin von Kingston, Kaiserin von Jamaika.

Einen Augenblick lang wünschte Schulz sich, sie möge ihn nicht sehen. Die Sehnsucht nach Anita hatte ihn hergetrieben, doch diese Sehnsucht machte ihm auch angst.

Anita blieb neben einem Barhocker stehen. Sie hatte bei Luis bereits einen Gin Tonic bestellt, bevor sie Schulz bemerkte. Überrascht lächelte sie ihn an. Eine Spur Unsicherheit flackerte in ihrem Blick. Dann kam sie her und umarmte ihn.

»Kurt, was machst du hier?« Sie küßte ihn auf die Wange. »Schön, dich zu sehen.« Sie redete eine Spur zu schnell und zu steif. So, als spiele sie in Gedanken die möglichen Konsequenzen seines Aufenthalts durch. »Du siehst blaß aus.«

Schulz war sicher, daß es nicht an den wenigen Tagen an der Ostküste liegen konnte. Es mußte der Schock sein. »Habe grade meinen Winterurlaub hinter mir«, sagte er.

»Winterurlaub?«

»Ein Abstecher nach New York.«

»Du kommst nicht aus Jamaika?« Sie musterte ihn.

»Habe einen alten Bekannten besucht und in eurer Familiensuite im International House genächtigt.«

Anita strahlte. »Da hab ich gewohnt, als ich studiert habe. Allerdings auf einer stinknormalen Studentenbude.« Sie zog die Augenbrauen zusammen und nippte an ihrem Glas. »Ich habe gestern mit Mutter telefoniert, aber sie hat keinen Ton gesagt.«

Schulz ließ es auf sich beruhen.

»Hast du die Geschichte mit unserem Voodoo-General noch mitbekommen?« fragte Anita eine Spur ernster. »Die Zeitungen und Nachrichten waren voll davon.«

»Ich hab es erst in New York erfahren«, sagte Schulz. »Hat Jill was erzählt?«

»Nichts weiter. Alle sind froh, daß es ihn erwischt hat. Die Kolumbianer sollen angeblich dahinterstekken.«

»Mit Sicherheit.« Er nahm einen großen Schluck Rum.

»Und wir waren noch kurz vorher auf dieser Party . . .« Sie schüttelte den Kopf.

»Sein letzter öffentlicher Auftritt.« Schulz dachte an Anitas schweißnasse Hand, hörte das Trommeln der Dobermänner.

»Wohnst du hier?«

»Ja, fünf-sechs-fünf im North Tower«, sagte er, nur für den Fall, daß sie ihn nicht nach der Zimmernummer fragen sollte. »Und du?«

Anita zögerte einen Moment. Schulz spürte jähe Eifersucht auf Norberto Navarro in sich aufsteigen. Er trank einen Schluck Rum.

»Ich wohne auch hier«, antwortete sie eine Idee zu hastig, verriet aber nicht, auf welchem der unzähligen Stockwerke und endlosen Flure er sie finden konnte. Sie und ihren Lover.

In seiner Bitterkeit spielte Schulz mit dem Gedanken, sich nach Quincy zu erkundigen. Aber er verkniff es sich. Sie schwiegen sich eine Weile an und tranken.

Dann lehnte sie sich an ihn und nahm seine Hand.

Er war ihr verfallen. Sie trieben es wieder mit den Händen wie an jenem Abend, beim Santeria-Ritual. »Wie lange bleibst du?« fragte sie.

Er konnte nicht heraushören, ob sie auf einen kurzen oder langen Aufenthalt hoffte. »Weiß noch nicht«, antwortete er.

Anita trank aus und verlangte die Rechnung. »Ich muß noch in die Stadt. Hab eine Verabredung. Es wird spät werden.« Sie ließ seine Hand los.

Schulz winkte Luis ab. »Der Drink geht auf mich.«

Sie küßte ihn wieder. »Sehen wir uns morgen am Pool?«

»Sicher.« Schulz sah ihr nach, als sie durch die Lobby davonging. Allein mit seinem Verlangen, bestellte er bei Luis mehr Medizin gegen die Einsamkeit. Wenn Herz und Körper nichts abbekommen, geht die nächste Runde immer an die Leber.

*»Muy linda la señorita«*, stellte Luis höflich fest, nahm das leere Glas und wischte über die Theke.

Wem sagst du das, Bruder? dachte Schulz. Natürlich ist sie schön. So schön, daß es weh tut.

## 93

Oscar Osceola hatte, von einer italienischen Mutter abgesehen, nur Seminolen als Vorfahren, und er war stolz darauf. Die Kollegen beim Miami Police Department nannten ihn respektvoll den Indianer.

Osceola arbeitete für Street Narcotics, eine Einheit, die sich mit Drogenverbrechen befaßte. Er war zweiunddreißig Jahre alt, von mittlerer Größe und fast zierlicher Eleganz. Wenn die Kollegen ihn ärgern wollten, nannten sie ihn den Sizilianer.

Der Mietwagen, ein Ford, stand an einer Straßenekke in Overtown, etwa vier Straßenzüge von einem der Crack-Häuser entfernt. Osceola hatte seine Zweifel, ob der regelmäßige Wechsel der Mietwagen als Tarnung ausreichte. Die Firma, mit der das Department zusammenarbeitete, bemühte sich zwar redlich, alte und verbeulte Fahrzeuge bereitzustellen, aber die Gettohyänen hatten eine feine Witterung und scharfe Augen.

Die Gegend war eine Ansammlung von Schmutz und Elend. Sechs verwahrloste Kinder spielten zwanzig Meter weiter mit einem Football. Ein Schwarzer mit Dreadlocks hing besoffen auf der Bordsteinkante und hielt einem Straßenköter einen Vortrag. Overtown war eine der übelsten Ecken von Miami. Quadratkilometer absoluter Armut, blutiger Gewalt und menschenverachtender Lebensbedingungen. Nur ein einziges Mal war es hier weiß und sauber gewesen – als die Stadtplaner die Gegend auf dem Reißbrett entwarfen.

Im Rückspiegel sah Osceola, wie der Hippie langsam den Gehsteig entlangkam. Der Hippie war ein Kollege. Groß, schlaksig, schütterer Vollbart, fettige, schulterlange Haare, schmuddeliges T-Shirt, Jeans, Turnschuhe und eine verschossene Windjacke, die einmal himmelblau gewesen sein mußte. Der Hippie öffnete die Beifahrertür und stieg ein. Oscar Osceola ließ den Motor an und fuhr los.

»Warst du drin?«

»Jawohl.« Der Hippie lächelte. Die Jacketkronen paßten nicht zu seinem Undercover-Outfit.

»Und – haben sie dir was verkauft?«

»Nicht grade 'ne Tonne, aber es reicht für einen Durchsuchungsbefehl.« Der Hippie klopfte auf die rechte Tasche seiner Jacke.

»Dann kannst du ja wieder duschen und dir die Haare schneiden lassen.« Osceola steuerte den Ford aus dem Getto zurück in den Wohlstand.

»Wann nehmen wir sie hoch?«.

»Sobald wie möglich, wenn die Justiz nicht wieder ein Haar in der Suppe findet. Ich denke morgen. Wir haben übrigens einen Journalisten dabei.«

»Scheiße«, sagte der Hippie.

»Alles von oben genehmigt. Will uns bei der Arbeit zusehen.« Der Indianer wußte es besser. Santander und seine Verbindungsleute aus Washington hatten sich geheimnisvoll gegeben. Wie immer. Aber daß der Kraut kein Zeitungsmann war, konnte Osceola sich an den Fingern abzählen.

»Ich hoffe, es ist nicht wieder so ein Hysteriker, der den Moralapostel spielt, wenn wir 'nem Nigger in die Eier treten«, sagte der Hippie.

## 94

Im Zigarrenladen im Kellergeschoß des Hotels stieß Schulz auf Norberto Navarro.

El Comandante stand neben der Kasse, und der Verkäufer, ein älterer Herr mit der Aura eines spanischen Grande, beriet ihn. Schulz erkannte sofort das Profil seines ehemaligen Kampfgenossen, als er den Laden betrat und zu einer Wandvitrine mit einer stattlichen Auswahl an Zigarrenkisten ging.

»Diese kann ich Ihnen besonders empfehlen«, sagte der Verkäufer zum Comandante. »Harriel's Dream. Nummer fünf. Beste Handarbeit aus Florida. Aus Hondurastabaken.«

»Bueno«, sagte Navarro. »Geben Sie mir eine Kiste.«

Schulz ging zur Kasse und stellte sich neben Navarro. »Geben Sie mir auch eine«, sagte er zu dem Verkäufer.

»Sehr gerne, mein Herr. Einen Augenblick, bitte.« Der Verkäufer lächelte freundlich.

Beim Klang der vertrauten Stimme drehte Navarro sich um. Er erkannte Schulz sofort. »Lobo!«

Zum ersten Mal seit den Tagen an der Südfront hörte Schulz wieder seinen alten Kriegsnamen. Seltsam, wie er aus dem Munde seines ehemaligen Chefs klang. »Wie geht es, Comandante?«

Navarro strahlte. Er umarmte Schulz, klopfte ihm den Rücken. So ähnlich muß es Fidel Castro einst mit Che Guevara gemacht haben, dachte Schulz.

»Hombre, was machst du hier? Ich denke, du hockst bei diesen Hurensöhnen in Nicaragua.«

Der Señor an der Kasse räusperte sich dezent.

Die beiden Kunden zahlten.

»Kleiner Ausflug«, antwortete Schulz.

»Und dann gleich zu den Yankees, mein Gott.« Navarro lachte schallend, klemmte sich seine Zigarrenkiste unter den Arm und steckte die fünf Streichholzschachteln, die er als Zugabe bekommen hatte, in die Tasche seiner Shorts. »Die haben dich doch nicht etwa auf mich angesetzt?« Er lachte wieder, diesmal ein paar Phon lauter.

»Dann hätte ich dir schon in den Rücken geschossen, Amigo.« Schulz packte seine Zigarren zwischen die zusammengefalteten Ausgaben des *Miami Herald* und der *International Herald Tribune*, die er sich am Zeitungskiosk besorgt hatte.

Sie verließen den Laden und spazierten den Gang entlang.

»Darauf müssen wir einen trinken, Lobito. Laß uns einen nehmen. Draußen.«

Schulz folgte Navarro zur Poolbar im Garten.

Eingeölte Touristen fläzten sich auf ihren Liegen und ließen sich braten. Am Pool ging es zu wie auf einem Rummelplatz. Ein paar gutgebaute Blondinen in knappen Badeanzügen ließen Navarro und Schulz sehen, was in diesen Breiten begehrenswert war.

Die beiden Männer verzogen sich in den Schatten auf der Seeseite der Bar und bestiegen zwei Hocker an einem ruhigeren Abschnitt des Tresens. Vom Meer fächelte ein sachter Wind durch die Mittagshitze. Sie orderten zwei Piña Colada. Der Service war ruppig. Die Drinks kamen in Pappbechern. Kein Latino als Keeper, statt dessen Ami-Stümper im Beach-Boy-Look – sonnengebräunt, blond, laut und borniert. Schulz sehnte sich nach Luis. Das ganze Hotel trug zuviel Make-up und hatte zuwenig Stil. Aber Comandante Arango schien das nicht zu stören. Der Nica hatte einen Vollbart. Wenn die alten Regeln noch galten, dann bedeutete das Krieg.

»Auf welches Schlachtfeld ziehst du?« fragte Schulz und tippte sich mit dem Zeigefinger ans Kinn.

Navarro verzog das Gesicht zu einer Grimasse, die wohl besagen sollte: *Du hast mich erkannt, alter Knabe.* Er probierte seine steifgefrorene Piña Colada. »*Bueno hermano*«, sagte er mit ernstem Gesicht. »Machen wir uns nichts vor, Lobo. Du hast Big Tuna in Panama getroffen, und er hat dir von Operation Walker erzählt. Stimmt's?«

Schulz nickte.

»Du hast deine alte Freundin Jill besucht, von der du immer an der Südfront erzählt hast, wenn wir keine Weiber hatten.« Navarro schmunzelte.

Noch ein Nicken.

»Es ist dieser geheimnisvolle Santander, der

Schutzheilige aller fehlgeleiteten Idealisten südlich des Rio Grande, der dir diese Reise verpaßt hat.«

»Genau«, sagte Schulz.

»Du weißt über Anita und mich Bescheid. Und du hast ... und jetzt muß ich auf dein Wohl trinken ...« – El Comandante stand auf, knallte die Fersen in den Gummilatschen zusammen und prostete dem Deutschen mit dem Pappbecher zu – » ... einen Faschisten aus dem Verkehr gezogen.« Navarro setzte sich wieder. »General Eros Chamorro Pinto, die Melone. Ein Volltreffer, Amigo. Das steht in der Tradition unserer gemeinsamen Feldzüge.«

»Er war auf meiner Liste.«

»Ich habe Anita nichts davon erzählt«, sagte Navarro. »Will nicht, daß sie weiß, daß du ein gottverdammter Killer bist, mein Junge.« Er lachte laut. Der Wind verwehte die Töne. »Ich ziehe wieder in den Krieg«, sagte er ernst. »Du weißt, Söldner müssen kämpfen, damit sie ihr Handwerk nicht verlernen.«

»Wenn das stimmen würde, hätte ich Don Eros und seine Dobermänner nicht überlebt.«

»Manche haben so viel Talent, daß sie sich lange Pausen leisten können. Ich gehöre nicht dazu.«

»Hatte es nicht irgendwann mal was mit Glauben zu tun?«

»Mit Überzeugungen«, Navarro nickte. »Glauben, das ist was für die Schafherden der Päpste.«

»Und Überzeugungen sind was für die Lämmer von Marx, Engels, Lenin und Stalin«, sagte Schulz.

»Wieso haben dich diese Westentaschen-Revoluzzer in Managua eigentlich nicht längst ausgewiesen?« konterte Navarro.

»Manchmal denke ich, daß sie es mittlerweile gemacht haben.«

El Comandante kostete wieder an der Piña Colada. »Komm.« Er rutschte vom Hocker und winkte einem der Beach-Boys zu. »Laß uns was Richtiges trinken.« Er zeichnete die Rechnung ab. »Ich habe eine Flasche Flor de Caña auf dem Zimmer.«

Comandante Arango hauste in einer Juniorsuite.

Schulz ging kurz ins Bad. Als er ins Wohnzimmer zurückkam, hatte Navarro zwei Dreistöckige auf Eis zubereitet. Er reichte Schulz ein Glas, nahm seines und hielt es in Brusthöhe. »Aufs Überleben!«

»Ich hoffe nur, du kommst unter den Bombenteppichen durch«, sagte Schulz und trank. Es war verdammt guter Alkohol, und er kam aus der Heimat. Egal, wer dieses Stück Land beherrschte, der Schnaps würde immer derselbe bleiben.

Navarro setzte sich auf einen Sessel, schlug die Beine übereinander und sagte: »Keine Angst um mich. Ich sehe mich in der Tradition von Männern wie Simón Bolívar und José Martí.« Er schwieg einige Sekunden, schien seinen Worten nachzulauschen. »Ich bin der legitime Erbe von Augusto César Sandino. Die Frente hat seine Gedanken pervertiert.« El Comandante nahm einen Schluck Flor de Caña, als begehe er die Kommunion mit nationalem Weihwasser.

Schulz schwieg. Norberto Navarro Nevada meinte jedes Wort so, wie er es sagte. El Comandante war immer noch davon besessen, El Presidente zu werden. So, wie Navarro im Sessel fläzte, sah er eher wie ein wohlhabender Frührentner aus, der sich auf dem Golfplatz fit hielt und sich das Gehirn zermarterte, wieviel er in die neueste Jacht investieren sollte.

»Du scheinst in den letzten Jahren zu Geld gekommen zu sein.« Schulz sah sich demonstrativ in der Suite um.

»Ich? Geld?« Navarro ließ ein dröhnendes Lachen folgen.

»Und wer bezahlt das hier?« Schulz setzte sich auf das Doppelbett.

»Wir leben in einer Welt der Sponsoren, Amigo. Es geht nicht mehr ohne Gönner. Ob Tennisspieler, Fußballer oder Kämpfer für die Demokratie, alle brauchen Geld. Ohne Coca-Cola keine Olympischen Spiele. Wer weiß, vielleicht regiert schon der nächste Chef im Weißen Haus für Pepsi.« Navarro grinste. »Ich nehme an, der große Gabriel Santander García finanziert dich aus seinem Sparschwein.«

Schulz trank. Der Rum streichelte seine Zunge, versickerte im Magen und betäubte die Nerven.

»Santander hat nie viel von mir gehalten.« Navarro verzog den Mund. »Aber ich habe auch nie viel von Santander gehalten. Er ist den Gringos auf den Leim gegangen. Wie ich höre, hat er die Revolution aufgegeben und macht jetzt auf Drogenpolizist. So wie diese Rockstars, die plötzlich Jesus Christus oder Buddha entdecken.«

»Warum soll er den Gringos auf den Leim gegangen sein?«

»Lobo.« Navarro schüttelte mitleidig den Kopf. »Lobito, wo ist dein gesunder Menschenverstand geblieben? Denkst du wirklich, daß die Yankees ihren Krieg gegen die Drogenkartelle nur aus edlen Motiven führen? Sie betreiben die Vietnamisierung von Ländern wie Kolumbien, Peru und Bolivien. Sie schwadronieren gegen das organisierte Verbrechen, aber sie meinen die Guerilla. Sie suchen einen Weg, ihr Militär als Polizisten verkleidet in diese Länder zu schicken, um dort jeden anderen politischen Glauben auszurotten. Das und nichts anderes ist es, was sie treiben. Sie sind besessen von der Absicht, ihre Supermarktdemokratie zu verbreiten. Sie stellen Milliarden von Dollars für den Krieg gegen Drogen bereit, aber in Wahrheit werden mit dem Geld linke Widerstandskämpfer beseitigt. Narco-Guerilla sagen sie dazu. Hört sich verdammt gut an und streut den Wählern Sand in die Augen. Diese Idioten in Washington faseln von einer Allianz zwischen Kokainbaronen und subversiven Kräften. In Wirklichkeit aber wollen sie Landebahnen für ihren Imperialismus!«

Navarro hatte sich in Rage geredet. Er stand auf, verschüttete dabei etwas Rum und ging erregt im Zimmer auf und ab.

»Nicht einmal zehn Prozent der rund zehntausend Flugpisten in Lateinamerika sind für Truppentransporter geeignet. Eine C-130 kommt da nicht runter. Mehr als zwanzigtausend Kilometer Küste sind strategisch problematisch. Ein Großteil der schiffbaren Flüsse, etwa dreißigtausend Kilometer, sind ungeeignet für die Interessen der USA. So sieht das aus, Amigo. Das ist die Lage!« El Comandante schenkte eine frische Runde Flor de Caña aus. »Eis?«

»Danke.«

»Santander hat seine Talente ans reaktionäre Lager verschenkt. Ich will gar nicht behaupten, daß sie ihn gekauft haben. Ich glaube, daß er von hehren Gedanken bewegt wird. Er hält sich für eine Art Kreuzritter. Aber trotzdem ist er ein Handlanger des Pentagons. Wenn du für ihn arbeitest, machst du dich zum Pistolero dieser Leute.«

Es ist wie immer, dachte Schulz. Er ist gut, wenn er

redet. Er bringt die Leute zum Nachdenken. »Was ist die Alternative?«

Navarro lachte. »Du hast das gleiche Problem wie ich, Lobito. Ruhestand oder Einsatz an einer wichtigeren Front, im Kampf um nationale Unabhängigkeit.«

»Das hab ich doch schon mal gehört. Richtig? Aber nicht von dir.«

»Lobo«, der Nica trat neben Schulz und klopfte ihm auf die Schulter. »Ich brauche gute Männer. Komm mal runter in unser Camp in den Sümpfen. Wir machen dich in vier Wochen topfit. Und dann geht's nach Hause. Wir machen da weiter, wo wir damals aufgehört haben. Diesmal haben wir bessere Chancen.«

»Wenn ich mich recht erinnere, haben wir damals gesiegt.«

»Man hat mir den Sieg gestohlen. Man hat mich betrogen.«

Allmählich kommt Navarro zum Kern der Sache, dachte Schulz, zu seinem Ego. Kein Wir, nur noch Ich.

Navarro war kein Marxist. Er war Nationalist und Romantiker. Er sah sich als das wachsame Auge der Revolution. Er war eine Führernatur, ein *Caudillo.* Und er hätte keinen der zahlreichen Anschläge überlebt, wenn er nicht auch ein Verschwörer der Extraklasse gewesen wäre. Allein die Sandinistas hatten zweimal versucht, ihn umzubringen. Sie hatten mehr Angst vor Navarros Charisma als vor der Contra, der CIA und der US-Army.

»Sind die Sandinistas in den Drogenhandel verwikkelt?« Schulz wechselte das Thema, um El Comandante von weiteren Betrachtungen über sich und seinen Platz in der Geschichte abzubringen.

*Diós,* bist du naiv, besagte Navarros Blick. »Natürlich. Pablo Escobar und Jorge Ochoa vom Medellín-Kartell haben vierundachtzig Mitglieder der sandinistischen Regierung bestochen. Der Starpilot des Kartells flog das Zeug von Kolumbien über Nicaragua nach Lousiana oder Süd-Florida. Er landete mit Einverständnis der Sandinistas auf einem Militärflughafen.«

»Los Brasiles?«

»*Exacto*, nur ein paar Meilen außerhalb der Hauptstadt, sozusagen unter den Augen der Revolution«, merkte Navarro spöttisch an.

»Verräter gibt's in jeder Truppe.«

»Sicher, Daniel Ortega wird sich seine Designerbrillen nicht mit Drogengeldern in den Staaten gekauft haben. Aber beim Innenministerium bin ich mir nicht mehr so sicher, wer alles die Nase im Koks hatte. El Oloroso war jedenfalls der Kontaktmann zum Kartell.«

Schulz schluckte. Bluefields ein Dealer? Es fiel ihm schwer, das zu glauben.

»Die ganze Geschichte flog auf, weil der Pilot ein Undercover-Agent der DEA war. Eine ganz große Sache.« Navarro nahm einen Schluck Rum.

»Ich weiß bloß, daß mal ein Typ in einer zweimotorigen Titan von der Luftabwehr beschossen wurde und auf dem Sandino Airport notlanden mußte.« Bluefields selbst hatte Schulz die Story damals erzählt. Die Nicas hatten fast achthundert Kilo Kokain sichergestellt. »Den Pilot haben sie in Somozas Bunker eingebuchtet.«

»Das war der Typ. Aber sie haben ihn wieder laufenlassen, nachdem Bluefields sich der Sache angenommen hat. Der Typ war Weltklasse. Er war bekannt dafür, daß er alles flog, was Flügel hatte. Von einer

Lockheed Loadstar bis zur alten Fairchild. Er startet also nach Einbruch der Dunkelheit vom Militärflughafen, setzt seine Nachtsichtgläser auf die Nase und wird von ein paar Jung-Sandinistas mit der Flak vom Himmel gepustet. Eine üble Panne. Wie immer keine Koordination bei diesen Stümpern. Die linke Hand weiß nicht, was die rechte tut. Aber das kennen wir ja.«

»Bist du dir sicher? Ich meine, mit Bluefields.«

»Es gibt Bilder, die Pablo Escobar und El Oloroso auf dem Flugfeld von Los Brasiles zeigen. Die CIA hat dem DEA-Piloten bei einem seiner Trips eine Kamera in den Flieger gebaut. Der dritte Mann des Kartells, Gonzalo Rodríguez Gacha, war angeblich auch dabei.«

Schulz trank und hörte zu.

»Als nächste Stufe der Operation wollte das Kartell die Koka-Paste von Peru aus direkt ins neue Labor in Nicaragua transportieren. Der Pilot brachte auf den Rückflügen aus den Vereinigten Staaten Laborgeräte, Funkanlagen und genug Narco-Dollars mit, um halb Nicaragua zu bestechen. Wenn DEA und CIA mit ihrem Starpiloten am Ball geblieben wären, hätte das ein großer Coup für die Fahnder werden können. Aber die Yankees haben es in den Sand gesetzt. Rate mal, wer?«

Schulz zog die Augenbrauen hoch und wartete.

»Oliver North.« Navarro lachte dröhnend, dann hustete er.

»Wo immer sich der Junge eingemischt hat, war die Kacke am Dampfen. Ein Aufklärungsfoto der CIA ist ihm in die Finger gefallen. Von da an ging es bergab. Keiner der Cowboys in der Reagan-Regierung hat sich für die Aktivitäten des Kartells interessiert. Denen ging's um Nicaragua, und plötzlich sahen sie die

Chance, den Marxisten eins reinzuwürgen und den Contras einen Heiligenschein zu verpassen. North hat die Informationen der Presse zugespielt. Er hat die Ermittlung gegen das Kartell in den Sand gesetzt. Für ein bißchen billige Propaganda gegen die Kommunisten.«

»Woher weißt du das alles?«

»Das hätten dir auch Santander oder Big Tuna erzählen können.« Navarro grinste. »Oder El Oloroso . . .«, schob er genüßlich nach. »Noch einen?« Er hielt die Rumflasche hoch.

»Danke.« Santanders Cop hatte Schulz bereits vor dem Frühstück aus der Dusche geklingelt. Er hatte sich für den späten Nachmittag angekündigt.

»Sehr vernünftig, Lobito. Ich sollte auch aufhören. Muß noch ins Camp fahren. Wenn du Lust hast, kannst du mitkommen, dir alles ansehen und Big Tuna die Hand schütteln. Er wird sich freuen.«

»Ein andermal.« Schulz stand auf.

Navarro begleitete ihn zur Tür. »Wir sollten mal mit Big Tuna angeln gehen. Er hat ein Haus und ein Boot in Key West.«

»Ich kann nicht angeln.«

»Macht nichts. Jeff turnt jedenfalls ständig auf dem Wasser rum, wenn er nicht gerade im Trainingslager ist oder an irgendeiner Front kämpft. Ist ein echter Conch. So nennen sie die Eingeborenen da unten.«

Schulz nickte, zögerte einen Augenblick und sagte dann: »Eins interessiert mich noch. Was hast du mit dem Anschlag auf den Nobelpreisträger zu tun? Costa Rica war dir gegenüber doch immer sehr tolerant und hilfsbereit.«

Navarro rang sich ein Grinsen ab und zog Schultern und Arme hoch. »Mit den Frauen erbt man auch Probleme, Amigo. Und diese jungen Chicas haben ihre eigenen Vorstellungen, auch von der Politik. Ich wußte, daß es nicht funktionieren würde. Auf der Angreiferseite eine ungesunde Koalition zwischen Linken und Rechten. Die großen Kartelle und einige andere Leute haben kein Interesse am Chaos in Mittelamerika. Und sie haben genügend Einfluß. Darauf habe ich gehofft. Und siehe da, es hat sich alles in Wohlgefallen aufgelöst. Der Friedensapostel lebt weiter, meine Lady ist frustriert, aber der Haussegen hängt nicht mehr schief.« Navarro hatte dieses Glänzen in den Augen, das Schulz nur zu gut kannte.

»Aber die Kids geben doch nicht auf?«

»Sie planen viel, und sie reden eine Menge, wenn der Tag lang ist. Aber es beunruhigt mich nicht sonderlich. Wenn die Software von links kommt und die Hardware von rechts, kannst du sicher sein, daß es nicht funktioniert«, sagte Navarro.

Schulz öffnete die Tür und hob grüßend die Hand. »Ich bin noch eine Weile hier.«

»Gut zu wissen, Lobo.« El Comandante hielt die rechte Hand hoch und zeigte dem einstigen Kampfgefährten mit Zeige- und Mittelfinger ein V.

Schulz lächelte. Im Krieg war Navarro der geborene Sieger, aber im Frieden befiel ihn Langeweile. Aufbauarbeit war nicht sein Ding. So zog er von Schlacht zu Schlacht.

»Wir sehen uns.« Schulz ging den Gang entlang zum Aufzug. Der Rum steckte ihm in den Knochen. Er entschloß sich zu einer Siesta.

## 95

In den Gettos von Miami herrschte dicke Luft. Ein hochbrisantes Gemisch aus Wut und Unzufriedenheit. Es bedurfte nur eines Funkens, um die Explosion auszulösen.

Welle auf Welle von Flüchtlingen aus Mittelamerika schwappte in die Stadt, die längst an der Grenze ihrer Aufnahmefähigkeit angelangt war. Schon in den Jahren zuvor hatte sich der Unmut der Armen in Liberty City und Overtown in Aufständen Luft gemacht, die ganze Teile von Miami in bürgerkriegsähnliche Zustände gestürzt hatten.

Miami hatte die Marielitos aus Castros Kuba aufgenommen, den Nicaraguanern, die der Sandinistas müde geworden waren, ein Dach über dem Kopf geboten und den Exodus der Haitianer von ihrer Elendsinsel verkraftet. Durch den neuen Ansturm aus dem Kriegsgebiet in Guatemala, El Salvador und Honduras wurden die Alteingesessenen in den Slums einmal mehr an die Wand gedrückt. Auffanglager, Sporthallen und Stadien waren überfüllt, und noch immer strömten Neuankömmlinge in die Stadt.

Hinzu kamen die chronischen Reibereien zwischen Schwarz und Weiß. Wiederholt hatten schwarze Politiker Gewaltakte weißer Polizisten gegen schwarze Bürger gebrandmarkt. Die Presse hatte sich der Übergriffe angenommen. Doch abgesehen von einigen halbherzigen Untersuchungen war wenig geschehen. Ein weißer Streifenpolizist war es denn auch, der für den entscheidenden Funken sorgte.

Officer Jack Costner saß in seinem Streifenwagen an der Northwest Third Avenue, Ecke 13th Street, als eine Kawasaki mit der ganzen Kraft ihrer tausend

Kubikzentimeter über die Kreuzung bretterte. Luther Boyd, ein kräftiger Mann von zweiundzwanzig Jahren, der bekannt war für seinen wilden Fahrstil, steuerte die Maschine mit rund hundert Kilometern pro Stunde durch die frühe Abenddämmerung von Overtown. Auf dem Sozius saß Al Tyson, sein fünfundzwanzigjähriger Freund, der erst vor wenigen Monaten von den Virgin Islands nach Miami gekommen war. Officer Costner meldete den Vorfall über Funk und nahm die Verfolgung auf.

Nur wenige Straßenzüge weiter überprüfte Officer Jimmy Castillo gerade einen am Straßenrand geparkten Wagen, als er die Meldung hörte. Er spähte die im Zwielicht liegende Avenue hinunter und sah das Motorrad kommen. Castillo zog die Dienstpistole, trat auf die Fahrbahn, sank auf ein Knie, zielte und drückte den Abzug seiner Halbautomatik durch.

Das Neun-Millimeter-Geschoß traf Luther Boyd am Kopf. Er verlor die Herrschaft über die Maschine, und die Kawasaki schleuderte auf die Gegenfahrbahn, wo sie mit einem Buick zusammenkrachte. Kinder sprinteten aus der Gefahrenzone, Erwachsene kreischten entsetzt auf.

Sekunden später brachte Officer Jack Costner seinen Dienstwagen mit qualmenden Reifen, jaulender Sirene und rotierenden Blinklichtern zum Stehen. Die schwarzen Passanten schrien den weißen Polizisten erste Beschimpfungen zu.

Officer Jimmy Castillo steckte die Dienstpistole wieder ins Halfter. Er hatte keine Ahnung, daß er soeben ein brennendes Streichholz in ein Pulverfaß geworfen hatte.

## 96

Schulz träumte von Anita.

Sie trug nur ihre Zimthaut. Auf ihren Schultern saßen drei Papageien. Er fütterte die Vögel mit Erdnüssen. Dann begoß er Anita mit Rum und rauchte eine Zigarre. Ruffus schlug die Trommel, und ein Regen aus Magnolienblüten ging nieder. In diesem Augenblick fingen die Papageien an zu kreischen.

Es war das Telefon.

Schulz kam zu sich und nahm den Hörer ab. »Hallo?«

»Oscar«, sagte eine Männerstimme. »Oscar Osceola vom Miami Police Department. Wir haben eine Verabredung, Mister Schulz.«

»Richtig.« Ein Blick auf die Uhr. Kurz vor sechs. »Sorry, ich bin eingeschlafen.«

»Kein Problem«, sagte der Cop.

»Ich schlage vor, daß Sie hochkommen und einen Drink nehmen, während ich dusche. Zimmer fünf-sechs-fünf im North Tower.«

»Bin schon unterwegs.« Der Cop legte auf.

Schulz stieg aus dem Bett. Der Rum war verarbeitet. Er zog sich die Hose über, inspizierte seinen begehbaren Wandschrank und legte sich frische Klamotten zurecht. Dann zappte er lustlos durch die Fernsehprogramme und entschied sich schließlich für einen Nachrichtensender. Als es an der Tür klingelte, stellte er den Ton leiser, bevor er aufmachte.

Der Mann auf dem Gang, der Schulz eine goldene Dienstmarke hinhielt, war offensichtlich ein Indianer. Der zusätzliche Bronzeton seiner sonnengebräunten Haut machte ihn selbst im Rassengemisch rund um den Golf von Mexiko zu etwas Besonderem. Er hatte volle, tiefschwarze Haare, die an den Schläfen leicht angegraut waren. Die Augenbrauen waren dicht und buschig. Seine oberen Schneidezähne waren dreieckig und standen wie Zacken aus dem Zahnfleisch. Er war eher zierlich und wirkte ziemlich elegant in dem eierschalenfarbenen Einreiher und dem hellblauen Hemd mit indigoblauer Krawatte.

Ruhig ließ der Cop Schulz' Musterung über sich ergehen. »Hab mich ein bißchen für Sie rausgeputzt«, sagte er. »Wer weiß, wann ich wieder mal ins Fontainebleau komme.«

Schulz ließ den Mann ein, schüttelte ihm die Hand, bot ihm einen Sessel an und ging zur Minibar. »Was darf's sein?«

»Ein Bier ist in Ordnung.« Osceola setzte sich.

Schulz gab ihm ein Budweiser. »Tut mir leid«, sagte er. »Normalerweise bin ich gestiefelt und gespornt, wenn mich jemand abholt. Habe leider heute mittag einen alten Kumpel getroffen.«

»Lassen Sie sich Zeit. Ich schau mir derweil die Nachrichten an. Bin erst ab acht Uhr wieder im Dienst. Unser Einsatz steigt erst gegen neun. Wir nehmen ein Crack-Haus in Overtown hoch. Dachte, das ist was für Sie.«

Schulz verschwand im Bad. Bevor er unter die Dusche ging, hörte er, wie der Fernsehton lauter gestellt wurde.

Als Schulz eine Viertelstunde später wieder ins Zimmer kam, spürte er eine seltsame Spannung im Raum. Osceola war aufgestanden, die Bierbüchse in der rechten Hand, und sah konzentriert auf den Bildschirm, auf dem uniformierte Polizisten mit Schrotflinten und

Schutzhelmen zu sehen waren. Ein Auto brannte. Durch das Geheul von Sirenen kommentierte eine Reporterin: *Tränengas und Brandbomben in Overtown. Das Pulverfaß ist hochgegangen, und die Verantwortlichen müssen sich fragen lassen, ob die Polizeiaktion, die zu diesen blutigen Vorfällen führte, nicht zu verhindern gewesen wäre . . .*

Osceola bemerkte, daß Schulz ihm über die Schulter sah. »Wird wohl nichts mit heute abend«, sagte er. »Jetzt müssen Sie sich doch ein bißchen beeilen. Ich biete Ihnen Bürgerkrieg statt Routine.«

## 97

Die asiatischen Geschäftspartner von Don Eros waren es, die dem Jäger den Standort des Wildes meldeten.

»Er ist seit gestern im Fontainebleau«, sagte der Koreaner zu Hector Ramiro.

Der Dobermann quittierte die Auskunft mit einem knappen Nicken. »Danke«, sagte er nachdenklich.

»Wir würden es begrüßen, wenn Sie in die Fußstapfen des Generals treten würden. Es gibt viel zu tun.« Der Mann aus Seoul lächelte.

»Ehrt mich, daß Sie so denken. Aber ich bin kein Geschäftsmann. Geld hat mich nie interessiert«, antwortete Ramiro.

## 98

Osceola gab einem der Jungs die Quittung. Grünhemd joggte zum Schalter, ließ sich die Wagenschlüssel geben, sprintete die Auffahrt hinunter und verschwand.

»Das Crack-Haus, für das wir den Durchsuchungsbefehl haben, gehört den Palestinos«, klärte der Indianer Schulz auf.

»Dann gibt's hier also auch eine Art Nahostproblem?« Allmählich gab es nicht mehr viel, was Schulz aus der Bahn werfen konnte.

»Hat nichts mit der PLO zu tun.« Osceola zeigte die Schneidezähne. »Los Palestinos kommen aus einem der härtesten Slums von Medellín, der Palestino heißt. Sie arbeiten für das Cali-Kartell. Anfangs waren sie nur in New York City, speziell in Queens, aber mittlerweile haben sie auch hier den Fuß in der Tür. In Miami operieren sieben verschiedene kolumbianische Kartelle – die Jamaikaner nicht zu vergessen.«

»Ich dachte, Medellín und Cali teilen sich die Beute?«

»Das sind vielleicht die berühmtesten, aber hier sind auch die Jungs aus Bogotá und von der Nordküste, Cartagena und so weiter. Rund dreihundert Gruppen, jeweils zwischen fünf und dreißig Mitgliedern, machen sich inzwischen in sechzehn Bundesstaaten zu schaffen. Aber die meisten Topmanager sitzen in Florida und steuern das Geschäft von hier aus. Vor fünfzehn Jahren waren die Herrschaften aus Kolumbien noch damit zufrieden, ihr Kokain an amerikanische Mittelsmänner zu verkaufen. Jetzt haben sie ihr eigenes Verteilernetz und eigene Geldwäschereien. Sie machen fünf Milliarden Dollar im Jahr. Sie funktionieren wie jedes gute Unternehmen, bloß daß sie kein Geld für Werbung auszugeben brauchen. Sie sind äußerst geschickt, wenn es darum geht, sich der polizeilichen Überwachung zu entziehen. Wir erwischen etwa zehn Prozent. Und wenn wir mal einen am Arsch kriegen, dann sitzt eine ganze Armee hochdotierter Anwälte in den Startlöchern, um ihn wieder rauszuhauen.«

Ein Mittelklasse-Ford kam die Auffahrt hochgeprescht und hielt unmittelbar vor den beiden Männern. Grünhemd sprang aus der Fahrertür, kassierte ein Trinkgeld von Osceola und übernahm den Jaguar einer diamantenbehängten Endvierzigerin.

Der Deutsche und der Indianer stiegen ein. Osceola zauberte ein Blaulicht mit Kabel unter dem Fahrersitz hervor. Er stieß den Stecker in den Zigarettenanzünder, klemmte die Signallampe auf das Dach und fuhr mit dem Ford auf die Collins Avenue.

Während sich der Wagen durch den abendlichen Verkehr schlängelte, hörte Schulz den Polizeifunk mit. Die Hölle schien los zu sein. Die Florida Highway Patrol hatte die Interstate 95 in südliche und nördliche Richtung gesperrt. Ein Gutteil der Staatsstraße 836 und des Biscayne Boulevard waren ebenfalls dicht. Gleiches galt für den Verkehr in westliche und östliche Richtung auf dem MacArthur Causeway. In der Gegend von Coconut Grove war der South Dixie Highway zwischen Douglas und Le Jeune Road nach Norden und Süden blockiert. An der Northwest First Avenue, Ecke 20th Street, stand ein Autoersatzteillager in Flammen.

Als der Aufruf an alle dienstfreien Polizeibeamten durchkam, sich sofort zum Einsatz zu melden, zog Osceola den Krawattenknoten auf und öffnete den Kragenknopf seines Hemdes. Er nahm den MacArthur Causeway über die Biscayne Bay und passierte den Kontrollposten.

Schulz sah die Lichter der Großstadt über das Wasser schimmern. Keine Spur von Gewalt. Die Straßenzüge, durch die sie wenig später fuhren, waren fast tot. Kaum Fußgänger, kein Verkehr, nur gelegentlich ein Polizei- oder Notarztwagen mit rotierenden Blinklichtern und heulender Sirene. Es schien, als kämen sie durch evakuierte Zonen. Aber die Einwohner hatten sich nur freiwillig in Quarantäne begeben, eingeschlossen und verbarrikadiert, damit ihnen Armut und Gewalt nicht auf den Teppich kotzen konnten.

»Was genau machen Sie bei der Polizei hier?« fragte Schulz.

»Ich bin Officer bei Narcotics, genauer bei der Street Narcotics Unit, auch *Task Force* genannt, eine Einheit bei Vice. Wir kümmern uns um Drogenverbrechen.« Osceola warf Schulz einen kurzen Blick zu und lächelte. »Für Mord ist Homicide zuständig, auch wenn die Leiche was mit Crack oder einem anderen Stoff zu tun hat. Neben Street Narcotics gibt es noch den Special Investigation Service.«

Er steuerte den Ford mit unverminderter Geschwindigkeit über eine leere Kreuzung, deren Ampel orange vor sich hinblinkte. »Heute abend werden Sie alles sehen, was Rang und Namen hat. In Uniform und in Zivil. Trooper. Federal Highway Police. Die Jungs von Special Weapons and Tactics, die das ganze Kriegsgerät einsetzen dürfen, was man uns verwehrt. Nur die Küstenwache wird beim Showdown in Overtown fehlen.«

Die Häuser wurden schäbiger, die Straßen schmutziger.

»Die übelste Ecke von Miami«, sagte Osceola und fuhr langsamer. »In dieser Gegend verpuffen die Sozialprogramme der Politiker förmlich.«

Dann sah Schulz Feuer und Rauchwolken, roch Tränengas und konnte das Bellen der Flinten, das Sägen der Schnellfeuerwaffen und das Ploppen einzelner Pistolen- und Revolverschüsse hören. Sie fuhren im Schrittempo weiter. Ein Kamerateam verschwand im Dauerlauf um eine Hausecke. Eine Flasche knallte an den rechten Kotflügel des Ford. Auf dem Gehsteig rechts voraus griffen sich drei schwarze Jugendliche Steine und Mauerbrocken und schleuderten sie auf den brennenden Wagen des Teams von Kanal 6, der mit offener Motorhaube quer auf der Fahrbahn stand.

Osceola blieb gelassen. Eine zweite Flasche zerschmetterte das rechte hintere Seitenfenster, und ein Regen aus Glassplittern traf Schulz' Nacken. Osceola fuhr unbeeindruckt auf die nächste große Kreuzung zu, wo ein Polizeiwagen mit offenen Türen stand. Zwei Uniformierte mit Schutzhelmen knieten hinter dem Fahrzeug. Einer feuerte mit einer Pump-gun auf ein Gebäude, aus dem Feuerstöße kamen. Der andere richtete seine Pistole mit ausgestreckten Armen auf zwei brennende Müllcontainer, hinter denen sich Heckenschützen verschanzt hatten.

Die Flammen spiegelten sich auf den Schutzmasken der Beamten. Qualm zog über die Kreuzung und stieg in den Abendhimmel. Zwanzig Meter weiter brannte ein Bus. Unweit davon bildeten ein Mannschaftswagen und drei weitere Polizeilimousinen eine Art Wagenburg.

Osceola steuerte den Ford durch einen Hagel von Flaschen, Bierbüchsen und Steinen über die Kreuzung und verstärkte eine offene Flanke der provisorischen Festung. Sie stiegen aus und gingen in Dekkung. Der Indianer bewegte sich geduckt auf die sichere Seite des Mannschaftswagens. Schulz folgte ihm. Osceola tauschte Informationen mit seinen Kollegen aus.

Schulz hielt sich im Hintergrund, zog den Kopf ein und beobachtete das Geschehen aus der Froschperspektive. Erst jetzt bemerkte er die Menschenmassen rund um die Kreuzung. Die meisten schrien nur ihren Haß heraus. Einige warfen mit allem, was greifbar war. Aus den Häusern flogen Kugeln und Brandsätze. Ein Molotowcocktail zerbarst zwanzig Meter vor dem Mannschaftswagen auf dem Asphalt. Vier Polizisten trieben drei Schwarze in die Wagenburg, knallten sie mit dem Bauch gegen das Wagenblech und fesselten ihnen die Hände mit Plastikbändern.

Rundum quäkten Megaphone und knisterten Funksprüche aus den Lautsprechern. Der brennende Bus schickte Hitzewellen in die Wagenburg. Schulz spürte, wie ihm der Schweiß den Nacken hinunterlief. Innerhalb der Festung, vor dem Heck des Mannschaftswagens, lag ein weißes Laken über einem reglosen Körper, dessen Umrisse man nur ahnen konnte. Da, wo der Kopf sein mußte, war ein großer Blutfleck. Nur zwei Meter weiter lag ein Schwarzer wie tot auf einer braunen Decke, direkt neben den Resten eines Motorrads und einem demolierten Buick Regal. Gelbe Markierungsbänder sollten den Unfallort absperren.

Der Indianer ging neben Schulz in die Hocke. Er sah, wohin der Deutsche blickte.

»Das ist der Motorradfahrer. Ist am Kopf erwischt worden, direkt über dem linken Ohr. Sie haben die Leiche noch nicht rausgekriegt, weil die Ambulanz nicht durchkommt. Der zweite ist bewußtlos, lebt aber noch. Eine schöne Scheiße. Ein Latino-Cop schießt, und zwei Schwarze liegen auf der Kreuzung. Mitten in Overtown. Und kein einziger schwarzer Polizist in Reichweite. Der Mob will mit einem schwarzen Cop reden.«

Osceola zog die Anzugjacke aus und faltete sie zu einem Päckchen zusammen, das er sich vor den Bauch hielt. Er trug eine Automatik mit bernsteinfarbenen Griffschalen im Schulterhalfter.

»Wir erwarten noch sechs Streifenwagen und einen Mannschaftswagen mit Verstärkung. Dann kommt der Bürgermeister.«

»Der Bürgermeister? Hierher?« fragte Schulz.

»Ein Kubaner. Er riskiert immer Arsch und Ohren, wenn es um den Frieden in seiner Stadt geht.«

Zwei Molotowcocktails rollten auf die Kreuzung und explodierten. Flammen züngelten bis zu einem der Streifenwagen. Ein Polizist riß einen Feuerlöscher heraus und rettete die Reifen. Die Nacht stank nach Kordit, angebranntem Gummi und Chemie.

Ein Uniformierter brachte zwei kugelsichere Westen. Schulz wäre eine Schrotflinte lieber gewesen.

»Vorschrift«, sagte Osceola. »Nutzt zwar nicht viel, wenn sie dir in die Eier oder in den Hals schießen, aber besser als nichts.«

Der Mannschaftswagen traf ein. Polizisten mit Schutzschildern, Knüppeln, Gasmasken, Helmen. Dann jaulten die Streifenwagen heran. Aus einem der Autos stieg ein mittelgroßer Latino im grauen Anzug, mit weißem Hemd und Krawatte. Er war erstaunlich jung. Höchstens Ende Dreißig.

»Das ist Goizueta, der Bürgermeister«, sagte Osceola.

Vier Uniformierte scharten sich dicht um den Kubaner. Er zog die Jacke aus und krempelte die Hemdsärmel hoch, während er sich den Lagebericht anhörte. Dann ging er zu einem der Wagen, ließ sich ein Mikrofon geben und wandte sich über Lautsprecher direkt an die Bevölkerung.

Goizueta war gut. So gut, wie man in einem Hexenkessel sein kann. Er redete ohne Schnörkel, beschwörend, aber weder belehrend noch überheblich.

Der Bürgermeister erntete Pfiffe, aber es flogen weder Kugeln noch Flaschen oder Steine. Goizueta erreichte eine Feuerpause.

Kurz nach Mitternacht saß Schulz in Osceolas Büro. Der Indianer hatte eine Runde Pappbecher mit einer Art Kaffee spendiert. Das Zeug schmeckte fürchterlich.

»Das sieht nicht gut aus.« Osceola legte die Füße auf den Schreibtisch. »Die nächsten Tage herrscht hier Ausnahmezustand. Nichts mit Crack-Routine. Schlechte Karten für Sie. Tut mir leid.«

»Höhere Gewalt.« Schulz sah auf die Schuhe des Polizisten. Größe achtunddreißig, höchstens, dachte er.

Die Wellen schlugen hoch. Der Bürgermeister hatte zwar seinen Auftritt am Unfallort einigermaßen überstanden, aber Overtown hatte zum selben Zeitpunkt an mehreren anderen Stellen zu brennen begonnen. Aggressionen und Haß entluden sich in Straßenkämpfen zwischen der schwarzen Bevölkerung und den Sicherheitskräften. Politiker, Religionsführer und Interessenverbände hatten den Krieg um die öffentliche Meinung begonnen, und die Medien liefen heiß.

»Goizueta hat jetzt schon den halben Arsch im Fleischwolf«, stellte der Indianer emotionslos fest.

»Schade, er sah nicht schlecht aus . . .«

»Er sieht immer gut aus, wenn's geknallt hat. Es gibt Leute, die sagen, daß er nur halb so gut ist, wenn's darum geht, so was zu verhindern.« Der Indianer knüllte den Becher zwischen seinen schmalen Händen zusammen und warf ihn in den Papierkorb.

»Warum keine schwarzen Cops in Overtown und Latino-Cops in Little Havana? Würde doch einiges einfacher machen.«

»Völlig richtig. Aber Politik ist leider nicht immer logisch. Ich bin ja schon froh, wenn die Verwaltungsheinis keine Mexikaner als Undercover bei Kubanern einsetzen.«

Schulz nickte.

»In diesem Land denken immer noch zu viele Leute, daß der Teufel häßlich aussieht, einen Klumpfuß hat und Hörner am Schädel. Aber der Teufel ist oft unscheinbar, bescheiden, hat gute Manieren. Manchmal ist es der gute Nachbar. Ein Durchschnittstyp. Wie Sie und ich . . .« Osceola schwieg kurz.

»Schlage vor, daß Sie sich ein paar schöne Tage machen. In einer Woche sehen wir dann, ob wir auf Streife gehen können. Okay?«

Schulz dachte an seine Kreditkarten, Traveller-Schecks und Dollars. »Keine Eile«, antwortete er. »Ich kann ein paar Urlaubstage vertragen.«

»Fahren Sie zum Angeln. Am besten runter auf die Keys. Das müssen Sie gesehen haben.«

»Ich werd drüber nachdenken. Wie erreiche ich Sie?«

Osceola schrieb zwei Telefonnummern auf. »Privat und dienstlich. Jederzeit für Sie ansprechbar.«

Schulz stand von dem harten Bürostuhl auf.

»Ich besorge Ihnen einen Wagen rüber nach Miami Beach, Sekunde.« Osceola griff zum Telefonhörer und machte den Transport klar.

Als sie sich die Hand schüttelten, fragte Schulz mit

einem Blick auf die Schneidezähne: »Woher kommt eigentlich der Name Osceola?«

Der Cop lächelte. »Ich bin Seminole. Osceola war einer unserer Kriegshäuptlinge. Ein großer Mann in der amerikanischen Geschichte. Aber gegen die Weißen hat er den kürzeren gezogen.«

## 99

Osceola kam vier Jahre vor Abraham Lincoln zur Welt.

Im Norden Georgias, in der Nähe des Chattahoochee River, wurde der Sohn einer Creek-Indianerin und eines weißen Siedlers im Jahr 1804 geboren. In Florida fand er im Völkergemisch von Indianerstämmen wie den Talasi, Creek, Mikasuki, Shemeeyashaee, Timucuas und ihrer mit Schwarzen und Weißen vermischten Abkömmlinge zu einer neuen Identität. Se-mi-no-lee nannten sich die Ureinwohner des Schmelztiegels, was in der Sprache der Creek soviel wie »Ausreißer« oder »Wilde« bedeutete.

Die Weißen jagten die Seminolen mit Bluthunden, versuchten sie mit Betrug und Gewalt aus ihrer Heimat zu vertreiben. Die Verfolgten führten aus den Sümpfen Floridas heraus einen erbitterten Guerillakrieg gegen einen zahlenmäßig und waffentechnisch überlegenen Gegner. Osceola wurde zum legendären Führer der Outcasts, die mit keinem ethnisch gewachsenen Indianerstamm zu vergleichen waren.

Ende des neunzehnten Jahrhunderts hatten nach Auffassung der Eroberer nur Weiße ein Recht auf Freiheit, Glück und Würde. Einem Halbblut wie Osceola stand nur eine Karriere als Widerstandskämpfer offen. Und wie so oft fiel der Anführer der Guerillas nur durch Verrat in die Hände seiner Feinde. So, wie später in Nicaragua Sandino den Fehler machte, Somoza zu trauen, ging Osceola in Florida General Thomas S. Jesup in die Falle. Da die Weißen die Seminolen militärisch nicht bezwingen konnten, griffen sie zu einem Trick. Sie boten Friedensverhandlungen an. Sobald Osceola aus der Deckung gekommen war, brach General Jesup den Waffenstillstand, nahm den Seminolenführer gefangen und kerkerte ihn ein.

Nach einem Jahr hinter Gittern starb Osceola an Malaria. Die Sieger enthaupteten die Leiche und stellten den Kopf in einem Wanderzirkus aus.

## 100

Diesmal war es kein Traum.

Der Papagei stand direkt vor Schulz. Er trug Schuhe aus hellblauem Krokoleder, eine schwarze Nappalederhose und ein giftgrünes Wildlederhemd. Auf Socken hatte er verzichtet. Dafür hing genug Gold um seinen Hals, um einen schwächlicheren Menschen in die Knie zu zwingen. Der Papagei war mittelgroß, dunkelhäutig und hatte dünnes Kraushaar. Ein Latino wie aus dem Bilderbuch. Er hätte Solotrompeter einer Nachtclub-Combo in Carácas, Zuhälter in Lima oder Friseur in Cartagena sein können.

Er sei Kolumbianer, heiße Fake Reynaldo, sei ein Freund von Freunden und stehe ihm mit seinen Männern zur Verfügung, hatte er Schulz mit einem ersten Redeschwall wissen lassen. Sein Amerikanisch war eine gutturale Attacke auf das Trommelfell. So ähnlich mußte ein arbeitsloser Stierkämpfer aus Sevilla reden, nachdem er die ersten drei Wochen als Arbeiter in einem Schlachthof in Chicago hinter sich hatte.

»Wir haben Ihnen ein Konto eingerichtet«, verkündete Reynaldo. Er hatte Schulz mitten in der Lobby des Fontainebleau angesprochen.

»Ich habe dem Bankier schon in Kingston gesagt, daß ich nichts abheben will.«

»Vielleicht überlegen Sie es sich noch. Ist eine Menge drauf, auf dem Konto.« Fake Reynaldo verzog den Mund, als wartete er, daß Schulz nach der Summe fragen würde.

Schulz tat ihm den Gefallen nicht. »Ich habe nichts getan, wofür ich von Ihren Amigos bezahlt werden müßte.«

»Warum so bescheiden, Caballero?« Der Kolumbianer grinste. »Kein alltäglicher Job, den Sie da erledigt haben.«

»Ich weiß nicht, wovon Sie reden.« Schulz ließ den Papagei spüren, daß er auf einen Abgang wartete.

»Ich will Sie nicht aufhalten. Sie sollen nur wissen, daß wir für Sie da sind. Wir haben jedenfalls einen Schutzengel-Service für Sie eingerichtet, falls Ihnen jemand an die Wäsche will.« Er bemühte sich um eine ernste Miene. »Unauffällig, versteht sich.«

»Halten Sie mir die Clowns vom Leib.« Schulz ließ Reynaldo stehen. Es war eine lange Nacht gewesen, und er haßte es, wenn er vor dem Frühstück vollgequatscht wurde.

Im Zeitungsladen im Erdgeschoß kaufte sich Schulz den *Miami Herald*. Anschließend ging er ins Restaurant.

Die Zeitung holte ihn nach Overtown zurück. Die Lage hatte sich zugespitzt. Plünderungen und Brandstiftung. Marodierende Schwarze griffen die Häuser der Weißen an, zerrten Weiße an Ampeln aus ihren Autos und verprügelten sie, steinigten weiße Fußgänger. Es kam zu ersten Racheakten Weißer gegen Schwarze. Weiße Polizisten hatten einen schwarzen Geschäftsmann zusammengeschlagen. Die Schulen und der Großteil der Geschäfte waren geschlossen. Terror und Haß beherrschten die Metropole. Achthundert Menschen waren bereits verhaftet, der Sachschaden wurde nach ersten Schätzungen auf hundert Millionen Dollar veranschlagt.

Die Bedienung, ein brauner Hüne von fast zwei Metern, mit grauen Haaren, sah, was der Gast las. »In dieser Stadt kann man heutzutage jeden ungestraft zusammenschlagen. Er muß nur schwarz sein.«

Der Kellner klang ungerührt, emotionslos. So, als hätte er nie etwas anderes erwartet. Mit knappen Handbewegungen sorgte er für mehr Platz für die Zeitung. Sein Blick blieb an einer Latina hängen, die am Nebentisch bediente.

»Kubaner müßte man sein«, sagte er, »und möglichst weiß.«

»Woher kommen Sie?« fragte Schulz.

»Haiti.« Der Kellner sah seinen Gast offen an. Er sprach ohne jeden Akzent. Nur in seinen Augen glomm ein Feuer, das nicht in Amerika zu Hause war. »Wie ist Ihr Rührei, Sir?« fragte er höflich.

»Hervorragend«, antwortete Schulz etwas zu überschwenglich. So, als habe der Haitianer das Frühstück persönlich zubereitet.

»Die Amerikaner sind immer gut, wenn es um Zerschlagen und Umrühren geht. Einmal durchgemixt und aufs Feuer, dazu ein bißchen Salz und Schweinespeck, und schon schmeckt es wieder.« Er lächelte knapp. »Nur der Kaffee ist zu dünn. Ich hoffe, es macht Ihnen nichts aus, Sir.«

Schulz schüttelte den Kopf.

»Guten Appetit, Sir.« Der Hüne ging weiter. Ein Philosoph, der viel gesehen hatte und doch wieder von vorne anfangen mußte. Denn in Florida begann jede Karriere beim Tellerwaschen.

## 101

Und ihr wollt mir erzählen, daß dieser Freak euch hier die Hölle heiß macht?«

Ray Miller sah seine jamaikanischen Brüder vom Miami-Ableger der *Sunny Groove Posse* voller Mitleid an. Dann warf er Buster Caldwell einen Blick zu, der soviel bedeutete wie: Womit habe ich diesen Schwachsinn verdient?

Miller und Caldwell saßen im Fond des Mercedes 500, der Fake Reynaldos Porsche durch den Vormittagsverkehr auf der Collins Avenue folgte.

»Unterschätz den Bengel nicht, Ray. Der ist gefährlich wie ein Alligator.« Der Mann am Steuer sah kurz in den Rückspiegel und suchte Blickkontakt zum Boß aus New York. »Bislang steht die Partie unentschieden, und er hat spielend mitgehalten.«

»Was treibt ihr Brüder eigentlich hier unten im sonnigen Süden, eh?« Ray Miller fixierte das Augenpaar des Fahrers im Spiegel.

»Schau auf die Fahrbahn, Tommy«, befahl der Mann auf dem Beifahrersitz. »Du hängst ihm gleich auf dem Nummernschild, Mann.«

»Ach, eure Luxuswägelchen . . .«, stöhnte Miller und schüttelte kokett den Kopf. Er hatte seine karibische Haarpracht wie immer zu einem Pferdeschwanz zusammengeknotet – heute mit einer Goldkette, die farblich auf das Glitter-T-Shirt abgestimmt war, das er unter der weißen Baumwolljacke trug. Unter den Achseln hatten sich große Schweißflecke gebildet. Übergewichtig und von der Hitze angeschlagen, hing er im Rücksitz des Mercedes.

Miller straffte sich ein wenig, bevor er in einen scharfen Managertonfall überging. »Wenn das der Kopf der Feinde ist, dann sägen wir ihn auch in seinem Luxus-Porsche in Stücke. Verstanden? Egal, ob euer Scheiß-Mercedes einen Kratzer abkriegt. Auch verstanden?«

»Reg dich nicht auf, Ray«, sagte der Mann auf dem Beifahrersitz.

»Ich reg mich nicht auf. *Ihr* regt mich auf, Frank.«

»Wann hast du mich zum Chef in Miami gemacht?« fragte der Mann auf dem Beifahrersitz ruhig.

»Vor einem Jahr.« Miller wischte sich eine Ladung Schweiß vom Nacken. »Was soll die Frage?«

»Also, ich hab ein Jahr Zeit gehabt, diesen Hexenkessel hier auszuschnüffeln. Und glaub mir, Ray, ich kenne jeden Lagerschuppen und jeden Hydranten, der für unser Geschäft wichtig ist. Und ich hab ein Gespür dafür, wie wir mit diesen Kolumbianern umspringen müssen.«

»Nennst du das Gequatsche etwa Umspringen?« Miller schnaubte verächtlich. Sein Blick fiel durch die getönte Seitenscheibe nach draußen und blieb an einem Katamaran hängen, der auf dem Kanal parallel zur Avenue ankerte. Der große weiße Doppelrumpf hob sich schmerzhaft hell vom türkisen Wasser ab.

»Der Typ, den Fake vorgestern im Village Inn getroffen hat, ist ein ganz großer Fisch aus Cali, der uns übrigens auch mit Ware versorgt. Reynaldo hat erst neuerdings mit dem zu tun. Früher hat er seinen Stoff von der Nordküste, direkt aus Cartagena, bezogen. Weiß nicht, was das bedeutet, Mann, aber es kann 'ne Menge Ärger geben, wenn wir dem Obermacker aus Versehen auf die Füße treten. Ich kann nicht einfach zehn Mann losschicken und mal schauen, was hinterher übrigbleibt.«

»Warum bin ich dann eigentlich da?« fragte Miller und warf seinem Finanzexperten einen beleidigten Blick zu.

Buster Caldwell putzte umständlich seine Brille.

Keiner der Männer antwortete.

Eine Ampel sprang auf Rot, und der Porsche wurde langsamer. Die Bremsleuchten waren in der flirrenden Luft kaum zu erkennen. Der Mercedes zockelte mit fast zwanzig Meter Abstand auf die Kreuzung zu. Ein gelbes Taxi schob sich zwischen die beiden Wagen. Bevor der Mercedes zum Stehen kam, sprang die Ampel wieder auf Grün.

Verschnupft blickte Ray Miller aus dem Fenster. An einem Liegeplatz sah er eine Motorjacht. Die verchromten Teile blitzten in der Sonne.

»Wer war der Mann, mit dem er im Hotel gesprochen hat?« Buster Caldwell setzte sich das Horngestell mit den schweren Gläsern wieder auf die Nase.

»Ein Deutscher«, sagte Frank. »Ist neu in meiner Sammlung. Kann ich noch nicht einschätzen, Mann.«

»Wir nehmen uns deinen Babyalligator aus Kolumbien sobald wie möglich vor. Wir kassieren diesen Freak einfach und unterhalten uns mit ihm – zu unseren Bedingungen«, sagte Miller. »Ich hab die Rumkutschiererei satt.«

## 102

Chaco Sombra Bucaram stand vor der Zeitschriftenauslage im News Café am Ocean Drive und blätterte im neuen *Rolling Stone*, als Fake Reynaldo das Lokal betrat.

Die beiden Männer begrüßten einander, setzten sich an einen Tisch und bestellten etwas zu trinken. Sombra lächelte der blonden Bedienung zu. Er mochte das Mädchen. Sie war vor vier Wochen aus New York nach Miami gekommen und hatte noch den gewissen Schuß Greenwich-Village-Naivität, der im Tropical-Deco absolut exotisch wirkte.

»Es gibt Probleme«, sagte Fake.

»Und die wären?«

»Engpässe bei den Finanzen.«

Sombra lächelte müde. »Ich nehme an, du hast deine Karre schon verscheuert.«

»Ehrlich, Hombre, ich kann eure Kriegskasse nicht mehr finanzieren.« Reynaldo legte beschwörend die linke Hand aufs Herz.

»Aber doch nicht, weil dir das Geld ausgeht.« Sombra machte ein ernstes Gesicht.

»Was soll ich sagen?« Dramatisch breitete der Kolumbianer die Arme aus.

»Sag einfach die Wahrheit«, schlug Sombra vor.

»Du weißt, daß ich nur ein kleiner Fisch bin.«

»Du arme Sardine, soll ich dich bedauern?«

»Du weißt, daß ich keinem Konflikt aus dem Weg gehe.« Reynaldo bot sein restliches Selbstbewußtsein auf.

»Dann kann es doch keine Probleme geben.«

»Aber irgendwo ist auch meine Macht zu Ende. Die Großen aus Cali schneiden mir die Eier ab, wenn ich euch noch einen Dollar gebe.« Langsam kam Reynaldo zum Kern der Sache.

Chaco Sombra schwieg, während die Blondine Bier servierte. Er lächelte dem Mädchen zu und wartete, bis es wieder gegangen war. »Wir müssen alle was riskieren. Für eine gute Sache gibt's nicht nur Beifall. Ich dachte, du würdest die Walker-Operation auch aus politischer Überzeugung unterstützen.«

»Sicher, sicher ... aber ...«

»Das gibt mächtig Ärger. In ein paar Wochen soll es losgehen.« Sombra sah den Kolumbianer enttäuscht an. »Das wird dem Comandante das Herz brechen. Er hängt an diesem Unternehmen.«

»Ihr könnt nicht erwarten, daß ich mich umbringe.«

»Nein, natürlich nicht«, sagte Sombra und warf dem Kolumbianer einen kalten Blick zu.

## 103

Der Wind strich durch die schräggestellten Glasscheiben ins Innere des New Tropic und bewegte die Haare an Anitas Schläfen.

Es gab Fisch und kalifornischen Weißwein. Aus den Lautsprechern drang gedämpft eine Art neumodischer Rhythm & Blues, der größtenteils im Gerede der Gäste unterging.

Schulz kam sich in dem rosa und grünen Neonlicht vor wie ein kränkelnder Tiger im Zoo. Offenbar hatten die Innenarchitekten versucht, die Tropen neu zu arrangieren. Herausgekommen war ein Dschungel mit Gehwegen und Notausgängen. Ruhig und ohne jedes Flackern, wie eine Positionslampe im Auge eines Designer-Hurrikans, brannte die schwarze Kerze auf dem schwarzen Tischtuch.

Sie hatten bislang wenig gesprochen und einander nicht berührt. Es war, als trenne sie eine Kluft. Schulz spürte, daß es höfliche Verbundenheit war, die Anita zu diesem Treffen bewegt hatte, kein Verlangen nach Leidenschaft oder Wärme. Die Frau hatte alles, was sie brauchte – sie bekam es von einem anderen Mann. Doch Anita hatte Stil, und sie legte Wert auf eine gewisse Harmonie unter alten Freunden.

»Ich fahre morgen ein paar Tage nach Key West«, sagte Schulz.

»Es ist wunderschön da unten, wird dir gefallen.« Ihr Lächeln war ehrlich und offen. Aber es zeigte keinerlei Interesse an Gemeinsamkeit.

Doch Schulz hakte nach. »Wär schön, wenn du mitkommen könntest . . .« Vermutlich wollte er bluten, und so schnitt er sich eben ins eigene Fleisch.

»Du weißt, daß das nicht geht«, sagte sie sanft.

Ein paar Sekunden lang hoffte er, sie würde seine Hand ergreifen. Es wäre eine Chance gewesen.

Statt dessen kam der Oberkellner an den Tisch. Er hatte einen Pferdeschwanz und trug einen schwarzen Rächeranzug. Er fragte, ob alles in Ordnung sei, bekam die übliche Antwort, grinste selbstbewußt und verzog sich.

Schulz kaute sich tapfer durch sein Filet. Der Fisch schmeckte wie eine Scheibe gutgewürztes Toastbrot.

»Keine Zukunft?« fragte er.

Anita schwieg eine Weile. Sie wich seinem Blick nicht aus.

»Ich bin nicht sicher . . .«, antwortete sie zögernd.

Mein Gott, dachte Schulz. Ich kann damit leben, wenn sie sich zu mir bekennt und ich mich ihretwegen mit Navarro schießen muß. Ich kann's auch verkraften, wenn sie sich zu ihm bekennt. Ich kann ein Männergespräch mit Norberto führen, mich besaufen, meine Wunden lecken und darüber wegkommen. Aber die Lady ist sich nicht sicher. Was für ein Zustand!

## 104

Es war die zweite Nacht, in der der Himmel über Overtown glühte wie bei einem endlosen Sonnenuntergang. Das Orange auf dem Bildschirm war so grell, daß Gaston Fonseca mit der Fernbedienung die Farbe regeln mußte.

Bürgermeister Goizueta stand vor einem brennenden Gebäude und ließ sich von einer Reporterin befragen. Wie immer wollte er zeigen, daß er ein Mann der Tat und nicht der Krisensitzungen war. Wie immer sah er so aus, als habe er noch vor fünf Minuten in der Maske gesessen.

»Ist Layla schon dran?« rief Elisa de Romero aus der Küche.

»Ja, es geht los.« Fonseca stellte den Ton etwas lauter.

Elisa kam ins Wohnzimmer und setzte sich neben Gaston aufs Sofa. »Der arme Bürgermeister, er ist noch so jung . . .«

»Er ist ein Kubaner«, stellte Fonseca abfällig fest. »Einer dieser glatten Karrieretypen.«

»Aber er ist wenigstens ein Latino, Gaston.«

»Bürgermeister Goizueta«, fragte die Reporterin. »Fachleute meinen, daß dieser erneute Ausbruch von Gewalt in Overtown nichts anderes als der spontane Ausdruck lange angestauten Unmutes der schwarzen US-Bürger ist. Man wirft Ihnen vor, Sie hätten es in der Vergangenheit wiederholt versäumt, etwas zur

Verbesserung der Situation zu tun. Wie stehen Sie dazu?«

»Ich bestreite nicht, daß die hier geborenen Mitbürger seit Jahren bei der Arbeitssuche auf immer härtere Konkurrenz durch neue Mitbürger stoßen, aber . . .«

»Ist es richtig, daß vor allem Kubaner Jobs besetzen, die schwarzen Einheimischen verwehrt bleiben?« unterbrach die Reporterin.

»Nun«, Goizueta lächelte, »sagen wir Flüchtlinge. Nicaraguaner, Haitianer und jetzt verstärkt Menschen aus Honduras, El Salvador und Guatemala . . . aber auch Kubaner. Das kann ich nicht bestreiten.«

»Geschäftsleute in Miami und Umgebung haben immer damit geworben, daß sie arbeitslosen schwarzen Jugendlichen Sommerjobs anbieten würden. Nichts ist geschehen. Die Versprechungen wurden nicht gehalten.«

»Das stimmt so nicht ganz. Einige verdiente Unternehmer haben zu ihrem Wort gestanden. Aber leider gab es nicht genug Arbeitsplätze, um die Situation zu entschärfen.«

»Man wirft dem Polizeidirektor Vergehen seiner Männer vor. Vor allem weiße Beamte sollen sich wiederholt Übergriffe gegen schwarze Bürger haben zuschulden kommen lassen. Was sagen Sie dazu?«

Goizueta zögerte einen Moment.

»Sie macht das ganz hervorragend«, stellte Elisa fest.

»Beim Radio und auf spanisch hat sie mir besser gefallen«, sagte Fonseca. »Sie war irgendwie schärfer.«

»Sie sagt immer noch die Wahrheit«, verteidigte

Elisa die Frau, die ihr den Job angeboten hatte. »Außerdem kann man jetzt sehen, daß deine Schwester eine richtige Schönheit ist.« Daß Layla immer noch arbeitete, wo sie doch mit diesem Rechtsanwalt verheiratet war, das verstand Elisa nicht. Das war nicht in Ordnung.

». . . aber in der Regel leisten die Jungs von der Polizei hervorragende Arbeit.« Goizueta zeigte ein schiefes Lächeln.

Ein Krachen und Knistern kam aus dem Lautsprecher. Offenbar war mit dem Mikrofonkabel etwas nicht in Ordnung, und die Kamera zoomte zur Überbrückung noch einmal die Flammen heran.

»Heiliger Lazarus.« Elisa schlug die Hand vor den Mund.

Fonseca schwieg und starrte auf das Chaos. Er bewunderte die Dilettanten, die diesen Brand gelegt hatten. Ein Zündeljob mit Pulver und Sprit, nicht so sauber, wuchtig und schnell wie mit Semtex. Nur Benzin von der Tankstelle um die Ecke. Aber die Wirkung war gigantisch.

## 105

Der Dobermann sah, wie sich der rote Chevy der Kolumbianer mit genügend Sicherheitsabstand hinter dem Nissan des Deutschen in den Verkehr auf der Collins Avenue einfädelte.

Bevor sich Hector Ramiro mit seinem Toyota hinter den Chevy hängen konnte, sah er einen weiteren Wagen aus der Auffahrt des Fontainebleau schießen. Ein Mercedes 500 mit fünf Schwarzen. Ramiro wartete einige Sekunden, fuhr dann los und hielt sich vorsichtig hinter dem Mercedes.

Quer über das Heck des Wagens lief ein Zierband in Rot, Gelb und Grün. Jamaikaner.

Die Posses hatte Ramiro nicht auf der Rechnung. Die Kolumbianer um diesen Lederstenz waren ihm während der Observierung der letzten Tage sofort aufgefallen. Nun gut, er war gerüstet. Die Latina im Reisebüro des Fontainebleau war sehr kooperativ gewesen. Er wußte, daß der Deutsche Key West ansteuerte und in welchem Hotel er wohnen wollte. Ramiro hatte kleines Kampfgepäck dabei. Er hatte Zeit.

Der Dobermann folgte dem Konvoi nach Süden.

## 106

Laut der Karte auf dem Beifahrersitz war Highway Nummer 1 die direkte Verbindung zu den Florida Keys. Doch kurz vor Kendall sah Schulz Hinweisschilder auf eine alternative Route via Expressway, die wenig Ampeln und eine kürzere Fahrzeit verhieß.

Da er keine Lust hatte, sich zu verfransen, fuhr er auf den Hof einer Tankstelle, stieg aus und ging zur Kasse, um sich zu erkundigen. Der Kassierer riet ihm zum Expressway, wies aber auch darauf hin, daß die Strecke Mautgebühr koste.

Als Schulz wieder zu seinem Auto kam, stand ein roter Chevy neben dem Mietwagen. Der Papagei, wie üblich im Phantasiekostüm, lehnte an der Fahrertür des Nissan und winkte ihm freundlich zu. Im Chevy saßen zwei weitere Latinos. Das mußten die Schutzengel sein, mit denen der Papagei gedroht hatte. Schulz blieb vor dem Wagen stehen und sah den Kolumbianer fragend an.

»Guten Morgen, Sir«, sagte der Papagei und kicherte. »Wollte mich nur von Ihnen verabschieden. Bin hier leider unabkömmlich. Geschäfte. Aber meine Jungs«, er deutete mit dem Kopf in Richtung Chevy, »geben Ihnen Geleitschutz. Hoffe, daß sie sich anständig benehmen.«

»Ich bin beeindruckt. Aber Sie können Ihre Boys wieder mitnehmen. Ich habe Ihnen bereits gesagt, daß ich keine Kindermädchen brauche.«

»Leider kann ich darauf nicht eingehen.« Der Kolumbianer zog eine verspiegelte Sonnenbrille aus der Brusttasche seines zitronengelben Hemdes und setzte sie auf die Nase.

Schulz war drauf und dran, den Papagei von der Stange zu hauen, als er das Jaulen von Gummi auf Asphalt hörte. Ein großer Mercedes kam auf den Hof geschossen und hätte fast einen Pickup gerammt, der die Tankstelle verließ. Die drei Schwarzen, die aus dem Benz sprangen, waren schnell. Die Schutzengel kamen nicht einmal aus dem Chevy heraus. Zwei kurze Feuerstöße nagelten die beiden Männer in den Sitzen fest.

Der Papagei hatte einen ausgeprägten Realitätssinn. Während Schulz noch nachdachte, was er tun sollte, hielt Reynaldo die Hände schon hoch über dem Kopf. Er machte keinerlei Anstalten zur Gegenwehr, sondern rief nur laut: »Keine Waffe, Jungs, keine Waffe, der gute alte Fake ist völlig sauber, keine Waffe . . .«

»Stell den Sender ab!« brüllte einer der drei Schwarzen und kam auf den Nissan zu. Er hatte eine winzige Halbautomatik, die man legal kaufen und zur vollautomatischen Maschinenpistole umbauen konnte. Eine gemeine Waffe. Die beiden anderen Angreifer waren genauso gerüstet. Sie blieben auf halber Strekke zwischen dem Mercedes und dem Nissan stehen, die Waffen im Anschlag.

Die Abordnung kam Schulz vertraut vor. Der Schwarze, der auf ihn zukam, hatte eine rot-gelb-grüne Strickmütze auf, die wie eine Duschhaube über den Haaren hing. Die beiden anderen trugen ihre Dreadlocks offen.

Schulz fragte sich, wann der erste Cop auftauchen würde. Vielleicht brachte der Mann an der Kasse den Mut auf, zum Telefon zu greifen. Dann fiel Schulz ein, daß die Ordnungshüter Sondereinsatz in Overtown hatten. Keine guten Chancen. Plötzlich wirkte die Tankstelle totenstill und entvölkert. Auf der Straße rollte der Verkehr vorbei, als hinge ein Geschlossen-Schild an der Einfahrt.

Strickmütze durchsuchte erst den Papagei, dann Schulz. Anschließend winkte er die beiden anderen Männer herbei. »Sie sind sauber, Frank«, rief er zum Mercedes hin. Der Schwarze auf dem Beifahrersitz sah der Aktion gelassen zu. »Verfrachte sie in den Japs, und fahr hinter uns her«, befahl er. »Laß den Chevy, wo er ist. Wir zahlen schließlich für die Müllabfuhr.«

Strickmütze machte eine eindeutige Bewegung mit der Waffe. Der Papagei saß schon auf dem Rücksitz. Schulz gab auf. Er stieg hinten in den Benz. Strickmütze setzte sich ans Steuer, einer der Männer quetschte sich neben den Deutschen auf den Rücksitz, der andere nahm auf dem Beifahrersitz Platz, kehrte das Gesicht aber Reynaldo und Schulz zu.

Sie fuhren etwa einen Kilometer auf dem Dixie-Highway nach Süden, bogen dann in eine Seitenstraße ab. Schulz verlor die Orientierung. Neben einem flachen Bunker aus stumpfem Beton stand ein Stahlgittertor offen. Als sie auf den Hof einbogen, konnte Schulz das Reklameschild an der Ecke lesen: TIVOLI

GARDENS INN. GOOD DRINKS – CARIBBEAN FOOD – GIRLS – POOL BILLARD!

Auf dem Hof parkten zwei weitere Limousinen. Sie stiegen aus. Kein Körperkontakt zwischen den Parteien. Der Anblick der Waffen genügte. Es stank nach Benzin. Aus der offenen Tür des Hintereingangs wehte ihnen ein Geruch nach abgestandenem Bier und kaltem Zigarettenrauch entgegen. Der Papagei war auffällig schweigsam. Mit hängenden Schultern ging er vor Schulz in den Gang und dann die Treppe in den Keller hinunter. Nur einmal drehte er sich um und sah Schulz kurz an.

»Posse-Freaks«, sagte der Kolumbianer leise, und Schulz kam es vor, als blicke Reynaldo ihn entschuldigend an.

Der Keller war ausgebaut. Auf dem Gang ein dunkelgrüner Teppich, sechs Türen aus festem, poliertem Holz. Strickmütze öffnete eine der Türen, und sie betraten einen großen Raum mit niedriger Decke. Schulz stolperte. Der Teppichboden im Zimmer war gut vier Millimeter höher als auf dem Gang und knallrot. Die Polster der bequemen Sessel und Sofas, die um vier niedrige Rauchtische gruppiert waren, waren goldgelb. Die Tapete schimmerte grün. Sie standen zu ihren Farben, das mußte man ihnen lassen.

In der Mitte des Raums befand sich ein großer Billardtisch. In der einen Ecke war eine kleine Bar. Vor dem halbrunden Tresen standen sechs Hocker, die Sitzflächen mit rotem Leder bespannt. Neben der Bar eine zweite Tür.

Der Mann mit den kurzen Haaren betrat den Raum. »Ich will sie getrennt haben. Laßt den Deutschen hier, und schafft den Kolumbianer zum Abhängen in den Kühlraum.«

Strickmütze und seine beiden Handlanger eskortierten Fake Reynaldo nach draußen. Schulz blieb mit dem Kurzhaarigen allein zurück.

»Setz dich«, sagte Frank. »Einen Drink?« Ohne die Antwort abzuwarten, ging er zur Bar, holte zwei Flaschen Red Stripe aus dem Kühlschrank, öffnete sie und stellte eine für Schulz auf den Tresen.

Der Deutsche nahm die Flasche, prostete dem Jamaikaner zu und trank. Das Bier war eiskalt. Erst jetzt merkte Schulz, daß sein Hals vor Anspannung trocken geworden war.

»Du befindest dich in der Gewalt der Sunny Groove Posse«, erklärte Frank. Er sagte es ruhig und gelassen, so als sei dies genug Demoralisierung.

»Ich habe nichts mit diesem Clown zu tun. Er läuft mir hinterher. Ich habe mit euch nichts am Hut.« Schulz machte sich keine großen Hoffnungen.

»Bist 'n Märchenonkel, Mann?« Frank trank einen Schluck Bier. »Anbieter wahrscheinlich oder Käufer. Ist egal, solange du mit *uns* Geschäfte machst.«

Schulz schwieg.

»Denk drüber nach. Nimm dir noch 'n Bier. Ich komm in 'ner halben Stunde wieder. Dann erzählst du mir deinen Lebenslauf, erklärst deine Beziehung zu den Kolumbianern, und anschließend besprechen wir, wie wir miteinander ins Geschäft kommen.« Der Jamaikaner ging zur Tür. »Wir reden über deine Zukunft. Dein Partner hat nämlich keine mehr.« Frank schloß die Tür zum Gang hinter sich und ließ Schulz im leisen Rauschen der Klimaanlage allein.

## 107

Ich habe den Eindruck, daß du heute morgen besonders viele Magnolienblüten ins Meer gestreut hast«, sagte Jill Shapiro zu Ruffus, als sie ihn nach dem Frühstück auf der Veranda traf.

»Ich habe das Gefühl, da draußen sind mehr Haie als sonst unterwegs.«

Jill blickte zu dem weißen Fleck zwischen den Mangroven am Hang auf der anderen Seite der Bucht. Die Villa des Generals stand leer. Die Untersuchung war noch nicht abgeschlossen, aber neuerdings herrschte Friede in der Bucht. Sie fragte sich, was Ruffus so beunruhigte.

»Ich werde mich jetzt um den Abfluß kümmern. Wendy tut so, als ob die halbe Küche unter Wasser steht.« Er lächelte angestrengt und ging.

Jill Shapiro blickte ihm nachdenklich hinterher.

Ruffus Miller hatte letzte Nacht von seinem Bruder geträumt. Ein seltsamer Traum. Ray hatte eine lange Kutte getragen, wie ein Mönch. Oder wie einer dieser Heiligen, die er in der großen Bibel in der Bibliothek gesehen hatte.

Ray hatte in einem Boot gesessen und einen Fisch gefangen. Es war ein hartes Stück Arbeit gewesen, die Beute ins Boot zu ziehen. Kein besonders großer Fisch, aber ein beachtlicher Fang. Deshalb konnte sich Ruffus nicht erklären, warum Ray den Fisch vom Haken befreit und ins Meer zurückgeworfen hatte.

Das war nicht der Ray, wie Ruffus ihn kannte.

# 108

Die Gastgeber hatten Jazz in den Raum geschal-tet, offenbar um das Nachdenken zu erleichtern. Ein Tenorsaxophon schnorchelte dezent aus den vier Lautsprechern, ein Schlagzeuger arbeitete mit den Besen.

Schulz war gerade dabei, ernsthaft über sein Schicksal nachzusinnen, als die Tür neben der Bar aufging. Eine junge Frau kam in den Raum. Sie war höchstens zwanzig und erinnerte ihn sofort an Epiphany. Die Haare waren zu schulterlangen Zöpfen geflochten, in denen rote, gelbe und grüne Glasperlen glitzerten. Sie trug ein schwarzes Minikleid, ärmellos und hochgeschlossen, knalleng an ihre Kurven geschmiegt. Die Beine waren nicht zu überbieten. Ihr Lächeln strahlend, aber die Augen blieben kalt und stumpf.

»Hallo«, sagte die junge Frau. »Ich bin June.« Ohne auf seine Reaktion zu warten, ging sie zum Billardtisch, stieg aus den Pumps und sprang gewandt auf den grünen Filz. Das Kleid mußte aus Stretch sein. Sie begann, zur Musik zu tanzen. Schulz wurde klar, daß sie für ihn arbeitete. Sie machte es so gut, daß er es wie ein Geschenk empfand. Sie wußte genau, was sie anrichten konnte. In nur drei Minuten machte sie aus ihm einen Junkie der Lust. In Gedanken tanzte er mit der schwarzen Queen. Das Saxophon röchelte heiser den Blues. Das Bier war alle, sein Mund trocken.

Wie in Trance holte er sich ein frisches Red Stripe aus dem Kühlschrank. Er ließ die Frau keine Sekunde aus den Augen.

Langsam schob sie das Kleid über die Oberschenkel, dann über Hüften, Bauch, Brüste. Schließlich streifte sie es über den Kopf und tanzte im schwarzen

Bodystocking weiter. Die Klimaanlage kam kaum mehr gegen die Hitze an.

Schulz schwitzte. Doch bevor er sich's versah, legte sie sich auf die Filzbespannung, streichelte sich und verhieß ihm all die Wonnen, die sie sich bereitete.

Die Tür zum Gang ging auf. Frank kam mit Strickmütze und den beiden Rasta-Brüdern zurück. Schulz war ihnen fast dankbar. June machte weiter. Sie schien die Männer nicht wahrzunehmen.

»Hoffe, die Musik gefällt dir«, sagte Frank und setzte sich in einen Sessel. Die Jungs blieben stehen.

Frank machte ein amüsiertes Gesicht. »*Blue Hour*, von Stanley Turrentine. Spielen wir extra für dich schon am Vormittag. Ich mag keinen Reggae. Ist mir zu direkt. Hirnloses Gebumse.« Frank hielt kurz inne. »Also, was erzählst du mir? Ich höre.«

»Ich bin nach wie vor Tourist . . .« – Schulz versuchte sich auf den Jamaikaner zu konzentrieren – ». . . ich muß aus Versehen hierher geraten sein.«

»Wenn das so ist, kann ich dir leider den Rest der Vorstellung nicht ersparen.« Bedauernd zog Frank die Schultern hoch. »Holt ihn auf die Tanzfläche«, sagte er.

Die beiden Dreadlock-Engel kamen auf Schulz zu.

»Zieh das Hemd aus«, befahl Frank.

Schulz tat, was der Jamaikaner sagte.

Sie packten ihn an den Oberarmen und drängten ihn zum Billardtisch. Er leistete keinen Widerstand.

»Rauf mit ihm«, ordnete Frank an.

Sie hoben Schulz auf den Tisch und legten ihn neben June.

»Du wirst jetzt ein bißchen mit ihr tanzen. Das heißt, es reicht, wenn du liegen bleibst.«

Schulz lag mit den Schultern in der einen Ecke des

Tisches. Seine Beine wiesen zur Mitte. Strickmütze hatte den linken Arm um den Hals des Deutschen liegen und hielt ihm mit der rechten die entsicherte Automatik an den Kopf. Die Queen hockte in der gegenüberliegenden Ecke, streichelte sich und lauschte der Musik.

Frank stand auf und kam in die Ecke des Deutschen. »Ich muß dir was beichten«, sagte er. »June ist ein Knaller, das hast du ja schon gemerkt. Es gibt 'ne Menge Sachen, die sie kann. Sie hat aber auch ihre Fehler. Manchmal kann sie sich nicht beherrschen. Vor allem bei weißen Schwänzen nicht.«

Schulz spannte probeweise die Brustmuskeln an, aber Strickmütze machte ihm klar, wieviel Spielraum er hatte. Er setzte ihm die Mündung direkt an die Schläfe.

June kroch zu Schulz. Sie schob seine Beine auseinander, ließ die Zöpfe auf seinen Unterleib fallen. Er spürte die kalten Perlen auf der Haut, dann ihre Zunge, die seinen Bauch erforschte.

»Vielleicht denkst du jetzt, warum soll ich überhaupt reden, wenn mir soviel Gutes widerfährt«, fuhr Frank fort. »Da gibt es ein weiteres Problem, das ich dir nicht verheimlichen will.«

Aus den Augenwinkeln konnte Schulz sehen, daß Frank zur Bar ging und sich dort zu schaffen machte. Er kam zurück und stellte eine kleine Porzellanschale neben June. June hob den Kopf, feuchtete ihren rechten kleinen Finger an und tunkte die Kuppe in das Pulver. Dann massierte sie sich das Zahnfleisch. Ihre Zähne waren prachtvoll, aber das blaurote Fleisch sah angegriffen aus. Blut vermischte sich mit dem weißen Pulver.

»Übrigens unsere beste Sorte«, brachte sich Frank

wieder in Erinnerung. »Falls du noch übers Geschäft reden willst. Wir haben aber auch noch andere Lekkerbissen.«

Strickmütze drückte die Mündung noch ein bißchen härter an die Schläfe, damit Schulz nicht vergaß, wer hier der Zuhörer war.

»Zurück zu unserem kleinen Problem«, sagte Frank. »Wir sind keine Rassisten, aber ich muß zugeben, daß wir ziemlich ärgerlich über ihre Vorliebe für Weiße waren. Nun ist der liebe Gott ja schwarz, wie du sicher weißt, und er hat die gute June bestraft.« Wieder das bedeutungsschwangere Schweigen. »Sie hat sich vom weißen Mann den Virus geholt.« Frank ließ das einwirken. »Und wir haben keine Gummis«, schob er nach.

June hatte ihre Zahnpflege beendet und kitzelte Schulz wieder mit den Glasperlen.

»Aus Rache beißt June in letzter Zeit öfter mal zu«, sagte Frank. »Keine Angst, sie beißt nichts ab.«

Fast hätte Schulz genickt.

»Willst du vielleicht doch reden?« fragte Frank.

Kopfschütteln kam nicht in Frage. »Nein«, sagte Schulz.

»Früher, als wir noch Barbaren waren, haben wir einem Hühnchen den Kopf abgehackt, unsere Feinde mit dem Blut übergossen und ihnen dann ein sauberes Loch in den Kopf geschossen. Im Zeitalter des Virus bläst dir der Todesengel einen.«

Schulz spürte, wie sich Junes Zunge unter dem Knopf seiner Jeans zu schaffen machte. Dann nahm die schwarze Queen die Finger zu Hilfe, öffnete den Reißverschluß.

In diesem Augenblick ging die Tür auf, und Ruffus betrat den Raum, nur daß Ruffus fett geworden war, verlebt aussah.

»Kommst gerade richtig, Boß«, sagte Frank. »Er will nicht reden.«

»Kümmere dich lieber um den Kolumbianer.«

»Ray Miller«, krächzte Schulz.

Der Mann kam zum Billardtisch und blickte auf Schulz herab.

»Wußt ich's doch, daß er aus dem Geschäft ist«, tönte Frank.

»Woher kennst du mich, Albino?« fragte Ray.

»Ruffus schickt Grüße.«

Der Mann mit dem Pferdeschwanz verzog das Gesicht. »Ich mochte Ruffus nie«, brummte er. »Julius – der ist in Ordnung.«

Schulz verspürte, daß sein Gesprächspartner das Interesse verlor. »Julius hat mich mal besoffen vom Rum-Shop heimgefahren.«

»Welcher Rum-Shop?«

»Kenroy's in Leyland.«

»Nimm die Finger weg«, sagte Ray zu June.

Die Queen gab Schulz frei.

»Das kann jeder behaupten.«

»Sieh dir meine Wagenschlüssel an. *Er* hat sie . . .« Schulz deutete mit dem Daumen hinter sich.

»Gib her«, sagte Ray zu Strickmütze.

»Frank hat sie.«

Frank warf die Schlüssel auf den Tisch. June hob sie auf, musterte den Ring mit dem roten Plastikherz und las laut vor: *»I love Floridita Restaurant.«*

»Gib her«, sagte Ray.

June hielt ihm den Schlüsselbund hin.

Ray Millers Blick fiel auf das koptische Silberkreuz, das neben dem Herz und den Schlüsseln hing. »Laß ihn los«, befahl er.

Strickmütze gab den Deutschen frei.

Schulz zog den Reißverschluß seiner Jeans zu und sah June an. Sie zeigte keinerlei Reaktion.

Als Schulz zehn Minuten später auf den Hof trat, traf ihn die Sonne wie ein Keulenhieb. Der Nissan war unversehrt, das Gepäck im Kofferraum. Schulz fuhr zurück zum Highway Nummer 1, dem Dixie Highway. Er verzichtete auf jede weitere Abkürzung.

## 109

Carmen saß auf dem Sofa, genau unter dem Porträt von Karl Marx. Sie trug einen verwaschenen Jeans-Anzug und eine grüne Seidenbluse, die ihr El Alemán geschenkt hatte.

Elba hatte Kaffee serviert. Es war das zweite Mal, daß sie Carmen an der Lagune abgeholt hatte, um ihr ein wenig Abwechslung zu bieten. Heute abend gingen sie ins Kino. Carmen liebte Bücher, und sie interessierte sich für die Arbeit des Verlages. Elba hatte sie bereits beim ersten Besuch mit Lesestoff eingedeckt. Mit den richtigen Büchern natürlich. Elba hatte genaue Vorstellungen davon, was eine Frau lesen sollte.

»Kann ich noch mal das Hundebuch sehen?« Carmen stellte ihre Tasse auf der Titelseite der *Barricada* ab.

Elba quittierte es mit einem leichten Naserümpfen. »Sicher.« Sie stand auf, ging zum Bücherregal und zog einen großen Fotoband heraus. Während sie zum Tisch zurückging, schlug sie die Doppelseite mit den Rottweilern auf. Sie wußte, daß Carmen diese Fotos besonders liebte.

Carmen nahm den Band. »Castro heult fast jede Nacht«, sagte sie. »Er vermißt seinen Herrn.«

Elba schwieg.

»Mich stört es nicht. Gut, zu wissen, daß er auf mich aufpaßt.« Carmen sah ihre Gastgeberin an. »Kennst du dich mit Träumen aus?«

»Kaum.« Elba schenkte frischen Kaffee nach. »Was träumst du?«

»Ich träume von diesen Hunden.«

»Kein Wunder. Erzähl.«

»Da ist dieser Hund mit den hellen Augen und dem langen Fell. Ich habe so einen Hund noch nie gesehen. Er rennt durch die Nacht, und er wird von einem anderen Hund verfolgt. So einem häßlichen, du weißt schon, mit den langen Beinen und der langen Schnauze. Sie haben das gleiche Fell wie Rottweiler.«

»Meinst du einen Dobermann?«

»Genau«, sagte Carmen. Inzwischen war sie auf das entsprechende Bild gestoßen.

»Und?«

»Der Dobermann kommt dem Hund mit den hellen Augen immer näher. Dann fällt er ihn an. Aber Castro kommt und beißt dem Dobermann die Kehle durch.« Carmen trank einen Schluck Tee. »Ich habe es schon dreimal geträumt, und jedesmal rettet Castro den verfolgten Hund.«

»Was ist das für ein Hund?«

»Ich weiß es nicht.«

»Schau nach«, sagte Elba.

Carmen blätterte den Fotoband bis zum Ende durch. Doch kein Bild zeigte den Hund, den sie im Traum gesehen hatte. Sie fing von vorne an. Auf der dritten Seite stieß sie auf den Hund mit den langen Haaren. »Hier.« Sie reichte Elba das Buch.

»Das ist kein Hund. Das ist ein Wolf!«

*»¿Un lobo?«*

*»Sí, un lobo.«*

# IV

# RHYTHM & BLUES

## 110

Sobald sich die Gewitterwolken verzogen hatten, wurde der Tag strahlend schön.

Mit etwas Glück hoffte Schulz, bis zum späten Nachmittag in Key West zu sein. Sein Puls beruhigte sich allmählich wieder, während er mit fünfzig Meilen pro Stunde gen Süden rollte. Autofahren war eine der gelasseneren Tätigkeiten in Florida.

Wie Perlen auf einer Kette waren die Florida Keys entlang der meilenweiten Brücken aufgereiht. Tavernier, Plantation, Islamorada. Schulz fuhr immer weiter ins Meer. Es kam ihm vor, als schwebe er über dem endlosen Blaugrün und halte geradewegs auf den Horizont zu. Rechts das grüne Wasser des Golfs von Mexiko, links der blaugraue Atlantik.

Auf Islamorada legte der Dobermann eine Pause ein.

Er steuerte den Toyota auf den Parkplatz eines Seafood-Restaurants und genehmigte sich ein Mittagessen. Der Morgen war hektisch genug gewesen. Erst der Überfall an der Tankstelle, dann das Warten vor dieser Rasta-Kneipe. Er hatte schon befürchtet, die Posse-Killer hätten ihm die Arbeit abgenommen. Aber dann war der Deutsche wieder aufgetaucht – ohne jeden Begleitschutz.

Hector Ramiro war jetzt die Ruhe selbst. Eile war nicht mehr nötig. Der Mann im Nissan näherte sich dem Ende der Straße.

Schulz hatte Durst.

Aber Marathon mit seinen Einkaufszentren und Großtankstellen schien nicht der richtige Ort für eine Pause zu sein. Also fuhr er weiter, bis er nach Big Pine Key kam, wo er sich in einem kleinen Laden ein paar Dosen Sodawasser kaufte.

»Wohin geht's?« fragte der alte Mann an der Kasse.

»Key West.«

»Wenn Sie unterwegs diesen Hund sehen«, sagte der Alte und deutete auf ein Foto unter der Glasplatte des Ladentisches, »dann rufen Sie mich bitte an.« Er schob Schulz eine Visitenkarte des Ladens zu. »Das Biest ist mir schon wieder abgehauen. Letztes Mal mußte ich bis runter nach Boca Chica, um ihn abzuholen.«

Schulz schaute sich das Foto an. Es zeigte einen stattlichen Rottweiler. »So einen habe ich auch.« Er lächelte den Alten an.

»Na, dann erkennen Sie den Strolch ja, wenn Sie ihm begegnen. Vor den kleinen Brücken hat er keine Angst. Bloß über die großen traut er sich nicht. Ich nehme an, daß er sich irgendwo zwischen Bahia Honda und Key West rumtreibt. Irgendwann wird ihn mal jemand zusammenfahren.«

Schulz trank zwei Dosen Wasser, während er gemütlich weiterfuhr. Auf Torch Key sah er den Hund. Er fuhr gerade an einem Schild mit der Aufschrift PET A SHARK vorbei, als er das Tier am Straßenrand bemerkte. Der Rottweiler lief eindeutig in Richtung Heimat. Daher entschloß sich Schulz, den Besitzer erst nach der Ankunft im Hotel anzurufen.

## 111

Norberto Navarro duschte sich die Everglades vom Leib und verarztete einige schlimmere Moskitostiche.

Big Tuna hatte der Truppe drei Tage Ausgang genehmigt. Die Jungs machten Fortschritte, hatten aber den Lagerkoller. Besser, sie tobten sich etwas aus. Das Telefon klingelte. Navarro nahm ab.

Es war Chaco Sombra. »Seit wann bist du zurück?«

»Seit einer halben Stunde«, antwortete El Comandante gutgelaunt. Er fühlte sich voller Energie, wie immer, wenn er aus dem Manöver kam.

»Wir müssen reden . . .« Sombra klang bedrückt.

»Was ist los?« hakte Navarro nach.

»Nicht am Telefon«, sagte Sombra. »Ich bin unten.«

Navarro spürte, wie sich seine Muskeln verhärteten. »In zehn Minuten.« Er legte auf.

Als er Sombra sah, wußte Navarro, daß es Schwierigkeiten gab. Sie gingen in den Garten.

»Worum geht es?«

»Unsere Kriegskasse ist leer.«

Navarro steckte den Schlag weg. »Ich wußte, daß auf den Typ kein Verlaß ist«, sagte er kalt. »Alternativen?«

»Wird verdammt schwer. Er hat fast zwei Drittel getragen.«

»Ganz ruhig«, sagte Navarro. »Kein Wort zu Hardman oder den anderen. Alles wie gehabt. Vielleicht müssen wir verschieben. Aber wir werden die Moneten auftreiben.«

Und wenn ich wieder vor irgendwelchen Bonzen Männchen machen muß, dachte El Comandante.

## 112

Wenn Miami Porsche fuhr und Koks schnupfte, dann tuckerte Key West im Pickup durch die Gegend und rauchte Gras.

Schulz fuhr über den North Roosevelt Boulevard zur Westseite der Insel und schob sich mit dem Nissan durch die engen Einbahnstraßen des Zentrums. Weiße Holzhäuser, grüne Gärten, gelöste Menschen. Ein Schuß Karibik. Am Ende der Duval Street entdeckte er das Pier House.

Die elegante Schwarze mit den roten Ohrringen hatte Schulz im Computer. Sie gab ihm den Zimmerschlüssel, legte den Schlüssel zur Minibar dazu und erklärte ihm den Weg. Die Frau sah sehr nach Haiti aus. Schulz versuchte es mit einem leichten Vorstoß. »Ich wette, Sie sind aus Port-au-Prince.«

»Falsch«, konterte sie. »Ich bin hier geboren. Wenn Sie's lieber französisch haben, müssen Sie nach New Orleans.«

Schulz zog sich auf sein Zimmer zurück.

## 113

Auf den Inseln hielt sich Hector Ramiro streng an die Geschwindigkeitsbeschränkung. Aber auf den Brücken verlor der Dobermann die Angst vor Radarfallen. Die Seven Mile Bridge kostete er besonders aus. Er scheuchte den Toyota nach Bahia Honda, ging auf der Insel nur ein wenig vom Gas und schoß kurz darauf über die nächste Brücke.

Hector Ramiro sah den grünen Kleinbus, der ihm entgegenkam. Viel zu spät bemerkte er den kräftigen Hund mit dem massigen Kopf, dem kurzen Fell und dem Stummelschwanz, der wie ein Schatten seinen Weg kreuzte. Ramiro riß das Steuer herum, versuchte dem Tier auszuweichen. Er verlor die Herrschaft über den Wagen. Der Toyota schleuderte auf die Gegenfahrbahn und prallte gegen den Kleinbus. Dann flog er über die linke Brückenbegrenzung und stürzte ins Meer.

Hector Ramiro starb im Atlantischen Ozean. Er hatte den Golf von Mexiko, das Latinomeer, knapp verfehlt.

## 114

Kurz nach sechs erschien Schulz, frisch geduscht und in sauber gebügelter Baumwolle, zum Sundowner auf der weitläufigen Veranda des Restaurants.

Das Pier House war eine verschachtelte Ansammlung einzelner Holzbauten, die sich dezent in die Natur einfügten. Das Hotel lag direkt am Meer. Im tropischen Garten schimmerte hellblau ein Swimmingpool, außerdem gab es einen kleinen Sandstrand in der Privatbucht.

Der Ober trug eine verwaschene Jeans und ein weites Hawaii-Hemd. Er begrüßte Schulz wie ein Admiral auf der Brücke eines ankernden Kreuzers und führte ihn zu einem seiner besten Tische, direkt an der Brüstung über der See.

Schulz bestellte ein Bier und verlangte die Karte. Der Ober empfahl Fisch. Gut für die Leber, klärte er Schulz auf. Er schien zu wissen, wovon er redete.

Unter der Veranda, zwischen den Holzpfosten, wimmelten Fische um einen Unterwasserscheinwerfer. Vor dem Strand schwebte eine Seegraswolke in einer kaum erkennbaren Dünung. Kleine und große Boote liefen in den Hafen ein. Rote Positionslampen an Backbord, grüne an Steuerbord, weiße am Heck.

Beim zweiten Heineken ging die Sonne unter. Punkt halb sieben. Ein Zweimaster glitt in der Dunkelheit vorbei. Der Hilfsmotor tuckerte leise, und das Wasser glitzerte grünschwarz im Schein der Heckleuchte.

Schulz sah zum sternenübersäten Himmel. Der Mond wurde bald voll.

## 115

Ein Sonderkommando der *Sunny Groove Posse* warf Fake Reynaldos Leiche auf den Gehsteig. Direkt vor den Eingang zu The Stones.

Was die Jamaikaner aus der offenen Wagentür stießen, war nur noch ein Bündel Knochen und Fleisch. Die Entsetzensschreie der Passanten gingen im Quietschen der Reifen unter.

Die Männer von der Insel hatten dem Kolumbianer keinen einfachen Ölwechsel à la Bogotá verpaßt. Sie hatten ihn durch den Fleischwolf gedreht.

## 116

Der Fisch war gut gewesen, und die vier Bier hatten Schulz müde gemacht. Er schleppte sich auf sein Zimmer. Der graugrüne Teppichboden erinnerte ihn an die See. Ein massiver Holzschrank beherbergte hinter rustikaler Tarnung eine Minibar und einen Fernseher. Während Schulz eine Büchse Bier in ein Glas gluckern ließ, fiel sein Blick auf die Visitenkarte des alten Mannes aus Big Pine Key.

Schulz nahm die Karte und griff zum Telefon. Es

klingelte dreimal, dann war der Alte dran. Schulz meldete, daß er den Hund am späten Nachmittag in Höhe Little Torch Key gesichtet hatte.

»Das Biest ist wieder zu Hause«, sagte der alte Mann.

## 117

Oscar Osceola fuhr auf dem Biscayne Boulevard nach Norden. Neben ihm saß, frisch frisiert, der Hippie. Sie folgten einem weißen Buick Century mit zwei verdächtigen Insassen.

Der Buick hielt an einer Ampel. Osceolas Ford kam zwei Wagenlängen entfernt und eine Fahrspur versetzt hinter dem beschatteten Fahrzeug zum Stehen. Die Ampel sprang auf Grün. Der Buick fuhr an. Im selben Moment eröffnete einer der Männer das Feuer auf die Polizisten. Zwei Schrotladungen zertrümmerten die Frontscheibe. Der Hippie erwiderte das Feuer, erwischte einen der Hinterreifen. Der Buick pflügte rund hundert Meter über den Asphalt, bis die Felge Funken schlug, dann knallte er gegen den Bordstein. Die Türen flogen auf. Die beiden Männer sprangen heraus und gingen hinter dem waidwunden Buick in Deckung. Sie hielten den Polizeiwagen mit weiteren Salven aus der Flinte und einem großkalibrigen Revolver in Schach.

Ein Schuß erwischte Osceola an der linken Schulter. Ohne nachzudenken, brachte er den Ford zum Stehen. Er nahm wahr, wie der Hippie einen der beiden Angreifer traf. Unmittelbar darauf wurde er am Kopf erwischt und sackte zusammen.

Der Seminole versuchte auszusteigen. Er verlor Blut, aber er war nicht tot. Er wußte, daß er rasch handeln mußte, bevor die Verletzung ihn flachlegte. Irgendwie überbrückte er den Abstand zwischen dem Ford und dem Buick. Ein Streifschuß versengte seinen linken Unterarm.

Das nutzt dem Motherfucker nichts, sagte sich der Indianer. Er leerte das Magazin seiner Automatik auf Gesicht und Brust des Killers.

Dann verlor Osceola das Bewußtsein.

## 118

Legionen von Pelikanen waren unterwegs.

Um acht Uhr saß Schulz unter einem Sonnenschirm auf der Veranda und frühstückte. Rechtzeitig zum Morgenappell auf dem Kriegsschiff der Navy, das in der Bucht vor Anker lag. Ein Trompetensignal hallte über das Wasser, gefolgt vom Trillern einer Bootsmannsmaatenpfeife. Ein Marinehubschrauber flog mit scharfem Rotorzischen über das Pier House. Viel höher trainierte ein Navy-Pilot in seiner zweimotorigen Maschine. Key West war das Gibraltar der Vereinigten Staaten.

Die Zeitung lieferte die Zahlen zum Bürgerkrieg in Overtown. Dreißig Tote, fünfhundert Verletzte und über tausend Verhaftungen. Nach ersten Schätzungen belief sich der Sachschaden auf fast zweihundert Millionen Dollar. Auf Sonderseiten wurden die Aufstände in Liberty City und Overtown im Mai 1980 und Januar 1989 dokumentiert.

Später spazierte er durch die Stadt. Schulz hielt sich abseits der Touristenschneise und sah sich die weißen Altbauten in den Seitenstraßen an. Eindrucksvolle Holzhäuser mit langen Balkonen. Die Verzierungen hatten etwas Maurisches. Dunkelgrüne Fensterläden, die mit den Palmen, Magnolien und Kakteen harmonierten. Messingleuchten neben den Eingängen. In 907 Whitehead Street stand Hemingways Haus. Die Villa im spanischen Kolonialstil war zwischen den Stämmen, Lianen und Blättern nur schwer auszumachen.

Eine Stunde später erkundete er den Hafen, dann aß er in Captain Ed's Bar einen Happen. Anschließend zog er sich zur Siesta zurück. Als er zu der Hemingway-Biographie griff, fiel ihm die olivgrüne Visitenkarte in die Hände, die ihm Jeff Hardman in der Transitbar des Omar-Torrijos-Airport in Panama gegeben hatte.

Schulz ließ sich verbinden.

Big Tuna schien gar nicht überrascht, daß Schulz anrief. Hardman hatte ein paar Tage frei, benahm sich aber wie im Manöver. Am Abend war er ausgebucht. Morgen früh, punkt acht auf der Pier neben dem Hotel. Da lag sein Boot, die *Bazooka.* Big Tuna hatte vor, in den Golfstrom zu stechen und ein paar Fische zu fangen, wie er sich ausdrückte. Schulz nahm die Einladung an.

Nach der Siesta pflegte Schulz sich am Pool und paffte im Schatten der Palmen eine Harriel's Dream.

Der Wind frischte auf, ein rotbrauner Doppeldecker schleppte ein Spruchband über den Himmel. Schulz konnte es nicht entziffern. Er ging aufs Zimmer, duschte und zog sich um. Dann spazierte er die Hotelpier entlang.

Key West war berühmt für seine Sonnenuntergänge. Das Volk zog an die Anlegestellen und auf die Holzstege, die weit ins Wasser hinausführten, um das Schauspiel zu genießen. Aber heute sah es nicht danach aus. Der Himmel war mittlerweile von grauen und schwarzen Wolkenfetzen überzogen. Draußen auf See mußte es ein Gewitter oder einen Sturm gegeben haben. Wo eine Wolke die sinkende Sonne verdeckte, war das Wasser dunkelgrün, an anderen Stellen, an denen die Strahlen durchkamen, zogen sich türkise Streifen durchs Wasser.

Ein Pelikan saß auf einem Poller, den Kopf nach hinten gewandt, den Schnabel unter den Flügeln, die Brust wie einen Schiffsbug in den Südwind gerichtet. Die kabbelige See klatschte gegen die Pfosten der Holzstege, Bootsrümpfe rieben gegen Fender und Hanftrossen, Plastiktaue knarrten, Takelagen sangen in der steifen Brise, Wimpel knatterten an den Leinen.

Eine rotgoldene Glut mischte sich in das Grau der Dämmerung, und ein Hauch Rosa überzog die Bohlen vor Schulz' Füßen. Die Sonne ging wie hinter einem Vorhang unter, und die heimkehrenden Boote liefen mit weit aufgedrehten Motoren in den Schutz des Hafens ein.

Schulz hielt einige Minuten die Nase in den salzigen Wind, dann zog er sich ins Harbour View Café zurück. Der Ober führte Schulz zu einem Holztisch am Fenster. Schulz gönnte sich als Vorspeise ein Conch Cebiche. Es war mit Kokosnußmilch, kleingehackten Pfefferschoten und violetten Bermudazwiebeln angemacht und so scharf, daß er eine zweite Flasche Bier zum Löschen brauchte. Anschließend probierte er eine Portion Conch Fritters mit Key-Lime-Mustard-Sauce.

Nach dem Abendessen stieg er die Treppe zur Havanna Docks Bar hinauf und begab sich auf die Brükke des Hotels, hoch über der See, die jetzt von schwerem Wetter bewegt wurde. Der Tresen war lang. Durch die Flaschenreihen vor den Fenstern konnte Schulz die Pier und das Wasser sehen. Er wollte sich mit Rum den Kopf klartrinken, eine Bilanz seiner Odyssee ziehen. Aber der Bacardi, mit dem er sich abfinden mußte, besänftigte ihn, ließ ihn die Irrfahrt vergessen. Er hing an der Mutterbrust der Karibik, saugte ihren Nektar. Unterbewußt nahm er die Musik wahr.

*... hole in the wind behind the island ... big blue hole in the middle of my heart ...*

Schulz fühlte sich, als hätte auch er ein Loch im Herzen. »Wer singt da?« fragte er eine der Barfrauen.

»Jimmy Buffett«, sagte sie. *»Boomerang Love.«*

Die Liebe. Schulz kannte sich aus mit der Liebe. Es hatte Zeiten gegeben, da war sie sein Freund gewesen, hatte seine Träume Wirklichkeit werden lassen, ihn gewärmt und gestärkt. In Zeiten der Liebe war es müßig, nach dem Sinn des Lebens zu fragen – die Liebe war der Sinn. Aber die Liebe war auch eine Droge, sie machte einen süchtig. Und wenn die Dosis verbraucht war, stürzte man ab in Schmerz und Wehmut und Einsamkeit. Wenn man Glück hatte, war der Stoff gut, und man blieb lange oben, fühlte sich, als könne man fliegen. Aber irgendwann kam todsicher der Absturz – Cold Turkey. Dann kroch man auf den Knien herum und suchte nach dem Herzen, das einem jemand anders aus der Brust gerissen hatte. Liebe war wie Crack, doch mit einem großen Unterschied: Sie ließ einem die Seele, damit man weiter leiden konnte.

Er hatte eine Frau an der Lagune unter dem Vulkan zurückgelassen, die ihm Freundin und Geliebte war. Sie hatte stets zu ihm gehalten, ihm das gegeben, was er brauchte. Und er hatte ihr etwas zurückgegeben. Er wußte nicht, was es war, sie ließ ihn spüren, daß es ankam – und das war mehr, als er mit irgendeiner anderen Frau erlebt hatte.

Schulz dachte an Anita. Wolf, sagte er sich, wenn du guten Sex kriegst, dann nimm ihn mit. Aber hüte dich vor Leidenschaft, Eifersucht, dieser ganzen kranken Mischung aus Herz, Schwanz und Kopf. Die erzeugt nur Haß, und der vergiftet dich. Früher oder später.

Als er aus der Bar kam, war es merklich kühler geworden. Wolken trieben über den Nachthimmel. Kalt stand der Vollmond über dem Meer. Wenn das Wetter so blieb, wurde es wohl nichts mit dem Seetörn. Trotzdem zwang Schulz sich zur Disziplin. Leise Musik aus der Bar begleitete ihn, als er Kurs auf seine Koje nahm. *Sexual Healing* von Marvin Gaye.

## 119

Als es passierte, dachte Navarro an sein Herz. Bislang hatte er sich kaum große Gedanken über die Pumpe gemacht. Kein Infarkt. Keine Narben. Nie an Gefühlen zerbrochen.

Ein schwerer Tag lag hinter ihm. Der Rückschlag bei der Vorbereitung seiner politischen Mission wurmte ihn. Ärger, viel Ärger. Um so mehr hatte er sich auf Anita gefreut, auf den Abend und die Nacht. Er wollte den ganzen Schlamassel bei einem guten Fick vergessen.

Zweimal hatte er sie schon genossen, langsam, wie in Zeitlupe. Und er hatte zweimal nachgetankt. Daß Nase und Hals pelzig waren, kannte er, daß sein Unterleib wie vereist wirkte, war normal. Das Koks stimulierte sein Hirn, erotisierte ihn von den Haarspitzen bis in die Zehennägel. Der hohe Puls war nicht ungewöhnlich.

Anitas Stöhnen war das letzte Geräusch, das El Comandante hörte. Dann überwältigte ihn der Druck auf Brust und Bauch.

Mein Herz, dachte Norberto Navarro Nevada, als der Tod ihn traf. Aber es war nur eine Ader in seinem Kopf, die geplatzt war.

## 120

Der Morgen war klar, die Luft sauber. Das Unwetter hatte die Nacht nicht überlebt.

Fünf Minuten vor der Zeit stand Schulz auf der Pier und betrachtete Big Tunas Boot. Die *Bazooka* war eine der typischen Glasfiberjachten zum Sportfischen. Ihr Rumpf kam schlank aus dem Wasser, wie ein Turm ragten die Aufbauten von der Kabine zum Sonnendach über der offenen Kommandobrücke auf. So hoch, daß Schulz sich wegen der Trimmung Gedanken machte. Diverse Antennen und Ausleger für die äußeren Angelleinen standen wie Fühler eines Insekts in die Luft und verstärkten den Eindruck der Kopflastigkeit.

Auf dem Achterdeck machte sich eine Frau um die Fünfzig mit zwei Plastikeimern zu schaffen. Sie verstaute Fische in den Köderboxen. Sie trug verblichene rote Shorts, ein weißes T-Shirt und braune Bootsschuhe. An ihrem Ledergürtel hingen zwei Futterale; im einen steckte ein Messer, im anderen eine Zange. Ihr Haar war flachsgelb und fiel in dünnen Strähnen auf die Schultern. Der Körper war grobknochig und von harten Muskeln und Sehnen überzogen. Kein Gramm Fett, die Haut wie Leder.

Jeff Hardman parkte seinen Pickup, stieg aus und kam auf die Pier. Schulz ging langsam auf ihn zu. Big Tuna trug sein Alu-Köfferchen in der Linken. Im Gehen setzte er sich eine weiße Baseballkappe auf die Glatze. Der lange Schirm warf einen gnädigen Schatten auf die monströse Nase. Hardman trug Khakishorts, ein dunkelblaues Baumwollhemd, dessen Ärmel hochgekrempelt waren, und knöchelhohe Basketballschuhe, die einmal weiß gewesen sein mußten. Im bruchsicheren Glas seiner Taucheruhr spiegelte sich die Morgensonne. Als er vor ihm stehenblieb, konnte Schulz die Äderchen auf der Nase sehen. Hardmans blaßblaue Augen leuchteten.

»Wolf, Baby, willkommen in Conchlandia.« Big Tuna hielt Schulz die Rechte hin. Dann ging er festen Schritts über die Holzplanke.

Schulz folgte ihm und sprang auf Deck.

»Das ist Marlene, mein Maat«, stellte Hardman die Frau vor.

Marlene gab Schulz die Hand. Sie sah ihm ruhig in die Augen.

»Das ist Wolf«, sagte Big Tuna. »Lenes Großmutter war eine Kraut aus Königsberg.«

»Ich kann aber kein Deutsch.« Sie widmete sich wieder den Ködern.

Big Tuna ging vom Achterdeck durch die offene Klarsichtschiebetür in die Kabine. Er stellte sein Köfferchen auf die Back und packte drei Lunch-Pakete aus, die er in einem Schrank neben dem Gasherd verstaute. Der Herd hatte zwei Platten und einen Backofen. Daneben war eine Spüle eingebaut. Beiderseits der Back befanden sich Sitzbänke für sechs Personen.

Tuna holte zwei Sechserpacks Budweiser aus dem Koffer und verstaute sie in einer Getränkekiste. Zwischen den Eisbrocken schimmerten grüne Heineken-Büchsen. »Lene hat gut vorgesorgt.« Er grinste und hob den Deckel einer zweiten Box an, in der Softdrinks auf Eis lagen. »Haben auch härtere Sachen an Bord. Mal sehen, wie du den Seegang verträgst.« Er lachte.

Schulz musterte die Kabinendecke. In den Halterungen hingen siebzehn Angelruten verschiedener Größen und vier Gaffhaken.

»Wir sind für alles gerüstet«, sagte Tuna stolz.

»Was schwimmt da draußen?«

»Dolphin, Wahoo, Grouper, Jacks, Kingfish, Shark, Snapper«, sagte Hardman. »Und mit viel Glück kriegst du einen Segelfisch oder einen Marlin an den Haken. Aber rechne nicht damit. Das ist ein Privileg heutzutage, wo alles leergefischt ist.«

»Schönes Boot«, sagte Schulz. Er sah sich die Lizenz an, die gerahmt an der Kabinenwand hing. Demnach durfte Jeff Hardman zwischen Florida und Melbourne hin und her kreuzen, solange er innerhalb von hundert Meilen zur Küste blieb.

»Bin auch stolz drauf, kannst du mir glauben. Alles von meinem sauer verdienten Geld. Hatte vorher eins von den alten Holzbooten. Vor einem Jahr hab ich mir das Stück hier bauen lassen. Fünfzehn Meter lang. John-Deere-Diesel, dreihundert Pferdchen. Alles da. Fisch-Sonargerät, VHF-Seefunk, Loran-Navigator, komplette Kombüse hier und vier Kojen plus Toilette da vorne.« Er deutete die drei Stufen hinunter, die in den Bug führten.

»Wenn wir die Schiebetür zumachen, kann ich sogar die Klimaanlage für dich anwerfen. Aber ich denke, das lassen wir heute. Die Touristen brauchen das, sonst sind sie nicht glücklich. Wenn ich unterwegs bin, ist Lene hier der Boß. Wir vermieten das Boot an Edelurlauber, die es sich leisten können. Sechshundert Dollar pro Tag. Damit mach ich zusätzliche Kohle, und Lene hat ihr Auskommen. Bin ich ihr schuldig. Sie hat sich um meine Mutter gekümmert, bis sie gestorben ist. Gute alte Haut, die Kraut.«

»Alles klar«, meldete Lene.

»Dann kann's ja losgehn«, rief Big Tuna, setzte sich die Ray-Ban mit den grünen Gläsern auf, kletterte über die verchromte Leiter an der Außenwand der Kabine nach oben, bezog Posten am Ruder und warf die Maschine an.

Lene und Schulz holten die Leinen ein.

Ein Zittern durchlief die Bazooka, als Big Tuna der Maschine Stoff gab und langsam auslief. Die Schraube zog eine breite Bahn weißer Gischt durch das hellgrüne Wasser, und der Diesel sang mit sattem Brummen. Sieben Meilen südwestlich passierten sie den alten Leuchtturm, dann nahmen sie Kurs auf den Golfstrom.

Schulz kletterte auf die Brücke und postierte sich neben Big Tuna hinter der Windschutzscheibe. Über ihren Köpfen knatterte die US-Flagge in der Atlantikluft. Der Drehstuhl, auf dem Tuna saß, sah bequem aus. Verchromter Stahl, große, mit weißem Kunstleder bespannte Polster. Mit dem Ruder hätte man auch einen Lastkraftwagen steuern können. Die Rundinstrumente vor ihm, Funkgerät und Kompaß über ihm unter dem Sonnendach, lenkte Jeff Hardman das Boot mit lässiger Hand in die offene See.

»Müssen erst mal zwanzig Meilen raus, bevor es interessant wird«, rief er Schulz durch Fahrtwind und Motorgeräusch zu.

Schulz nickte. Bis zum Leuchtturm hatte das Wasser türkis geschimmert, jetzt ging es in ein Graublau über. Der Seegang nahm zu. Der Himmel war hellblau mit vereinzelten weißen Wolken. Schulz konnte drei weitere Boote erkennen, die querab in der Ferne Parallelkurs liefen.

»Kollegen.« Tuna unterhielt sich mit ihnen über Sprechfunk.

Schulz warf einen Blick aufs Achterdeck. Lene wuselte herum, traf Vorbereitungen. Sie steckte zwei Ruten in die Halterungen am Kampfstuhl. Dann präparierte sie Köder. Sie hantierte mit Fisch und Draht, und Schulz sah, wofür sie Messer und Zange brauchte.

»Was war das für ein Team, mit dem du die Melone zu Fruchtsalat gemacht hast?« fragte Big Tuna. Einzelkämpfer interessierten ihn nicht, nur Truppenteile.

»Woher weißt du denn das?« rief Schulz.

»Spricht sich rum.« Hardman lachte.

»Zwei schwarze Jungs aus der Karibik und eine Lady.«

»Alle Achtung. Hab den Jungs im Camp gleich gesagt, daß sie mit dir rechnen müssen. Ich war ganz sicher, daß du hier auftauchst. Der Comandante hatte ganz feuchte Augen, nachdem er dich in Miami getroffen hat. Er redet in letzter Zeit viel über die guten alten Zeiten. Sagt aber, du zierst dich.«

»So kann man es auch sehen«, sagte Schulz so leise, daß der Wind die Worte verwehte, bevor sie Tunas Ohren erreichten.

Lene kam auf die Brücke. »Alles fertig«, meldete sie und lehnte sich an den Drehstuhl. Sie hatte die Haare unter einer gelben Mütze zusammengesteckt. »Hier«, sagte sie und gab Schulz eine dunkelblaue Kappe. »Setzen Sie die auf. Da unten wird's nachher heiß.«

Er setzte die Kappe auf und zog sich den Schirm bis auf die Sonnenbrille.

»Kannst mir diesen Südafrikanerhaufen abnehmen und auf Vordermann bringen«, brüllte Tuna Schulz zu. »Leibstandarte Krueger.«

»Laß den Nazi-Scheiß«, sagte Lene scharf und schlug Hardman derb auf den Rücken.

»Ist ja gut, Mädchen.« Big Tuna zwinkerte Schulz zu. »Der gute alte Wolf weiß, wie ich's meine.« Er stand vom Stuhl auf. »Übernimm mal«, sagte er zu Lene.

Stehend übernahm sie das Ruder.

Hardman turnte über die Sprossen nach unten. »Komm«, rief er Schulz zu.

Vorsichtig folgte er Big Tuna. Die Aufbauten schwankten mächtig, und Schulz war eine ausgesprochene Landratte. Eine falsche Fußbewegung, und die Haie hatten Futter.

Tuna nahm zwei Büchsen Bier aus der Kühlbox, riß seine auf und reichte Schulz die andere. »Hier, wird noch eine Weile dauern, bis wir draußen sind. Ich erklär dir später, was du zu tun hast, um einen Fisch zu fangen. Kurz bevor's losgeht, sonst vergißt du es wieder.« Er setzte sich auf eine der Köderkisten auf dem Achterdeck. »Hier kann man reden, ohne zu brüllen.«

Schulz hockte sich auf den Boden, lehnte den Rükken an die Kabinenwand und trank. Das Bier schmeckte wie Champagner.

»Woher kommt eigentlich dieses Arango, Comandante Arango?« fragte Hardman.

»Alte kubanische Weisheit. *La cosa está de Arango y Paracaídas.*«

»Fallschirm?«

»Ein Sprichwort, das sich auf eine wirkliche Begebenheit bezieht. In den zwanziger Jahren entschloß sich ein Señor Arango, aus einem Flugzeug abzuspringen. In der Nähe des Malecón, der Mole von La Habana. Einziges Hilfsmittel war ein Regenschirm. Gab viel Presse vorher. Jede Menge Zuschauer wollten den Todessprung sehen. Boote kreuzten vor der Mole, um den Lebensmüden aus dem Wasser zu bergen. Arango sprang aus gut dreitausend Metern ab. Der Regenschirm ging nach wenigen Sekunden zu Bruch, und der Held knallte wie ein Stein ins Karibische Meer. War sofort tot. Seitdem benutzen die Kubaner den Namen, wenn sie eine schwierige politische Situation umschreiben wollen.«

»Paßt wie die Faust aufs Auge.«

»El Comandante hat sich den Namen nicht ausgesucht.«

»Norberto hat seltsame Andeutungen gemacht. Angeblich willst du so eine Art Drogenpolizist werden.« Hardman sah Schulz fragend an.

»Quatsch«, sagte Schulz. Noch hatte er sich keine endgültige Meinung gebildet, aber sein Instinkt diktierte ihm die Antwort.

»Ist auch nichts für dich, Baby.« Hardman trank aus und drückte das Blech mit den Daumen ein.

»Die Glücksrittervariante in deinem Söldnerklub schwebt mir aber auch nicht vor.«

»Seit biblischen Zeiten gibt es Kriege. Ich sehe das als Langzeitgeschäft. Florida ist ein Supermarkt für jeden Waffenliebhaber und Kriegsherrn. Schau dir doch die ganzen Ex-Diktatoren an, die hier im Exil rumhängen.« Big Tuna holte sich eine frische Büchse. »Es gibt immer eine Sache, für die es sich lohnt zu kämpfen.«

»Ich habe keine Religion mehr. Ich hatte mal eine,

aber ich habe den Glauben daran verloren. Und ich bin ziemlich sicher, daß ich nicht noch mal religiös werde.« Schulz spürte, wie die Dünung stärker wurde. »Und Ideologie und Religion sind für mich dasselbe.«

»Ich glaub auch nicht an den lieben Gott, wenn du das meinst.« Tuna riß die Bierbüchse auf.

»Aber du hast deine Götzen, deinen Kriegsgott zum Beispiel.«

»Den Dollar, Baby. Der grüne Gott, der über allen Religionen steht.« Hardman trank und wischte sich den Mund mit dem Handrücken ab. »Dollarnoten bleiben immer grün, egal, wieviel Rot du draufkleckerst, ob linke Ideologie oder Blut. Völlig egal.«

»Jeff?« rief Lene von oben.

»Yeah?«

»Radio!«

Hardman erhob sich. »Muß ein Schwätzchen halten. Mal sehen, wo der Fisch heute steht.« Er kletterte hoch zur Brücke.

Schulz stand auf, hielt sich mit einer Hand an der Stahlleiter fest und sah aufs Meer. Die See ging jetzt so hoch, daß das Boot wie eine Nußschale wirkte. Das Wasser war abwechselnd dunkelblau und tintenschwarz. Der Wind fegte schmale Gischtbänder von den Wellenkämmen.

Lene kam aufs Achterdeck und brachte drei Leinen aus. Zwei über die Seitenausleger, eine am Heck. Die toten Köderfische an den Außenleinen flitzten an den Haken durch die See. Der Köder an der Heckleine hing gut zehn Meter tiefer. Der *Downrigger,* ein Tiefseeschleppgerät, zog sie hinunter. Mit einer Handbewegung machte Lene Schulz auf einen Schwarm Vögel aufmerksam, der einen Schwarm Fische anzeigte. Sie brachte eine weitere Leine mit einem pyramidenförmigen *Teaser* zu Wasser. Das verspiegelte Schleppinstrument sollte die Beute anlocken.

Zwei der schwarzen Glasfiberruten mit den Korkgriffstücken steckten in Halterungslöchern an Steuerbord und Backbord, die dritte war in einem der vier röhrenförmigen Metallhalter am Kampfstuhl angebracht. Der Drahtsessel aus poliertem Holz und verchromtem Stahl war auf einer stabilen Metallsäule verankert. Die Polster an Sitz und Rücken waren mit weißem Kunstleder bezogen. Sitzhöhe und Neigung der Rückenlehne konnten mit Hebeln auf Zahnschienen verstellt werden, ebenso die stählerne Fußstütze. Wie beim Zahnarzt, dachte Schulz.

Die Sonne stand inzwischen hoch am Himmel. Der Seewind ließ vergessen, wie stark die Strahlen auf das Deck brannten. Lene holte einen Baumwollpullover aus der Kajüte und forderte Schulz auf, ihn überzuziehen. Sie brachte eine Flasche Kokosöl, und er rieb sich Fußrücken, Gesicht, Hals und Hände ein. Dann half ihm Lene, den Gurt mit der Halterung für die Angel umzuschnallen. Der Aufnahmestutzen für das Ende des Rutengriffs saß auf einem Kugelgelenk und sah aus wie ein Plastikdildo. Über die linke Hand streifte Schulz sich einen gelben Wollhandschuh, dessen Innenfläche mit orangen Gumminoppen überzogen war.

Lene verließ Schulz und kletterte auf die Brücke. Allmählich wurde ihm klar, daß große Fische mit Leiden verbunden waren. Er fragte sich nur, was passierte, wenn jetzt einer anbiß.

Big Tuna tauchte neben Schulz auf. »Wenn einer beißt, hörst du, wie die Leine aus dem Halteklipp am Ausleger gerissen wird und aus der Rolle zischt. Du schnappst dir die Rute, setzt dich in den Stuhl und steckst den Griff in die Halterung.«

Schulz nickte.

»Mach es dir bequem. Beim ersten geb ich dir die Rute. Alles Weitere läßt sich besser erklären, wenn du anpacken mußt.«

Schulz kletterte in den Sitz, stemmte die Füße probeweise gegen die Stütze und schaute erwartungsvoll auf das Meer. Die Maschine tuckerte leise, das Boot zog langsam, in Schleppfahrt, durchs Wasser, paßte sich den Bewegungen der See an, trieb wie ein Stück Kork über Berge und durch Täler. Ein Spielball der Naturgewalt. Schulz' Magen meldete sich. Bei höheren Drehzahlen war ihm wohler gewesen. Bevor er kotzen mußte, biß ein Fisch.

*»Bite!«* brüllte Lene und gab Gas.

Das Adrenalin killte die Seekrankheit. Schulz hatte weder gehört, wie die Leine an Steuerbordseite aus dem Halteklipp gerissen worden war, noch hatte er ein Zischen bemerkt.

Big Tuna drückte ihm die Angel in die Hände. Schulz steckte den Griff in die Halterung am Gürtel, hielt die Rute mit der linken Hand in Brusthöhe fest und sah, wie das Nylon von der Rolle raste. Dann blieb die Spule mit einem Ticken stehen.

Big Tuna stand hinter ihm. »Zieh die Rute zur Brust und spul auf. Hol Leine ein.«

Schulz spürte den Widerstand im linken Bizeps, als er die Angel anzog und mit der Rechten kurbelte.

»Langsam, nur immer die Ruhe. Nur kurbeln, wenn du die Rute zu dir ziehst . . . bis sie ganz senkrecht steht.«

Schulz fand einen passablen Rhythmus.

»Yeah, Baby, für einen Anfänger machst du das ganz ordentlich. Scheint ein Dolphin zu sein oder ein Thunfisch. Den schaffst du. Kein Problem.« Hardman drehte den Stuhl mit kleinen Bewegungen immer richtig zur Leine.

Schulz hörte, wie Lene mit der Maschine herumakkerte. Wußte der Teufel, wie viele Tempovarianten und Kurskombinationen sie zusammenkreuzte, um das Biest da unten fertigzumachen. Er kam sich vor wie beim Hanteltraining. Die Rute mußte um die zwei Meter lang sein. Die Nylonleine war hauchdünn. Dem Gewicht nach zu urteilen, mußte mindestens eine Lokomotive am Haken hängen. Aber es gab kaum Gegenwehr, keinen Kampf, nur konstanten Widerstand. Dann sah Schulz den Fisch aus dem Wasser kommen. Für einen kurzen Moment war er enttäuscht darüber, wie klein die Beute war. Er wunderte sich, woher der Fisch die Kraft zu soviel Gegenwehr nahm. Dann schlugen ihn die Farben in Bann. Grüngelbe Blitze und silbrige Funken stoben über das Wasser, bevor der Fisch wieder wegtauchte.

*»Pull in!«* brüllte Big Tuna.

Schulz spürte, wie sein linker Arm müde wurde.

*»Wind up!«*

Schulz kurbelte.

*»Dolphin«*, stellte Hardman fest.

Dann kam der Fisch im Heckwasser hoch, und während Schulz weiter Leine einholte, schlug er wie ein Stein aufs Wasser. Er war aus seinem Element.

Lene nahm Fahrt weg, und Big Tuna holte die Beute ein. Der Fisch war so lang wie ein Männerarm. Über den schlanken Silberkörper lief ein leuchtendes Grüngelb, durchsetzt mit Punkten, die so rot waren wie das Blut, das aus dem Maul sickerte. Der schuppige Körper schlug zweimal hart aufs Deck, bevor Hardman ihn in der Kiste hatte. Der Dolphin trommelte noch eine Weile gegen das Holz, dann ergab er sich.

Jetzt, da der Fisch erledigt war, fühlte Schulz sich nicht mehr so großartig. Unter Wasser, schwer wie Blei, hatte der Gegner ihm das Gefühl vermittelt, er kämpfe mit einem Schwergewichtler. Doch nachdem er gesehen hatte, wie schön der Fisch war, wie klein und hilflos, wurde Schulz klar, daß ihm zwar das Jagen Spaß gemacht hatte, nicht aber das Töten.

In den nächsten zwei Stunden holten sie fünf weitere Dolphins und einen Darkfin Tuna aus dem Wasser. Der Thunfisch war einen halben Meter lang, fast oval, von einem hellen Silber mit schwarzen Flossenspitzen.

Lene und Jeff wechselten sich am Ruder ab. Zum Lunch gab es belegte Sandwichs, kaltes Huhn und Büchsenbier.

»Ich dachte immer, Dolphins wären Flipper«, sagte Schulz zu Lene.

»Unser Dolphin hier hat mit einem Delphin nichts zu tun. Das ist ein ganz normaler Speisefisch. Dorado auf spanisch, Goldmakrele auf deutsch«, sagte Lene.

»Was ist mit Haien?«

»Gibt 'ne Menge. Viele Arten. Die meisten sind harmlos. Die Tigerhaie sind gefährlich.«

Später saßen sie beisammen und tranken langsam in den Nachmittag hinein. Das Angeln hatte Schulz müde gemacht.

»Wie geht es deiner Familie?« fragte Schulz Hardman.

»Die Kinder sind groß, gehen ihre eigenen Wege. Betty hat mich vor drei Jahren verlassen. Ist in Texas und arbeitet an einem Krankenhaus. Bin jetzt allein.«

»Tut mir leid.«

»Braucht dir nicht leid zu tun. Ist eine klare Angelegenheit. Bin jetzt alt genug, um so was zu verkraften.« Hardman trank und blinzelte ihm zu. »Du weißt doch: Noch bitterer als der Tod ist die Frau.« Big Tuna lachte.

Schulz schwieg.

»Hast du nie dran gedacht zu heiraten?« fragte Hardman.

»Nein, nie. Ich eigne mich nicht als Ehemann. Ich betrüge.«

»Das tun irgendwann alle verheirateten Männer.«

»Mag sein, aber Ehemänner tun es, weil sie nicht anders können, besoffen sind oder schwach werden. Und sie bereuen es, verschweigen es ihren Frauen. Ich habe immer aus Neugier betrogen, aus Geilheit, weil ich auf der Suche war, mehr wollte als Gier. Es tut mir selten leid, und ich habe nie das Gefühl, daß ich irgendeinem Menschen Rechenschaft darüber schuldig bin ... am wenigsten einer Frau, die mich nicht halten kann.« Schulz sah in die tiefblauen Wogen, die sich für einen Augenblick wie eine Wand über dem Achterdeck aufbauten. Dann erklomm das Boot wieder einen Wellenkamm.

»Ich kann mich dran erinnern, wie du mir von deinen Frauen erzählt hast.« Tuna grinste. »Yeah, manchmal mit glänzenden Augen. Und du hast nie schlecht über eine gesprochen.«

»Warum auch?« Schulz schwenkte den restlichen Rum im Becher. »Ich habe sie nie so nah rangelassen, daß sie mir wirklich hätten weh tun können. Warum sollte ich also schlecht über sie reden?«

Hardman antwortete nicht. Er blickte Schulz nur interessiert an.

Wie ein Beichtvater, dachte Schulz. Kapitäne dürfen Ehen schließen, vielleicht dürfen sie auch die

Beichte abnehmen. »Ich bin früher getaucht«, fuhr er fort, »wäre dabei fast umgekommen und geb mich jetzt mit Schnorcheln zufrieden . . . Wenn du verstehst, was ich meine. Ich schau mir das Riff von oben an, aber ich bleibe nicht zwischen den Korallen hängen. Deshalb bin ich auch nicht mehr bitter wegen einer Frau.«

»Yeah . . . aber bitter bist du trotzdem.«

»Manchmal.«

»Das bringt dich nicht weiter«, sagte Big Tuna wie zu sich selbst.

»Was?«

»Immer bloß mit Männern drüber reden.«

»Du bist der erste, mit dem ich drüber rede.«

»Trotzdem. Stoß irgendwann auf die richtige Frau, und warte ab, was passiert.« Hardman sagte es ohne falschen Ton. Keine Belehrung, nicht mal ein Ratschlag. Nur eine Feststellung.

Schulz sah wieder auf das Wasser. »Mein Mädchen ist da drüben, auf einer Seite der Front.«

»Dann weißt du ja, wo du hingehörst.«

*»Bite!«* brüllte Lene von der Brücke.

Big Tuna kam in die Gänge. »Die Heckleine läuft aus«, rief er.

Ein frischer Schub Adrenalin stabilisierte Schulz. Er kletterte in den Kampfstuhl und nahm die Angel aus der Halterung. Die Leine wimmerte von der Rolle.

»Nimmt sich viel Leine. Könnte was Größeres sein, für eine größere Rute«, brüllte Big Tuna. »Dann mal an die Arbeit. Wenn's ganz hart wird, können wir dich angurten, Wolf-Baby.« Hardman brüllte Schulz sein Lachen in die Ohren.

Schulz spürte den Druck. Als er zum ersten Mal versuchte, Leine zu gewinnen, war er sicher, daß es das Schwerste war, was er an diesem Tag am Haken gehabt hatte. Die Maschine dröhnte, das Boot fuhr Jagdkurs, schlug taktische Haken, verharrte, zog an. Lene machte die Beute müde. Schulz spürte den Schmerz in den Muskeln. Vergessen war der Suff, die Seekrankheit, die Ungewißheit darüber, was er tun sollte. Ein Kampf stand bevor.

»Scheint, als ob du Glück hast!« brüllte Big Tuna in den Wind.

Schulz spürte, wie Hardman ihm die Gurte anlegte.

»Ein Scheißglück sogar. Das ist ein Großer.«

Schulz nickte. Er kniff die Augen zusammen und blickte auf die Wogen, die sich träge hoben und senkten – schwer, ölig und stark. Wie blauer Rum.

Band 12382

Clare Harkness

**Wahnsinnsnacht**

**Die Angst vor einem unbekannten Verfolger raubt einer jungen Frau fast den Verstand**

Nach einem Überfall und einer brutalen Vergewaltigung hat die 16jährige Sally ihr Erinnerungsvermögen verloren. Erst nach einiger Zeit weiß sie wieder, wer sie ist. Das schreckliche Verbrechen versucht Sally seitdem zu verdrängen, doch die Ängste lassen sie nicht mehr los. Sie wagt sich allein weder in einen Aufzug noch in ein Taxi oder Restaurant, und des Nachts wird sie ständig von einem Alptraum gequält, in dem sie ein mysteriöser Fremder verfolgt. Sally ist überzeugt, daß er eines Tages kommen wird, um sie zu töten. – Zwanzig Jahre später entdeckt sie in einer Menschenmenge einen Mann, in dem sie den Verfolger von einst zu erkennen glaubt…

**Band 12380**

**Jutta Ditfurth**

## Blavatzkys Kinder

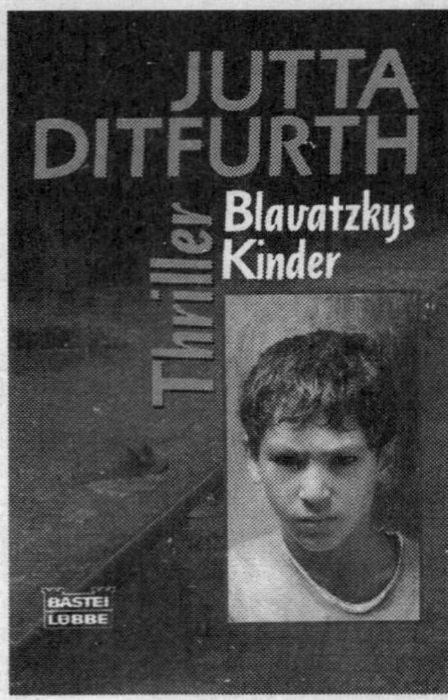


**Der ambitionierte Thriller zu einem brandheißen Thema**

Miriam, Computerfreak, und Robert, Saxophon spielender Journalist, begegnen sich in Osteuropa und stoßen auf die Spur eines weltweiten Menschenhandels. Schon bei ihrer ersten Berührung mit der *Organisation* werden sie gejagt. Wer ihnen hilft, schwebt in Lebensgefahr. Ihre einzige Chance ist das *Netz*, das ungewöhnliche Techniken anwendet, um die *Organisation* zu zerbrechen.

Jutta Ditfurth lebt und arbeitet vorwiegend in Frankfurt am Main. »Blavatzkys Kinder« ist ihr erster Roman.

BASTEI LÜBBE